사라지는 말들

―말과 사회사

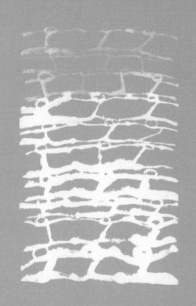

사라지는 말들

—말과 사회사

유종호 지음

현대문학

책머리에

"음악은 이해 가능하고 번역 불가능한 상호 모순된 속성을 지닌 유일한 언어이기 때문에 음악의 창조자는 제신諸神과 비견할 만한 존재이다." 인간 이해에 대한 열쇠가 음악에 있다고 생각한 레비스트로스의 말이다. 음악도 일종의 언어라고 정의되어 있음을 본다.

문학을 공부하는 입장에서는 언어야말로 인간 이해의 열쇠라고 고쳐놓고 싶은 유혹을 받는다. 문학의 핵심이라 생각되는 시야말로 이해 가능하고 번역 불가능한 언어조직이기 때문이다. 인간을 언어동물로 파악하는 것이 인간 이해의 열쇠가 된다는 유서 깊은 지적 전통 속에서 음악의 불가사의한 매혹과 중요성을 강조하기 위해 작성한 참신하고 독보적인 역설이리라.

우리는 유례없는 변화와 변전의 시대를 살아왔다. 항상적으로 격세지감을 강요받는 것이 우리 세대의 공통 경험이다. 나어린 성장기를 보낸 고향을 찾아가 보면 기억 속의 공간은 행방이 묘연하고 오직 유년의 폐허만이 널려 있을 뿐이다. 내 정체성은 오직 증거 불충분하고 검증 불가능한 기억 속에서나 찾을 수 있다는 허망감을 금할 수 없다. 그 사이 붉은 산 일색이었던 강토는 산림 재조성이란 위업을 통해 자연 본래의 위엄을 회복하였다.

현기증 나는 사회 변화를 반영하여 우리말도 속도감 있게 변화하였고 또 변화하고 있다. 어사는 저마다의 소리와 뜻, 섬세한 음영과 폭 넓은 연상대聯想帶, 그 나름의 역사적인 함의를 가지고 있다. 이러한 어사의 특성은 사회적이면서 한편으로 사사로운 부분을 가지고 있다. 이 책에서 다루고 있는 것은 사회 변화의 일환으로서의 어사 변화의 구체적 양상이요 그 쓰임새의 변화이다. 우리 일상어의 속도감 있는 변모는 우리로 하여금 모국 속의 이방인이라는 소외감을 안겨주기도 한다. 사실 고령 세대와 젊은 세대의 일상어는 엄격하게 말해서 서로에게 외국어라 해도 과하지 않다. 방언도 일종의 이방인의 언어라는 의미에서 그러하다. 말의 이모저모를 검토하고 음미하는 것은 그대로 문학 공부의 일환이다. 이제는 옛말이 돼버린 듯한 어사를 검토해본다는 것은 내게는 말을 통한 잃어버린 시간의 탐구요 많은 동반자를 희구하는 사회사적 탐방이었다.

이번 기회에 우리 국어사전들이 개선의 여지가 많다는 것을 절감하였다. 해방 이전의 우리 문화적 실천 중 가장 탁월한 업적의 하나라 할 수 있는 사전 편찬 노력은 과소평가되었다는 생각을 가지고 있다. 그러나 그것은 노력 결과의 전폭적 수용을 뜻하지 않는다. 가령 한자어 풀이의 경우 복수 한자의 뜻에만 충실하여 사용 현장의 명시적 의미나 함의와 동떨어져 있는 경우가 적지 않았다. 역사와 함께 사전 풀이의 꾸준한 교정과 정밀화가 필요하다는 생각을 다시 하게 된다.

영어 시인 오든이 사용했던 『옥스퍼드 영어사전』은 하도 많이 찾아보아서 누더기가 되다시피 했다 한다. 문인이자 미국의 플로베르 번역가로 유명한 프랜시스 스티그뮬러Francis Steegmuller는 오든 소유의 이 사전이야말로 사전이 걸어야 할 길을 명시하고 있다고 했고, 옥스퍼드 사전의 출판사는 그것을 사전 광고로 사용하고 있다. 어려서부터 자습서를 가까이하면서 우리 학생들은 사전 찾기를 소홀히 하는 경향이 있다. 모어 즉 부족部族 방언을 사랑하는 것이야말로 이른바 애국심의 핵심이라는 생각이 널리 퍼지기를 간구한다. 오늘을 세세하게 파악하고 적정하는 것은 우리의 의무이자 전통 계승의 탄탄대로이기도 하다.

21세기 들어와서 열여섯 번째로 내는 이 책은 그때그때 생각나는 대로 즐거운 마음으로 써내려간 것으로 일정한 순서가 없다. 무작정 나열하기가 멋쩍어서 일단 12장으로 나누었으나 어디서 읽기 시작해도 상관이 없다. 쉽게 씌어진 이 책이 젊은 세대에게 우리말 사랑의 조그만 계기가 되어준다면 더 바랄 것이 없다. 소중한 인연을 다섯 번째 이어준 현대문학사의 양숙진 회장께 각별한 고마움의 뜻을 적어둔다. 책이 나오기까지 애써준 여러분에게도 같은 뜻을 전한다.

2022년 5월 8일

柳宗鎬

제1장

드물게 어릴 적 살던 고향을 찾게 되면 근린 동네에 들르게 된다. 딱히 아는 사람이 있는 것도 아니지만 황망하게 변화하는 속에서도 변치 않는 것이 있어 걸음을 멈추고 바라보게 된다. 가령 어릴 적 그대로의 느티나무라든가 여울목이 그러한 것이다. 그런데 그런 것이 점차로 줄어드는 것이 작금의 사정이다. 몇백 년 묵었으리라 생각되는 옛 마을 초입의 느티나무는 조금도 변하지 않고 그대로 서 있어서 마치 마을의 수호신 같은 느낌을 주고는 하였다. 그런데 얼마 전 가보니 새로 직선도로를 내는 바람에 그 느티나무가 온데간데없이 사라지고 말았다. 소년 시절 대문 바로 앞에 심어놓은 파초를 누군가가 뽑아 간 것을 알았을 때와 같이 허전하고 분한 느낌이 들어 한참이나 그 주변을 서성거렸다. 이렇게 내 성장의 자연사박물관 귀중품이 하나둘 소리 없이 사라지는구나!

　우리가 어릴 적 많이 듣고 쓰던 말 가운데도 어느 사이에 사라져버린 것이 한둘이 아니다. 까맣게 잊고 있었다가 불쑥 어떤 계기에 생각나는 경우가 있다. 말이야말로 변화하는 시속을 가장 잘 반영하는 것이니 어쩔 수 없는 일이다. 또 필요나 수요가 없어서 사라지는 것이니 이 세상 변화라는 필연의 일환으로 수용할 수밖에 없다. 그러나 사라지는 모든 것은 그 지음知音에게 소소한 대로 조그만 마음의 파문을 남긴다. 정답고 낯익은 것의 소멸은 바로 그대의 소멸을 알려주는 예고 지표가 아닌가! 그것은 보이지 않기 때문에 더욱 절실한 메멘토 모리가 아닌가! 소멸을 수용하고 준비하라는 엄중한 전언이 아닌가! 아래에서는 우리가 폐기해서 잊힌 혹은 잊히면서 사라져가는 모어母語 중의 모어인 어릴 적의 낱말을 돌아보고자 한다. 그것은 말을 통한 잃어버린 시간의 탐구이기도 할 것이다.

설은살　　　　신문 부고란에서 향년 80이라 하면 만 80년을 살았다는 뜻이 된다. 즉 만으로 나이를 가리키는 것이 대세이다. 삶의 서구화의 한 측면이라고 기계적으로 처리할 수 있지만 사실은 매우 합리적인 셈법이다. 옛날 우리식으로 하면 가령 동지 섣달에 태어나서 생후 두 달밖에 안 되었어도 새해가 되면 두 살이 된다. 반면에 정월에 태어나면 생후 10개월이 지나도 여전히 한 살이다. 그러니까 만으로 나이를 헤아리는 것이 합리적이면서 사실에 부합한다.

옛사람들도 지난날의 우리 나이 셈법이 비합리적이란 것을 잘 알고 있었다. 그래서 동지섣달에 태어난 아이의 나이를 '설은살'이라고 했다. 반면에 정이월에 태어난 아이의 나이는 '오진살'이라고 했다. 우리 고향 쪽에서 그리했으니 보편적인 현상이 아닌가 생각한다. 그런데 막상 사전을 찾아보니 '설은살'도 '오진살'도 보이지 않는다. 그렇다면 이 말은 고향 쪽에서나 통용되던 방언인지도 모르겠다.

'오지다'는 '오달지다'의 준말이고 조금도 허술한 데가 없이 실속이 있다는 뜻이라고 풀이된다. 그러니까 실속 있게 꽉 차 있다는 뜻으로 오진살이란 말이 쓰인 것이리라. 반대말인 설은살의 '설다'는 '익숙하지 못하다'의 뜻이고 '선무당'이란 말도 여기서 생겨난 것이다. 또 '제대로 익지 않다'나 '모자라다'의 뜻이 있고 '선밥' '선김치' '선잠'이 여기서 생겨난 것이다. 설은살도 '모자라다'에서 파생한 것인지도 모른다. 한편 '설다'는 또 '섧다'의 변한 말이기도 하다. 그래서 생후 두 달밖에 안 되었는데 두 살이라 하니 설은살이라 했던 것이리라. 설은살이 '섧다'에서 나왔다고 생각하면 아주 재미있는데 확언할 처지는 못 된다. 어쨌건 어려서 많이 들어본 말인데 요즘엔 쓰는 법이 없고 자연 들어본 일도 없다. 만으로 나이를 대면서 필요가 없어진 탓이기도 하겠지만 어쨌건 감칠맛 나는 우리말다운 우리말이 사라졌다는 애석한 느낌은 지울 수 없다.

말광대　　　　　　'말광대'는 사전에 "말을 타고 여러 재주를 부리는 광대"라고 풀이되어 있고 곡마사 혹은 곡예사를 가리킨다고도 되어 있다. 어린 시절 나는 말광대를 서커스라고 알고 있었다. 서커스가 들어와 장터 마당에 천막을 치고 돈 받고 구경꾼을 모아 여러 가지 묘기를 보여주었다. 그때 동네 사람들이 "말광대가 들어왔다"고 했다. 낱말 자체는 말을 타고 재주를 피우는 광대에서 나왔지만 사실상 곡마단을 가리키는 경우가 많았다. 그러니까 일부로써 전체를 혹은 특수로써 일반을 가리키는 이른바 제유법 提喩法의 사례라 할 것이다.

　유럽에서 서커스가 생겨난 것은 18세기 후기의 일로서 궁정의 어릿광대가 사라진 것과 거의 같은 시기라고 알려져 있다. 처음 영국에서는 시민계층이 주요 관객이었으나 이내 일반 대중들의 호응을 받았고 유럽과 미국으로 전파되어 남녀노소 구별 없이 관객들의 환호를 받았다. 말광대나 곡마단이란 이름이 암시하듯이 말을 타고 보여주는 재주가 중심이었으나 접시돌리기나 그네 타기 혹은 피에로의 동작이 가미되어 다양한 구경감을 제공하였다. 말광대 구경은 우리 또래 연배들의 어린 시절 가장 재미있는 학교 밖 경험의 하나를 이루고 있었다.

말광대에서는 호리호리한 소녀들이 누워서 두 발로 접시나 술통을 굴리는 묘기를 보여주어 꼬마들의 탄성을 자아냈다. 당시 말광대 소녀들에게 식초를 많이 먹여서 신체의 유연성을 기른다는 말이 나돌았다. 그 진부眞否는 알 길이 없다. 그러나 곡마단 소녀들에게 얇은 옷을 입히고 추위를 타지 않게 하기 위해 소금을 많이 먹였다는 것이 인간 잔혹사의 한 사례로서 거론되는 것으로 보아 사실인 것이 분명하다.

취학 이전 충북 진천에서 살 때 잃어버린 딸을 몇 해 만에 말광대 구경을 갔다가 발견했다는 소문이 있어서 동네 아주머니들이 "세상에, 세상에!" 하고 탄성을 지르는 것을 목도한 적이 있다. 아무래도 어린이를 납치해 가서 말광대 곡예사로 키운 것이란 게 그때 받은 인상이다. 이 삽화는 졸저 『나의 해방 전후』에도 적은 바가 있다. 분명 1939년이나 1940년의 일일 것이니 혹 그 무렵의 신문에도 나지 않았을까 하는 생각을 가지고 있었다. 그 얘기를 들은 동아일보사의 주간부 권재현 차장이 한번 시도했으나 찾아지지 않았다는 소식을 전해주었다. 그 대신 1938년 3월 19일 자 『동아일보』에 게재되었다고 전해준 기사 내용은 곡마단 소녀들에게 얽힌 슬픈 사연을 드러내어 사회사적으로도 흥미 있는 자료가 되어준다.

본적이 충북 청주군 옥산면 덕천리이며 주소가 일정치 않은 한치록韓致錄의 장녀 장숙長淑(19)은 다섯 살 때 어머니 박옥순이 10년 계약으로 1천5백 원을 받고 대전 서커스단에 넘겼다. 거기서 부평초 같은 생활을 하다 지난해 3월 고향 청주에서 철도 자살을 꾀하였으나 지나가던 행인의 제지로 뜻을 이루지 못한다. 1개월 전 강릉 공연 중 흥행주의 눈을 피해 곡마단을 탈출했고 도보로 상경하여 18일 오전 9시경 창경원에서 배회하던 것을 순시 중인 창덕궁 서원이 발견하고 동대문서로 인도하였다. 현재 그녀는 동대문서에서 보호 유치 중에 있다.

'곡마단굴 탈출'이란 소제목의 위 기사는 물론 원문과는 아주 다르다. 맞춤법이나 구문이나 요즘의 것과는 아주 다른 장거리 문장인데 뜻만 충실하게 옮긴 것이다. 그러니까 곡마단의 소녀들은 대체로 납치를 당하거나 미아로 발견되거나 부모가 팔아넘겨 곡예사로 훈련받고 혹사당한 것이다. 한수산의 장편 『부초』는 곡예사가 주인공으로 되어 있는데 '부초'는 '부평초'의 준말로 일인들이 썼던 말이다. 1938년의 기사에서 곡예사가 부평초로 서술되어 있는 것은 곡마단 생활의 규격화된 비유여서 흥미 있다.

다섯 살짜리 딸아이를 10년 계약으로 곡마단에 넘긴 어미의 소행은 누가 보아도 반인륜적이고 비인간적이다. 자기 나름의 사연이 있다 하더라도 정나미 떨어지는 일이다. 그러나 알고 보면 이

것이 가난의 민낯 중 하나이고 아주 드문 일도 아니다. 김소월 절창의 하나인 「팔베개 노래」의 밑그림이 되어준 노랫말의 원작자인 진주 출신 기생은 정신이상으로 남편이 가출한 뒤 후살이할 밑천을 장만하기 위해 생모가 팔아넘긴 처지였다. 팔린 딸은 중국 등 외지를 전전하다가 평북으로 흘러 들어온 박명의 여인이었다. 드물지만 실제로 일어난 일이다.

1932년 평양 동광서점이란 출판사에서 나온 김기주金基柱 편 『조선신동요선집朝鮮新童謠選集』에는 최청곡崔青谷이 작자로 되어 있는 다음과 같은 동요가 실려 있다. 편자 김기주나 작자 최청곡에 대해서는 아는 바가 없으나 책 자체는 엮은이의 신뢰할 만한 안목을 보여주고 있고 체재나 지질도 윗길이라 생각한다. 사회사의 일단이 반영되어 있는 아주 이색적인 동요라 생각한다.

사랑하는 어머니 나는 갑니다.
알 수 없는 나라로 나는 갑니다.
부디부디 안녕히 계시옵소서.

가라 하는 아버지 나는 갑니다.
인정 없는 아버지 나는 갑니다.
나 때문에 얻은 돈 무엇 하세요.

나의 집과 비둘기 잘들 있어요.

지금 가면 언제나 만날는지요.

요술쟁이 아저씨 따라갑니다.

—「흘러가는 나그네」

하루갈이　　　　근자의 사회 변화는 산업화나 도시화로 요약될 수 있고 그것은 농경사회로부터의 점진적 탈피를 뜻한다. 따라서 사라지는 말들은 농경사회 고유의 농사일과 관계된 것이 많다. 아흔아홉 마지기 논을 가진 부자가 한 마지기 가진 가난뱅이에게 백 마지기 채우려 하니 건네달란다는 우스갯소리가 있다. 부자의 탐욕을 조롱하는 말인데 여기서의 '마지기'는 논밭의 면적을 나타내는 단위이다. 한 말 곡식의 씨를 뿌릴 정도의 넓이를 뜻하는 것으로 지방마다 약간씩 차이가 있다. 대개 논 150-300평, 밭은 100평 안팎이라 하는데 한자어로는 '두락斗落'이라 한다.

　　그보다 한결 모호하지만 흔히 쓰여 정감이 묻어나는 말이 '하루갈이'다. 소로 하룻낮에 갈 수 있는 논밭의 넓이가 하루갈이이다. 그래서 '사흘갈이'란 말이 쓰인 적도 있었다. 농업 노동과 직결된 말이어서 재미있다. 지금은 독자가 별로 없지만 연만한 세대에게선 많이 알려진 김상용의 시 「남으로 창을 내겠소」에는 "밭이 한참갈이"란 대목이 나온다. 사실 "한참갈이"란 말은 시인의 창의적인 발명이지 실제로 쓰인 말은 아니라고 생각된다. '하루갈이'란 말을 모르는 도시의 청년이 고개를 갸웃거릴 수밖에 없는 어사이다. 생각나는 대로 하루갈이 수수밭에 해가 지려 한다고 적어보면 향수 비슷한 정감이 이는 것은 우리 세대에서나 가능한 일이다.

송방 가게란 말이 있고 상점이란 말이 있다. 대개 '가게' 하면 구멍가게 같은 소규모의 것을 연상하게 된다. 제법 간판도 크게 달고 조금 넓은 가게는 상점이라 한 것 같은 생각이 든다. 그런데 고향 쪽에서는 '송방'이란 말을 흔히 썼던 것으로 기억한다. 고향 쪽의 동년배들 중에도 나의 기억에 동의하는 이들이 있다. 그런데 사전을 찾아보면 송방松房은 "(다른 지방에 있는) 송경松京 즉 개성 사람이 경영하는 주단 포목점"이라고 정의되어 있다. 아마 이것이 본래의 뜻이었겠지만 충청도 시골에 개성 사람이연 포목점이 있었을 리 없다. 본래의 뜻에서 벗어나 상점 일반을 가리키게 된 것이리라고 추측한다. 분명히 어릴 적에 많이 들어본 말인데 요즘은 물론 들은 적이 없다.

달팽이 숟가락 옛날 시골에서 가령 감자 껍질을 벗길 때 놋숟가락을 썼다. 또 누룽지를 긁어모을 때도 같은 숟가락을 썼다. 이렇게 한 숟가락을 계속 쓰다 보면 자연히 그 숟가락은 끝자락이 닳아서 나중에는 반쪽이 된다. 이런 숟가락을 '달챙이 숟가락'이라고 했다. 표준말은 '달창'이어서 사전에는 '달창나다'의 항목에 "물건을 오래 써서 저절로 닳아 해지거나 구멍이 뚫리다"로 풀이되어 있고 "내 신발이 달창났으니 새것을 사 오너라"란 예문이 실려 있다. '달창나다'란 말은 실생활에서 들은 바 없고 달챙이 숟가락 혹은 달챙이 숟갈이란 말은 많이 들어보고 실제로 써보기도 했다. 가난에서 벗어나면서 사라진 말의 하나요 그런 실물도 이젠 없을 것이다.

내 더위   음력 정월 보름날 아침 일찍이 꼬마 친구가 대문 밖에서 큰 소리로 내 이름을 부른다. 잠결에 "어" 하고 대답하면 "내 더위 사 가라"고 소리친다. 그러면 그해 여름 꼬마 친구 대신 더위를 먹게 된다는 것이다. 그래서 식전에 누가 이름을 부르더라도 대답을 하지 말라는 얘기를 전날 밤에 듣지만 큰 소리로 대답을 하고 마는 것이 보통이었다. 여기서의 '더위'는 더위로 말미암아 여름에 걸리는 병을 뜻한다. 더위팔기란 장난기 섞인 주술적 매매 행위가 소멸되면서 '내 더위'란 말도 사라졌다. 사실 장난삼아 하는 옛 습속이었지만 2년 연거푸 동일 인물에게 더위를 강매당하고 나면 영 기분이 언짢았던 것도 사실이다. 매서賣暑란 어엿한 한자어가 있는 것으로 보아 점잖은 어른들도 사고팔았던 모양이다. 6·25 이후 싹 없어진 것 같으니 여러모로 6·25는 커다란 사회적 전기轉機였다는 생각이 든다.

호습다   목동 동로 350이 주소로 된 양천구 목동의 아파트에서 서른다섯 해째 살고 있다. 여섯 개의 단지가 있었고 아파트 뒤쪽은 메밀밭이었다. 원체 인기 없는 아파트여서 이사 온 후 반년이 지나서야 겨우 입주가 완결되었다. 그 전까지는 불빛 없는 아파트 창이 많고 오가는 이가 드물어 밤에 나다니는 것이 께름칙하였다. 89번 좌석버스가 목동과 사당동을 오갔는데 그걸 타면 이대 후문까지 15분밖에 걸리지 않았다. 도중에 혼잡도 없었다. 그 후 단지가 불어나더니 아주 신도시 하나가 새로 생긴 셈이 됐다. 공식 용어로 '일제강점기'에 해당하는 시간이 지났으니 그동안의 변화야 이루 다 말할 수가 없다. 단지 안에 슈퍼라는 간판을 단 조그만 상점이 많았는데 대형 백화점이 생기면서 차례차례 없어져 사회 변화의 세목과 곡절을 실감하였다.

그러나 그동안의 변화 중 가장 주목되는 것은 단지 안의 소아과 의원이 사라진 것일 터이다. 아파트가 다 차면서 동네 슈퍼 2층에 소아과 의원이 생겼고 해마다 가을이 되면 거기 가서 독감 예방접종을 했다. 중년 내지는 젊은 여성들이 늘 북적북적했는데 꼬마 환자들을 데리고 왔기 때문이다. 한참 그러더니 꼬마 환자들이 북적이기를 그쳤다. 마침내 한 다섯 해쯤 전에 소아과 의원이 아주 없어지고 말았다. 어디로 갔는지 수소문은 해보지 않았지만 어쨌건 환자가 줄어 동네 슈퍼 사라지듯이 사라진 것이다. 승강기 안에서 유모차나 어린 꼬마를 대하는 경우도 아주 드물게 되고 말았다. 아기 울음소리를 듣는 일도 거의 없다시피 하다. 그렇게 되면서 어린 시절을 돌아보게 되는 경우가 많다. 아무리 어렵다 해도 요즘 태어나는 아기들이 우리 때보다는 나을 것 아니냐는 생각이 드는데 그것이 맞는 것인지는 알 길이 없다. 또 그렇다고 말할 자신도 없다. 그래서 자연 어린 시절에 많이 듣고 썼던 낱말이 떠오를 수밖에 없다.

어릴 적에 많이 쓰고 듣던 말 중 요즘 거의 들어보지 못하는 말의 하나가 '호습다'이다. 어문각에서 나온 한글학회 지음의 『우리말 큰사전』에는 "무엇을 타거나 할 때 즐겁고 짜릿한 느낌이 있다"로 풀이되어 있고 "그네를 타면 호습다" "호스운 무등 타기"가 예문으로 나온다. 그런데 삼성출판사에서 나온 신기철·신용철 편의 『새우리말 큰사전』에는 이 말이 등재되어 있지 않다. 삼성출판사 쪽 사전이 훨씬 앞서 나와서 뒤에 나온 어문각판 한글학회 사전이 많이 참조한 듯한 인상을 받았던 터라 의외라는 느낌이 든다.

어릴 적 기차를 타거나 자동차를 타고 차가 움직일 때 느꼈던

별난 느낌을 우리는 '호습다'고 했었다. 즐거운 것은 사실이나 짜릿한 것이라고는 생각되지 않는 것이 나의 경험적 실감이다. 초등학교 저학년 시절을 보냈던 충북 증평은 본시 괴산군의 조그만 면이었으나 지금은 독립된 증평군이 되어 있다. 군청 소재지였던 괴산을 이미 그 당시에도 규모나 크기로 앞섰는데 그것은 증평이 충북선 연변에 있고 또 제법 크고 넓은 황색 연초 재건조장이 있었기 때문이다. 재건조장이란 문자 그대로 담뱃잎을 다시 건조하는 곳이다. 여러 개의 창고가 있고 창고 사이로는 협궤 레일을 따라 일어로 도롯코トロッコ라 불렸던 손밀이 네 바퀴 차가 왕래하였다. 인부들이 담배를 싣고 창고 사이를 오간 것인데 평소에는 쉬는 일이 많았다. 동네 꼬마들이 재건조장으로 몰려가서 한 패가 차를 밀고 한 패는 올라타기를 교대로 하면서 '호스움'을 즐겼다.

　사고를 염려해서 재건조장 직원들은 꼬마들의 도롯코 타기를 금했고 꼬마들이 보이면 소리쳐 내쫓았다. 그러나 놀잇감이 부족했던 시절의 시골에서 도롯코를 타본다는 것은 적지 아니 짜릿한 모험일 수 있었다. 그런데 자동차나 도롯코를 타며 느낀 독특한 쾌감을 나타냈던 '호습다'란 말은 이제 거의 들어볼 수 없게 되었다. 자동차 타기나 버스 타기가 일상화된 세상에서 그것은 너무나 비근하고 항상적인 경험이어서 특유의 쾌감을 특정할 수 없게 되었기 때문일 것이다. 비근함이 건조한 평범함으로 규격화된 탓이라고 바꾸어 말할 수 있다. 요즘 쓰는 승차감이 좋다는 것과는 전혀

질이 다른 것이 호스움이다. 승차감이 좋지 않아 도리어 그것이 호스움을 자아낸 것이 아닐까 하는 생각마저 든다.

우리 문학에서 이 말이 적정하게 쓰인 사례로 정지용의 「다시 해협」을 들 수 있을 것이다. "지구 우로 기여가는 것이 / 이다지도 호스운 것이냐!"란 대목이 있는데 배를 탔을 때의 느낌을 적은 것이다. 한편 도롯코는 일인들이 트럭truck을 부정확하게 전용해 써서 생긴 말이다. 미국에서는 트럭이 화물 자동차를 가리키지만 영국에서는 철도의 화물차를 뜻하기 때문에 토목 공사장 같은 데서 손으로 밀어 협궤 레일 위를 달리는 지붕 없는 네 바퀴 수레를 그렇게 불렀던 것이다. 일본 작가 아쿠타가와 류노스케(芥川龍之介)의 「도롯코」란 짤막한 단편이 있다. 철도 부설 현장에서 도롯코를 타고 싶어 했던 여덟 살 시골 소년의 경험을 그린 것인데 20대 중반의 잡지사 교정부 기자의 추억담으로 성년의 슬픔을 다룬 것이니 어린이를 위한 단편인 것만은 아니다. 이상의 「권태」를 읽었을 때의 비감 비슷한 것을 느낀 독서 경험을 가지고 있다. 읽고 나서 감정의 여진이 계속되는 짤막한 명편이다.

호드기　　　　　　　이렇다 할 장난감이 없던 시절 어린이들은 전해 오는 놀이를 배워서 그나마 무료하지 않은 시간을 보냈다. 제기차기, 자치기를 하였고 그보다 더 공이 드는 것으로 연날리기를 하였다. 연 만들기에는 소도구와 연장자의 도움이 필요했었다. 그런 것 말고 널리 퍼졌던 것은 풀피리나 호드기 불기였다. 누구나 쉽게 만들어서 쉽게 불어낸 것이 호드기다. 『우리말 큰사전』에는 "물오른 버들가지를 비틀어 뽑은 통 껍질이나 밀짚 토막 따위로 만든 피리"라 풀이되어 있다. 우리 고향 쪽에서는 주로 미루나무 가지를 사용해서 호드기를 만들어 불었다. 시골에서는 부잣집이 아니고서는 하모니카를 사주는 법이 없었으니 어렵던 시절 흔히 만들어 불었다. 버들피리라 하는 경우도 있었다.

10년도 더 지난 오래전에 중학 동기생의 빈소를 찾기 위해 부평엘 갔다가 어떤 할머니가 굵직한 호드기 여러 개를 목판 위에 올려놓고 육교 밑에 앉아 있는 것을 본 적이 있다. 처음 보는 호드기 장수여서 한참 그 앞에서 서성거렸다. 요즘 누가 이런 것을 살까 하는 생각이 들어 괜스레 할머니 보기가 민망하였다. 초등학생도 리코더를 불지언정 호드기를 불지는 않을 것이다. 풀피리, 버들피리, 보리피리는 더러 동요나 시에 등장하지만 호드기는 의외로 드물다. 벽초가 서문을 쓴 『박승걸(朴勝杰) 시집』 수록의 「누나의 집」이란 작품에 나오는 호드기가 드문 사례가 아닌가 생각된다. 박승걸은 대학생 시절 『경향신문』에 시를 발표했으나 첫 시집을 낸 후 행방이 묘연해졌다. 6·25 전후에 흔하던 신상 변화와 연관된 것이 아닌 것만은 확실하다.

수원 길 백 리 빈 오후에
햇빛이 외로워라
보리밭 사이로 진흙을 밟고
진흙을 밟고
호드기 소리도 들리지 않고
언덕 위 초가집 울타리에
"누나 내가 왔다오"

북어   명태처럼 이름이 많은 물고기도 없을 것이다. 말리거나 얼리지 않은, 잡은 그대로의 명태는 생태 혹은 선태鮮太라 한다. 얼린 명태는 동태라 하고 말린 명태는 북어北魚라 한다. 새끼 명태는 노가리라 한다. 겨울철 찬 바람에 거의 한 달 동안 노출시켜 노랗게 된 것은 노랑태, 황태 혹은 더덕북어라 한다. 품 많이 들고 북어 중에서는 제일 고급이라 해서 값도 비싼 편이다.

해방 전 조선총독부에서 발행한 초등학교 저학년 일어 교과서에는 명태라는 이름이 생긴 유래를 적은 과목이 있었다. 1940년대 기준 약 250년 전에 함경북도 명천군 연해에서 태太 아무개라는 어부가 명태를 처음으로 잡았는데 아무도 이름을 아는 이가 없었다. 마침 지방 시찰에 나선 관찰사가 시식을 해보니 맛이 좋은데 이름이 분명치 않음을 알고 명천군의 명과 어부의 성인 태를 합쳐

명태라는 이름을 지어주었다는 것이다. 교과서에 나왔으니 이른바 통속적 민간 어원 해석folk etymology은 아닐 것이다.

북어는 벌써 고려시대에 강원도에서 썼던 말인데 북쪽 바다에서 내려오는 고기라 해서 그리 불린 것이라는 말도 있다. 고려시대에 강원도 지방에서는 명태가 많이 잡혔으나 이름 없는 물고기는 먹지 말라는 미신 때문에 먹지 않다가 명태란 이름이 지어지면서 전국적으로 식용하게 되었다는 말이 민속학에 관심이 많던 일인日人 약학 교수의 책에 나온다.

어린 시절 우리 집에서는 동태와 북어라는 말을 썼던 것으로 기억한다. 그래서 명태보다는 북어에 친근감을 느끼는데 요즘은 점점 사라지고 있다. 건명태라 할망정 북어라고는 하지 않는 것 같다. 어릴 적 귀앓이를 했을 때 모친은 북엇국을 끓이고 내 귀를 그 김에 오랫동안 쏘이게 한 적이 있다. 근거 없는 수상한 민간요법이겠지만 병원이 먼 시골 마을에서 일종의 정신요법 구실을 했는지도 모른다.

젖배   젖배는 젖먹이의 배를 가리키지만 단독으로 쓰이는 경우는 별로 없었던 것 같다. "젖배 곯았다"는 투로 말해지는 것이 예사였다. 산모의 건강상태가 좋지 않다든지 영양상태가 좋지 않아 젖이 제대로 나오지 않으니 자연 젖먹이는 배를 곯을 수밖에 없다. 넉넉한 집안인 경우 젖어머니를 구해서 어려움을 해결하였다. 우리 초등학교 시절만 하더라도 어릴 적 유모라면서 깍듯이 대하는 여성을 둔 동급생들이 있었다. 젖어머니 편에서도 아주 친근하게 대하였다. 그러나 이러한 현상 자체가 사라졌으니 젖배나 유모란 말이 쓰일 리 없다. 생활수준의 향상 때문도 있고 제 자식 제쳐놓고 남의 자식에게 젖을 주는 속상하는 곤경이 적어진 이유도 있다. 무엇보다도 우유의 등장이 젖배 곯는 일을 방지해주었다. 요즘의 문제는 젖먹이 자체가 적어지고 소젖 때문에 모유 먹는 기회가 적어진다는 점일 것이다. 우리가 가난이라고 일괄 처리하는 현상의 세목은 참으로 다양하고 형형색색이었다. 상대적으로 가난을 겪어보지 않은 사람들이 가난 극복의 공을 간과하거나 과소평가한다는 것이 나의 관찰이다.

무 구덩이　　　　　김장철이 지나면 대개 시골에서는 앞마당 손바닥만 한 텃밭에 구덩이를 팠다. 그리고 겨울에 소비할 무를 채워 넣고 흙으로 덮어두었다. 아가리는 가마니 조각이나 짚으로 막았다. 이때 아가리를 제대로 틀어막지 못하면 무가 얼어서 맛이 가버리고 만다. 그것을 '바람이 들었다'고 했다. 한겨울에 국을 끓여 먹기도 하고 또 긴 겨울밤에 출출해지면 꺼내다가 생으로 깎아 먹기도 하였다. 과일값을 감당하지 못하는 집안에서 과일 대용품 구실을 한 것이다. 고학년 전원이 동원되는 근로봉사나 솔뿌리 캐기 탓에 육체노동을 아주 싫어하게 되었지만 무 구덩이 파기 같은 것은 즐거운 기억으로 남아 있다. 소외된 노동 아닌 일종의 놀이요 가벼운 운동인 데다가 노동의 과일이 직접 돌아왔기 때문일 것이다.

이와 반대로 여름에는 음식이 쉬지 않도록 두레박에 담아서 우물 안에 내려놓고 두레박줄에 맷돌 같은 것을 얹어두었다. 우물이 일종의 냉장고 구실을 하도록 도모한 것이다. 그러고 보니 수도가 보급된 오늘날 두레박도 맷돌도 구시대의 유물이 되었다. 시골에서는 집집마다 맷돌 정도는 가재도구로 가지고 있었는데 그럴 필요가 없어졌으니 그 말이 생소해진 것은 정한 이치다.

놀갱이　　　　　　　노루나 사슴은 네발짐승 중의 귀공자다. 그래서 어감도 좋다. 그런데 짓궂은 사투리가 있다. 경북과 함북 사투리로 '놀구'는 노루를 가리킨다. '놀갱이'란 말도 있는데 이것은 사전에 강원, 경상, 충청의 사투리로 노루를 가리킨다고 돼 있다. 이름 자체가 짐승의 귀공자인 노루를 폄훼하는 듯하다는 느낌을 받는다. 어감이 영 좋지 않다.

해방 직후 일인 교사들이 대거 물러가면서 동포 교사들이 그 자리를 채웠다. 다니던 학교에 장영희란 이름의 새 교사가 와서 우리 반의 담임이 되었다. 그때나 이때나 별명 붙이기와 부르기는 학생들의 불가결한 도락의 하나다. 몇몇이 악의적으로 조작해서 퍼지는 경우가 없는 것은 아니나 용케 당자의 특징을 잡아내어 공감을 얻어 퍼지는 경우가 많다. 그런 면에서 별명은 어사로 된 만화라 할 수 있다. 장 선생은 곧 장놀갱이라는 별명으로 불리게 된다. 성씨가 노루 장獐 자와 발음이 같기 때문에 붙여진 별명이다. 그런데 장노루라 하지 않고 장놀갱이라 한 점에 묘미가 있다. 아이들은 보통 때는 노루라 하지 놀갱이라 하지 않았다. 그럼에도 별명으로는 장놀갱이라 함으로써 교사를 비하하여 담임에 대한 비호감을 표명한 것이다.

여우도 어린이들이 잘 아는 낱말이다. 충청도 쪽에서는 '여수'라고도 했다. 그렇다고 여우란 말을 모르지 않는다. 『이솝 우화』 탓으로 교과서에도 많이 나오기 때문이다. 평소에 여우라 하다가도 특정 인물을 비하할 때만은 꼭 "여수 같다"고 말했다. 여수보다 더 심한 것이 '역갱이'다. 이 말은 사전에 등재되어 있지 않으니 아마도 충청도 쪽의 사투리가 아닌가 생각된다. 거부감이 더욱 강하게 비하된 말이 '불여수' '불역갱이'였는데 물론 이제는 거의 사라지다시피 했다.

비슷한 것으로 '뻥깽이'란 말이 있었다. 사전에 나와 있지 않으니 혹 충청도 지방에 국한된 사투리인지도 모르겠다. 조금 모자라거나 멍청한 사람을 지칭한 말인데 흔히 별명으로 많이 쓰였다. 학교에서 우리말을 못 쓰게 했던 일제 말기에도 가령 교사의 별명은 창씨 성에 우리말을 붙이기가 예사였다. '가쓰라기 맹꽁이' '히로나다 뺑깽이'는 실재했던 교사의 별명이다. '뺑깽이'란 말을 접하면 부지깽이가 연상되었는데 '깽이'란 소리의 뻑뻑함이 비하 감정과 연계된 것이 아닌가 하는 게 나의 생각이다. 심정적 반응이지 객관적 근거가 있는 것은 아니다.

댓진　　　　　담배 피우는 사람들은 얇은 종이에 만 권연卷煙을 피우는 것이 대세였다. 권연은 발음하기가 나쁘니까 궐련으로 변했지만 요즈음 이런 말을 아는 사람들은 고령자들뿐이다. 멋쟁이들이 가령 장미 뿌리목으로 만든 고급 파이프를 물고 있는 경우도 이제는 아주 드물어졌다. 우리 어린 시절만 하더라도 구멍 달린 긴 담뱃대로 대담배를 피우는 사람이 많았다. 권연 피우는 사람들이 대체로 양복쟁이임에 반해서 대담배를 피우는 사람들은 대개 바지저고리 차림의 고령자였다. 해방 전에는 '장수연長壽煙' '희연喜煙' 같은 전매청 담배가 대담배용 담배였다. 권연으로는 '초록(みどり)' '비둘기(はと)' '홍아興亞' 등이 있었다. 전시의 산물임이 드러나는 '홍아' 담뱃갑에는 담배 열아홉 개비에 딱딱한 종이 물부리 하나가 들어 있어 스무 개비를 채우고 있었다. 그래서 그것이 특별한 것으로 생각했는데 나중에 보니 가장 싼 담배였던 것으로 기억한다.

1893년에 입국해서 행상을 하며 각지를 정탐하고 돌아가 그 이듬해 『조선잡기』란 책을 낸 일본인 혼마 규스케(本間九介)는 "조선 사람은 담배를 매우 좋아하는 동물이다. 3척이나 되는 담뱃대를 걸어갈 때나 집에 있을 때나 앉아서나 누워서, 일을 쉬거나 침묵하는 사이에도 손에서 놓는 일이 없다"고 적고 있다. 또 여관 실내에 담배 연기가 자욱하여 참을 수 없는 지경이 되어도 문을 열어 환기시키려 하지 않는다고도 했다.

그가 흉본 긴 담뱃대 구멍에 긴 끈끈하고 까만 진이 댓진이다. 긴 담뱃대가 사라지니 이 말도 사라졌다. "댓진 먹은 뱀 같다"는 속담이 있다. 독한 댓진을 뱀이 먹으면 즉사하므로 이미 운명이 다된 사람의 경우에 빗대어 쓰였다. 술과 달리 담배는 백해무익한 것으로 판명이 났는데도 담배를 끊지 못하는 사람들이 있다. 금연운동을 위해서 적극적으로 활용할 만한 옛 속담이라 생각된다.

방아깨비　　　어린 시절에 흔히 보았던 곤충 중에서 좀처럼 볼 수 없게 된 것이 많다. 우선 달팽이나 풍뎅이가 그러하다. 초등학교 시절 운동장 청소를 하다 보면 천천히 기어가는 달팽이가 눈에 띄곤 했다. 또 소방용으로 마련된 조그만 못에서는 방개를 흔히 볼 수 있었다. 뒷다리를 잡으면 방아 찧듯이 몸을 놀려 꼬마들이 가지고 놀았던 방아깨비도 흔했다. 이제 모두 사라져버렸다. 하기야 종달새나 제비도 보지 못하니 그만 못한 미물이야 말해 무엇 하랴.

곤충 중에서 참 이름이 잘 지어졌다는 느낌이 드는 것은 고추잠자리다. 일어에서는 그냥 붉은잠자리라 하는데 우리는 고추잠자리라 부르니 얼마나 그럴듯한가! 장수잠자리도 그럴듯하다. 실물이 별 볼 일 없고 흉측하지만 바로 그렇기 때문에 잘 지어진 이름을 가진 것이 송장메뚜기다. 생긴 것은 메뚜기와 똑같은데 음산한 회갈색이어서 호감이 가지 않았고 그래서 송장메뚜기라 한 것이리라. 일제 말기 메뚜기를 잡아 볶아 먹던 시절에도 송장메뚜기는 잡아먹지 않았다. 꼬마들이 풀숲을 지나다 송장메뚜기를 보면 재수 없다고 침을 퉤퉤 뱉기도 하였다. 송장개구리, 송장풀, 송장벌레 등 '송장'이 들어가는 이름이 많은데 이들의 실물은 별로 음산한 느낌을 주지 않는다. 동식물에 대한 공연한 정신적 학대 사례다. 이용악의 대표작 「오랑캐꽃」은 이러한 편견이란 이름의 억압에 대한 항의이고 따라서 소외를 노래한 시편이다.

대관절　　　　요즘 젊은이들에게 시인 김동명金東鳴은 생소하게 들릴지 모른다. 김동진 작곡의 가곡 「내 마음」의 노랫말이 그의 시임을 안다면 고개를 끄덕일 독자도 적지 않을 것이다. 우리 또래가 공부했던 미 군정청에서 나온 중학 교과서에는 그의 「파초」「바다」 같은 무던한 작품이 실려 있어서 생소하지 않다. 해방 이후 간행된 김동명 시집 『바다』에는 1935년에서 1941년 사이의 소작이라 밝힌 50여 편이 수록되어 있다. 그중에는 일제 말기에 쓰인 이른바 친일 시편이라 의심되는 서너 편이 실려 있어 아주 이색적이다. 보통 같으면 수록하지 않고 버릴 터인데 그러지 않은 것은 자기 자신의 전모를 보여주고 심판을 받겠다는 심정에서가 아니었을까 추정된다. 정치 상황의 변화에 따라 사후에 고쳐 쓰는 경우와 대조가 되어 떳떳해 보인다.

그는 해방 이후 이대 교수로 근무했고 작품 쓰기에 열의를 보이지는 않은 듯하다. 자유당 정부 당시 야당성이 가장 강했던 『동아일보』 칼럼에서 그는 자유당 정부를 맹렬히 비판했다. 당시 야당인 민주당은 조병옥으로 대표되는 구파와 장면으로 대표되는 신파로 나뉘어 있었는데 그는 구파를 옹호하고 신파를 공격했던 것으로 기억한다. 그의 칼럼은 당면 문제에 대한 논리적, 당위적 접근보다는 요즘 말로 구파의 이데올로그로 시종했다는 혐의가 짙었다.

그의 글을 읽다가 주목한 것은 '대관절大關節'이란 말을 아주 빈번히 쓴다는 사실이었다. 대관절의 동의어는 '도대체'이고 한글학회 사전에는 "대관절 어떻게 된 셈이냐?"는 예문이 보인다. 당시만 하더라도 대체, 혹은 도대체가 대세였지만 대관절도 우리 위

세대에선 일상생활에서 흔히 썼다. 그런데 이제 거의 용도 폐기되어 쓰는 경우가 없다. 도무지란 뜻의 '도시都是', '백주에'의 뜻이 있는 '백죄', 이제 또는 금방의 뜻인 '시방時方' 등도 근래엔 들어본 적이 없다. 해방 직후 몇 해 동안 평론가로 사납게 활약했던 당대의 문장가 김동석은 꼭 '시방'이란 말을 쓴 것으로 기억하고 있다. 말 또한 사람 못지않게 변화와 부침이 심하다는 소회를 갖게 된다.

뉘   하얀 이밥에 고깃국을 먹는다는 것은 많은 서민들의 꿈이었다. 이밥이란 말도 요즘 젊은이들에겐 생소할 것이다. 이밥은 입쌀로 지은 밥을 일컫는데, 입쌀이란 잡곡에 상대하는 말로 멥쌀을 가리킨다. 하얀 이밥, 하면 당연히 근사해 보이지만 우리가 뉘 없고 돌 없게 잘 정미된 쌀로 밥을 지어 먹게 된 것은 얼마 되지 않는다. 물론 세상에는 항상 혜택받는 환경에서 사는 사람들이 있게 마련이어서 일률적으로 말하기는 어렵다. 그러나 대부분의 사람들은 과거 뉘나 돌이 많이 섞인 쌀로 밥을 지어 먹었다. 장터에 나오는 쌀이나 미곡상에서 파는 쌀이나 별 차이가 없었다.

그러니까 밥을 짓는 주부의 입장에서는 조리로 쌀을 이는 것이 큰일이요 익혀두어야 할 기술이기도 하였다. 행여 조리질이 서

투르거나 방심한 탓에 밥에 뉘나 돌이 들어 있다면 밥상머리의
불상사로 간주될 수밖에 없었다. 밥 먹다 돌을 씹는 것이 드문 일
은 아니었다. 여러모로 생활수준이 높아지면서 뉘나 돌이 섞이지
않은 쌀을 사 먹게 되었고 우리 주방에서 사실상 조리가 자취를
감추고 쌀을 이는 일도 없어졌다. 덕분에 젊은 세대들은 뉘란 말
을 모르는 행운아가 되었다. 아예 조리를 모르는 사람이 많고 행
운을 가져온다는 복조리를 사서 걸어두는 관습 또한 없어지니 자
연히 이런 낱말도 잊히고 사라져간다. 한편 하얀 이밥보다도 몸에
이롭다는 잡곡밥을 숭상하는 세태가 되었으니 생활 세목의 변화
도 다양하다. 일부러 꽁보리밥을 사 먹으러 가는 말쑥한 차림의
신사 숙녀들이 생기리라는 것을 6, 70년 전에는 전혀 상상하지 못
했다.

댑싸리　　　　　『소학』에는 아침에 일어나서 요즘 말로 청
소를 하라는 말이 나온다. 『소학』을 읽을 처지가 못 되는 집안에
서도 아침에 일어나 마당을 쓰는 일은 사내아이에게 맡겨졌다. 마
당이라고 해보았자 시골 일자집의 집채 앞 공간은 궁색하기 짝이
없었다. 소도둑의 손바닥만 한 공간의 절반은 텃밭으로 써서 상추
나 가지를 자급자족하였다. 그 나머지 절반이 마당인 셈이었다.
　마당을 쓸 때 사용하는 것이 싸릿대를 엮어서 만든 싸리비였

다. 산골 마을에서는 집에서 만들어 자급자족하였고, 어중간한 시골 마을에서는 상품화되어 장터에 나온 싸리비를 사서 썼다. 싸릿대가 단단해서 눈을 치울 때나 쓸 거리가 많을 때는 대개 싸리비를 썼다. 그러나 지푸라기나 허접스러운 종이쪽 등속을 대충 훑어도 되는 경우에는 강단이 없는 댑싸리로 쓸어도 넉넉하였다.

댑싸리는 담 모퉁이에 심어두면 옛 꼬마 중학생의 키만큼 절로 자랐다. 줄기에서 잔가지가 제법 무성하게 뻗어서 가을에 뽑아 말리고 나면 빗자루로 아주 제격이었다. 그래서 일부러 담 모퉁이에 심어 썼던 것이다. 댑싸리는 시각적으로 매력이 없는 식물이지만 그래도 쓸모가 있어 잡초를 면할 수 있었다. 관상용도 될 수 없고 유용성도 없으면 잡초로 편입시키는 것이 사람의 행태인데 따지고 보면 인간 중심주의의 편의 중 하나일 뿐이다. 가만히 살펴보면 관상용이 아니더라도 자연의 모든 나무와 풀이 제각각의 미덕과 특징을 가지고 있으니 말이다. 『우리말 큰사전』에는 '댑싸리'가 이렇게 풀이되어 있다.

명아줏과에 딸린 한해살이풀. 키 1미터쯤으로, 줄기는 곧으며 가지가 많고 잎은 바소꼴로 어긋맞게 나며 여름에 연둣빛 꽃이 핀다. 씨는 '지부자'라 하여 약으로, 어린잎은 먹이로, 줄기는 빗자루를 만드는 데 쓰는데 뜰에 심거나 밭가에 절로 자란다.

줄기는 빗자루를 만드는 데 쓰인다고 했는데 사실은 댑싸리를 말리면 그대로 빗자루가 된다는 것이 나의 관찰이다. 잎은 마르면 그대로 떨어지게 마련이다. 내 고향 쪽에서는 답사리 혹은 답싸리라 해서 찾아보니 『우리말 큰사전』에는 그것은 평북 방언이고 댑싸리가 표준말로 표시되어 있다. 충청도에서도 그리 쓰는데 평북 방언이라 한 것은 적지 아니 괴이한 일이다. 나의 경우 양친이 모두 충북 토박이이다. 혹 서울 토박이들이 댑싸리라 하기 때문에 서울 중류층이 쓰는 말이라 해서 표준말로 승급된 것이 아닌가 하는 생각이 든다. 가령 단추가 표준말인데 서울 토박이들은 댄추라 했다. 또 돈이라 하지 않고 둔이라고 했다. 어릴 적에 익힌 말이 자연스러운 것은 당연한 일이다. 답사리라고 해야 실감이 간다. 뜬금없이 표준말에 토를 다는 것이 아니라 이번에 댑싸리가 표준말임을 처음으로 알았기 때문에 소감을 적어본 것이다. 어차피 댑싸리비가 사라진 마당에 답사리냐 댑싸리냐 하고 따지는 것은 죽은 자식 나이 세기같이 부질없는 일일 것이다.

.

술지게미　　　　　　술을 거르고 남은 찌꺼기를 술지게미라 한다. 요즘 젊은 세대들에겐 전혀 생소한 말일 것이다. 술을 가까이하지 않는 집안에서 자랐다면 이전에도 모르는 이가 많았다. 지난날 시골 부자들은 대개 정해져 있었다. 몇 대를 이어온 지주를 치지도외하면 양조장이나 과수원 주인 같은 유지들이 부자 반열에 올랐다. 그 후 연탄 공장, 큰 약국 주인들이 대열에 들어섰다. 터를 일찌감치 잘 잡은 양조장 주인이 부자가 될 수밖에 없었던 것은 말할 것도 없이 애주가나 호기 있는 호주가 많았기 때문이리라.

양조장에서는 술만 파는 것이 아니라 술지게미도 팔았다. 우리 모두가 배고프던 시절 없는 사람들은 끼니를 때우기 위해 술지게미를 사 와서 밥 대신 먹었다. 술지게미를 구하는 사람이 많아 양조장에서는 제한된 양만을 팔았다. 양재기를 들고 술지게미를 구하려 줄지어 선 사람들을 보고 마음이 어두워진 어린 날을 지금도 잊지 못한다. 『우리말 큰사전』에는 "지게미"라 표기하고 있다. 그러나 우리 고향 쪽에서는 술지게미라 하지 그냥 지게미라 하지 않았다. 어릴 적에 듣고 익힌 낱말이어서 이 점에 관한 한 착오는 없다고 자신한다. 『우리말 큰사전』에는 '술지게미초'란 어사가 등재되어 있는데 "지게미를 촛밑으로 하여 만든 식초"라 풀이해놓고 있다. 그렇다면 '지게미'가 '술지게미'의 준말이라고 해야 옳지 않을까 하는 생각이 든다.

제2장

짚세기　　　　　6·25 때 화전민 수준보다야 낫겠지만 산골의 극빈 농가에서 곁방살이를 하며 그들의 생활을 가까이에서 살펴볼 기회가 있었다. 아침에는 꽁보리밥, 점심에는 삶은 감자, 저녁에는 멀건 나물죽이 대종임을 보고서 느낀 바가 많았다. 조반석죽이란 말이야 예전부터 있었지만 그래도 저런 꽁보리밥, 저런 멀건 나물죽을 먹었을까 하는 생각도 들었다. 당시 남의 사정을 걱정할 처지가 못 되었지만 그래도 전쟁이 터지기 이전엔 그보다는 낫게 먹고 지냈다는 생각이 들었던 것이다.

　우리가 곁방살이했던 집의 주인아저씨는 아침이면 으레 짚세기를 삼고는 하였다. 새끼로 날을 삼고 총과 돌기총으로 씨를 삼아 후닥닥 짚세기를 만들어내는 솜씨를 보면서 속으로 감탄하지 않을 수 없었다. 아무리 오랫동안 계속한 일이라 하더라도 그 날

랜 손놀림이나 속공은 가히 마술적이었다. 흔하디흔한 볏짚이 어엿한 신발로 변모하는 모습은 몇 번을 보아도 지루한 줄 몰랐다. 이렇게 만들어진 짚세기는 대개 하루용이거나 이틀용이어서 허망하다는 느낌도 들었다.

우리에게 쌀밥을 제공해주는 벼의 볏짚은 새끼나 가마니 그리고 신발의 재료가 되고 나아가 지붕을 덮어주기까지 했으니 농경시대의 지극한 귀물이었음은 말할 것도 없다. 1970년대 가난 극복기에 한몫을 했던 통일벼의 볏짚은 그러한 다양한 역할을 하지 못했다는 얘기를 하면서 자연의 잠재력에 감탄하는 소리를 들은 적이 있다. 인공에는 편의를 상쇄하는 결함이 있다는 것이다. 그러나 어쨌건 요즘 짚세기를 신는 사람은 없으니 이 말도 젊은 세대에겐 완전히 생소한 낱말일 것이다. 표준말은 짚신인 모양인데 어려서 썼던 짚세기란 말이 한결 정답고 즉물적 실감이 가는 게 나의 경우다.

젊은 세대에게 얼마쯤 생소한 이름인 이한직李漢稷은 이태준 주간의 『문장文章』이 배출한 촉망받던 시인이다. 스무 살 전에 수작을 냈으나 동문인 청록파 시인들과 달리 해방 후에는 활동이 부진했고 생전에 시집을 상자하지도 않았다. 일본 도쿄에서 객사한 뒤 그의 아우가 『이한직시집』을 내서 문인들에게 돌렸다. 거기 「놉새가 불면」이란 수작이 수록되어 있는데 아마도 짚세기가 나오는 드문 경우로 기억하고 있다. 다음은 시편 중의 첫머리 부분이다.

놉새가 불면
당홍唐紅 연도 날으리
향수는 가슴 깊이 품고

참대를 꺾어
지팽이 짚고

짚풀을 삼어
짚세기 신고

다시는 돌아오지 않을
슬프고 고요한
길손이 되오리

바지랑대　　　　우리의 경우에도 그렇지만 외국 영화를 보
면 아파트 베란다에 널려 있는 세탁물을 비춰주는 장면이 곧잘
나온다. 대개 서민 아파트여서 요즘 말로 빈티가 주룩주룩 드러나
게 마련이다. 그런 장면을 접하고 연상되는 것이 어린 시절 우리
집을 포함해 동네에서 자주 목격한 빨랫줄이다. 옛 시골 마을의
빨랫줄에 널린 베잠방이나 무명 학생복의 일렬횡대는 정말 누추

하고 볼품없고 민망해서 옷가지 패잔병의 대열이란 느낌이 들곤 했다.

어린 시절 모친이 빨랫줄을 받치고 있는 바지랑대를 내려놓고 부산하게 빨래를 거두는 것을 목도한 적이 여러 번 있다. 자랑스럽지 못한 세탁물을 널어놓고 있는데 손님이 온다고 하면 부리나케 걷어치우는 경우였다. 취학 이전의 유년기를 김유신 장군의 출생지로 알려진 충북 진천의 변두리에서 보내었다. 충북선의 통과 지점과 거리가 멀어서 평소 기적 소리가 들리지 않았지만 저기압 날씨가 되면 가녀리게 들려왔다. 기적 소리가 나면 모친이 비가 올 것이라며 부지런히 의상衣裳 극빈자 같은 빨래를 치우곤 하였다. 이제는 아득한 옛이야기다. 빨랫줄이 사라졌으니 바지랑대란 말도 미구에 사라질 것이다. 1950, 60년대만 하더라도 시골 학교에서는 키다리 교사에게 바지랑대란 별명을 선사하는 일이 흔했다. 바지랑대와 대척점에 있는 교사의 별명으로는 미스터 몽탁이란 것이 있었다.

개구리참외　　　　여름철 토박이 과일로 가장 많은 귀염을 받은 것은 말할 것도 없이 참외였다. 수박은 값이 비싸서 있는 집이 아니고서는 한 해에 한두 번 정도 먹을까 말까 했다. 요즘엔 외국에서 들여오는 과일도 많아 별별 것이 다 있다. 그러나 젊을 적에 본 사상四象의학 계열의 한방 의사가 쓴 책에는 한국 사람의 체질에 가장 좋은 과일과 음식으로 참외와 설렁탕을 들었다. 참외 껍질이 방광에 좋다는 재래 민간요법을 들려주며 실제 자기가 효험을 보았다고 하는 국문학 교수를 만난 일도 있다. 그분의 경우는 경험에 의거한 사실인 것으로 생각되었다.

그런데 요즘 우리가 접하는 참외는 노랑참외 일색이다. 소도 옛날에는 흑소, 칡소, 황소가 있었는데 여러모로 우량종이라고 해서 황소 기르기를 권장해 흑소와 칡소가 없어졌다는 말이 있다. 참외야 당국의 간섭 아래 노랑참외 일색으로 통일된 것은 아닐 테고 상품 가치가 뛰어나서 시장의 적자생존 법칙에 따라 독야황황獨也黃黃하는 것이리라. 하지만 6·25 전에는 개구리참외가 더 흔했다고 생각한다. 살이 붉고 껍질은 푸른 바탕에 개구리 등처럼 얼룩얼룩한 점이 많아 개구리참외라 한 것 같은데 노랑참외보다 대체로 크고 껍질 무늬도 다양하였다.

참외 서리나 도둑을 막기 위해 참외밭에는 대개 원두막이 있었다. 소나기를 피하려 들러보기도 하고 아무래도 값이 헐하기 때문에 원두막으로 참외를 사 먹으러 간 적도 있다. 그 무렵의 참외밭에는 노랑참외보다 개구리참외가 단연 다수파였다. 맛에서도 개구리참외가 낫다고 하는 이들이 있었는데 미각은 사람마다 다른 것이고 참외의 경우 사과 정도의 획일성도 없고 낱개마다 달라 일률적으로 말할 수는 없을 것 같다. 한 빛깔로 통일된 사람 사회가 매력이 없듯이 과일도 다양성이 있는 것이 낫지 않은가 하는 생각이 든다. 그런 점을 떠나서도 어릴 적에 맛본 개구리참외를 볼 수 없다는 것은 괜스레 허전한 일이다. 소멸은 우리에게 일말의 비감을 안겨주게 마련이다. 모든 소멸이 자기 소멸의 우의寓意이고 사실상 메멘토 모리이기 때문이다.

디딜방아

전남 강진의 시인 김영랑 구옥을 찾았을 때 집 규모가 인상적이었다. 물론 그보다 우람한 저택이 없는 것은 아니나 한용운이나 정지용 생가와 비교할 때 아주 윤택하다는 느낌이 들었다. 마당에서 방으로 가는 섬돌도 높아서 방 임자의 지체도 높다는 생각이 들었다. 곳간 옆의 디딜방아도 기억에 남아 있다.

사실 디딜방아는 유복한 집안이 아니라도 농촌에서는 없다면 아쉽기 그지없는 가재도구였다. 두 사람이 양쪽에서 한 다리를 써서 들어 올렸다 내렸다 하며 곡식 찧는 것을 보면 어린 눈에는 마냥 재미있어 보였다. 방아가 올라가는 사이 제삼의 아줌마가 익숙한 손놀림으로 부리나케 우묵한 바닥 속의 곡식을 뒤엎는 것은 묘기에 가까웠다. 디딜방아는 가사 노동의 협동을 요한다는 점에서 가족이나 이웃 간의 상호 의존성을 재확인하게 한다. 다음에 적은 경남 창원 지방의 구전민요에 나오는 보리방아는 보나마나 디딜방아일 것이다.

> 시어머니 죽을 때는 좋더니만
> 보리방아 물 부으니 생각난다

아주까리　시골집 담 모퉁이나 빈터에서 아주 흔하게 볼 수 있었던 것이 아주까리다. 요즘에는 쉬 찾기 어렵다는 것이 나의 관찰이다. 아주까리는 한해살이풀로 키가 댑싸리보다 크고 잎사귀가 아주 컸던 것으로 기억하고 있다. 줄기는 속이 비어 있고 씨로 아주까리기름을 짰다. 순한 설사약 혹은 관장약으로 쓰이고 또 등잔 기름으로 쓰이기도 했다.

김유정의 단편 「동백꽃」에 나오는 노랑 꽃은 뒤마의 『동백 아가씨』의 그 동백꽃이 아니라 개동백이라고도 하는 생강나무 꽃을 말한다. 우리 고향 쪽에서도 그냥 동백꽃이라 했는데 동백기름과 아주까리기름은 지난날 시골 아낙네의 머릿기름으로 널리 쓰였다. 아주까리를 볼 수 없는 것은 상품화된 머릿기름이 나돌니 굳이 한해살이풀을 가꿀 필요가 없어졌기 때문이리라. 낱말의 소릿값 자체가 우리 세대에게는 은은한 그리움을 자아낸다. 경남 창녕 지방의 민요가 다루고 있는 것은 아주까리기름과 연관되고 피마자는 아주까리를 가리키는 한자어다.

아주까리 피마자 열지 마라
촌놈의 가시나 갈보질 간다

또 등잔 기름으로서의 아주까리를 다룬 것이 조지훈의 초기작
으로 「봉황수」와 함께 『문장』의 추천작으로 선정된 「향문香紋」의
한 대목이다.

눈 감고 나래 펴는 향그로운 마음에
머언 그 옛날 할아버지 흰 수염이
아주까리 등불에 비치어 자애롭다.

은군자　　　　　　뒤마의 『동백 아가씨』는 일인들이 『춘희椿
姬』로 번역해서 해방 전에 나온 책이나 글에는 모두 그렇게 표기
되어 있다. 로버트 테일러와 그레타 가르보가 나오는 영화도 널리
알려져 있고 정지용의 산문에도 그 영화 관람 얘기가 나온다. 백
수를 넘겨 장수한 고故 손우성孫宇聲 교수가 번역한 책이 6·25 전
에 출간된 적이 있다. 아마 '춘희'란 표제였을 것이다. 우리말로 된
책이면 닥치는 대로 읽던 시절이라 동급생이 가지고 있는 것을 빌
려 읽었다. 그런데 재미도 없고 문장도 실망스러웠던 것으로 머리
에 남아 있다. 도무지 기억나는 장면이나 대화가 없다. 이름은 잊

었지만 그때 『춘희』를 출간한 출판사에서 나온 함대훈咸大勳 번역의 고리키의 『밤주막』과는 아주 좋은 대조가 된다.

이 책에 대해 기억하고 있는 단 한 가지는 은군자隱君子란 말을 처음으로 접하고 알게 되었다는 것이다. 『우리말 큰사전』의 이 말 항목에는 '은근짜'를 찾아보라고 하는데 그리하면 "1. '밀매음녀'의 통속적인 말 2. 의뭉스러운 사람"이라고 나온다. 난봉꾼들 세계에서 쓴 말이니 중학생이 알 리가 없다. 그러니까 동백 아가씨가 프랑스 은군자인 셈인데 그 후에 이 말을 들어본 기억이 없다. 흔히 쓰이지 않은 말이기 때문에 역자가 일부러 캐내어 쓴 것이라 생각된다. 역자로서는 격이 있는 말로 생각했을 것이다. 요즈음 추하게 늙으려고 작심한 사람들을 보면 불현듯 생각나곤 해서 적어보는 것이다. 위선이 심한 사람들에게 아주 잘 어울리는 말이 아닐까 생각한다.

출반주　　　　출반주出班奏는 언뜻 보아 어려운 말처럼 생각된다. 사전에는 "1. 여러 신하 가운데서 특별히 혼자 나아가 임금께 아룀 2. 여러 사람이 모인 자리에서 어떠한 일에 대하여 말을 꺼냄"이라 풀이되어 있다. 그러니까 본시 어전회의御前會議의 거동에서 유래되었으나 일상적으로도 많이 쓰인 말이다. "어린 녀석이 왜 함부로 출반주를 하느냐"는 투로 쓰였다. 제일 먼저 발언하지 않더라도 분수에 맞지 않게 함부로 의견을 말하는 경우에 책망조로 아주 흔히 쓰였다. 요즘 말로 옮겨보면 '주제 파악을 못 하고 나선다'는 뜻이 될 것이다. 이 말이 사라진 것은 사회나 가정에서 권위주의적 질서가 쇠퇴하며 그만큼 분위기가 평준화 쪽으로 가고 있는 것과 연관된다고 생각한다. "아녀자들이 왜 출반주냐" 하는 투의 말이 어디서나 통하지 않는 세상이니 자연히 용도 폐기된 것 아니겠느냐, 하는 것이 나의 생각이다.

대체로 우리말 사전의 말 풀이는 본래의 한자어로 환원해서 낱낱의 한자 뜻에 충실하게 낱말을 풀이하는 것이 특징이다. 따라서 실제로 쓰였을 때의 용례나 맥락이 원천적으로 배제되어 있어 구체적 맥락 속에서의 뜻과 괴리가 생기게 마련이다. 우리말 사전에 예문이 많지 않다는 것과 연관되는 사안이라 생각한다. 최초의 용례가 언제 나오는가를 밝히고 예문을 다수 보여주는 외국어 사전과 좋은 대조가 된다.

내 뜻을 분명히 하기 위해 어디선가 짤막하게 언급한 적이 있는 사안을 다시 적어두려 한다. 어릴 적 집안에서 '수통스럽다'는 말을 자주 들어 익숙한 터라 글 속에 쓴 적이 있다. '부끄럽고 멋쩍다'는 뜻으로 썼다. 훗날 우연히 『우리말 큰사전』에 "부끄럽고 분하다"로 풀이되어 있는 것을 보고 내 편의 오용이 아닌가 하고 머리를 갸웃하였다. 그 후 사학자 이인호李仁浩 교수의 자당 이석희李石姬 여사의 문집을 읽다가 "노인에게 검정색은 수통스럽다"란 대목을 접하고 안도하였다. 내가 알고 있던 뜻이 맞다는 것을 확인했기 때문이다. 한자의 뜻에 충실하면 '부끄럽고 분하다'가 되지만 말은 시간이 감에 따라 변화하고, 그 변화야말로 말의 기본 성질이다. 사전 만들 때 특히 유의해두어야 할 사항이라 생각된다.

요즘 SNS 등을 통해 사회문제에 곧잘 출반주해서 추종자를 모으는 사람들이 많다. 양식에 근거해서 이치에 맞는 말을 하면 경청할 필요가 있지만 그렇지 않은 경우가 허다하다. 행여 사전에 관한 필자의 소견을 쓸모없는 문외한의 괜한 출반주라고 간주하는 일이 없기를 바란다. 한글학회의 노력은 일제시대 우리 겨레의 빛나는 문화적 실천이라는 생각을 가지고 있고 누차 피력한 바도 있음을 밝혀둔다. 그러나 정말 흠 없고 개량된 우리말 사전을 만들어내는 일은 우리의 문화적 욕구로 남아 있어야 할 것이다. 역사와 마찬가지로 사전도 되풀이 다시 쓰이고 새로 엮여야 할 것이다.

동기간　　　　　　어린 시절에는 많이 들었지만 그 후 전혀 들어보지 못한 말들이 적지 않다. 대개 훈계나 타이름의 맥락 속에서 접해서인지 각별한 정감이 수반되는 것은 아니다. 가령 "동기간同氣間에 우애가 있어야 한다"는 말이 그런 것의 하나다. '동기간'이란 형제 사이 혹은 남매 사이를 통틀어서 가리킨다. 그러니까 부모의 입장에선 아들 형제건 딸 형제건 남매건 간에 두루 쓸 수 있는 편리한 말이다. 사전에는 '동기'가 형제자매의 총칭이라 정의되어 있고 틀린 것은 아니나 이 말이 단독으로 쓰이는 경우는 없지 않았나 생각된다. 또 '그들은 동기간이다'란 말은 들어본 것 같지만 그냥 '그들은 동기다'란 말을 들어본 적은 없다. '동기'에는 '같은 기질' 혹은 '뜻이 같은 사이'란 의미가 있고 '동기상구同氣相求'란 말이 『역경易經』에 보인다. 뜻이 맞는 사이를 가리키고 비슷한 것들이 자연히 모이게 된다는 뜻도 된다. 일본어에서도 동기가 형제를 가리키는 경우가 옛 책에 보인다.

'우애友愛'란 말도 요즘 좀처럼 쓰이지 않는데 동기간의 사랑이나 정의를 가리킨다. 우정이란 뜻도 있지만 그런 의미로 일상생활에서 사용되는 것은 들어본 경우가 없는 것 같다. 일본어의 영향으로 우정이란 단어가 주로 쓰였기 때문이란 것이 나의 생각이다. 핵가족이 주류가 되고 재래적인 가족이 해체되면서 '동기간의 우애'란 말도 사실상 용도 폐기된 것이라는 생각이 든다. 인구 감소 현상이 생겨날 것이란 우려가 현실화되어가는 판국이라 미구에 완전히 죽은 옛말이 될 것이라는 생각마저 금할 수 없다. 10년이면 강산도 변한다는 것은 고색창연한 옛말인데 오늘에 와서 더욱 절실해진다는 것은 참으로 역설적이다.

동갑　　　　　　　'동갑'은 갑자甲子를 같이한다는 뜻이니까 나이가 같음을 의미한다. 한중일 세 나라에서 두루 쓰고 있는 한자어다. 흔히 동갑내기라 했는데 요즘은 거의 들어본 일이 없는 것 같다. 같은 나이 또래를 뜻하는 동년배란 말이 도리어 생소하지 않게 느껴진다. 고색이 창연한 육십갑자六十甲子가 연상되어 젊은이들이 무의식의 차원에서 기피하는 것인지도 모른다. 동갑내기 부부라는 말을 듣게 되는 경우가 없는 것은 아니나 아주 드문 일이다.

역사 시간에 쓸데없이 연대 외우기를 시켜서 재미가 없어진다는 말들을 흔히 한다. 대체로 의미가 없는 전화번호나 번지수를 외우는 것은 어렵다. 그러나 의미 있는 숫자를 기억하는 것은 어렵지 않다. 그래서 이삿짐센터의 전화번호에는 24란 숫자가 들어 있는 경우가 많다.

역사에 흔적을 남긴 사람들 가운데서 동갑내기를 찾아 연대를 외우면 쉽게 기억된다. 이승만, 토마스 만, 라이너 마리아 릴케를 적어놓고 공통점을 찾아보라 하면 대답은 쉽지 않다. 그러나 이들은 모두 1875년생 동갑내기다. 그들이 정확히 동년배이며 동시대를 살았다는 생각을 하면 이들을 이해하는 데 많은 도움이 되는 게 사실이다. 릴케가 토마스 만보다 옛사람일 거란 막연한 생각이 깨어지는 것은 내게 흥미 있는 경험이었다. 이승만을 떠올리면 우리가 한참 뒤늦은 나라에 살았다는 것이 실감된다. 세 사람 중 정치가가 가장 오래 살고 시인이 제일 먼저 갔다는 사실도 그럴듯하다. 헤르만 헤세는 이들보다 두 살 아래다.

　세상에는 같은 해에 태어나 같은 해에 죽은 동갑내기도 있다. 마르크스와 투르게네프가 그런 경우다. 세계의 변혁을 추구한 혁명가와 평생 급진적 변화에 대한 유보감을 표명한 작가가 동갑이라는 사실은 역설적이다. 3·1운동이 일어난 것은 1919년이지만 두 사람은 1818년에 태어나 1883년에 세상을 떴다. 즉 갑신정변이 일어나기 바로 한 해 전에 간 것이다. 연대를 알고 기억한다는 것이 쓸데없는 일이 아님을 실감하지 못한다면 그것은 독자의 자유요 타인이 간여할 일은 아니다. 그러나 셰익스피어와 세르반테스가 1616년 같은 해에 세상을 떴다는 것을 알면 그들의 시대를 더 잘 이해하게 되는 것은 사실이다.

명일　　　　　　　한자어는 본시 중국에서 유래한 것이 많다. '총각'이나 '처녀'란 말이 그러하다. 총각은 어린 사내아이의 두 발 모양에서 나온 것이고 처녀는 집에 있는 여인이란 뜻을 가지고 있었다. 근자의 우리 생활에서 가장 많이 쓰이는 한자말은 사실상 일인들이 만들어 쓴 것을 그대로 빌려 쓰는 것들이다. '철학'이란 말도 그렇고 '연설'과 같은 말은 모두 일인들이 서구어의 번역어로 만들어 쓴 것을 따르고 있는 셈이다. 요즘 들어 부쩍 많이 쓰이는 '전수조사' 같은 말도 마찬가지다.

이에 반해서 한자어는 한자어이되 우리가 만들어 써온 것도 적지 않다. 팔자가 기박하다고 한탄할 때의 '팔자八字' 같은 것이 대표적인 것이 아닐까 한다. 구시대의 인습이나 생활 습속과 관련된 것이 많아 자연 소멸될 처지에 있었고 또 있어왔다. 일어에서 '八字'는 팔자 눈썹이나 팔자수염처럼 여덟 팔八 자 모양을 한 것에 쓰일 뿐이다. 우리의 팔자걸음과 마찬가지다.

만들어 쓴 한자어로 우리 세대의 어린 시절에 많이 쓰였으나 지금은 들을 수 없는 말의 하나가 '명일名日'이다. 원일元日, 한식寒食, 단오端午, 백중百中, 추석秋夕, 동지冬至 등과 같이 이름이 있고 연중 특별히 유념해서 지켜야 하는 날이 명일이다. 동의어로 명절이 있는데 어릴 적 우리 고향 쪽에서는 명일을 더 많이 썼던 것 같다. "명일날은 가까워오는데 쌀독은 비어가니 어쩌면 좋단 말이냐"고 푸념하는 소리를 많이 들었다. 동의어인 명절은 원래 중국에서나 일본에서나 명예나 절개를 가리키니 이 말도 우리 쪽에서 만들어 쓴 것으로 생각된다. 단오라고 그네 뛰는 정경도 볼 수 없고 동짓날이라고 팥죽을 쑤어 먹는 일도 없어졌으니 명일이란 말이 살아남을 여지도 없어진 것이 아닌가.

시인 임학수林學洙를 기억하는 사람은 많지 않을 것이다. 해방 전에 『팔도풍물시집』을, 해방 후엔 『필부의 노래』 등을 펴냈고 많은 영시 번역을 보여주었다. 두 권짜리 『일리아드』를 번역하는 중노동을 감당하기도 했고 타고르 시집 『초승달』을 번역한 책이

1948년 7월에 나오기도 했다. 당시의 전반적인 수준을 염두에 둘 때 읽을 만한 번역 시의 격을 보여주고 있는데 「처음 핀 유홍초」라는 시편의 후반에는 다음과 같은 대목이 보인다.

그 뒤로 나에게는 수많은 즐거운 날이 있었고 명일날 밤에는 저 광대놀음에도 쾌활히 웃었건만,
비 오는 아침으로는 한가히 노래 불러 즐기고,
밤 되면 사랑하는 이의 손으로 엮은 나리꽃 화관도 목에 감았건만,
내 아직 어릴 때 처음 핀 유홍초를 손에 꺾어 쥐던 그날의 그 즐거움이 유난히도 그리웁구나.

위에 나오는 "명일날 밤"은 "festival nights"를 그리 번역한 것이다. 명일은 단독으로 쓰이기보다 초가집이나 처갓집처럼 겹쳐 쓰인 것이 보통이었다. 유홍초는 재스민jasmine을 그리 번역한 것이다. 『우리말 큰사전』에는 '유홍초留紅草'가 "메꽃과에 딸린 한해살이 덩굴풀이며 열대 아메리카가 원산지"라 되어 있다. 한편 '재스민'은 "물푸레나뭇과에 딸린 늘푸른큰키나무"라 풀이되어 있다. 양자가 동일한 것은 아닌 것으로 보인다. 그러나 재스민이라 하지 않고 유홍초라고 한 것이 도리어 시의 분위기에는 어울리는 듯한 느낌을 받은 것으로 기억하고 있다. 『초승달』을 읽고 나서 오랫동안 기억

에 남았던 작품이 제일 마지막의 「마지막 흥정」과 「처음 핀 유홍
초」라는 것이 나의 경우다.

문종이　　　　　　종이 책이 세를 잃고 종이 신문이 밀리는
판국이 되면서 우리는 과거의 우리 생활에서 종이가 차지한 막강
하나 별로 의식되지 않았던 중요성을 깨닫게 된다. 우리의 살림
터전이 되어온 지난날의 한옥에는 천장에도 바람벽에도 미닫이에
도 장판에도 모두 종이를 발라두었다. 벽지가 그러하고 장판지가
그러하다. 그리고 투명 유리가 아님에도 우리의 방 안을 낮 동안
에 환하게 밝혀준 것은 다름 아닌 창호지窓戶紙였다. '조선종이'라
하다가 한지韓紙로 바뀐 창호지를 우리 어린 시절에는 '문종이'라
했다. 문에 바르는 종이이니 당연히 '문종이'가 가장 직접적이고
쉬운 말이었기 때문이다. 이에 반해서 창호지나 한지는 점잖은 어
른들이 흔히 쓴 말이다. 외풍을 막기 위해서 문짝 가를 돌아가며
바른 종이를 문풍지門風紙라 했는데 도시에서 자란 세대에게는 생
소한 단어가 되어버렸다.
　한옥 실내의 위아래와 연관되지 않은 종이도 가지가지였다. 닥
나무 껍질로 만든 아주 얇고도 질기며 하얗고 깨끗한 흰 종이는
미농지美濃紙였다. 짚을 원료로 해서 만든 검누른 빛깔의 품질 낮
은 것은 이름도 걸맞게 마분지馬糞紙였다. 전자가 은수저라면 후자

는 흙수저인 셈이다. 신문지로 쓰이는 갱지 혹은 백로지白鷺紙는 목수저라고나 할까. 포장지가 있고 원고지가 있고 양면 괘지가 있고 방안지方眼紙도 있었는데 모두 이제는 구석지에서 괄시받고 있어 존재감이 없다. 기름 먹인 유지로 만든 지우산도 비닐우산에 밀려 완전히 사라졌다. 후드득후드득 지우산에 떨어지는 굵은 빗방울 소리는 어린 시절의 아득한 기억으로 남아 있다. 그것은 자연과 인공이 어울린 정취 있는 문화적 기억이다.

일제 말기에 초등학교에 들어가서 노래와 그림을 배웠다. 처음으로 일본말을 배우기 때문에 어디서나 1학년 담임은 한국인 교사가 맡았다. 우리 담임은 남성이었고 노래를 못해서인지 노래는 가르치지 않고 주로 그림을 그리게 했다. 요즘은 미술이라 하지만 당시에는 도화圖畫라고 했다. 도화책에 실린 그림을 도화지에 그대로 모사하는 것이니 교사로서는 교실 안을 왔다 갔다 하는 산책시간이었다. 도화책에 나오는 그림 가운데 꼬마가 포충망을 들고 잠자리 잡는 그림이 있었다. 그림보다는 '夏休の思い出(여름방학의 추억)'이란 제목이 더 근사해 보였다. 문종이도 도화지도 희귀해지고 미구에 사라질 수밖에 없을 것이다. 남는 것은 A4 용지 정도가 아닐까 하는 생각이 든다. 말도 사람도 자꾸만 바뀌는데 바뀌지 않는 것은 "악당의 마지막 도피처"라고 영국의 새뮤얼 존슨이 갈파한 애국심을 우려먹는 마분지 같은 정치 약장수들이 아닌가 한다.

고약　　　　우리 어려서는 잔병도 많고 사달도 많았
다. 또 이에 대처하는 민간요법도 가지가지였다. 볼거리가 생기면
볼 밑에 잉크를 발랐다. 어떤 때는 한 학급에 두서넛이 잉크를 바
르고 출석해서 잉크 쌍둥이라고 놀림감이 되기도 하였다. 어쩌다
다리에 상처가 생겨 피가 나면 고운 모래를 뿌려 피를 멎게 했다.
손을 다쳐 상처가 나면 종이를 태워서 그 재를 상처에 뿌리고 헝
겊으로 동여맸다. 머리가 허옇게 되는 기계총을 앓는 동급생이 끊
이지 않았다. 전시여서 먹을 것을 제대로 못 먹으니 영양실조가 되
어 이런 불상사가 자주 생긴 것이다. 물론 열악한 위생 환경 탓이
기도 하였다. 기계총은 대체로 이발소에 갔다가 옮았기 때문이다.

　제대로 약물 치료를 받지 못하던 시절 그나마 의약품 노릇을
한 것은 쉽게 구할 수 있는 고약膏藥이었다. 몸의 헌 데나 종기가
생겼을 때 누런 기름종이에 싸여 있는 검은 고약 덩어리를 녹여서
붙여놓으면 며칠 지나 아무는 것이 보통이었다. 고약 상표로는 '조
고약趙膏藥'이 있었고 '이명래고약'이 있었다. 우리 고향 쪽에서는
조고약이 흔했다. 이명래고약을 만든 집안은 나중 작가이자 헌법
학자인 유진오 총장의 처가라고 하여 화제가 된 것으로 기억하고
있다. 해방 후에 많은 피부 연고가 판매되면서 고약은 사라지게
되지만 6·25 전까지는 그래도 많이 쓰였다. 그 무렵 미군 부대에서
흘러나온 다이아진이 거의 만능 약처럼 여겨져 수요가 많았다. 다
이아진은 설파다이아진sulfadiazine의 준말로서 1940년에 나온 항균

제다. 1950년대를 지나 60년대가 되면 다이아진의 실물도 성가도 사라지게 된다. 우리 쪽에서는 다이아찡이라고 발음하였다.

층하　　　　　　　사회가 민주화되고 교육 기회가 많아지면서 예전보다 한결 평등 의식이 보편화되고 이에 따라 사람들은 다양한 차별에 대해 민감하게 되었다. 근래에 생겨난 갑질이라는 말도 이러한 평등 의식의 확대에 따른 결과이고 여성들의 미투 운동도 같은 맥락에서 이해할 수 있다. 그렇다면 계층적 성적 차별에 대해서 예전엔 상대적으로 무심하거나 둔감했던 것일까? 물론 그렇지 않았을 것이다. 지렁이도 밟으면 꿈틀한다든가 하는 속담이 괜히 나온 것은 아닐 것이다. 전근대와 근대의 차이를 우리는 여러 가지 측면에서 접근할 수 있다. 그러나 대범하게 말하면 근대는 운명에서 선택으로 패러다임이 바뀐 시대라 할 수 있다. 운명으로 수용했던 신분을 넘어서서 선택에 의한 사회이동이 활발해지게 된다. 근대적인 삶은 주어진 여건 안에서의 선택이 특색이고 또 지리적 이동이 심하기 때문에 대체로 타향살이로 귀결된다.

　한자어로 되어 있으되 우리가 만들어 우리만 쓰는 말로 '층하層下'가 있다. 삼성출판사에서 나온 신기철·신용철 편저의 『새우리말 큰사전』에는 "다른 것보다 낮잡아 홀하게 대접함. 혹은 그러한 차별"이라 풀이되어 있고 "층하를 두다"란 보기가 보인다. 『우리말 큰사전』에는 "낮잡아 홀대함"이라 풀이되어 있고 '층하하다'란 동사를 따로 등재하고 있다. 나의 경험을 따르면 '음식으로 사람 층하하면 못쓴다'는 맥락에서 이 말을 듣고 익히게 되었다. '층하를 두다'란 투의 말은 들어본 적이 없다. 일상 속에서 듣고 직감한 것은 층하가 곧 차별이라는 뜻의 이해였다. 차별과 같은 근대화된 단어가 널리 쓰이는 오늘 층하란 말은 거의 사라졌다. 어린 시절에 듣고 터득한 말에 관해 이렇게 글을 쓰면서 많은 예문을 들지 않는 우리말 사전의 한계를 다시 절감한다.

망골   어느 동네에나 약간 모자란 듯하면서 주책 없는 언동을 하는 사람이 있게 마련이다. 동네에서는 팔푼이, 푼수, 주책이란 말로 그들을 불렀다. 그러나 이들은 대체로 악의는 없고 마른 데 진 데를 가리지 못하는 것이 흠이다. 팔푼이나 푼수보다 조금 더 욕에 가까운 말이 망골亡骨이요 망물亡物이다. 주책 없음이 대책이 없을 정도일 때 망골이라 했다. 성골, 진골에 대해서 망골이 있다고 생각하면 쉽게 기억될 것이다.

옛 투의 말이 사라지고 또 불량소년이나 저능아와 같은 차별적 언사를 삼가는 풍조에 따라서 망골 같은 단어도 완전히 사라졌다. 그것은 나쁜 일은 아니다. 그러나 파렴치하고 기본을 모르는 악랄한 불한당이 도처에서 활개 치고 있는 것이 오늘의 세태이다.

구제할 수 없는 내로남불의 양심 불량배는 우리 시대의 망골이요
망물이다.

15촉　　　　　　　어린 시절은 누구에게나 놀라움과 궁금증
으로 차 있는 시기이다. 꼬마들은 쉽게 대답할 수 없는 질문을 끊
임없이 해대는데 부모들은 성가셔서 소중한 호기심의 싹을 자르
는 수가 많다. 어린 시절의 경이로서 기억에 선연한 것은 전깃불에
관한 것이다. 우리 나이로 여섯 살 때 충북 진천 변두리에서 증평
으로 이사를 갔다. 이사 간 날 밤에 처음으로 경험한 전깃불은 가
히 하나의 경이였다. 전등이 켜지면서 온 방 안이 환해지는 것은
등잔불이나 램프 불에 익숙한 눈에는 놀라움으로 비쳤다. 이어 병
원에 가서 경험한 검정색 선풍기 바람도 신기하기만 하였다. 당시
의 백열전구는 대개 젖빛유리로 된 것이었는데 해방 후 젖빛유리
전구가 희귀해지면서 투명 유리 전구가 많이 나돌았다. 겉으로 보
기에도 투명 유리 전구는 어쩐지 값싼 조제품이라는 느낌을 주었
다.

　　이 흰 바람벽에
　　희미한 십오촉+五燭 전등이 지치운 불빛을 내어던지고
　　때글은 다 낡은 무명 샤쯔가 어두운 그림자를 쉬이고

그리고 또 달디단 따끈한 감주나 한잔 먹고 싶다고 생각
하는 내 가지가지 외로운 생각이 헤매인다

백석 절창의 하나인 「흰 바람벽이 있어」의 첫머리에 보이는 대
목이다. 여기 나오는 백열전등의 광도光度가 15촉觸이고 그것은 아
마도 전구 중에서 광도가 가장 약한 것의 하나가 아닌가 생각한
다. 젊은 세대에겐 15촉이 극히 생소하겠지만 우리 어린 시절 아
니 젊은 시절에도 흔히 쓰인 말이다. 『새우리말 큰사전』에는 '촉'
이 "촉광燭光의 준말이며 광도光度의 예전 단위이고 1.0067칸델라"
라 풀이되어 있다. 다시 '칸델라'를 찾아보면 "1948년 국제 도량형
총회에서 정해진 광도의 단위"라면서 상당히 전문적인 물리학적
설명이 이어진다. 일본어 사전을 찾아보니 "광도의 예전 단위로서
1961년 폐지되었고 현재는 칸델라를 사용하며 1촉은 대략 1칸델
라"라 풀이되어 있다.

분명히 어린 시절 15촉, 20촉이란 말을 많이 들었는데 막상 당
시의 전구에는 숫자와 함께 와트를 표시하는 W 자가 적혀 있었
다. 『새우리말 큰사전』에는 "전력의 단위로서 1와트는 1/746마력
에 해당한다"고 풀이되어 있다. 그러니 촉과 와트의 관계가 아리
송하다. 와트의 숫자를 보면서도 옛적 단위인 촉을 써서 20와트를
그냥 20촉이라 한 것일까? 백열전등보다 형광등이 널리 보급되고
사용되면서 사실상 '촉'이란 말은 쓰이지도 않고 사라져간 것이 아

닌가 생각된다. 앞의 백석 시편에서는 전등이라 했는데 우리 어려서는 흔히 '전기다마'라고 했다. 일인들은 전구電球라는 말을 쓰면서 일상생활에서는 그냥 '다마'라고 했다. 다마는 球, 玉, 珠의 뜻을 가진 쉬운 일본말이다. 그러니까 우리는 우리말과 일어의 합성어를 만들어 전기다마라고 했던 것이다. 해방 후에도 오랫동안 사용되었던 것으로 알고 있다.

우리 어렸을 적엔 전구가 끊어져 못 쓰게 되어도 버리지 않고 폐품 이용을 하였다. 가난한 어머니들은 구멍 난 양말을 전구에 뒤집어씌워놓고 꿰맸던 것이다. 그러니까 전기가 들어오는 시골집에서는 바느질고리에 으레 폐전구가 들어 있었다. 바느질고리란 바늘, 실, 가위, 골무, 헝겊 등 바느질에 쓰이는 물건을 담아두는 그릇을 말한다. 우리 고향에서는 '반짇그릇'이라 했는데 표준어가 바느질고리로 되어 있어 지금은 당연히 쓰이지 않는다. 요즘 양말 기워 신는 이도 없겠지만 영국에서도 2차 대전 직후에 중하층 주부들이 아이들에게 양말 기워 신기는 장면을 책에서 본 적이 있다.

평생을 출생지에서 살았던 철학자 칸트는 점심 후의 규칙적인 산책으로 유명하지만 그 밖에도 많은 일화를 남겼다. 누이들이 같은 고향에 살고 있었지만 25년 동안 만나지 않았다. 사내 동기의 편지를 받고 2년 반 동안 답장을 않다가 두 번째 편지에는 너무 바빠 답장을 못 했다면서 동기간의 우애는 변치 않았다고 써서 보냈다. 평생 건강 과민증을 가지고 있던 그는 전기에 대한 망상도 있어서 자기의 두통이 전기 탓이라고 생각하였다.

우리나라에 전깃불이 도입된 것은 1884년 궁중에 증기력蒸汽力 발전소를 설치하고 건청궁乾淸宮과 그 뜰에 100촉짜리 아크등을 각각 한 개씩 점등한 것이 처음이라 한다. 그 후 미국 에디슨전기 조명회사에서 파견한 영국인 기술자 피어리Pyirrer와의 계약으로 경운궁에 약 900개의 에디슨 램프가 켜지게 된다. 이어 1900년 4월 종로에도 전등이 켜지고 그 후 전기 수요는 급격히 불어났으며 우리도 고급 기술을 요하는 원자력발전소를 세우게 되었다.[*]

낮 전기　　　　　해방 전 초등학교에 다닐 때 동양 최대의 것이라며 압록강의 수풍댐과 수풍수력발전소 얘기를 교실에서 많이 들었다. 1941년에 1호기가 가동되어 발전과 송전이 시작되었고 1943년엔 2호기에서 6호기까지 발전하여 60만 킬로와트를 기록했다고 하는데 완성된 것은 1944년에 이르러서였다. 이북에는 그 밖에도 장진, 부전, 화천 등의 수력발전소가 있었으나 38선 이남에서는 영월과 당인리 화력발전소가 고작이어서 남과 북의 전력 생산 격차는 엄청났다. 1948년 미 군정이 전기료를 내지 않는

---

[*] 김용덕 외, 『민족의 시련 : 한국현대사 3』, 신구문화사, 1969, 453쪽.

다는 이유로 북에서는 남으로의 송전을 중단했다. 중학생 때 시험 기간 중에 갑자기 전기가 끊어져 난감했는데 그 후 늦저녁에서 밤 열 시까지만 전기가 들어오는 제한 송전이 시작되었다. 6·25 사변 동안에는 물론 전기가 들어오지 않았다. 지역마다 차이가 있었겠지만 1953년이 되어서야 가정 송전이 이루어졌다고 생각한다. 그것도 제한 송전이기는 마찬가지였다.

낮 전기란 말이 생겨난 것은 아마도 이 제한 송전 시기가 아니었나 생각한다. 관공서나 병원 같은 곳에는 낮에도 전기가 들어오는 것을 보고 낮 전기라 했고 낮 전기를 누리는 이들을 부러워했던 것이다. 우리 집에도 낮 전기가 들어온 것은 1960년대였는데 정확한 시점은 생각나지 않는다. 전기가 들어오지 않던 전시의 고3 시절 잉크병에 석유를 넣고 심지를 만들어 등잔으로 썼다. 아침에 일어나 코를 풀어보면 새카만 검정색이어서 한심하고 암담한 기분이 되었던 것을 떠올리면 지금은 참 좋은 세상에 살고 있다는 생각이 절로 든다.

요즘은 형광등이나 데스크 램프desk lamp가 보편화되어서 백열전구를 찾아보기 힘들다. 그러나 백열전구 속을 들여다보면 가느다란 필라멘트가 보인다. 이것은 중석을 재료로 해서 만드는데 한국의 강원도는 주요 중석 산지였다. 일본에서 급속히 전기가 보급되고 전구가 싼값으로 양산된 것은 강원도에서 채광한 중석이 풍부하였기 때문이었다. 중석의 원어인 텅스텐tungsten은 스웨덴어로 무거운 돌이라는 뜻이고 일인들이 중석重石으로 번역해 쓴 것이다.

'낮 전기'란 말은 큰사전에 등재되어 있지 않다. 이 말이 쓰인 것도 내 거주지 쪽의 한정된 연령대에 국한된 것인지 모른다. 우리 말 사전을 이용하는 사람은 한국인에 한정되지 않는다. 외국인이 이용하는 수도 있다. 그러니까 우리에게 자명한 말도 일단 사전에 는 등재해서 풀이해놓아야 할 것이다. 비슷한 경우는 많다. 미국인 들이 영어를 쓰는 것은 누구나 안다. 미국인들만이 쓰는 특수한 사례가 있기 때문에 미국 영어라는 말도 있는 것이다. 해방 직후 미군이 들어오면서 시골에서도 그들이 거리를 걸어 다녔고 지프 차도 보였다. 드물기는 하지만 영어를 조금 하는 사람들이 있어 미 군과 말을 주고받는 경우가 있었다. 그러면 사람들이 미국말을 잘 하는 사람이라고 신기해하였다. 초등학교 교육도 못 받은 사람이 많아서 미국 사람이 하는 말이니까 미국말이 된 것이다. 하는 말 은 발언 주체를 잘 드러내지만 미국말의 경우는 그의 교육 수준 을 드러내었다.

6·25 사변 때 처음 제트기가 나왔다. 속칭 쌕쌕이라고 불렀다. 성인들 사이에선 아이들 호칭을 피해서 호주 비행기라고 하는 경 우가 많았다. 이승만 대통령의 처가 나라에서 이승만 정부를 돕기 위해 공습에 참여한다는 논리였다. 오스트리아와 오스트레일리아 를 구별하지 못하는 이들이 지어내고 유포시킨 황당한 얘기다. 지 금 우리는 얼마나 달라졌는가? 체코와 슬로바키아가 분리되었다

는 것, 1968년 '프라하의 봄'을 주도했고 모스크바로 끌려가 봉변을 당했던 둡체크가 슬로바키아 출신임을 모르는 외무부 공무원들이 많았다는 것이 드러난 것은 21세기 극히 최근의 일이었다.

능금　　　　　　어려서 익힌 낱말 가운데 학교에 들어가 이른바 표준말 교육을 받으면서 쓰지 않게 된 말들이 많다. 그 대표적인 것이 참꽃이다. 봄이 되면 야산에 아주 흔히 피는 꽃이 참꽃이었다. 참꽃은 먹어도 좋다고 해서 따 먹었고 이에 반해 비슷하게 생긴 철쭉은 먹으면 안 된다고 해서 구별하는 법을 일찌감치 알게 되었다. 철쭉은 조금 늦게 피고 꽃 모양이 한결 반듯하고 고운 것이 특징이다. 해방 후 한글을 배우고 나서 우리말로 된 책을 읽으면 진달래 얘기가 많이 나와 도대체 어떤 꽃인가 늘 궁금하였다. "무궁화 삼천리" 하면 눈이나 머리에 떠오르는 것이 없다며 "진달래 삼천리" 하면 얼마나 좋은가라는 취지의 이태준李泰俊의 글을 읽고 나서는 더욱 궁금해졌다. 나중에 진달래가 흔하디흔한 참꽃임을 알고 허탈감 비슷한 배신감을 느꼈다.

　『우리말 큰사전』에 '참꽃'은 "먹는 꽃이란 뜻으로 진달래를 일컫는 말"이라 풀이되어 있다. 이어 '참꽃나무' 항목에는 "철쭉과에 딸린 갈잎좀나무"라면서 우리나라, 일본에서 나며 구경거리로 가꾼다고 부연하고 있다. 한편 '진달래' 항목에는 다음과 같은 풀이가 보인다. "진달랫과에 딸린 좀나무. (……) 산에서 자라며 구경거리로도 심는데 꽃은 '참꽃' '진달래꽃'이라 하여 먹는다." 참꽃과 진달래가 같은 것인데 철쭉과에 속한다 하는가 하면 진달랫과에 속한다고 해서 헷갈린다. 사전의 풀이로 보아 참꽃은 진달래의 별칭이기에 방언이라 할 수 없으나 교육 현장에서는 진달래가 표준말이라는 식으로 가르치기 때문에 지금 참꽃이란 말은 사실상 사라졌다. 무의식 수준의 언어근본주의가 작용하여 별칭이나 방언을 유통流通에서 배제하는 결과를 낳은 것이다. OX문제 투로 접근해 별칭이나 방언을 틀린 것으로 간주하는 경향이 있다.

참꽃 비슷하게 유통에서 배제되어 쓰이지 않는 말이 '능금'이다. 요즘 사과沙果 먹는 사람은 있어도 능금 먹는다는 사람은 없다. 『우리말 큰사전』에는 "사과나무는 능금나무를 개량한 것이고 사과는 재래종인 능금보다 알이 굵고 살이 많다. 홍옥, 국광 따위 여러 가지 품종이 있고 과수로 재배한다"고 되어 있다. "장미과의 낙엽교목으로서 중앙아시아가 원산지"라고 풀이된 사전도 있다. 사전의 풀이로는 배에 대해서 돌배가 있듯이 알이 조그만 재래종이 능금이고 먹기 실한 과일로 개량한 것이 사과가 되는 셈이다. 틀린 말은 아니나 무언가 충분하지 않다는 느낌이다.

내 고향 충주는 황색 연초와 사과의 생산지로 알려져 있다. 과수원도 많다. 과수원에서 재배한 요즘의 사과를 우리 어려서는 그냥 능금이라고 했다. 개인적인 특수한 사정이 아니라 고향 쪽에서는 일반적인 호칭이었다. 6·25 후 모든 것이 바뀌고 사회가 재편성 되면서 어느 사이에 능금이란 말은 사라지고 사과로 대체하게 되었다. 아마 황주 사과나 대구 사과와 같은 말이 교과서에 실리면서 충주 능금도 충주 사과로 신분 상승을 한 것인지 모른다.

중학 동기 가운데 과수원집 아들이 몇몇 있어서 선망의 대상이 되었다. 일인이 소유했던 과수원을 인수한 경우도 있고 일제 말기에 집에서 새로 조성한 경우도 있었다. 그래서 일찌감치 사과 품종에는 국광, 홍옥, 딜리셔스, 이와이 등이 있다는 것을 알았다. 재미있는 것은 국광, 홍옥 등의 경우 일본말을 우리식으로 발음해서 지칭한 데 비해 이와이(祝)만은 일어 원음을 그대로 썼다는 것이다. 인도나 부사가 나온 것은 6·25 후의 일이다. 말이나 음식이나 어려서 익히고 맛본 것에 정이 들게 마련이라 사과가 익숙해지기 전에는 능금이란 말에 더 애착과 호감이 간 것이 사실이다. 토마토 같은 것은 예나 이제나 같다. 농촌에서는 토마토를 흔히 땅감이라고 했고 참 잘 지어진 이름이란 생각이 들었는데 이제는 완전히 사라지고 말았다.

제3장

백설기　　　　　우리 어려서는 간식이나 별식에 관한 한 가정 단위의 자급자족이 주류였다고 생각한다. 비스킷이나 캐러멜을 사 먹는다는 것은 그래도 여유 있는 집안에서의 일이다. 더욱이 일제 말기 태평양전쟁 무렵 설탕이 희귀한 시절에는 알사탕조차 구경하지 못했다. 그러니 시월상달의 고사떡이나 이웃에서 돌리는 돌떡 같은 것이 별식이나 간식 향유의 계기가 되어주었다. 설날의 가래떡이나 명일날 맛보게 되는 갖가지 음식이 유년의 일상에 커다란 낙을 제공해주었음은 물론이다. 추석에 먹는 송편이나 동짓날 쑤어 먹는 팥죽, 팥죽에 넣어 먹는 새알심도 단조로운 유년 시절에는 하나의 사건일 수 있었다.

대추 밤을 돈사야 추석을 차렸다

이십 리를 걸어 열하룻장을 보러 떠나는 새벽

막내딸 이쁜이는 대추를 안 준다고 울었다

절편 같은 반달이 싸리문 위에 돋고

건너편 성황당 사시나무 그림자가 무시무시한 저녁

나귀 방울에 지껄이는 소리가 가차워지면

이쁜이보다 삽살개가 먼저 마중을 나갔다

　노천명盧天命의 첫 시집 『산호림珊瑚林』에 수록된 「장날」의 전문
이다. 절편은 네모지게 썰고 꽃무늬를 찍기도 해서 볼품 있게 만
든 흰떡이다. 6·25 전 중학 하급반 국어 교과서에서 배울 적에는
"절편"이 '송편'으로 되어 있었다. "송편 같은 반달"이 한결 정감 있
고 또 반달에 어울린다. 송편이 되었건 절편이 되었건 반달을 보
고 떡을 연상하는 것은 구차했던 시절의 유년 경험에 어울리는 발
상이다.

　요즘의 젊은 세대는 자급자족적인 별식보다 상품화된 외국 음
식을 많이 접하다 보니 재래의 우리 음식을 별로 좋아하지 않는
다. 백화점의 식품 판매 코너에 가보면 다양한 케이크 판매대 한
옆으로 떡 전문 매장이 있다. 그러나 팥을 얹은 시루떡 정도가 고
작이다. 인절미에서 기주嗜酒떡에 이르는 다양한 떡이 보이지 않는
다. 그러니 미구에 백설기, 수수팥떡, 절편, 송편, 인절미, 기주떡,
개피떡, 두텁떡, 쑥떡이란 말은 모두 사라지고 민속학자의 노트북

에나 남아 있지 않을까 생각된다. 외국어를 공부하다 보면 가장 쉬운 말이 학습자에겐 아주 어려운 경우가 많다. 백설기나 기주떡이 어려운 말이 될 공산이 매우 크다. 그런 맥락에서도 과거는 외국인 것이다.

수수팥떡을 제외한다면 떡의 재료가 되는 것은 찹쌀이나 멥쌀이다. 밀가루 반죽을 그대로 쪄서 만든 것은 그래서 개떡이라고 했다. 그렇게 따지면 호떡도 일종의 개떡이다. 지칭 대상을 치지도 외하고 이름으로 듣기 싫은 말은 '빈대떡'인 것으로 내게는 생각된다. 빈대 잡기 위해 초가삼간 태운다는 그 빈대가 연상되기 때문이다. 빈대처럼 납작해서 그리 부른 것이 아닌가 하는 생각이 들기도 했다. 우리 고향 쪽에서는 빈대떡이라 하지 않고 녹두전 혹은 녹두부치기라 한 것으로 기억한다. 학생 때 서울 올라와 빈대떡이란 말을 듣고 괴이쩍게 생각해서 사전을 찾아보았다. 한글학회에서 엮고 을유문화사에서 펴낸 여섯 권짜리 『우리말 사전』에 빈대떡은 '빈자貧者떡'에서 나왔다고 풀이되어 있었다. 당시 녹두가 결코 값싼 농작물이 아니었기 때문에 좀처럼 납득이 되지 않았다. 이번에 찾아보니 그런 풀이는 보이지 않아 적정히 수정되었음을 알았다. 역사를 다시 쓰듯이 사전도 새로 써야 하는 것이란 생각을 다시 했다. 해방 직후 서울역 창고에서 발견된 원고를 기초로 해서 나온 이 사전은 활자가 큰 것이 특징인 호화판이었다. 노안으로 잔글씨 읽기가 불가능해진 작금에 가끔 생각나는 사전이다. 박태원의 『천변풍경川邊風景』을 읽다가 서울 사람들이 돈이라 하지 않고 둔이라고 하는 장면에서 괜히 짜증이 났던 기억이 있다. 지금도 빈대떡이란 말을 들으면 비슷한 기분이 된다. 사람은 누구나 호불호를 가지고 있는데 내게는 빈대떡이 우리말 중에서 아주 윗길의 비호감 단어이다. 녹두전을 좋아했기 때문에 당치 않은 이름에 그런 심정이 된 것이라고 자가 진단을 하고 있다.

수판　　　　　　　우리 세대의 어린 시절 필수 학용품 중 하나가 수판數板이었다. 초등학교 몇 학년 때부터 배우기 시작했는지 모르지만 적어도 5학년 때쯤엔 누구나 기본 실력을 가지고 있지 않았나 생각한다. 초등학교 때는 담임교사의 취향이나 지향에 따라서 역점을 두는 과목이 달라지게 마련이다. 나의 경우 4학년 때는 담임이 기계체조와 당시 직업職業이라 불렀던 실업에 역점을 두었다. 체조 시간이면 늘 철봉대가 늘어선 운동장 한구석으로 아이들을 끌고 가서 철봉에 매달리게 했다. 또 뜀틀 두 대를 놓고 달려와 두 손 짚고 뛰어넘기나 재주넘기를 시켰다. 지금 생각하면 담임이 기계체조를 좋아했기 때문만이 아니고 칠판을 등지고서서 과목을 가르치는 수업보다 더 편해서 그런 것이 아니었나 싶다. 학교 실습지로 끌고 가서 작업을 많이 시킨 일도 별로 좋은 기억으로 남아 있지 않다.

5학년 때 담임은 한결 학생들의 호감도가 높은 교사였는데 아침 첫째 시간 중 20분을 할애해서 매일처럼 수판 연습을 시켰다. 수판을 잘하면 나중에 실용가치가 매우 높으니 잘 익혀두어야 한다는 취지였다. 수판 연습 때는 교사가 일어로 돈의 액수를 연이어 늘어놓고서 총액이 얼마냐 물어 칭찬하기도 하고 핀잔을 주기도 했다. 수판 연습의 기본적 첫걸음은 1에서 10에 이르는 숫자를 빠른 속도로 소리치고 합계를 묻는 것이었는데 그 속도가 너무나 빨라서 대부분의 학생들은 따라가지를 못했다. 그런데 55란 정답을 귀신같이 맞히어 동급생을 놀라게 했던 한 학생은 나중에 상급반인 자기 형 덕에 정답을 미리 알고 있었기 때문이라고 실토해 모두를 다시 감탄하게 만들었다.

수판에는 두 종류가 있었다. 5를 나타내는 맨 윗줄의 수판알 아래 알 네 개가 있는 것과 다섯 개가 있는 것이 있었다. 네 개짜리가 개량된 것이고 다섯 개짜리가 구식이었다. 우리 또래가 학교 다닐 때는 개량형이 대세였다. 분명 네 개가 훨씬 경제적이고 능률적이다. 그럼에도 다섯 개짜리에서 네 개짜리로 진전하는 데 시간이 걸렸다는 사실은 사소한 것이라 하더라도 개선과 개량이 쉽게 일어나는 일이 아님을 말해준다.

수판보다 한결 유식하고 점잖은 말이 주판(籌板, 珠板)이어서 '수판'을 찾으면 '주판'을 보라고 된 사전도 있었다. 籌는 수를 세는 대막대를, 珠는 수판알을 가리키는 말이다. 중국의 발명품으로 송말末末부터 쓰였다고 알려져 있다. 우리 앞 세대에선 주로 주판이라 했는데 말이란 대체로 쉽고 간편한 쪽으로 가게 마련이다. 어쨌건 계산기의 등장으로 수판은 완전히 무용지물이 되었으니 세월의 변화는 빠르다고 할 수밖에 없다. 그러나 계산기의 등장이 사람들의 암산 능력을 현저히 저하시킨 것은 사실이다. 문자 표기가 보급될 때 플라톤은 기억력의 퇴화를 우려하였고 그것은 현실화되었다. 수판 능력은 손놀림 이상으로 암산 능력과 연결되는 것인데 계산기만 두드리면 복잡한 곱셈이나 덧셈의 정답이 순식간에 나오니 암산 능력은 퇴화할 수밖에 없었을 것이다.

1953년 고등학교를 졸업하였는데 동급의 졸업생 중 두 친구가 농협의 전신인 금융조합에 취직이 되었다. 그중 하나가 나중 『반노』의 작가로 알려진 염재만 군이다. 요즘 고등학교 졸업의 학력으로 농협 정식 직원으로 취직한다는 것은 어려운 일이다. 그러나 당시엔 가능했고 경쟁자도 많았다. 상식과 수판 실기시험에서 두 친구는 뛰어난 실력을 발휘해 선발되었다. 그 뒤 친구에게 들은 농협에서의 경험담 중 흥미 있는 것은 장부 정리에 관한 것이다. 장부를 대조하다 보면 근소한 액수의 차이가 나는 경우가 있다. 차이가 불과 10원밖에 안 되는 경우에도 어디에서 착오가 생겼는가를 확인하기 위해 직원 몇이 몇 시간이고 대조를 해서 찾아낸다는 것이다. 차액을 당사자들이 물어내고 말면 될 것 아니냐 했더니 그렇지 않다는 것이었다. 그게 직장에서의 관행이요 기율이라고 했다. 근대 합리주의의 핵심은 부기의 정신이란 말을 나중에 읽고 친구의 경험담이 생각났다. 일제시대에 나온 것이라 생각되는 「창원아리랑」을 보면 "하가키 한 장에 일전고린해도 정든 임 소식은 무소식이란 말가"란 구절이 있다. '하가키'는 엽서를 가리키는 일본말이고 '일전오린一錢五厘*' 역시 일어에서 나왔는데 1.5전錢이란 뜻이다. 부기의 정신은 이렇게 얼마 안 되는 푼돈까지 엄밀하게 따지는 정신이다.

요즘엔 잔머리를 굴린다는 말을 흔히 한다. 부정적인 함의가 있고 무엇인가 정당하지 못한 일을 잔꾀나 꼼수로 넘기려는 것을 겨냥한 말이다. 그런데 이전엔 수판알을 튀긴다는 말을 많이들 했다. 이해타산이나 득실을 계산하며 처신하는 것을 부정적으로 말할 때 썼다. 수판은 이제 고물상에서나 볼 수 있고 실용 현장에서는 퇴출되고 말았다. 그러니 말이 사라지는 것도 세상의 필연이다.

지기　　　　　　우리가 말을 익히는 것은 문맥 속에서 자연스레 이루어지게 마련이다. 그래서 낱말 하나하나를 따로 떼어서가 아니라 전체 속의 한 단위로 접하고 터득하게 되는 것이 보

---

* 리厘는 다스릴 리로 읽기도 하지만 전廛의 약자로 흔히 쓰였으며 전이라 읽었다. 그러나 일인들이 이 厘를 화폐의 최소 단위로 써서 전錢의 10분의 1을 가리켰다. 그리고 읽기도 린으로 읽었다. 창원 지방의 민요에서 반은 우리말 반은 일본말을 써서 일전고린五厘이라 하고 있다.

통이다. 내가 '지기志氣'란 말을 익힌 것은 "지기를 못 펴고 산다"는 맥락 속에서다. 자전을 찾아보면 『십팔사략十八史略』에 보이는 대목이 전거典據로 되어 있다. 일본에서도 빌려 썼지만 요즘엔 거의 쓰이지 않는 것은 우리 경우와 비슷하다. 우리 사전에는 한자 뜻에 충실하게 의지와 기개라 풀이되어 있지만 그것만 가지고는 이해가 안 된다. 지기를 편다 혹은 못 편다는 맥락 속에서 말의 뜻이 분명해진다.

우리나라의 보통 사람들이 가지고 있는 삶에 대한 자의식은 대체로 '지기를 못 펴고 살았다'는 것으로 요약할 수 있다는 것이 나의 관찰이다. 지기를 못 펴고 살게 한 가장 큰 원인은 가난에서 오는 경제적 궁핍이었다. 끼니를 걱정해야 하거나 보릿고개 넘기기가 절실한 당면 과제가 되어 있는 처지에서 지기를 펴고 살기는 불가능하다. 얼굴에 생기가 없고 겉보기에도 궁기가 흐르기 마련이다. 궁상과 청승이란 말이 그러한 맥락에서 많이 쓰였다. 정치적 억압과 부자유가 식자들로 하여금 지기를 못 펴고 살게 한 것은 근현대사의 큰 특징이다. 사회적 인습이나 관행이 가정 속의 개인을 억압하여 마음을 누르는 것도 예사로운 일이 아니었다. 특히 여성의 경우 전통 사회에서 감내해야 했던 구질서의 압력은 이만저만하지 않았다. "시집살이 고사리 나는 싫어요"란 간명한 민요가 드러내듯이 층층시하의 시집살이는 혹독한 것이었다. 거기다가 사회적 약자가 감당해야 했던 수모나 하대를 겹쳐보면 사태는 더

욱더 고약해진다. 지기를 못 펴고 살았다는 것은 한자의 뜻이 암시하듯이 영웅호걸이 자기 야망이나 기개를 살리지 못했다는 것이 아니라 보통 사람들이 마음 놓고 나날의 삶을 운영하지 못하고 한시름 놓으면 또 다른 걱정으로 구차하게 살았음을 가리킨다. 그래서 '갈수록 태산이요 갈수록 수미산'이란 옛말이 퍼진 것이다. 요즘은 지기를 못 펴겠다는 말을 쓰지 않아서 들어볼 기회가 없다. 그렇다고 오늘의 보통 사람들이 마음 놓고 유쾌하고 호쾌하게 살아가는 것은 물론 아니다. 젊은 세대 사이에선 근대화된 새말이 있을 것이다. 유토피아가 있다면 그것은 모든 사람들이 지기를 펴고 사는 세상이 아닐까. 그러나 "타자가 지옥"이기를 그치는 세상은 "별을 그리는 부나비의 꿈"일 수밖에 없다는 생각이 더욱 간절해지는 게 우리의 어제오늘이다. 삶의 기본 가치나 도덕적 기준을 파괴하는 언동이 정의와 공정의 이름으로 창궐하니 심약한 사람들은 더욱 지기를 펼 수가 없게 된다.

자진　　　　　　　자연계가 4원소로 되어 있다는 생각을 처음으로 발설한 기원전 5세기의 그리스 자연철학자 엠페도클레스는 시칠리아의 에트나산 분화구 속으로 뛰어들었다. 영혼 불멸을 증명하기 위해서였다는 전설을 남겼다. 원로에 의한 로마 공화제를 지키기 위해서 카이사르와 싸우다가 패배한 카토는 우티카에서 칼로 하복부를 찌르고 세상을 뜬다. 1905년 을사조약으로 사실상 국권을 상실하자 민영환은 유서를 남기고 단도로 목을 찔러 순국한다. 빈에서 백만장자의 아들로 태어나 원 없이 살고 원 없이 작품을 쓴 슈테판 츠바이크는 세계에서 가장 많이 읽히는 작가 중 한 명이 되었다. 나치 독일의 세력 확장을 피해 남미 브라질까지 간 끝에 유럽의 앞날에 절망한 그는 싱가포르가 일본군에게 함락당하자 젊은 아내와 함께 음독하고 만다. 독일군의 프랑스 침공으로 스페인 국경까지 갔으나 프랑스 출국의 비자가 없어 발목이 잡히자 음독한 발터 베냐민의 경우처럼 얼마쯤 조급한 상황 판단이 아니었나 하는 안타까움을 안겨준다. 35세에 중의원 의원이 된 후 웅변가로 성가를 올린 일본 정치가 나카노 세이고(中野正剛)는 태평양전쟁 말기 「전시재상론戰時宰相論」이란 시사평론을 쓴 것이 당시의 권력자인 수상 도조의 심기를 불편하게 하여 헌병대에서 하루 하고 반나절을 조사받고 귀가한 후 할복을 하였다. 유서를 남기지 않아 헌병대에서 받은 극심한 모욕 때문이라고 추정되고 있다.

생각나는 대로 몇몇 인물의 삶의 끝막음을 적어보았다. 방법에 있어서는 차이가 나지만 이들의 공통 요소는 자살이라는 것이다. 그러나 자살이란 한자어는 사마천의 『사기』 이래 한중일 동아시아 3국에서 두루 쓰여왔지만 살殺 자가 주는 직접성 때문에 일변 기피되어온 것도 사실이다. 그래서 자해自害, 자재自裁, 자잔自殘이란 말이 도리어 더 많이 쓰인 것이 아닌가 하는 생각을 갖게 된다. 일상생활 속에서 들어본 바로는 자진自盡이란 말이 많이 쓰인 것으로 기억하고 있다. 당사자에 대한 예의나 배려 차원에서 그랬다는 것이 나의 관찰이다. 적어도 당사자가 연장자이거나 무던한 위인일 때는 자진이 표준이었다. 당사자에 대한 배려가 점점 엷어져가고 또 자살이 전처럼 비밀 사항이 되지 않는 시대가 되자 이런 말은 이제 거의 사라졌다. 신문기사나 보도에서 행위의 직접성이 두드러진 자살이 선호되는 것은 자연스러운 일이다. 최근에 극단적 선택이라는 말이 쓰이는 것은 눈여겨볼 만하다.

스토아 철학에서는 어느 때부터 자신의 삶이 소용없는 것이 되는지를 결정할 권리가 인간에게 있다고 본다. 이런 면에서 자살을 용인하고 때로는 권면한다는 혐의마저 있다. 카토의 자살을 아름다운 행위로 보는 유럽 쪽의 관점은 유구하다. 자살을 통해서 자유의지의 작동을 증명해 보이겠다고 생각하는 러시아 소설의 작중인물도 있다. 그러나 아리스토텔레스는 가난이나 실연 등 육체적·정신적 고통으로부터 도피하는 방법으로서의 자살은 용기 있는 이의 행동이 아니라 비겁자의 행동이라고 말한다. 자살자가 죽음에 과감하게 대처하는 것은 사실이나 고상한 목적이 있어서가 아니라 골칫거리나 불행으로부터 도망하기 위해서이기 때문에 비겁한 것이라고 『니코마코스 윤리학』에 적혀 있다. 기독교에서는 아우구스티누스의 유권해석 이래 단호하게 자살에 반대한다. 자살자에게 교회 묘지를 허여하지 않는 것은 전통적 관행이 되었다. 불교에도 여러 갈래가 있지만 가령 자살자에겐 인도환생이 허여되지 않는다는 생각에서 자살에 대한 분명한 반대 의사가 엿보이는 게 사실이다.

자살도 살인이며 인간 존엄성에 대한 중대한 반칙일 수밖에 없다. 인구 감소가 예기된다는 사회에서 자살의 부정적 국면은 더욱 크게 부각된다. 자살률이 높다는 것은 교통사고율이 높다는 것과 함께 그렇지 않은 사회보다 생명의 외경에 대한 감각이 상대적으로 희박하다는 증거가 된다. 그러한 의미에서 자진이란 말의 유통소거는 안타까운 일이다. 논리가 아니라 심정이다.

유행가　　　　　　해방을 맞은 것은 초등학교 상급반 때 일이다. 처음으로 학교에서 한글을 배웠고 또 우리말 노래를 배웠다. 밤낮 일본 군가나 불렀던 터라 처음으로 배우는 우리말 노래는 일변 낯설면서 바로 그렇기 때문에 매력적이기도 하였다. 「고향의 봄」에서 「반달」에 이르는 동요, 「봉선화」에서 「성불사의 밤」에 이르는 홍난파 가곡, 「여수旅愁」에서 「스와니강」에 이르는 이른바 세계 명곡이라는 것을 그때 배웠다. 김순남의 「농민의 노래」를 열심히 가르쳐준 젊은 교사도 있었다. 이 열성 교사는 얼마 후 학교를 떠났고 다시 얼마 후에 영 세상을 뜨고 말았다. 학교에서 배우

진 않았으나 흔히 젊은이들이 부르는 노래가 있었는데 우리는 그
것을 '유행가'라고 했다. 학교에서 유행가는 금지였다. 중학교로 진
학해서도 사정은 마찬가지였다. 유행가를 부르다가 체육 교사에게
머리에 알밤을 세게 먹었다고 볼멘소리를 하는 동급생이 여럿 있
었다. 지금과는 딴판인 세상이었으니 담배를 피우다 들키면 영락
없는 정학이었다. 학급마다 여학생과 사귄다는 한발 앞선 선각자
들이 있었는데 이들은 연애 대장이란 영예로운 칭호를 얻었다. 연
애를 하다 들키면 퇴학을 당한다는 소문이 있었지만 정작 퇴학을
당한 청년 장군을 본 적은 없다. 아마 범법자를 처벌한 적이 없는
유명무실한 법령과 같이 소문만 무성한 엄포용 교칙이었는지도 모
른다.

중학 2학년 때는 학도호국단이란 것이 생겨 배속장교가 교련
을 담당하고 군사훈련을 과하였다. 당연히 군가도 배우게 되었다.
행진을 하면서 노랫말이 사뭇 치졸한 군가를 많이 불렀으나 별로
기억에 남아 있지 않다. '충성가'란 표제의 군가만은 하도 많이 불
러서 지금도 잊지 않고 있다. 그 무렵 거리에서 더러 들을 수 있었
던 유행가는 "진주라 천 리 길을 내 어이 왔던고"로 시작되는 것
이었다. 많이 들어서 기억하는데 배워 익히고 싶다는 생각은 들지
않았다. 그 얼마 뒤 「신라의 달밤」이 크게 유행하면서 위험을 무릅
쓰고 배포 좋게 즐겨 부르는 동급생들도 많이 생겼다. 현인이란 가
수의 이름이 그보다 앞서 등장한 남인수나 고복수와 함께 중학생

들 사이에서 익숙해지기 시작했다.

이렇게 해서 친숙해진 유행가란 말을 요즘에는 거의 들어볼수 없다. 그 대신 대중가요란 말이 많이 유통되는 것으로 알고 있다. 여러 정황으로 보아 일본에서 만들어져 유포된 말을 해방 전에 우리가 그대로 받아들였던 것으로 보인다. 동요나 민요도 아니고 학교에서 가르치는 창가도 아니고 이른바 세계 명곡도 아니면서 항간에서 널리 불리는 노래를 유행가라 한 것이리라. 요즘엔 분류법이 한결 세밀해지고 조금은 엄격해져서 팝송, 트로트, 포크 등으로 부르는 것이 대세인 듯하다. 우리나라 가수 중에 일본으로 건너가 이른바 엔카演歌를 불러 성공한 이들이 있었다. 그와 함께 일본의 유명 가수 가운데 한국계가 많다는 소문도 있었다. 야유회나 오락회 같은 데서 보면 우리나라 사람들은 노래를 좋아하고 잘한다. 그래서 어느 소집단에서나 상당 수준의 상가수上歌手가 있게 마련이다. 내가 직접 접할 기회가 있었던 엔카의 상가수 한 분이 계셨다. 일본에서 학생 시절을 보낸 적이 있는 그분은 거의 모든 엔카를 1절에서 3절까지, 노랫말도 정확하게 불렀다. 그리고 술자리에서 노래 부르기를 즐겼다. 새 노래를 몇 번만 들으면 단박에 복창할 수 있는 재능은 탄복할 만했다. 음악 지망이었으나 부호인 부친의 완강한 반대로 뜻을 펴지 못하고 회화 지망으로 타협하여 서양화가로 대성했다. 회화는 문인화도 있고 사회적으로 '풍악보다는 윗길'이라는 것이 구세대 부친의 완고한 고집이요 편견이었다. 가까이 지내지도 못했으면서 가끔 생각나는 그리운 멋쟁이 예술가이다.

1950년 5월 조용만趙容萬 주필의 『국도신문國都新聞』에 연재되었던 정지용의 기행문 「남해오월점철南海五月點綴」 중 한 편인 「통영 1」은 다음과 같은 대목으로 끝나고 있다.

섬에서 딴 섬으로 시집가는 신부 일행의 꽃밭보다 오색영롱한 꽃배를 보았다. 우리는 손을 흔들고 모자를 저었다. 햇살이 가을 국화처럼 노랗다. 갑판 위로 북쪽은 바람이 차다. 바다라기보다 바다의 계곡을 내려가는 것이니 섬 그늘이 찰 수밖에─. 열 살이랬는데 일곱 살만치 체중이 가벼운 옴짓 못 하고 멀미 앓는 소녀를 나는 무릎에 앉히고 바람을 막는다. "너 어디 살지?" "저 하─동읍에 살고 있지요." 낭독하듯 말한다. "너 이름이 무엇이지?" "성은 정가고 이름은 명순입니다." 나는 소년 시절에 부르던 유행가적 정서를 회복한다.*

6·25 한 달 전에 쓴 이 글은 아마도 정지용의 마지막 산문의 하나일 것이다. 여기서 유행가는 초로 노인의 회고적 감상을 구체적으로 환기하는 어사가 되어 있다. 유행가에 대한 비하의 낌새는

* 정지용, 『정지용 전집 2 : 산문』, 민음사, 1988, 135쪽. 2006, 43쪽.

없다. 그러나 대개의 문학 담론에서 유행가라는 언급은 얼마간 값싼 혹은 적절히 제어되지 않은 감상感傷 성향을 그 함의로 가지고 있다. 유행가 같다는 논평은 시에 대해선 가혹한 혹평으로 보인다. 그러한 사정도 곁들여 결국 유행가란 말이 사라지고 보다 중립적이고 친화적인 대중가요란 말로 대체하게 된 것이라 생각된다.

엿장수　　　　　　전통 음식이나 별식 가운데서 어린이들에게 가장 친숙한 것은 엿이었다. 갱엿, 깨엿이 있었고 그냥 엿이라고 했던 흰엿이 있었다. 조그만 구멍가게에서 팔기도 했지만 주로 행상 엿장수가 엿목판을 얹은 리어카를 끌고 다니면서 팔았다. 크고 넓적한 가위로 연신 가위 소리를 내며 "엿 사려, 엿이오~엿" 하고 외치고 다니면 동네 아이들이 나와서 엿을 사 먹었다. 푼돈을 내는 경우도 있고 집 안의 고물을 가지고 나와 바꿔 먹기도 했다. 가위는 엿장수의 출현을 알리는 신호 도구이기도 하고 엿을 떼어내는 절단 도구이기도 했다. 드물게 벽초 홍명희가 서문을 붙인 시집을 학생 시절에 낸 뒤 소식이 끊어진 박승걸의 「향수」란 작품에 보이는 엿장수는 옛 마을의 일상적 정경의 하나였다. 정제되지 않은 소박한 작품이어서 도리어 현장감이 있다.

　　개나리 울타리에 꿀벌 딩딩 울고

눈 녹은 뒷밭에 나는 강아지를 쫓아다니고
엿장수 가위 소리
동구洞口 밖 미루나무 언덕을 넘어 오더니—

오랫동안 친숙한 것이라 엿과 관련된 속담이 많다. "미친 척하고 엿목판에 엎어진다"는 말이 있다. 엿은 먹고 싶은데 돈이 없으니 미친 척하고 엿목판에 엎어져 주인이 놀란 사이 엿을 슬쩍한다는 뜻이다. 욕심이 있어서 속 보이는 엉뚱한 짓을 하는 사람을 두고 하는 소리다. 엿장수가 고물을 받고 엿으로 바꾸어 줄 때 엄격한 기준이 없으니 "엿장수 마음대로"란 말도 생겨났다. 가위 소리 듣고 몰려온 꼬마들은 엿을 산 뒤 엿치기란 놀이를 하였다. 엿가래를 부러뜨리거나 반 동강을 낸 뒤 거기 나 있는 구멍의 수를 견주어서 많은 쪽의 임자가 이기는 것이 보통이었다. 이제 엿을 좋아하는 아이들도 없고 엿장수도 사라졌다. 엿장수뿐 아니라 방물장수나 옹기장수도 사라졌다. 그러니 그런 어사는 앞으로 옛말 사전에서나 볼 수 있게 되리라.

반공일　　　해방 전에 초등학교를 다녔고 학교에서는 일어를 써야 했다. 일본말을 쓰자는 '국어상용國語常用'이란 표어가 학교 복도 곳곳에 붙어 있었다. 그러나 집에 가서 일어를 쓰는 사람은 없었다. 재미있는 것은 학교에서는 일요일이라 말하고 집에서는 '공일空日'이라고 했다는 점이다. 일주일 중에서 제일 좋은 요일이 언제냐 묻는다면 대체로 토요일이라고 대답할 것이다. 물론 일요일이 좋기는 하나 이튿날은 월요일이니 벌써부터 마음이 무거워진다. 그러나 토요일은 반을 놀고 덤으로 통째 노는 일요일이 뒤에 있으니 제일 홀가분한 날이 될 수밖에 없다. 사실 막상 닥치고 보면 일요일에 뾰족하게 재미있는 일이 있는 것도 아니다. 그런데 집에서는 이 토요일을 '반공일半空日'이라 했다. 부모의 말버릇을 그대로 따랐던 것이다.

선구적 디스토피아 소설『멋진 신세계』의 작가 올더스 헉슬리에게 「Half-Holiday」라는 단편이 있다. 고아로 외롭게 성장한 가난뱅이 청년 피터가 화창한 봄날의 토요일 오후 공원을 산책한다. 늘 그렇듯이 그는 백일몽에 빠져 사랑의 우연을 간구한다. 발목을 삔 귀족의 딸을 도와준 일이 계기가 되어 사랑을 하게 된다든가, 물에 빠진 어린이를 구해주었는데 그의 모친이 미망인이라든가, 벤치에 앉아 있는 여성과 얘기를 나누다 보니 그녀 또한 고아여서 동병상련으로 사랑을 느끼게 된다든가 하는 것이 피터의 상습적인 백일몽 줄거리다. 하지만 이러한 꿈은 좀처럼 실현되지 않는다. 하루는 화사한 의상을 걸친 두 여인이 불도그 한 마리를 데리고 지나간다. 한 사람은 비둘기 목소리를 내고 또 한 사람은 허스키한 목소리다. 백일몽의 실현을 기대하면서 피터는 뒤따라간다. 마침내 여인이 데리고 가는 불도그와 근처에 있던 테리어 사이에 싸움이 벌어진다. 고대하던 기회가 왔다고 생각한 피터는 용감히 달려들어 싸움을 중단시킨다. 그 와중에 그는 불도그에게 물려 여인들의 감사 인사에도 제대로 대답조차 못 한다. 그러는 사이 두 여성은 1파운드의 돈을 청년 손에 쥐여준다. 상처의 치료비다. 차를 마시자는 초대를 계기로 한 사랑의 결실을 공상하던 그는 비참한 심정으로 돌아선다. 상처를 치료하고 돌아가던 피터는 거리의 여인의 유혹을 받고 따라가지만 곧 혐오감을 느끼고 그곳을 뜨려 한다. 그러자 화대도 치르지 않고 도망친다는 창녀의 욕설에 아까 받았던 1파운드 지폐를 황급히 던져주고 어두운 층계를 내려와 거리로 나온다.

한마디로 백일몽의 희비극을 다룬 풍자 단편이다. 너무 신랄해서 주인공 피터가 가엾어 보이기까지 한다. 그러나 백일몽을 즐기는 청년들에겐 유익한 경고가 될 수 있다. 제목이 된 'Half-Holiday'는 16세기에 처음 쓰인 말로 반휴일, 정확하게 반공일이다. 실질적으로 토요일이지만 반공일이라고 함으로써 망가진 토요일 오후가 은연중 부각된다. 반공일이 언제부터 쓰였는지 확인이 안 되고 『우리말 큰사전』도 알려주는 바가 없다. 요즘 말로 영화를 활동사진이라 하고 또 노트를 공책 혹은 잡기장이라고 하던 시기가 있었다. 그 시기에 공일 혹은 반공일이란 말이 생긴 것이 아닌가 생각된다. 최근 완전히 유통에서 배제되어 젊은 세대에겐 생소하게 들릴 것이다. 하지만 돌아보는 눈에는 실감 나고 아쉬운 어사임에 틀림없다.

목화　　　　　　　우리 어린 시절에는 목화밭이 많았다. 둥근 열매가 열리는데 익거나 마르면 갈라져 솜털이 나온다. 솜털이 무명실의 원료가 되는 것인데 열매가 익기 전 물기가 많을 때 따서 씹으면 단물이 나왔다. 그래서 목화밭을 지날 때 한 개쯤 따 먹는 것이 초등학교 시절 누구나 범하는 죄과였다. 학교 주변의 목화밭 임자가 찾아와 목화 열매 따 먹는 것을 금해달라고 진정해서 교장선생이 전교생을 상대로 훈화를 한 일도 있었다. 그 목화밭이 6·25 이후로는 자취를 감추었다. 미국의 원면이 들어오면서 재배가 수지맞지 않은 일이 돼버렸기 때문일 것이다. 조지훈 시편 「마을」에 보이는 다음 대목은 목화밭이 옛 마을의 빼놓을 수 없는 정경의 하나였음을 말해준다.

　　　산 너머로 흰 구름이
　　　나고 죽는 것을
　　　목화 따는 색시는
　　　잊어버렸다.

고장에 따라서 다르겠지만 내 고향 쪽에서는 '목화밭 배추'란 말이 있었다. 목화밭에 심은 배추가 맛이 있대서 시장의 배추장수들이 흔히 목화밭 배추임을 홍보했던 것을 기억한다. 그런데 얼마 전에 그런 얘기를 했더니 자기는 목화밭 배추가 상질이 아닌 것으로 안다고 하는 친구가 있었다. 그럴지도 모르지만 어릴 적 기억도 틀림은 없어서 적어둔다. 면화가 별칭이지만 목화에 비하면 우리말 같지가 않다. 문익점의 목화씨 반입 얘기는 계속될 것이기 때문에 목화란 말이 흔적 없이 사라지지는 않을 것이다. 그러나 이미 그것은 우리의 일상어이기를 그쳐버린 게 사실이다.

괄시하다 　　　　동네에서 드물게 벌어지는 어른들의 싸움은 꼬마들에게 각별한 구경거리였다. 가까이 가면 어떤 불꽃이 튈지도 모르는 일이어서 멀찌감치 떨어져 거리를 유지한 채 지켜보곤 하였다. 대개 말싸움으로 끝나 주먹다짐에 이르는 일은 없었던 것 같다. 그럴 경우 제일 많이 듣는 말은 괄시하지 말라는 것이었다.

"좀 있다고 사람 괄시 말아요."

"내 원 살다 살다 별소리를 다 듣네. 거기 괄시한 게 대관절 뭐요? 뭔지 대봐요."

"요새 코밑이 좀 따뜻해졌다고 사람 괄시 말아요."

대개 이런 투가 많았던 것으로 알고 있다. 업신여기고 깔보지 말란 뜻인데 요즘 거의 들어보기 어렵다. 만약 비슷한 계제가 된다면 '무시하지 말라'로 바뀔 것이라 생각된다. 그러니까 돈을 꾸고 나서 갚지 않는다든가 하는 구체적인 사안이 없을 경우에는 자존심을 상하게 했다는 것이 싸움의 원인이 되는 셈이다. 상처받은 자존심이야말로 사람을 잔인하게 한다는 것은 니체의 말이라 생각되는데, 옛날 시골 어른들의 싸움도 상처받은 자존심이 계기가 되었다고 할 수 있다. 맥락은 다르지만 요즘 들어보지 못한 말이 '구박한다'이다. 의붓자식을 구박한다든가 데리고 온 자식 구박이 심하다든가 하는 말을 많이 들었는데 요즘은 듣기 어렵다. 그 대신 '학대한다'는 말이 많이 쓰이는 것 같다.

곤댓짓　　　　근자에 만들어진 것으로 보이는 말 중에 빈번히 쓰이는 것이 '갑질'이란 말이다. 또 목에 힘준다, 어깨에 힘준다는 말도 자주 듣게 된다. 모두 힘이 있는 사람의 곱지 않은 거동이나 태도를 힘없는 사람의 입장에서 서술하는 말이다. 평등 의식이 확산되면서 이와 비례해 퍼진 것이 아닌가 생각된다. 비슷한 맥락에서 쓰였으나 요즘은 좀처럼 접하지 못하는 말이 '곤댓짓'이다. "뽐내어 우쭐거리며 하는 고갯짓"이 곤댓짓인데 옛날 하급 벼슬 아치나 시골 부자들이 하던 짓이다. 훨씬 실감 나는 말이다. 노인을 가리키는 비하성 속어인 꼰대가 사실은 곤댓짓에서 온 것이 아닌가 하는 생각이 들기도 하는데 어디까지나 추측성 발언일 뿐이다.

술도가　　　　　　　　술을 만들어 도매를 하는 집을 '술도가'라 했고 어린 시절에 많이 들었던 말이다. 읍 소재지보다는 면 소재지에 살 때 많이 들어보았다. 즉 양조장을 가리키는 우리 토박이말인 셈이다. 시대상을 반영해서 종래 쓰던 말을 일제 한자어가 대체해간 것이 20세기 우리말의 추세였다. 말하자면 구길이 신작로에 의해 대체되듯이 술도가가 양조장이란 말로 대체되어온 것이다. 그 실상을 살펴보는 것은 우리말 이해를 위해 필요할 뿐 아니라 사회 변화의 이모저모를 실감하게 한다. 노자 대신 여비, 시기 대신 질투, 언약 대신 약속, 정표 대신 선물, 정혼 대신 약혼, 혼인 대신 결혼, 내외 대신 부부, 역사 대신 공사가 많이 쓰이게 된다.

'미인'이란 말은 중국에서 발원한 유서 깊은 단어이고 동의어에 '가인' '미녀' 등이 있다. 그리고 송강 정철의 「사미인곡」에서 엿볼 수 있듯이 평소 경모하는 임금이나 성현을 가리키기도 한다. 그런가 하면 무지개를 가리키기도 하였다. 그러나 우리 쪽에서는 '일색'이란 말을 썼다. 이효석의 「메밀꽃 필 무렵」을 읽은 독자들은 물방앗간에서 만난 성 서방네 처녀를 두고 허 생원이 "봉평서야 제일가는 일색이었지"라고 말하는 장면을 기억할 것이다. 봉평

같은 산골에서 제일가는 일색이라 하더라도 한계가 있겠지만 만약 '제일가는 미인'이라고 한다면 전혀 어울리지 않을 것이다. 여기서는 역시 일색이라고 해야 성 서방네 처녀가 살아나고 "팔자에 있었나 부지"라는 조 선달의 맞장구도 생생하게 살아난다. 일색의 반대말은 박색이지만, 추녀가 갖는 부정 요소가 희석되어 있다는 느낌을 준다. 일색은 못 된다는 정도의 뜻이지 마귀할멈같이 적극적으로 못생긴 추물은 아닐 것으로 생각된다. 그런 맥락에서 실감나는 것은 다음과 같은 민요다.

> 네가 잘나서 일색이냐
> 내 눈이 어두워서 일색이지

이런 말들이 일률적으로 사라지는 것은 근대화나 도시화와 함수관계에 있다. 역사役事란 말을 고속도로 건설이나 수력발전소 건설에 적용하는 것은 적절해 보이지 않는다. 공사工事라고 해야 될 것이다.

절곡   단식이란 말을 처음 접하게 된 것은 신문지상에서였다. 간디가 단식을 시작했다는 취지의 짤막한 기사를 본 것이다. 그때는 그것이 일종의 의식이지 무턱대고 식사를 안

하는 것과는 성질이 다르다는 것을 알지 못했다. 단식에 해당하는 재래의 우리말은 '절곡絶穀'이다. 문자 그대로 곡기를 끊는다는 뜻이다. 음식이 목으로 넘어가지 않을 정도로 상태가 나빠 곡기를 끊는 것은 간디 흐름의 단식이 아닐 것이다. 몸 상태가 좋지 않아 목으로 넘기지 못하거나 스스로 음식을 안 넘기는 경우나 곡기를 끊기는 마찬가지이고 그것이 절곡에 해당된다. 시인 김광균이 시집 『추풍귀우』의 후기에 모친 얘기를 짤막하게 쓴 것이 있다. 시인의 자당은 6·25 때 집을 나가 돌아오지 않는 작은아들의 귀환과 상봉을 평생 기다렸으나 허사였다. 또, 그분은 일정한 나이의 생일이 되면 세상을 뜰 것이라고 말했는데 그것이 실현되었다고 적고 있다. 명시적으로 말하지는 않았으나 오랫동안 유념한 대로 자신의 최후를 아마도 곡기를 끊음으로써 초래한 것이 아닌가 하는 느낌을 받았다. 사실 적정한 시일에 곡기를 끊어 의젓하게 세상을 뜬 것으로 보이는 고인의 얘기는 적지 않다. 그것은 우리 조상이 개발한 존엄사의 귀한 형식이라 보아도 좋을 것이다. 사람이 가지가지이듯 죽음도 가지가지다.

입마개　　　　오래간만에 만난 장로 친구가 꿈에서 들었다는 하느님의 말씀을 전해주었다. "내 너희에게 무서운 돌림병을 보내어 입마개를 쓰게 함은 입을 함부로 놀리지 말라는 뜻이니라.

앞으로 무서운 세상이 올지니 말을 밤낮으로 삼갈지니라. 더욱 일본이나 미국을 제외하고는 함부로 험담을 말지니 불연이면 화를 면치 못하리라. 조신하고 조심할지어다." 듣고 보니 입마개를 위시해서 벙거지, 적삼, 목도리, 발싸개, 나막신, 벙어리장갑, 잠방이, 고쟁이처럼 입성이나 몸과 관련하여 사라지는 말이 너무나 많음에 놀랐다. 불과 몇십 년 전이 별천지인 것이다.

신작로　　　　　　19세기 말이나 20세기 초에 한국을 방문하고 기행문이나 견문록을 남긴 외국인들은 듣기 거북하고 민망한 소리를 많이 하고 있다. 그러나 우리의 어제를 정확히 이해하고 파악하는 데 있어 귀중한 자료가 된다. 이들이 공통적으로 지적하고 있는 것은 가령 나무 없는 민둥산이 많다든가 하는 사실의 적시이다. 한반도의 이곳저곳을 찾아 여행을 다녀본 그들이 경험한 애로사항 탓이겠지만 도로의 열악함도 이구동성으로 지적하고 있다. 우리에게 익숙한 이름인 이사벨라 버드 비숍은 "인공의 도로는 드물며, 있다고 해도 여름엔 흙더미가 많고 겨울엔 진흙투성이에 울퉁불퉁해서 다니기 나쁘다"고 적고 있다. 강제 병합 이전에 우리나라를 염탐하기 위해서 찾아와 "상하가 어두워져 이미 기백이 죽었다"고 적어 속셈을 드러낸 일본 낭인 혼마 규스케는 도로가 형편없어서 놀랐다고 적고 있다. 그러나 도로에 관해서 가장 세밀한 서술을 보여주고 있는 것은 폴란드 출신의 러시아 학자 세로 셰프스키의 책일 것이다.

한국에는 공식적으로 세 종류의 길이 있다. 1. 양쪽에 도랑이 있는 20-30피트 너비의 큰길. 2. 도랑 없이 8-10피트 너비로 된 중간길. 3. 걸어서만 통행이 가능한 오솔길.

사실 우리가 원산으로부터 나오면서 따라온 길이 그중 어디에 속하는지는 잘 모르겠다. 처음에는 정말 크고 평평한 대로였던 그 길 위로 흰옷 입은 사람들이 빽빽이 다니고 있었다. 당나귀나 노새, 말, 황소, 심지어 암소를 타고 다니는 사람들도 많았다. 바퀴가 둘 달린 한국의 짐수레는 곡물이나 장작, 채소, 그리고 이런저런 가재도구들을 실은 채 힘겹게 움직였다.*

원산에서 석왕사 가는 길은 인용한 것 중 중간 길이 아닌가 생각된다. 바퀴가 둘 달린 짐수레가 다니는 길이니 그냥 오솔길은 아니었을 것이다. 1876년의 강화도조약으로 원산과 인천이 개항하게 되고 개항장의 통상 업무를 담당하는 감리서監理署를 두게 된다. 따라서 1903년의 원산 인근에는 새 도로가 만들어졌을 것이

* 바츨라프 세로셰프스키, 『코레야 1903년 가을』, 김진영 외 옮김, 개마고원, 2006.

고 너비가 3미터 안팎이라면 흔히 얘기하는 '신작로新作路'가 아니었을까 추정된다. 신작로란 글자 그대로 새로 닦아 만든 길이란 뜻이다. 우리 어려서만 하더라도 아니 6·25 무렵까지 신작로는 가장 빈번히 쓰이는 일상어였다. 그러다 '한길' '국도' 그리고 '고속도로'란 말이 쓰이면서 이제는 거의 쓰지 않게 되었다. 내 성장지에는 마스막재라는 고개가 있다. 옛날 단양에서 충주 쪽으로 오자면 반드시 넘어야 하는 고개였다. 1940년대에 북한강 가에 자리 잡은 활석광에서 채광한 활석을 운반하기 위해 새 신작로가 생기고 트럭이 왕래하게 되었다. 한편 그 이전에 사람이 다닌 소롯길은 구도舊道 혹은 그냥 구길이라 하였다. 사실 우리가 개화開化라고 부르는 근대 현상은 신작로의 확대와 행보를 함께했다 해도 과언이 아니다.

신작로가 생기기 이전 우리의 도로가 대부분 소로에 지나지 않았다는 것은 조선조에 상업이 발달하지 않았다는 것 그리고 국토가 협소했다는 것과 연관된다. 광활한 국토를 가지고 있었다면 신속한 왕래를 위해 도로의 개발은 불가피했을 것이다. 등짐을 지고 고개를 넘어가는 보부상은 따라서 조선조 영세한 상업을 표상하는 이미지가 된다. 열악한 도로는 우리만의 고유 현상이 아니다. 가령 유럽인들이 들어오기 이전 잉카문명이나 마야문명에서는 바퀴 달린 수레를 알지 못하였다. 송곳이 들어갈 틈이 없을 정도의 정교한 석벽石壁을 쌓을 수 있었던 잉카문명이 수레를 만들거나 이용하지 못했다는 것은 이상하지만, 절실하게 필요하지 않았기 때문이 아닐까. 따라서 수레를 모르는 문명이 넓고 평탄한 도로를 마련하지 못한 것은 당연한 것인지도 모른다. 신작로는 식민지 시절의 사회상을 날카롭게 요약하고 있는 다음과 같은 민요에서 효과적인 소도구가 된다.

> 말깨나 하는 놈 재판소 가고
> 일깨나 하는 놈 공동산共同山 가고
> 아이깨나 놓을 년은 갈보질 가고
> 목도깨나 멜 놈은 일본 가고
> 신작로 가장자리 아까시아목木은
> 자동차 바람에 춤을 춘다

　김광균은 마음 상태로서의 풍경을 시 속에서 추구하여 신선하고 절제된 시세계를 보여준 개성적인 시인이다. 그는 근대 도시의 풍물과 풍경을 즐겨 그렸고, 그것은 세련되고 운치 있는 만큼 생활 현실과는 거리를 두고 있었다. 그러나 제2시집 『기항지』에 수록된 「향수」 등의 작품에서는 구차했던 시절 우리의 피폐한 고향이 안겨주던 상심傷心을 노래함으로써 시를 현실에 근접시키고 무게를 더하게 된다. "취적벌 자갈밭엔 오늘도 바람이 부는가"로 시작되는 「황량」이란 작품에는 시골 풍경에서 빼놓을 수 없는 신작로가 등장한다.

> 목메는 여울 가에 늘어선
> 포플러나무 사이로 바라다뵈는
> 한 줄기 신작로 넘어
> 항시 찌푸린 한 장의 하늘 아래
> 사라질 듯이 외로운 고향의 산과 들을 향하여
> 스미는 오열嗚咽 호올로 달램은
> 내 어느 날 꽃다발 한아름 안고
> 찾아감을 위함이리라

붉은 민둥산이 배경을 이루고 있는 마을에서 옹색한 초가집이 대세이던 시절, 미루나무가 줄지어 선 신작로는 그나마 남아 있던 가련한 일루의 희망이었다. 그 길을 따라가면 우리를 기다리는 무엇인가가 있으리라. 신작로는 남아 있지만 사람들은 이제 그 말을 쓰지 않는다. 모르는 젊은이도 많다.

화전민   날씨에 의존하는 천수답이 다수이고 관개가 별로 발달되지 않은 터전에서 흉년은 간헐적으로 찾아오게 마련이다. 흉년이 들면 굶는 사람들이 많아지고 기아자가 속출하였다. 농민들은 고향을 버리고 다른 곳으로 떠도는 유민流民이 되었다. 혹은 산속으로 들어가 화전민火田民이 되었다. 이들은 일정한 거처 없이 여기저기 옮겨 다니며 불을 질러 장애물을 제거하고 농사를 지었다. 수확은 적고 원시적 수준의 생존 유지가 고작이었다. 다만 관리들의 참견과 수탈에서 벗어날 수 있다는 것이 그들의 보람이라면 보람이었다. 그러나 이러한 화전민에게도 관리들이 손을 뻗쳐 세稅를 챙겨 갔다. 조선조 말에 국경을 넘어 간도나 연해주로 이민 가는 유민이 많아진 것은 이 때문이었다. 태산을 지나가던 공자가 한 여인이 곡하는 사연을 듣고 나서 "가혹한 정치가 호랑이보다 더 사납고 무섭다"고 했다는 『예기禮記』의 삽화는 동서고금에 두루 해당되는 삶의 난경을 보여준다.

우리 화전민에 대한 통계가 정확히 언제부터 잡혔는지 조사해 보지 못했지만 1916년에는 24만 5626명이었고 1927년에는 69만 7088명으로 격증하였다.[*] 당시 전국에서 함경도의 화전민 수가 가장 많았다. 우리가 본격적으로 산림 조성 운동에 나선 것은 1961년 12월 산림법이 제정·공포되면서부터다. 산림 조성을 위해서는 화전 정리가 필수적이어서 1965년 녹화 사업이 궤도에 오르자 그 일환으로 화전민 이전 사업이 시작되었다. 당시 42만에 달했던 화전민 중 일부는 연고지로 이주했고 현지에 정착한 경우는 화전

---

[*] 이기백, 『한국사신론韓國史新論』, 일조각, 1986, 419쪽.

경작지를 연부 상환으로 매입토록 하였다. 이 사업을 위한 정부 지원금은 총 126억 원이었다. 그 결과 총 12만 4643헥타르의 화전지 중 8만 6073헥타르는 산림으로 복구되고 나머지는 농경지로 전환되면서 1978년을 기해 화전민은 사실상 역사 속으로 사라지게 되었다. 화전 중의 3분의 2가 산림으로 변모한 것이다.[*] 세계가 인정하는 한국의 산림 재조성은 단순히 식목일의 나무 심기나, 연탄이나 석유로의 연료 정책의 전환으로 이루어진 것이 아니다. 42만에 이르는 화전민의 존재를 종식시킴으로써 성취된 것이다. 우리 현대사에서의 이러한 위업을 제대로 아는 이도 없고 가르치지도 않는다는 것은 해괴망측한 일이다.

화전이란 말은 언제부터 쓰였을까? 『우리말 큰사전』에는 "주로 산간지대에서 풀과 나무를 불 질러버리고 파 일구어 농사를 짓는 밭"이란 풀이와 함께 '부대밭'이란 토박이말을 붙여놓았다. 그리고 평북 방언이라며 '부대기' '부대기밭'을 들고 있다. 그런데 자전에는 '논(水田)에 대한 밭(火田)'이라고 나와 있다. 따지고 보면 '풀과 나무를 불 질러버리고 파 일구어 농사를 짓는 것'은 농업의 원초적 형태이니 산에서나 들에서나 마찬가지일 것이다. 따라서 원래 화전이란 한문에서는 그냥 밭이란 뜻이었다. 일본에서는 우리가 아는 화전을 야키바타(燒畑, やきばた)라 한다. 일본어 사전 『고지엔(廣

* 이경준·김의철, 『민둥산을 금수강산으로』, 기파랑, 2010, 248쪽.

辭苑)』을 찾아보면 화전과 화전민이 이렇게 풀이되어 있다.

"조선, 주로 그 북부에서 행하여진 일종의 燒畑. 산림을 벌채해서 (혹은 벌채하지 않은 채) 불 지르고 그 자리에 조, 감자 등을 재배하는데, 4, 5년 후 지력地力이 다할 무렵 딴 곳으로 옮긴다. 화전민은 화전의 경작자." 여기서 메밀이 빠진 것은 취약점이지만 어쨌건 이로 미루어 우리가 아는 화전과 화전민은 일제시대 전후해서 일인들이 만들어 쓰거나 우리말을 그대로 빌려 쓴 것이 아닌가 생각된다. 제대로 된 사전이라면 이런 점을 분명히 설명해주어야 하는데 그것이 없으니 이렇게 추정해보는 것이다. 사실 화전민은 한국 농민의 비참함을 단적으로 나타내는 말이고, 왕년의 '식민지 작가' 장혁주張赫宙가 쓴 「산령山靈」 등은 화전민을 다룬 작품이다. 그런 맥락에서 지리산으로 들어가 화전민 생활을 하는 인물을 다룬 1950년대 오영수吳永壽의 작품 표제가 「메아리」란 것은 단순한 우연의 일치만은 아닐 것이다. 문학 담론에서는 계몽적 모더니스트 김기림이 최초로 '화전민'을 비평문에 도입하였다.

우리가 가진 가장 우수한 근대파 시인 이상李箱은 일찍이 「위독」에서 현대의 진단서를 썼다. 그의 우울한 시대병리학을 기술하기에 가장 알맞은 암호를 그는 고안했었다. 다만 우리는 목표를 바로본 이상 다음에는 노력이 있을 뿐이다. 우리는 일찍이 현대의 신화를 쓰려고 한 『황무지』의 시인이 겨우 정신적 화전민의 신화를 써놓고는 그만 구주歐洲의 초토위에 무모하게도 중세기의 신화를 재건하려고 한 전철은 똑바로 보아두었을 것이다.*

1937년에 발표한 「과학과 비평과 시」라는 평문의 마지막 대목이다. 다소 모호한 구석이 있는 것은 현대 영국 시인의 장시를 주관적으로 요약하고 있기 때문일 것이다. 엘리엇이 그린 현대인이 결국 '정신적 화전민'이란 뜻인데 종교와 신앙을 잃은 이들을 그렇게 말한 것이리라 생각된다. 시인 이상은 우리 시가 지향해야 할 목표를 잘 설정했으니 따라야 하나 엘리엇 같은 이의 전철을 밟아서는 안 된다는 취지의 글이라고 이해하면 될 것이다. 중요한 것은 원시적 농업을 영위하고 가난을 표상하는 '화전민'이란 말을 처음으로 대담하게 문학 담론에 도입했다는 점이다. 모더니스트다운 발상이다.

* 김기림, 『시론』, 백양사, 1947년, 41쪽.

제4장

정처　　　　　　　한 권의 소설이나 희곡을 읽고 나서 머리에 남아 있는 것은 그 작품에서 받은 감동이나 충격과 비례한다. 깊은 감동을 받았다면 작품이 안겨준 흔적은 상대적으로 오래갈 것이고 그 역도 진이다. 때로 작중인물의 생각이나 발언이 머리에 남을 수도 있고 생생한 지문의 매력도 그럴 수 있을 것이다. 그러나 몇십 년 후에는 웬만한 세목은 다 잊어버리게 된다. 통째로 생각나지 않는 경우도 많다. 그래서 책을 뭣 하러 읽느냐는 의문이 생길 수 있다. 책을 읽으며 보낸 시간이 즐거웠다면 그 자체로서 헛되이 보낸 시간은 아닐 것이다. 또 책을 읽음으로써 부지중에 얻게 된 터득이랄까 지혜 같은 것도 사소한 대로 없지는 않을 것이다. 그런 소소한 것이 축적되어 독자의 자아 형성에 기여할 수도 있을 것이다. 그러나 이것은 일종의 자기 위안이요 변명일 수도 있다. 나이 들어 많은 것을 잊어버리고 나면 무엇 하러 그런 책을 열심히 읽었는가 하는 허망한 생각이 드는 경우가 많다. 가령 중학생 때 그러니까 6·25 전에 유치진柳致眞의 『마의태자』를 읽었다. 책이라면 다 재미있던 시절이어서 분명히 즐기며 읽었을 텐데 기억나는 것은 아무것도 없다. 다만 끝자락에서 "어디로 가시나이까?" 하는 신하의 물음에 마의태자가 답하는 대사만은 머리에 또렷하게 남아 있다. 그리된 것은 뒷날 몇 번이나 그 대사를 속으로 되뇌어본 때문이 아닌가 생각된다. "망국여생亡國餘生이 정처定處가 있겠소?"가 마지막 대사이고 이 말과 함께 막이 내린다.

어쩌면 신파 같은 대사일지도 모른다. 그러나 간결하게 집약적으로 주인공의 소회를 적고 있고 그게 효과를 내어 지금껏 기억하게 된 것이리라. 그것만 가지고도 하찮은 일은 아닐 것이다. 신파같다는 느낌을 아주 배제할 수 없는 것은 이 말 속에 왕년의 대중가요 가사에 자주 등장한 어사가 들어 있다는 것과 연관될 것이다. 해방 전에 젊은 시절을 보낸 이들 가운데는 "오늘도 걷는다마는 정처 없는 이 발길"이라 노래하며 청승을 떠는 사람들이 많았다. 「라 쿰파르시타」를 노래로 듣게 되면 "정처 없는 방랑의 길" 운운하는 대목이 나온다. 포스터의 「스와니강」에도 학교에서 배웠을 때엔 "이 세상에 정처 없는 나그네의 길"이란 대목이 있었다. 이런 노래가 자주 불린 것은 근대의 삶이 기본적으로 신분 이동과 함께 지리적 이동을 특징으로 하는 것과 연계될 것이다. 근대화된 세계에서 사람들은 대체로 농촌을 떠나 도시에서 삶을 영위한다. 그런 맥락에서 근대적 삶은 타향살이가 될 수밖에 없고 타향살이의 주인공들에게 정처 없는 나그네라는 자의식을 안겨주게 마련이다. 정처 없는 삶은 자기 연민을 안겨주기도 하지만 그 쓴맛을 경험하기 전에는 매임 없이 자유로운 삶의 표상이 되기도 한다. 괴테의 선구적 형성소설에 등장하는 주인공은 한때 순회극단과 관련을 맺게 되는데 순회극단이 매임 없는 자유로운 삶이라는 낭만적 허상으로 다가온 탓도 있다. 안정된 삶이 권태나 부자유로 비치는 것이 젊음이 빠지기 쉬운 낭만적 오류인데 근대에 적응한 사람들은 이미 정처 없는 나그네란 자의식에서 자유롭다. 그것도 한가지 이유이겠지만 정처란 말은 이제 구시대의 언어가 되어 일상용어로 쓰이는 경우는 별로 없다. 용도 폐기가 된 듯하다. 말은 여럿이 어울려서 비로소 의미의 단위로서 제구실을 한다. 대중가요 같은 맥락에서 자주 쓰인 이 말이 뛰어난 모더니스트의 시행 속에서 얼마나 낯설게 변하여 의젓해졌는가? 김수영의 「파리와 더불어」에 나오는 다음 대목을 음미해보면 분명해질 것이다. 문명과 전통이 대칭관계에 있고 가을바람 불어오니 전통적 삶이 그런대로 위안을 준다는 것으로 읽었다.

다병多病한 나에게는
파리도 이미 어제의 파리가 아니다

이미 오래전에 일과를 전폐해야 할

문명이

오늘도 또 나를 이렇게 괴롭힌다

싸늘한 가을바람 소리에

전통은

새처럼 겨우 나무 그늘 같은 곳에

정처定處를 찾았나 보다

도색영화　　　　　이 세상에 들어와서 가장 오랫동안 꾸준히 해온 것의 하나는 신문 보기다. 요즘은 신문 읽기라 하지만 그것은 중학교 영어 시간에 배운 단어를 번역하는 사이에 은연중 익힌 말버릇이 퍼진 결과이다. 우리 어려서는 책을 보고 신문을 보았다. 어려서부터 신문을 본 것은 다른 볼거리나 읽을거리가 없었기 때문이다. 교과서와 신문이 활자에 대한 욕구를 충족시켜줄 수 있는 손쉬운 대상이었다. 신문을 보다가 모르는 단어가 나오면 옥편을 찾아서 뜻을 풀었다. 해방 직후엔 쓸 만한 우리말 사전이 없었다. 조선어학회 사건으로 옥사한 이윤재李允宰가 짓고 그의 사랑되는 김병제金炳濟가 엮은 『표준조선말사전』이 집에 있었는데 찾아보면 없는 것이 있는 것보다 더 많았다.

해방 직후에 호남선 열차에서 한국 여성이 미군 병사에게 '능욕陵辱'을 당한 사건이 있었다. 그때의 미군 병사는 흑인이었는데 제1면 톱기사로 나왔고 연일 크게 보도되고 여성동맹 위원장 유영준劉英俊의 항의 활동이 대서특필되었다. 사전을 찾아보아도 모욕과 크게 다른 바가 없어서 아니 없다고 생각되어서 영 석연치가 않았다. 지금도 분명히 기억하는 것은 기사 제목도 능욕으로 뽑았다는 것이다. 중학교에 들어간 후 처음으로 나오기 시작한 을유문화사판『임거정』을 읽다가 겁탈이란 말을 접하고 그것이 능욕임을 확인하였다. 신문 등에서 강간이란 단어를 접한 것은 그 뒤의 일이고 성폭행이란 말이 쓰인 것은 얼마 되지 않는 것으로 생각된다. 능욕에서 출발해 겁탈, 강간, 성폭행으로 이어졌으니 동일한 기의에 대한 기표의 변화는 다채롭다. 점잖게 출발해서 노골적으로 나가다가 다시 점잖아진 것이라고나 할까?

해방 직후 사전을 찾아보아도 나오지 않아 궁금증이 인 것에 또 '도색영화桃色映畵'가 있다. 사회면에서 도색영화를 보다가 검거가 되었다는 기사를 보고, 영화를 보다가 붙잡힌다는 것이 잘 이해가 되지 않았다. 이 말 역시 일인들이 쓰던 것을 빌려 쓴 것일 텐데 요즘은 고등학생이 사실상 포주 노릇을 하기도 하는 진화된 세상이 되었다. 아마 포르노를 모르는 중학생은 없을 것이다. 핑크라고 하면 미국인들이 경멸조로 근접 공산주의자를 말할 때도 쓰이니 복사꽃은 여러모로 당치 않은 수모를 당하는 셈이다.

그러고 보면 구질서 아래선 도화살이 낀 여자라는 말을 들으면 불길하고 기구한 운명을 각오해야 했다. 그러나 동서고금의 여걸이나 불세출의 미녀치고 도화살이 끼지 않은 이는 없으니 이제는 달라질 것이다. 가령 파스칼로 하여금 코가 조금만 낮았더라도 세계의 역사가 달라졌을 것이란 말을 토로하게 한 클레오파트라도 사실은 미녀가 아니었다. 여러 지역의 말을 능통하게 구사하는 화술이 뛰어난 여성이었다고 한다. 요즘 말로 하면 달변의 살롱 혹은 사교계의 여왕에 가깝다는 것이 역사가의 말이다. 고종의 비였던 명성황후가 『좌전左傳』에 통달해서 권모술수에 능했다는 말이 있지만 영국 번영기의 엘리자베스 여왕은 마키아벨리를 읽었고 많은 남성을 번롱한 도화살의 주인공이었다. 남성 우위의 가부장적 가족제의 기반이 된 가치관이 반영되어 있는 도화살 같은 말도 발원이 된 사주쟁이처럼 역사적 유물이 되고 말 것이다. 이것은 분명 진화나 진보로 분류될 수 있는 사안일 것이다.

고봉밥　　　　　"아침저녁으로 이밥을 고봉으로 먹는데 아쉬울 게 뭐가 있겠어요?" 동네마다 얼마쯤 잘사는 집이 있고 그런 동네 부자를 부러워하는 것은 조금도 이상할 것이 없다. 워낙 구차한 살림을 꾸려가다 보니 동네 아주머니들이 모이면 이런 소리가 나오게 마련이다. 조금은 심사가 뒤틀려 입을 삐쭉거리는 이가 없는 것은 아니다. 그러나 동아시아의 만고 스승인 공자 어르신도 "가난하면서도 원망함이 없기는 어렵고 풍부하면서도 교만함이 없기는 쉽다"고 '헌문편憲問篇'에서 타이르지 않는가? 그렇게 넘기고 보면 대개 시샘보다 부러움이 선연한 표정들이었다. '고봉'이란 본시 되질이나 마질을 할 때 전 위로 높이 수북하게 쌓는 것을 가리키며 '고봉 한 되'란 투로 말했다. 해방 직전은 전쟁 말기여서 동그란 나무 자루로 싹싹 깎아서 되질을 하곤 하였다.

고봉밥이라고 해서 다 같은 것이 아니다. 집에서 상 위에 올려놓는 고봉밥과 하숙집에서 올리는 고봉밥은 겉으론 비슷해 보이지만 실은 딴판이다. 하숙집 아주머니는 이골이 나서 속은 비워 둔 채 거죽만 푸짐한 고봉밥을 잘도 만들어주는데 몇 숟갈 안 떠서 곧 바닥이 나버리고 만다. 표리부동하여 속이 비어 있기 때문이다. 그러니 객지 밥은 살로 안 간다는 말도 생겨난 것이다. 마을 사람들의 대부분은 구차한 터라 늘 속이 허하고 출출한 형편이다. 이럴 때 할 수 있는 일이 물배를 채우는 것이다. 여름에는 냉수로 겨울에는 백탕으로 배를 채워두면 그나마 속이 든든해진다. 이용악 제3시집 『오랑캐꽃』에 수록된 「길」의 전반부는 다음과 같이 되어 있다.

여덟 구멍 피리며 앉으랑 꽃병
동그란 밥상이며 상을 덮은 흰 보자기

아내가 남기고 간 모든 것이 그냥 그대로

한때의 빛을 머금어 차라리 휘휘로운데

새벽마다 뉘우치며 깨는 것이 때론 외로워

술도 아닌 차도 아닌

뜨거운 백탕을 훌훌 마시며 차마 어질게 살아보리

일제 말기에 쓴 이 시편은 아마도 해산을 위해 친정에 간 아내 부재중의 생활을 다룬 것으로 보인다. 서정 시편의 화자를 시인 자신과 동일시하는 것은 적정치 못할 때가 있기는 하다. 그러나 이용악 시편의 대부분에서 화자와 시인이 동일하다는 것은 수긍할 수 있을 것이다. 뜨거운 백탕으로 물배를 채우고 어질게 살아가자는 다짐을 하는 화자가 시인 자신이라고 보아 크게 잘못은 아니다. 요즘 식탐이 많은 사람을 빼고 나면 밥의 양을 가지고 따지는 사람은 없을 것이다. 게다가 탄수화물 줄이기의 다이어트가 대세이니 고봉밥도 생소한 말이 돼버린 것은 당연하다. 고봉밥을 그리워하는 사람은 많지 않겠지만 다이어트를 위해 백탕을 즐기는 사람은 없지 않을 것이다. 세상 많이 변했다는 소회가 다시 인다.

대처   사전에는 '도시' 혹은 '도회지'라 풀이되어 있다. 시골에서는 이 말이 "대처大處로 나갔다"는 투의 문맥에서 쓰였다. 그래서 시골이나 소읍小邑의 반대말이라고 알게 되었다. 정지용의 「말 2」에 보이는 다음 대목에서도 대처와 시골은 대조 관계로 있다.

내사 대처 한복판에서
말스런 숨소리를 숨기고 다 자랐다
시골로나 대처로나 가나 오나
양친 못 보아 서럽더라

우리가 만들어 쓴 국산 한자어라 추정되는데 보다 근대화된 도시나 도회지가 유통되면서 슬며시 사라진 것이 아닌가 생각된다. 시골에서 '대처로 갔다'고 했을 때 대처는 반드시 큰 도시를 의미하는 것은 아니고 도청 소재지만 하더라도 그리 말했던 것으로 기억한다.

예전에 번역을 하다가 village나 city는 마을이나 도시로 하면 되는데 town은 무어라고 해야 하나 난감한 적이 있었다. 대처라고 써볼까 생각했지만 그리 쓰지는 않았던 것 같다. 그렇게 써보았자 요즘 출판사의 윤문 전문가가 어려운 말이라고 지워버리고 말았을 것이다. 요즘 서울에서 인천을 가다 보면 도회의 연속이어서 도시와 비도시의 분간이 있을 수 없다. 시골이 대처가 되고 대처가 시골이 돼버린 것이다.

유세하다　　　　근자에 '목에 힘주다' '어깨에 힘주다'라
는 말을 많이 듣게 된다. 목과 어깨에 힘주는 사람에 대한 험담으
로 쓰인다. 이들은 대개 갑질을 하거나 갑질을 하는 것으로 비치
는 언동을 하는 사람들이다. 지난날에 쓰던 비슷한 말에 어떤 것
이 있을까? '유세하다' '유세 부리다'란 말이 언뜻 떠오른다. 어려서
주로 시골 아주머니들의 입을 통해서 많이 들었다. 그러니 반드시
갑질과 연관되는 것은 아니다. 비슷한 신분이나 처지의 사람들 사
이에서 많이 쓰였기 때문이다. 『새우리말 큰사전』의 '유세有勢' 항
목에는 "1. 권세가 있음 2. 자랑삼아 세도를 부림"이라 풀이되어 있
고 "도대체 무얼 믿고 유세냐?"란 예문이 보인다. 아울러 '유세 부
리다' '유세 쓰다'란 어법이 나온다. 한편 한글학회의 『우리말 큰사
전』에는 비슷한 풀이에다가 "네가 뭔데 유세냐?"라는 예문과 함께
'유세하다'란 용법이 나온다. 어려서 듣기로는 '유세가 대단하다'는
말도 흔하였다.

　요즘 우리 사회에서는 유세 부리는 사람들이 너무 많다. 선출
직이라고 해서 재판정에서 오만방자한 행동을 하는 이가 있는가
하면 '그가 내 영을 어긴 것이다'라고 큰소리치는 고위직도 있다.
유세 부린다는 말이 정통으로 들어맞는 사례일 것이다. 그러나 선
출직이 되고 고위직이 되는 것은 바로 유세를 부려보기 위해서가
아닌가 하는 생각도 든다. 그럴 경우 약자 시민이 할 수 있는 일은
별로 없다. 김동인의 『운현궁의 봄』에는 난초나 치고 놀음판에나

기웃거리던 불우했던 시절의 흥선대원군이 한잔 걸치고 흥얼거리는 노래가 나온다. "화무십일홍이요 달도 차면 기우나니." 열흘 붉은 꽃이 없고 10년 가는 세도 없고 천 년 가는 사직이 없다는 것은 인구에 회자되는 명언이다. 침묵하는 다수 약자에게 위로가 될지는 모른다. 그러나 유세의 세도가들에겐 마이동풍이요 쇠귀에 경 읽기일 것이다. 권불십년이라니 바로 그 때문에 마음껏 유세를 부려보는 것이 아닐까? 석파石坡 이하응 자신도 일단 권력을 잡고 나서는 달도 차면 기우는 것이 자기와는 무관하다고 생각했을 공산이 크다.

자치기   어린 시절은 모든 것이 결여되고 부족하였다. 장난감도 읽을거리도 무턱대고 없었다. 없으면 만들어내는 것이 사람의 재주이다. 그래서 만들어낸 것이 무조건 맴을 돌아 세상이 돌아가게 만들고 어지럼 끝에 누워버리는 것이다. 혹은 두 다리를 벌리고 서서 허리를 굽혀 가랑이 사이로 담 모퉁이의 백일홍이나 낮에 나온 반달을 바라보는 것이다. 조금은 달라 보이고 그럴싸해 보인다. 심술궂은 장난도 많다. 어린 시절 겨울이면 흔히 손등이 얼고 텄다. 두 손등을 맞대고 한참 부비고 나서 냄새를 맡으면 닭의똥 냄새가 난다. 그 냄새를 동급생 코에 갖다 대고 미소 짓는 심술궂은 장난도 있었다. 그러나 이렇게 마련해본 낯설게 하기 놀이나 짓궂은 장난은 이내 싫증이 나고 쉽게 탕진된다. 그래서 이웃의 또래를 만나 함께 노는 것이다. 가장 비근한 것이 제기차기이다. 6·25 전만 하더라도 시골의 웬만한 집에는 몰락한 왕조시대의 엽전이 몇 개씩 남아 있었다. 가운데가 뻥 뚫린 엽전에 종이를 끼워 넣어서 제기를 만들기는 어렵지 않다. 제기차기는 승부가 처음부터 정해져 있어 조금 하면 역시 싫증이 난다. 그래서 마지막으로 기대보는 것은 '자치기'이다. 자치기는 또래가 많을수록 더 재미있다. 야구처럼 공격팀과 수비팀을 나누어 짜서 가위바위보로 결정한다. 대개 조금은 넓은 동네 마당이나 가을걷이가 끝난 뒤의 마른 논바닥이 놀이터가 된다. 『우리말 큰사전』에는 자치기가 이렇게 풀이되어 있다. "한 뼘 정도의 짤막한 나무토막을 다른 긴 막대기로 쳐서 그 거리의 멀고 가까움을 자질하여 이기고 짐을 겨루는 아이들 놀이의 한 가지." 이것만 보면 자치기는 한 가지뿐이라는 생각이 들 것이다. 우리 어려서 한 자치기는 3단계가 있다. 길쭉하게 구멍을 파놓고 거기에 짤막한 나무토막을 열십자형으로 올려놓고 공격수가 두 손으로 밀어 올려 멀리 가게 한다. 이때 날아온 나무토막을 흩어져 포진하고 있는 수비팀이 받게 되면 공격수는 아웃이 된다. 이것이 1단계이다. 아웃이 안 되면 사전에 풀이되어 있듯이 짤막한 나무토막을 긴 막대기로 쳐서 멀리 가게 한다. 역시 수비팀이 받게 되면 아웃인데 이것이 2단계다. 그다음 3단계는 길쭉한 구멍에 작은 나무토막을 치기 좋게 비껴 눕혀

놓고 그 끝을 쳐서 올린 뒤에 다시 쳐서 멀리 가게 한다. 축구선수가 볼 컨트롤로 차기 좋게 해놓고 힘껏 차는 것과 비슷한데 가장기술이 요구되는 것이 이 3단계이다. 이 역시 수비팀이 나무토막을 받게 되면 아웃인데 여기까지 무사히 마치면 야구에서와 마찬가지로 1점 득점이 된다. 이러한 자치기 놀이가 우리 고향 쪽에서의 고유 관행인지 아니면 대처에서도 그랬는지는 알 길이 없다. 그러고 보면 초등학교 수준에서 많이들 하였던 이 놀이는 야구 경기의 규칙을 도입해서 그나마 3단계로 마련한 것이라는 느낌이 들기도 한다. 초등학교를 마친 뒤에는 폐품이 된 연식 정구공 속에 솜을 집어넣은 대용품을 사용해서 야구 놀이를 했던 것으로 기억한다. 축구, 탁구, 배드민턴이 보급되고 온라인 게임이 널리 퍼진 오늘 이러한 놀이가 사라진 것은 너무나 자연스러운 일이다. 민속놀이로 보존할 정도로 소중한 것도 아니니 자치기가 옛말이 되는 것도 먼 훗날의 일은 아닐 것이다.

뒷간　　　　　어린 시절 옛 마을의 초가집은 대부분이 일자집이었다. 대문이나 삽짝이 있고 손바닥만 한 텃밭이나 마당 한구석으로 허술한 별채가 있게 마련이다. 별채의 한쪽이 헛간이고 다른 한쪽은 뒷간이었다. 뒤를 본다고 해서 '뒷간'이 된 것이다. 학교를 다니면서 변소란 말을 쓰게 되었지만 집에 있는 것은 뒷간이지 변소가 아니었다. 뒷간이란 말이 사라진 것은 공공건물이 많이 서고 공동변소도 많이 생기고 나서의 일이다. 점잖게 측간厠間이라 하는 이도 있었으나 대개 잘 차려입은 노인들이었다. 그러나 이제 이 말은 들어볼 수 없게 되었다. 근자의 사회 변화를 생생하게 보여주는 사례이다. 도시화가 진행되면서 흔히 말하는 아파트 생활자의 수효가 획기적으로 증가하였다. 아파트의 특징 중 하나는 수세식 변소가 필수라는 점이다. 뒷간이란 말이 흔적 없이 사라진 것은 수세식 변소의 보급과 밀접히 연관되어 있다. 뒷간은 이제 수세식 변소로 신분 상승을 한 것이다. 수세식 변소의 좌변기는 한국인의 기대수명 연장에도 획기적으로 기여하였다는 것이 나의 관찰이다. 옛날 시골 마을에서는 뒷간에서 넘어진 노인은 소생하지 못한다는 말이 있었다. 가끔 변소에서 변을 당하는 일이 생겼고 대개 요즘 말로 고혈압 환자가 오랫동안 쪼그리고 앉아 있다가 일어서는 바람에 사달이 생겼다. 1956년 대통령 선거 때 야당의 신익희 후보는 한강 백사장 선거 유세장에 30만의 인파를 끌어모아 여당 실세들의 간담을 서늘케 했는데 호남선 열차 안에서 급서急逝하고 말았다. 당시 후보자가 변소에 다녀온 직후였다는 소문이 나돌았다. 요즘 같으면 노인 대접을 못 받는 나이지만 그때만 하더라도 회갑을 넘기는 것은 예삿일이 아니었다. 과로가 겹쳐서 불행을 당한 것이겠지만 그런 소문이 그럴듯하게 나돈 것은 사람들 마음속에 옛 속담이 자리 잡고 있었기 때문이 아닌가 생각된다.

벌건 민둥산이 물색 좋은 청산으로 변하고 울퉁불퉁한 비포장 신작로가 말끔하게 포장된 고속화도로로 변하는 과정을 똑똑히 목격해온 세대로서 요즘 시골을 다니며 늘 감탄하는 것은 청결한 공동변소이다. 고속도로 연변의 휴게소는 물론이고 웬만한 지방 소도시의 공공건물에서도 사정은 마찬가지다. 얼마 전 신축된 고향의 도서관을 찾은 적이 있다. 모아놓은 장서나 자료에는 별 감동이 없었지만 좌변기의 비데 장치에는 감탄하지 않을 수가 없었다. 1960년대 월남 군부가 정권을 장악하는 과정에서 대통령 응오딘지엠과 비밀경찰 수장 고딘누 형제가 살해당했다. 그때 권력자 형제의 비행을 탈탈 털어 공표했는데 고딘누의 부인이 호화생활을 했다며 사저 화장실에 비데 장치를 해놓았다는 것도 들어 있었다. 많은 세월이 흐른 것은 사실이나 최고 권력자 가족이나 누리던 시설을 지방 소도시의 도서관 방문자 누구나가 향유할 수 있다는 사실이 신선하게 다가왔다. 생활의 귀족 되기는 어려워도 정신의 귀족 되기는 어렵지 않다고 30대 중반에 요절한 이효석은 말했지만 앞서 간 세대에 비하면 오늘의 우리는 모두 생활의 귀족으로 살고 있는 셈이다.

어린 시절은 무서움이 많은 시절이다. 까맣게 잊어 먹어서 그렇지 한밤에 어둠 속으로 나간다는 것은 무서운 일이었다. 부엌에는 부엌 귀신이 있고 뒷간에는 뒷간 귀신이 있다고 하지 않는가?

어쩌다 밤중에 뒷간에 간다는 것은 불가피한 대로 불안한 모험이었다. 밤이 그리 무서워지지 않게 되면서 변소는 될수록 멀리하고 싶은 기피 장소가 되었다. 초등학교 시절 변소 청소 당번이 되는 날은 흉일 중의 흉일이었다. 양동이로 물을 가져다 퍼붓는 것으로 끝나는 작은 변소와 달리 배설물이 요란하게 고봉으로 축적돼 있는 큰 변소 청소는 큰 고역이었다. 제법 산행을 할 무렵 소백산이나 계룡산에 있는 사찰이나 암자에 유한 적이 있었다. 처음엔 며칠 머물자고 가지만 한 이틀 자고 나면 덧정이 없어졌다. 큰 해우소에 쪼그리고 앉아 내려다보는 몇 길이나 되는 광활한 나락이 아무래도 내 악몽의 새 모티프로 굳어질 것 같은 공포 섞인 예감 때문이었다.

서정주의 『질마재 신화』는 민족지民族誌로서도 독자적인 가치가 있는 산문시집인데 '소망'이란 표제의 작품에는 "상감 녀석은 궁의 각장장판방에서 백자의 매화틀을 타고 누지만"이란 대목이 보인다. 각장장판지는 넓고 아주 두툼한 장판지를 말하고 매화틀은 휴대 및 이동 가능한 변기의 궁중 용어이다. 서양의 왕도 대개 침실에 매화틀을 두고 볼일을 보았을 뿐 아니라 볼일을 보면서 신하들을 접견하고 보고를 받았다. 17세기 후반에 태어나 18세기 전반까지 활동한 프랑스의 루이 드 생시몽 공작의 『회상록』에는 그가 봉사했던 섭정 오를레앙 공이 시종들과 두서너 명의 중요 신하에 둘러싸여 변기에 앉아 있는 장면이 나온다. 신하들을 완전히 무시

했기 때문에 가능한 일이다. 제2차 세계대전 중 소집되어 미얀마에 배치되었다가 영국군의 포로로 잡혀 수용소 생활을 한 일본인의 경험담을 적은 『아론수용소』란 책이 있다. 영국은 민주주의 사회라 하지만 속을 살펴보면 계급사회라면서 사병과 장교의 현격한 차이를 말하고 있다. 장교는 신장에서부터 교육에 이르기까지 사병과는 전혀 다르다는 것이다. 청소를 위해 영국 군인 방을 노크했는데 들어오라는 여자 목소리가 났다. 들어가 보니 여성 군인이 완전한 알몸으로 누워 있고 거들떠보지도 않았는데 그때처럼 참담한 모욕감을 느껴본 적이 없다고 적고 있다. 성적 수치심은 같은 사람일 때 느끼는 것이지 애완견에게 성적 수치심을 느끼지는 않을 것이다. 청소하러 온 일본군 포로를 사람으로 생각하지 않은 것이다.

기운이 장사인 데다 꾀 많은 책사인 오디세우스가 뒤를 보는 장면을 『오디세이아』에서 본 기억이 없고 또 상상할 수도 없다. 그러나 『오디세이아』를 밑그림으로 하고 있다는 제임스 조이스의 『율리시스』에는 주인공이 변소에 앉아 있는 장면이 제법 길게 나온다. "정원을 가로질러 가서 온전치 못한 변소 문을 발로 차서 연다He kicked open the crazy door of the jakes." Jakes란 별채의 변소를 말하니 우리가 얘기하는 뒷간에 해당한다고 생각하면 될 것이다. 이 장면을 통해 독자들은 그가 변소에서 신문을 보며, 치질 환자이고 변비에 신경을 쓴다는 것을 알게 된다. 이렇게 고대와 현대가 달라지는 것은 현대가 배제를 경원하며 경험적 포괄을 지향해서 전면적 진실을 추구하는 경향이 있기 때문이다.

대체로 서양 귀족들은 청결에 대한 의지가 희박한 편이다. 프러시아의 프레데리크 대왕이 베르사유 궁전을 염두에 두고 상수시 궁전을 건조했지만 실내 변소 설계를 하지 않아 층계에서 소변 보지 말라는 고시를 하지 않을 수 없었다. 합스부르크가가 여름에 살았던 빈의 쇤브룬 궁전에는 제1차 세계대전 발발 때까지 실내 변소가 없었다. 청결한 생활을 지향한 것은 부르주아의 특성이요 미덕이었다. 의복에서 가재도구에 이르기까지 그들은 청결에 세심한 배려를 하였다. 그것을 단순한 현시 소비의 사례로 보는 것은 일면적이다. 요즘 부르주아는 만사에 험담의 대상이 되어야 하는 것으로 아는 젊은이들이 있다. 그러나 우리의 고속도로 휴게소나 신축 공공건물에서 볼 수 있는 세련되고 정결한 화장실은 사실상 부르주아의 청결 지향에서 발원하였다는 사실을 상기하는 것은 역사적 공정을 위해서 필요한 일이다. 공정과 정의를 최우선으로 표방하는 정치세력이 범하는 표방 가치에 대한 고질적 반칙은 이 땅의 다수 양심적 약자들을 끝없이 기막히게 한다. 어이없게 한다.

고뿔　　　　누구나가 잘 걸리는 질환은 감기일 것이다. 감기를 달고 다니는 사람이 있고 감기 정도는 따끈한 콩나물

130

국 한 대접이면 거뜬하게 낫는다고 큰소리치는 대장부도 있다. 겨울철에 잘 걸리지만 드물게 여름감기에 걸려서 "여름감기는 개도 안 걸린다는데" 하는 핀잔을 받게 되는 경우도 있다. 감기 기운이 있다는 것도 흔한 말씨다. 말을 가려 쓰는 노인들은 한질 때문에 며칠 누워 있었다는 투로 말하기도 했다. 감기가 표준말이 된 감이 있지만 우리 어려서는 '고뿔'이란 말을 많이 썼다. "고뿔에 걸렸다" "고뿔이 들었다"는 투로 말하는 사람들이 많았다. 배움이 적은 사람일수록 이 말을 많이 썼다. 이런 사람들은 또 "남의 염병이 내 고뿔만 못하다지 않은가?"라며 속담을 들먹이기도 하였다. 요즘 거의 들어볼 수 없게 되었으니 사라진 말이라 해도 좋을 것이다.

유행성 독감은 인플루엔자의 번역어로서 이제 일상어가 되었다. 그만큼 독감이 자주 유행하고 흔한 병이 된 탓일 것이다. 예방접종 덕분에 많은 사람들이 오한과 목 아픔을 면제받은 것은 역시 우리가 누리는 문명의 혜택일 것이다. 근대로 들어서면서 정치가 일상생활에 끼치는 영향력은 점점 커진다고 할 수 있다. 질병도 정치 상황의 영향을 받는 경우가 많다. 1968년 소련군 탱크 부대의 진주로 프라하의 봄이 끝난 이후 체코에서는 사망률이 크게 올랐다 한다. 격분이 허약한 심혈관계 환자를 쓰러뜨리고 극심한 좌절감이 면역력을 약화시킨 결과일 것이다.

대장간집 아들로 태어난 프랑스의 인민사가人民史家 미슐레는 보불전쟁으로 파리가 함락된 이후의 사태를 들은 뒤 망명지 이탈

리아에서 분노로 뇌졸중을 일으켰다. 파리코뮌이 2만 내지 3만의 시민 희생자를 내고 끝났다는 소식에 그는 두 번째 뇌졸중을 겪어 오른팔과 입이 마비되고 말았다. 그럼에도 몇 해를 더 버티며 역사책을 썼다.

2012년 대선 때 보건당국은 독감의 대유행을 예고했는데 별일 없이 지나갔다. 온 국민이 대선 과정에 심정적으로 열렬히 참여해서 혹은 응원하고 혹은 반대하며 열광하는 바람에 독감도 넘보지 못한 탓이라는 게 나의 생각이다. 사람의 열정은 질병을 이겨낼 수 있다. 2020년은 코로나 예방 차원의 손 씻기와 사회적 거리두기로 독감 환자가 극히 적었다는 것이 의료계의 진단이다.

독감 아닌 보통 감기를 영어로는 'the common cold'라 한다. 아일랜드 출신의 영국 작가 아이리스 머독의 데뷔작인 『그물을 헤치고』에는 비트겐슈타인을 모델로 했다는 휴고라는 인물이 나온다. 그는 불꽃 제조로 거금을 벌게 되지만 모두 희사한다. 어려웠던 시절, 휴고가 감기 백신을 만들려는 연구 기관의 실험 대상자가 되어 콧물을 흘리며 감기를 달고 사는 장면이 나온다. 이렇듯 감기 백신을 만들려는 시도가 있었으나 병원체가 하도 다양해서 만들 수 없다는 게 정설인 것 같다. 두뇌 활동을 왕성하게 하면 치매를 예방할 수 있다는 말이 있는데 그것을 정면으로 조롱하는 사례가 바로 아이리스 머독이다. 마지막 소설의 교정본을 보고 나서 책이 나왔을 때는 자기가 쓴 책을 알아보지 못하였다. 철학도

이기도 했던 그녀는 영어로 쓴 사르트르에 관한 최초의 책을 낸바 있고 유럽에서 지적 활동이 가장 왕성했던 여성 지성이란 세평을 얻었다. 그를 다룬 영화도 나왔다. 옥스퍼드대학의 영문학 교수인 남편이 머독과 사별 후 『아이리스』란 책을 냈는데 본인의 다른 소설이나 비평적 저서보다 더 많은 독자를 얻었다. 우리나라에도 온 적이 있으며 서머싯 몸과 마찬가지로 말을 더듬었다.

그리마　　　옛 마을에는 갖가지 금기나 속신俗信이 무성하였다. 가령 섣달 그믐밤에 일찍 잠을 자면 눈썹이 희어진다는 말을 흔히 하였다. 설날을 앞두고 차례상 차리기를 비롯해 할 일이 많으니 부지런히 거들고 일찍 잠자리에 들지 말라는 취지로 만들어진 말일지도 모른다. 임산부가 반쪽이 썩은 과일을 먹으면 언청이를 낳는다는 말도 있었다. 태교의 일환으로 언행을 반듯하게 하고 먹는 것도 함부로 입에 넣지 말라는 취지로 만들어진 말일 것이다. 무해무득한 이런 말이 부지기수였다. 어려서 이갈이를 할 때 윗니가 빠지면 지붕에 던지고 아랫니가 빠지면 아궁이 속으로 던지게 했다. 내 고향 쪽의 특유한 관습인지 전국적 규모의 것인지는 알 수 없다. 용띠가 길을 떠나면 비를 만난다든가 뱀띠 가족이 있는 집에는 제비가 집을 짓지 않는다는 말도 있었다. 6·25 전만 하더라도 인가에 제비가 제비 집을 짓는 것은 시골에선 흔한 일이었다. 밤에 비질을 하면 복이 나간다는 말도 있어서 밤에는 간단히 걸레로 훔치기만 하는 게 관례였다.

그러한 말 가운데 '그리마'가 보이면 돈이 들어온다는 것이 있었다. 동급생의 하숙집에 놀러 갔다가 그리마가 보이면 "너 돈 생겼구나" 혹은 "너 돈 생기겠다. 호떡을 사야 또 들어온다" 하고 털어먹는 일이 흔하였다. 호떡을 사는 쪽이나 털어먹는 쪽이나 믿지 않으면서도 그런 말을 놀이로 활용한 것이다. 절족節足동물로서 마루 밑 같은 어둡고 습한 곳에서 작은 곤충을 잡아먹고 살며 주로 밤에나 사람 눈에 뜨이는 것이 보통이다. 몸통 좌우로 긴 다리가 있는데 위급한 경우에는 다리를 떼어낸다고 한다. 보기 흉한 미물인데도 이름만은 밉지 않아 늘 이름과 실제가 다르다는 느낌을 가졌었다. 그림 혹은 그립다 같은 말과 비슷해서 생겨난 환각이 아닌가 생각된다. 돈이 생긴다고 해서 '돈벌레'라 하기도 했는데 서울에서는 바퀴벌레를 돈벌레라 했다는 얘기를 들은 적이 있다. 그리마나 바퀴벌레나 보기 흉한 미물이어서 그런 얘기가 생긴 것이 아닌가 생각한다. 어차피 데리고 사는 것이니 재수 없는 미물을 보고 역발상으로 얼버무린 것이 아닐까? 효과적인 살충제 덕으로 그리마의 실물도, 이름도 사라진 것 같다. 사라지지 않았다 할지라도 그리마란 낱말을 아는 젊은이는 많지 않을 것이다.

인단　　　　　해방 이전 초등학교 시절 기차를 타는 것
은 큰 즐거움이었다. 창가에 앉아서 바깥을 바라보면 바쁘게 지
나가는 풍경이 덮어놓고 좋았다. 몇 번 타보았던 충북선에는 터널
이 두 개 있었는데 그게 그렇게 기다려졌다. 터널이 끝나고 세계가
다시 시작되면 그게 또 그렇게 서운하였다. 바라보아야 야산과 논
밭과 웅크리듯 서 있는 초가집이 대종을 이루고 있었다. 그러다가
한두 번 눈에 뜨인 것이 밭인지 언덕인지에 활터의 과녁처럼 서
있는 남자의 상반신이 그려진 판자였다. 모든 남성들이 머리를 박
박 깎고 다니던 시절인데 당시 말로 '하이칼라' 머리에 금빛 견장
을 어깨에 얹고 카이저수염을 한 잘생긴 남자의 커다란 상반신 판
자가 서 있는 것이 아닌가? 나중에 그것이 '인단仁丹' 광고판임을
알게 되었다. 그러니까 인단은 상표 이름이요 해방 후에 나온 은
단銀丹의 전신인 셈이다. 당시엔 그것이 상표 이름인 줄 모르고 그
저 조그만 알로 된 것의 보통명사로 이해한 셈이다. 요즘엔 그 상
표가 없어졌는지 KAOL이란 유사품이 유통되고 있다. 그 무렵 영
신환靈神丸이란 환약도 널리 유통되고 있었다. 가정상비약으로는
소화제인 위산胃散이 있었는데 이 역시 상표 이름인 것으로 생각
된다. 전쟁 말기의 그 황량한 시기에도 충북선 철도 연변 시골 언
덕에 서양식 두발에 견장을 단 미남 상반신의 광고판이 서 있었
다는 것은 상업 자본의 저력을 말해주는 것이 아닌가 생각된다.
해방 이후 그 인단 광고판이 사라진 것은 물론이다.

부엌데기　　　　　사전에는 "부엌일을 맡아 하는 고용된 여자를 경멸하여 이르는 말"이라고 풀이되어 있고 별칭으로 '식모'가 적혀 있다. 어려서 살던 이웃에는 식모를 부리며 사는 집이 없었다. 그럼에도 '부엌데기'란 낱말을 익히게 된 것은 모친을 비롯해서 동네 아줌마들이 스스로를 부엌데기라 자처했기 때문이다. "부엌데기 처지에 뭐……"라는 투의 말을 많이 들었다. 1935년에 발표된 이태준의 단편 「색시」는 식모로 들어와 1년 정도를 함께 산 여성을 다루고 있다. 이 여성이 들어온 첫날 아내의 말을 들은 작품 속 화자는 이렇게 생각한다.

"좀 너무 젊지? 과부래는구랴, 저 나이에……" 하는 소리를 듣고는 그의 불행도 불행이러니와 그런 속에 슬픔이 있는 사람을 한식구로 둔다는 것은 그리 유쾌하지는 못하였다.

부엌일을 하러 온 사람을 "한식구로 둔다"고 했듯이 크게 층하를 하는 것은 아니고 부르기도 그저 색시라 부른다. 지체 있는 집에서 부엌 아가씨라고 하는 경우도 있었던 것으로 미루어 무던한 사람들은 군이 하대하거나 경멸조로 말하지는 않았던 것 같다. 불화가 생기거나 뒤에서 흉을 볼 때 혹 썼는지는 모르겠다. 자조적인 어조로 주부들이 토로하는 경우가 많았다는 것이 나의 경험인데 어쨌건 이런 말이 완전히 사라진 것은 좋은 일이다. 그만큼 사회가 진화한 것이다. 가사 도우미나 파출부란 말이 빈자리를 메우고 있다.

도장포   시골 소읍을 비롯해서 면 소재지라면 어디에나 있는 것이 '도장포'였다. 도장을 새기는 곳이다. 대개 비좁은 공간에 스탠드가 있고 목도장에서부터 큼지막하고 네모진 직인 따위까지 갖가지 견본이 조그만 진열장에 놓여 있었다. 또 도장으로 새길 재료도 진열되어 있었다. 지금도 신기하게 생각하는 점은 유년기에 본 도장포에서는 주인이 늘 스탠드 전깃불을 켜놓고 도장을 새기고 있었다는 것이다. 나의 환각인지 경험 현실의 충실한 반영인지는 가늠할 수 없지만 그게 나의 도장포 기억이다. 증평이란 면 소재지에 살던 일제 말기, 우리 동네 신작로가에 있던 도장포 주인이 만주로 이주한다고 해서 그의 젊은 부인이 인사를 다니러 온 적이 있다. 그녀는 몹시 서운해했고 사람 사는 곳이 다 같지 뭘 그러느냐고 이웃 아주머니들이 위로한 기억도 남아 있다. 그 후 어떻게 되었는지는 물론 알 길이 없다. 으리으리한 빌딩에 자리 잡고 신문 광고도 부지런히 내며 이름도 당당한 도장집이 있는데 그것은 인장 관계회사 사무실이지 우리가 아는 도장포가 아니다. 신작로와 마찬가지로 있기는 있되 사람 입에 오르는 법이 없는 것이 도장포라는 게 나의 생각이다. 지금통장에도 서명이 통용되는 시대에 아무래도 도장포란 말의 미래가 양양할 것 같지는 않아 보인다.

정지　　　　　　　서울에서나 지방에서나 이제 아파트가 단독주택을 누르고 거주 공간의 대세가 되었다. 그러면서 한옥 구옥에서 쓰던 말을 버리고 전부터 있던 말을 새로 쓰게 되었다. 아궁이가 있고 가마솥이 있고 부뚜막이 있는 부엌이란 말을 그대로 쓸 수는 없다. 아파트에서는 주로 주방이란 말을 쓴다. 본래 음식을 준비하고 차렸던 방인데 그대로 채용해서 쓰고 있고 또 적정해 보인다. 한옥 부엌 벽의 중턱에 드린 선반을 충청도 쪽에서는 살광이라 했는데 살강이 표준말로 돼 있다. 식기 등 음식과 관련된 물건을 올려놓는 것인데 이 말을 주방에 그대로 쓰는 것은 어울리지 않는다. 그러나 주방처럼 통일된 호칭은 정해지지 않은 것 같다. 부엌을 경상도 지방에서는 '정지'라 했다.

　　　이웃집 서방님은 군도칼 차는데
　　　우리집 저 문둥이 정지칼 차네

　　정지칼은 물론 부엌칼이다. 문둥이는 한센병 환자를 가리키는 토박이말인데 경상도 지방에서는 아주 친하거나 허물없는 사람을 가리키기도 하고 또 사람을 경멸할 때도 쓴다. 위의 대목에서 문둥이는 허물없음과 업신여김이 어우러진 절묘한 말이 되어 있다. 한센병 환자를 지칭하는 것이 아닌 이런 쓰임은 문둥文童에서 나왔다는 설이 있으나 표준적 사전의 유권해석은 얻지 못한 것으로 보인다.

1933년 일본 제일서방第一書房에서 한정판 500부의 초판이 나왔던 김소운金素雲 편의 『언문조선구전민요집』에는 경상남도 창원 지방의 민요라며 '아리랑'이란 소제목을 단 민요 53편이 수록되어 있다. 대부분 2행으로 된 창원 지방의 「아리랑」은 구전민요, 특히 풍요諷謠의 걸작이라 생각되는데 식민지 시절에 유포되었다고 추정되는 것도 많다. 앞에 적은 2행도 그중의 하나다. 젊어서부터 이 민요를 많이 인용해온 것은 혼자만 읽기가 아까워서였다. 지금껏 인용해본 적이 없는 상대적 범작이나 졸작을 적어서 독자의 관심을 권유하고 싶다.

부처만 믿으면 극락 가나
마음이 곧아야 극락 가지

우리 삼동시 모인 김에
씨아바니 잡아서 볶아 먹자

영감아 도둑놈아 잠들어라
남의 집 외동자식 살려주자

청인　　　　　　낯선 사람에 대한 경계나 잠재적 적의는
보편적인 것이다. 그 표출이 문화의 수준에 따라 아주 거칠기도
하고 조금 제어되어 있는 차이가 있다. 우리의 경우 중국인을 되
놈, 일본인을 왜놈, 미국인을 비롯한 서양인을 양놈이라 부르는 것
이 거리의 장삼이사張三李四나 시골의 민초 사이에서는 흔했다는
것이 나의 경험이다. 우리가 남을 대접해주어야 우리 자신도 대접
받는다는 것은 인간사에서 발견되는 암묵적 상호주의의 제1원리
이다. 괜한 이방인 배척 감정이나 외국인 혐오감을 갖고 있거나 표
출하는 것은 글로벌 시대의 계몽된 민주시민의 자격을 스스로 포
기하는 것이다. 괜한 외인 배척이나 타인 경계는 우물 안 개구리
요 못난이임을 자처하는 것이나 진배없다. 이성적으로는 그렇게
생각한다 하더라도 막상 현실에서는 자기모순을 일으키는 경우도
없지 않다. 계몽된 민주시민이 되기 위해서도 부단한 수양과 수기
修己는 필요하다.

　이웃 나라에 대한 보통 사람들의 태도는 정치 상황에 크게 좌
우된다. 중일전쟁이 일어난 후 일본의 대중국 태도를 반영해서 어
린이들 사이에서도 중국인을 '짱코로'로 부르는 것이 예사였다. 중

국인의 중국어 발음인 zhonggoren이 변형되어 일본에서 그리 쓰인 것이다. 그러나 식자들 사이에서는 흔히 '청인淸人'이라 했다. 그리고 중식당은 흔히 청요릿집이라 했다. 1930년대 소설을 보면 거의 청요릿집으로 통일되어 있고 1960년대까지 열려 있던 아서원雅敍苑이 그 대표 격이었다. (1925년 4월 17일에 김약수, 조봉암, 김재봉 등이 모여 조선공산당 중앙집행 위원회를 구성한 것은 아서원에서였다.) 해방이 되고 연합국의 일원으로서 중국이 부상하면서 이제 중국과 중식당으로 통일된 셈이다. 1930년대 말 충북 진천 외곽에서 유년기 몇 해를 보냈다. 집 앞쪽에 중국인이 경작하는 넓은 채소밭이 있었고 동네에서 그 집 채소를 사 먹는 사람들은 그 집을 청인집이라고 불렀다. 청인이란 말은 외국인 하대 감정이 전혀 배어 있지 않은 중립적 어사였다. 지금은 사라져 극히 생소하게 들린다. 그러나 어릴 적 처음 익힌 말의 힘은 대단해서 청인이란 말이 그들이 입는 옷을 환기시키면서 실감 나게 들린다.

옥양목　　　　　생활수준이 전반적으로 향상되면서 괄목할 만한 변화의 하나는 입성과 복장에서 대체로 평준화 현상을 보게 된다는 점일 것이다. 물론 첨단적 유행을 좇으며 의복과 액세서리를 통해 부를 과시하는 이들도 많다. 또 생활고에 쪼들려 최소한의 몸치장으로 만족해야 하는 이들도 많다. 그러나 옛날에 비해 입성과 복장에서 시각적으로 빈부의 차이가 드러나는 경우는 드물어졌다고 할 수 있다. 섬유공업의 발전과 합성섬유의 보급으로 적은 돈으로 체모를 갖추는 것이 쉬워졌기 때문일 것이다. 그리고 외국에서 시작된 청바지 입기 풍조 같은 것도 유입됨으로써 복장이 곧 신분의 상징이 되는 경우가 드물어졌기 때문이기도 할 것이다. 신분 상징이라면 고급 승용차나 고가 주택의 위상이 높아진 탓도 있다.

도시 생활에 걸맞게 한복을 경원하는 것이 대세가 됨으로써 한복과 관계되는 어사들이 사실상 퇴출되었다. 가령 옥양목 적삼, 항라 적삼, 모본단 저고리와 마찬가지로 피륙 이름과 옷가지가 어우러져 쓰이고 듣게 되는 것이 보통이었는데 이런 말을 듣는 일이 거의 없어진 것이다. '옥양목玉洋木'은 빛이 썩 희고 얇은 무명의 한 가지로 그중에도 품질이 낮은 것은 옥당목이라 했다. '모본단模本緞'은 중국에서 나는 곱고 아름다우며 여러 가지 무늬가 수놓인 비단이다. "비단이 장사 왕서방"이란 옛 대중가요의 노랫말이 연상시키는 것이 모본단 저고리인데 유족한 사람들이나 해 입었다. 명주실, 모시실, 무명실로 씨를 세 올이나 다섯 올씩 걸러서 구멍이 송송 뚫어지게 짠 피륙이 '항라亢羅'인데 잠자리 나래에 가장 근접한 것이 아니었나 생각된다. 항라 적삼은 옛 시조에도 나오는바 "항라 적삼에 당목 고의 입고"라는 말이 있다. 격에 안 맞고 어울리지 않는 것을 뜻한다. 또한 댕기로도 사용하였다. 김소월이나 박목월 시에 나오는 갑사댕기는 널리 알려져 있다. 그 밖에 융, 누비옷, 인조견, 무명 올로 너비를 넓게 짠 베를 가리키는 광목 등속의 말도 이제는 거의 쓰지 않는다. 젊은이들 사이에서는 적삼이란 말도 생소한 것으로 보이는데 저고리와 똑같이 생긴 윗도리에 입는 홑옷을 말한다. 입성과 관계되는 말에 '동저고릿바람'이란 것이 있다. 옷갓을 차리지 않은 차림새를 말한다. "날씨가 찬데 웬 동저고릿바람이야?"라는 투로 말했다. 멀고도 가까운 옛이야기다.

제5장

망령　　　　　　마을마다 고령자가 있게 마련이고 고령자 중에는 곱게 늙은 이가 있는가 하면 그렇지 못한 경우도 있었다. 정신이 흐려져 말과 행동이 정상에서 어그러지면 '망령이 났다' 혹은 '망령이 들었다'고 했다. '망령 부린다'고도 했다. 그러나 요즘엔 치매 걸렸다든가 알츠하이머병이라는 투로 분명하게 정의해서 얘기하는 것이 보통이다. 모든 것을 분명하게 말하는 것은 모호한 둔사를 쓰는 것보다 좋은 일이다. 다만 망령 났다고 하면 고령자의 정신 퇴화에서 나온 일탈 정도로 여겨지는 반면 치매라고 하면 영락없는 불치병 환자라는 생각이 드는 게 난점이다.

우리 속담에 '철들자 망령'이란 것이 있다. 다섯 글자로 된 지상 최고의 간결한 인간론이라 생각한다. 젊어서는 철이 안 나 지각없는 언동을 일삼다가 겨우 철이 났나 싶으면 이내 망령을 부린다는 것이다. 세상에서 가장 슬픈 인생론이기도 한데 우리 사회에선 특히 정치인의 경우에 유념해야 할 사안이라는 생각이 든다. 다른 분야의 경우엔 이렇다 할 영향력이 별로 없다. 당사자의 불행일 뿐이다. 그러나 세상모르는 철부지와 노망 든 화상이 우리 사회를 운전하고 있다는 생각은 자다가도 섬뜩해지는 일이 아닐 수 없다. 요즘 내 주변에서 노망 든 사람들의 얘기가 계속 들려온다. 한 사람은 여성인데 욕설과 험담을 아무한테나 퍼부어 통제 불능이라 한다. 결혼 후 딸만 낳아서 시집에서 은근히 아들 못 낳는다고 눈치를 주었는지 특히 시집 식구에게 사납게 욕설을 퍼붓는다는 것이다. 그런가 하면 꽤 괜찮은 고령자 시설에 보냈는데 그 시설에서 가족 면회를 허락하지 않는다는 경우도 있다. 가족이 방문하면 곧 따라나서는 바람에 떼어놓기가 어려워서라는 것이 이유다. 사람의 의무는 늙지 않는 것이다. 아니면 무슨 험한 꼴을 보게 될지 알 수 없다.

주막　　　　　　　시골에서 술도 팔고 더러 나그네를 재워주기도 하는 곳을 '주막酒幕'이라고 했다. 그러나 도회풍의 산뜻한 술집과 주점이 많이 생기면서부터 이 말은 사라지고 말았다. 우리 고향에는 속칭 유주막이라는 마을이 있었다. 강가 나루터 주변에 있던 조그만 마을이다. 아무런 근거도 없이 주막과 연관된 것이 아닌가 하는 생각을 했었다. 이 마을에 술집이 꽤 있었기 때문이다. 6·25 전후만 하더라도 시골 조그만 술집에는 주류 판매 허가를 받은 일자를 상세히 기록하고 주인 이름을 한자로 적은 넓적한 문패 비슷한 것이 꼭 걸려 있었다. 그런데 거기 적힌 이름이 대부분 김간난, 이간난, 박간난으로 되어 있었다. 성은 제각각이지만 이름은 신통하게 '간난干蘭'으로 되어 있어 궁금하게 생각했다. 시골에서 출생신고를 할 때 문자를 해독하지 못하는 부모가 이름을 대지 못하면 면사무소의 담당자가 집에서 뭐라고 부르느냐고 묻는다. 그냥 간난이라고 부른다고 하면 즉석에서 干蘭으로 직명을 해주어서 생긴 현상임을 알게 되었다. 사내아이의 경우엔 문자 해독을 하는 동네 사람에게 물어서라도 일찌감치 이름을 지어주었다. 그 덕에 간난이라는 이름을 가진 남성은 많지 않았다. 간난이라는 이름을 가진 이는 대체로 초등학교를 다니지 못한 사람들이다. 의무교육이 실시되어 모두 학교에 가게 되면서 간난이란 이름이 없어졌다는 것이 나의 관찰이다.

주막은 20세기 우리 시에 제법 등장을 한다. 지방의 풍물을 진한 서북 사투리로 그려서 시간상의 이국정서를 빚어낸 백석白石 시편은 사회사적으로도 흥미 있는데 "호박잎에 싸 오는 붕어곰은 언제나 맛있었다"로 시작되는 「주막」을 기억하는 독자는 많을 것이다. 시인 박남수朴南秀를 기억하는 사람은 많지 않을 것이나 정지용의 추천으로 『문장』을 통해 등장한 시인이다. 김광균이 절제

된 도시의 서경敍景 시인이라면 박남수는 시골의 선택적 서경 시인이다. 1940년에 나온 그의 첫 시집 『초롱불』에는 '주막'이라는 표제의 시편이 수록되어 있는데 그 시절 주막의 모습을 잘 드러내주고 있다. 군더더기가 없다.

토방마루에는 개도 오수룩이 앉아
술방을 기웃거리는 주막…

호롱불이 밤새워 흔들려 흔들린다.

밤이 기웃이 들면
주정꾼의 싸움이 벌어지는 행길, 행길 앞 주막.

둘 사이 들어 뜯어놓는
얼굴이 바알간 새악시, 술방 아가씨.
술상이 흩어질 무렵

마른 침에 목을 간지르던 마을이
소갈비를 구워 먹는 꿈을 꾼다드라.

주막에서 몇 잔 걸치고 거나해지면 더러 시비와 멱살잡이가 벌어지기 마련이고 술방 아가씨가 들어서서 말리기 마련이다. 주막이 파할 무렵이면 마을 사람들은 모두 잠드는데 갈비 구워 먹는 꿈을 꾼다는 것이니 가난한 마을을 그리 말한 것이리라. 그로부터 거의 40년 후에 나온 천상병千祥炳의 시집 표제가 '주막에서'라는 것은 흥미 있다. "골목에서 골목으로 / 거기 조그만 주막집, / 할머니 한 잔 더 주세요"로 시작하는 이 시는 뾰족하게 뛰어난 작품이 아니다. 그럼에도 이 시를 표제로 고른 것은 주막에서 그가 가장 행복한 시간을 누렸기 때문이 아닐까, 하는 생각이 든다. 이 시집이 나올 무렵 우리가 알던 주막은 사라져가고 있었다. 그렇다면 이 시는 도시의 방랑 시인이었던 천상병이 주막에 바친 극진한 애도가가 아닌가, 하는 생각이 든다. 이 시집에 수록된 시인론 서두에 김우창金禹昌 교수는 "스스로 받아들인 가난은 미적 덕성이다. 깨어 있는 마음은 미적 덕성이다. 순결은 미적 덕성이다. 공경하는 마음은 미적 덕성이다"란 막스 자코브의 말을 얹어두고 있다. 천상병 시편의 핵심을 가리키는 인용이지만 동시에 오늘의 우리가 얼마나 타락해 있으며 우리의 현실이 얼마나 불미스러운 것인가를 상기시켜주는 성찰의 말이기도 하다.

6·25 전에 책으로 나온 고리키의 희곡 중에 『밤주막』이란 것이 있다. 원제목은 '나드네Надне'로 밑바닥이란 뜻인데 역자 함대훈이 그리 번역한 것이다. 술집이라기보다 싸구려 여관을 가리켜서 무던한 번역이라는 생각이 들었다. 지금 돌이켜 보면 주막의 일면

이 잘 드러나 있는 번역이다. 이 희곡은 장 가뱅이 주연으로 나오는 프랑스 영화의 대본이 되기도 했는데 그 후 새 번역이 나오지는 않은 것 같다. 시집 『주막에서』를 말하다가 『밤주막』이 생각난 것은 "가난은 내 직업"이란 천상병의 말이 떠오른 탓이기도 하다. 그는 밑바닥의 남루한 삶을 수락하고 정갈한 시와 산문을 쓰면서 함부로 글을 팔지 않은 덕목의 시인이다.

남향집　　　　　　비록 옹색한 초가집이라 하더라도 단독주택이 대세를 이루던 시절이 있었다. 집을 구할 때 제일 먼저 고려 대상이 되는 것은 향이 어느 쪽이냐는 것이었다. 서향집에서 맞는 여름이나 북향집에서 맞는 겨울은 짜증 나고 음산하기만 하였다. 그래서 누구나 '남향집'을 탐하게 되지만 남향집은 그리 흔하지 않았다. 정남향은 더욱 그랬다. 그래서 삼대 적선積善을 해야 남향집에서 살게 된다는 말이 있었다. 양지바른 남향집에는 이른바 흉가라는 것이 없었다. 가가호호를 방문하던 방물장수도 남향집에 들를 때면 참 자리 잘 잡았다고 덕담을 하고 나서 복을 나누어달라고 졸랐다. 아파트 단지가 들어서면서 남향집이란 말도 쓰이는 법이 없어졌다. 아파트도 남향은 선호의 대상이지만 그 이점이 단독주택의 경우처럼 대단한 것은 아니다. 이제는 층수가 더 문제가 된다. 그리고 위아래나 좌우로 어떤 이웃을 갖게 되느냐가 주거 환경의 질을 결정하는 중요 요소가 되었다. 시골에 가서 양지바른 남향집을 짓고 여생을 유유자적하겠다는 꿈을 꾸는 사람은 이제 별로 찾을 길이 없다. 뭐니 뭐니 해도 쉽게 찾을 수 있는 병원이 있는 대처가 좋다는 것이 기운 빠진 고령자들이 만나면 주고받는 소리다.

겻불　　　　　　겨는 조, 보리 같은 볏과에 딸린 곡식을 찧어서 벗겨낸 껍질을 통틀어 이르는 말이다. 도시에서 나고 자란 사람들은 선뜻 떠오르지 않을 것이다. 책을 본 사람들은 "양반은 얼어 죽어도 겻불을 쬐지 않는다"는 속담을 접한 적이 있을지 모른다. 양반은 아무리 곤궁한 경우나 위급한 때를 당하더라도 자기 체면만은 지키려 하고 체면에 어울리지 않는 일은 안 한다는 뜻이다. 맥락에 따라 양반들이 자계自戒하는 말일 수 있고 또 양반을 빈정거리는 말일 수도 있다. 양반이 몰락하고 보니 쓰이는 경우가 별로 없다.

　김주영金周榮 장편소설 『객주』에는 우리 토박이말이나 몇 세대 전의 예스러운 말들이 무진장으로 나온다. 벽초의 『임거정』 이후 가장 풍부한 어휘 구사가 보이고 그런 점에서 이문구李文求 소설과 함께 토박이말의 보물섬이라 불러 과하지 않다. 우리가 만들어 쓴 뒤 조강지처처럼 내친 토착 한자어도 수두룩하다. 우리말을 음미하기 위해 틈틈이 되읽어보는데 "제발 그리 토라지지 말게. 오뉴월 겻불도 쬐다 나면 서운한 법일세"란 대목이 그 첫째 권에 보인다. 겨를 태우는 불이니 미미하기 짝이 없는데 더구나 오뉴월 더울 때야 얼마나 쬐나 마나일 것인가. 다음과 같은 대목을 접하고는 반가운 마음이 들었다.

그러나 송파를 떠나 새재 고사리골에 정착하면서부터 새재를 넘는 행객들의 길라잡이나 월천越川꾼으로 연명해왔던 터라, 앞만 쳐다보아도 여기가 마패봉 산자락 아래라는 것은 금방 눈치챌 수 있었다. 그러나 상대도 그리 만만한 소소리패들은 아니었다.

다리 없는 내에서 사람을 업어 건네주는 것을 업으로 하는 사람이 '월천꾼'이다. 해방 전에 쓴 임화 시편에 이 말이 나왔다는 것을 알기 때문에 반가웠다. 상업이 발달하지 않은 시절 농업이나 준기술직을 빼고 나면 이렇다 할 직업이 없었다. 그러니 월천꾼 같은 생업이 되기가 어려운 부업도 있게 된 것이다.

'겻불'이란 말을 접하게 되면 생각나는 단어가 '왕겨'이다. 벼의 겉겨를 가리키는데 겨 가운데 제일 큰 것이어서 그런 말이 생긴 것인지도 모른다. 굵은 소금을 왕소금이라 하고 왕사마귀, 왕거미, 왕개미 등의 말이 있으니 말이다. 곤궁이 대세를 이루던 시절, 시골에서는 밥을 지을 때 왕겨를 쓰기도 하였다. 아궁이에 쌓아놓고 불을 지핀 뒤 풍로로 바람을 일으켜서 약한 불기가 제물에 꺼지지 않도록 한 것이다. 장작값보다 싸기 때문에 왕겨를 썼음은 물론이다. 다시 볼 수 없는 흘러간 그림이다.

등목 아무리 고대광실이라 하더라도 전통 가옥에 없는 것이 있으니 욕실이 그것이다. 다 다녀본 것은 아니지만 내가 본 한에서는 그러하다. 그러니 생겨난 깃이 우물가에서 하는 '등목'이다. 여름 무더위 때 우물가로 가서 한 사람이 윗도리를 벗고 엎드려뻗쳐의 자세를 취하면 다른 한 사람이 등에다 찬물을 끼얹었다. 우리 고향 쪽에서는 등목이라 했는데 사전에는 등물이 표준인 듯이 나와 있다. 남성들은 여름밤에 개울로 나가서 몸을 담그는 경우가 많았던 것으로 기억한다. 겨울철에는 어떻게 했을까? 대중목욕탕이 생기기 전에는 보지 못했으니 알 길이 없다. 펄 벅의 『대지』에 중국인은 결혼할 때 한 번을 포함해 일생에 두 번 목욕을 할 뿐이라는 지문이 나와서 당사자들의 격분을 샀다. 반드시 그것 때문만은 아니겠지만 모택동 치하의 중국에서는 펄 벅의 중국 방문을 허용치 않은 것으로 기억하고 있다.

그런 맥락에서 생각나는 것은 1930년대의 대중잡지에서 본 만화이다. 남편이 방 안에서 대야에 발을 담그고 세족洗足을 하고 있다. 부인이 "아니, 목욕을 간다면서 웬 세족이오?" 하고 묻는다. 그러자 남편이 대답한다. "때가 딱지 되어 있는데 창피하게 어떻게 그냥 간단 말이오." 아침마다 샤워를 할 수 있는 젊은 세대들은 이해하기 어려운 상황이다. 등목이란 말과 함께 사라진 말이 '때꾸러기'다. 우리 고향에서는 아이들이 "때꾸러기"라며 놀리는 일이 흔했다. 잠꾸러기에서 나온 말이라고 생각되는데 사전에는 나오지 않는다. 어찌 된 곡절을 겪었건 개화와 산업화는 필요했던 역사적 과정이란 생각 뒤에는 막강하게 불편했던 경험이 누적되어 있다. 한 학기를 일본에서 보낸 적이 있는데 흔하디흔한 온천이 그들의 행운이라는 생각을 많이 하였다. 지진과 화산 폭발의 위험이 따르지만 그래도 콸콸 솟는 온천수는 축복이라 하지 않을 수 없다.

주전부리　　　　　무시로 군음식을 먹는 것을 조금은 점잖지 못하게 보고 '주전부리'한다고 했다. 그러나 가난이 대세이던 시절 이렇다 할 군음식이 있었던 것도 아니다. 그럼에도 "선비는 대추알 세 개로 요기하고 시장기를 내색하지 않았다"는 말이 있었던 것은 사실이다. 해방 전 전쟁 말기엔 주전부리할 것이 전혀 없었다. 시골 학교에서는 휴식 시간에 칡뿌리 삶은 것을 질근질근 씹는 것이 고작이었고 수수 이삭 삶은 것을 까먹는 경우도 있었다. 당시에는 알사탕은 물론이고 엿 같은 것도 없었기 때문이다.

요즘에는 아이스크림에서 초코파이에 이르기까지 군음식이 너무나 많다. 그러나 소비가 미덕이 되고 간식이라는 점잖은 말이 등장해서 군것질이나 주전부리란 말은 거의 사라진 것이 아닌가 생각된다. 이래저래 몇 세대 전의 토박이말은 잊히고 망실되어간다.

말전주   "이쪽 말은 저쪽에, 저쪽 말은 이쪽에 전하여 이간질을 하는 짓"이라고 『우리말 큰사전』에 풀이되어 있다. 동네에서 아줌마들이 말싸움을 하는 맥락에서 흔히 쓰인 것은 사실이다. 사전 풀이로는 상당한 의도성을 가지고 말을 옮기는 경우에 쓰이는 것으로 인지되기 쉽다. 사는 것이 너무 심심하고 답답해 '말전주'라도 해서 싸움 구경을 해보고 싶다는 속셈이 무의식의 수준에 있는 것도 사실일 것이다. 그러나 뚜렷한 의도성 없이 결과적으로 말전주가 되는 경우도 많다는 것이 나의 관찰이다. 말과 관련해서 우리가 기억하는 것은 기의記意이지 기표記表가 아니다. 따라서 A가 한 말을 B에게 전할 때 기의는 같지만 기표가 달라질 수 있다. 그리고 본래 A가 한 말의 기표가 중립적인 것인 데반해서 전달자가 사용한 기표는 그렇지 않아 B에게 불쾌감을 줄 개연성이 커진다. 그것이 몇 번 되풀이되면 오해가 생기고 그야말로 이간질의 효과가 발생하게 된다. 사람마다 말에 대한 반응은 미묘하게 다르다. A에겐 호인이란 말이 긍정적 함의를 가지고 있지만 B에겐 부정적인 함의를 가진 말로 비치는 경우가 있다. A가 사람 좋다는 뜻으로 호인이라 했는데 전해 들은 B가 사람 좋다는 것을 조금 모자라는 사람으로 받아들일 여지는 많다. 그래서 옛날 군자들은 남의 말을 하지 않았고, 그러니 도무지 재미가 없었다.

보비위　　　　　　　우리 바로 위 세대들은 비위란 말을 많이 썼다. 여러 맥락에서 쓰였는데 풀이나 정의보다 예문을 통해서 이해하는 것이 한결 편할 것이다. 우선 비위가 동한다고 하면 음식을 맛보고 싶다는 뜻이 된다. 비위를 돋우는 음식이라고도 했는데 식욕이란 말을 익히지 않은 이들이 썼음은 물론이다. 비린내 나는 것이 비위에 거슬린다며 생선을 멀리하는 이들도 있었다. "변덕이 죽 끓듯 하니 어떻게 그분 비위를 맞추겠어요?"라 하면 기분을 맞추어주는 일이 된다. 남의 비위, 특히 윗사람의 비위를 맞추어주는 것을 '보비위'라 했다. 조금은 어려운 말처럼 들리지만 우리 위 세대에선 흔히 썼다. 상사에게 보비위를 잘하는 것이 성공의 비결이라는 취지의 말을 많이들 하였다. 요즘에는 거기 해당하는 보다 세련된 말이 많을 것이다. 하는 짓이 비위에 거슬리고 몹시 아니꼬울 때는 "눈꼴이 시어서 못 보아주겠다"고 했는데 요즘 고령자들 누구나 자주 떠올리는 말일 것이다. 이렇듯 맥락에 따라 조금씩 다른 뜻이 되면서 자주 쓴 말이 옛말이 되고 사라져가는 경우가 많다. 새로 생긴 말에 의해서 대체되어가기 때문이다. 근자에 많이 쓰이는 포퓰리즘이란 말은 실질적으로 도움이 안 되는 거죽만 번드르르한 근시안적 정책으로 결국 재앙과 고난을 안겨주는 대중 보비위 현상을 가리킨다고 할 수 있다. 영어에 flattering portrait라는 말이 있다. 실물보다 잘 그려서 당사자의 기분을 좋게 해주는 그림을 말한다. 젊어서 번역을 할 때 보비위 초상화라고 한 기억이 있다.

등신　　　　　순수한 우리 토박이말이라고 생각했는데 알고 보면 한자어인 경우가 많다. 썰매가 사실은 설마雪馬에서 나왔다는 것을 알았을 때는 완전히 속았다는 느낌이었다. 놀랍고 실망스러웠다. '등신'도 그런 말 중의 하나다. 꼬마들 사이에서도 아주 흔하게 쓰는 말이었다. 지능이 평균 이하란 함의의 병신과 동의어로 알고 있었고, 그게 틀린 게 아니었다. 돌·쇠·흙으로 만든 사람의 형상이라는 뜻의 등신等神이 어리석은 사람을 얕잡아 부르는 말로 되었다는 것을 알면 조금은 놀라는 사람이 많을 것이다. 초대 대통령 이승만 박사를 두고도 말이 많았다. 가장 흔하게 떠돈 얘기는 대통령이 "외교에는 귀신이요 인사에는 등신"이란 것이었다. 초대 국무총리로 조선민주당의 이윤영李允榮을 지명했을 때

신문들은 일제히 의외라는 반응을 보이면서 실망감을 감추지 않았다. 초대이니만큼 쟁쟁한 거물급을 은근히 기대했었고 고분고분 보비위 잘하는 인물을 택한다는 대통령의 용인술을 몰랐기 때문이다. 첫 지명자는 국회에서 부결되었고 그의 인사는 그 후에도 국민의 의표를 찔러 인사 등신이란 꼬리표가 늘 따라다녔다. 사변전에 승려 백성욱을 내무장관으로 임명해서 세상을 놀라게 한 일도 기억난다.

도탄　　　　　1950년대 자유당 시절 정치적 수사 가운데서 가장 흔히 쓰인 것이 "'도탄塗炭'에 빠진 민생"이란 것이었다. 민생은 백성을 가리키고 또 인민의 생활을 뜻한다. 진구렁이나 숯불과 같은 데에 빠졌다는 뜻으로 몹시 고통스러운 지경을 가리킨다. 민생고란 말도 많이 쓰였다. 경제 성장기로 접어들면서 이 말은 슬며시 전면에서 사라졌다. 그 자리에 도시빈민, 균형발전, 소득격차, 상대적 박탈감을 비롯해서 수많은 말들이 들어섰다. 다수자의 설득과 논쟁에서의 우위 확보를 위해 생겨난 수사학이 민주정 체제의 아테나이에서 발전하였다는 사실을 생각하면 정치적 수사의 범람과 표피적 세련은 우리 사회에서의 민주주의의 진전을 보여주는 것인지도 모른다. 그러나 중요한 것은 수사적 허영이 앞서서 국민들은 언제나 기대 좌절의 실망과 환멸을 맛보게 된다는 것이다.

도탄에 빠진 민생이 개탄되던 당시 혼합경제란 말도 많이 쓰였다. 영어의 mixed economy를 번역한 말인데 정당의 강령이나 선거공약에 흔히 쓰였다. 자본주의를 바탕으로 해서 국가의 간섭도 어느 정도 허용하는 경제를 가리키고 1938년에 처음으로 쓰인 말이다. 혼합경제를 표방하는 정당에서는 기간산업은 국유화하고 기타는 시장을 통한 자유경쟁을 허용하는 것이라고 설명했다. 그때 이들이 간파하지 못한 것은 건전한 기업윤리가 확립되지 않아 부패가 만연한 사회에서 '국유화'가 초래할 타락상과 적자 실적이었다. 그 무렵 진보라는 말은 은근히 금기시되고 혁신이란 말이 쓰였다. 가령 혁신계 정치인 아무개라는 투였다. 다시 도탄에 빠진 민생이란 말이 생겨나지 않을까 걱정되는 어제오늘이다.

염병 　　　　　　지난날의 욕설에는 저주성 악담이 많았다. 빌어먹을 놈, 급사를 할 놈, 벼락을 맞을 놈, 염병을 할 놈 등등 허다하였다. '염병'은 장질부사, 즉 장티푸스를 가리키기도 하고 전염병傳染病의 준말이기도 하다. 염병을 할 놈이라고 저주성 악담을 할 때 염두에 둔 것은 장질부사였다. 그만큼 무서웠고 주기적으로 퍼졌다. 우리가 기억하는 가장 무서웠던 전염병은 1946년에 전국을 휩쓴 호열자, 즉 콜레라였다. 5천여 명의 희생자를 냈던 것으로 기억한다. 우두를 발견하기 전에는 마마라고도 했던 천연두도 공포의 대상이었다. 회복된다 하더라도 「메밀꽃 필 무렵」의 허 생원모양 얼굴에 돌이킬 길 없는 상흔을 남겼다. 천연두가 한번 휩쓸고 지나가면 동네에 새 애장 공동묘지가 생겨난다는 말이 있을 정도였다. 홍역도 무사히 치러야 어른이 될 수 있다 할 정도로 무서웠다.

우리가 흔히 역병이라고 할 때 그것은 서양의 흑사병 등을 가리킨다. 14세기에 유럽을 휩쓴 흑사병은 보카치오의 『데카메론』을 통해 문학 독자에게는 비교적 친숙한 역사적 사실이 되어 있다. 피렌체에서만 10만 명이 희생되고 유럽의 인구 4분의 1이 희생되었다는 것이 정설이다. 역병은 역병이되 그 정체가 무엇인지 오랫동안 알려지지 않았던 것이 기원전 5세기에 아테나이를 휩쓸어 인구의 3분의 1을 앗아 간 전염병이다. 펠로폰네소스전쟁이 일어난 것은 기원전 431년이다. 각각 동맹국들을 끌어들여 아테나이와 스파르타가 맞섰던 이 전쟁은 간헐적 휴지기를 포함하여 27년간 계속되어 결국 아테나이의 패배로 끝나고 만다. 스파르타가 수확기에 아테나이를 공격하였고 아테나이는 해상 패권 유지와 방어에 역점을 두었다. 전쟁 발발 이태 만에 정체불명의 역병이 항구를 통해 아테나이로 들어온다. 전쟁 초기 페리클레스 영도하의 아테나이는 농촌 지역의 시민들을 아테나이로 들어와서 살게 한다. 효과적인 방어전을 위해서였다. 당시 아테나이는 인구 과밀 상태인 데다가 로마와 달리 하수시설 등을 등한히 했다. 그것이 역병

창궐에 좋은 조건이 되어준 것이다. 『펠로폰네소스 전쟁사』의 역사가 투키디데스는 자신이 역병에 걸렸다 회복한 경험자로서 역병에 대한 상세한 기술을 하고 있다. 역병이 다시 터질 때 미리 알고 유의할 수 있도록 하기 위해서라고도 적고 있다.

증세는 갑작스러운 머리 부분의 발열發熱로 시작한다. 목에서 피가 나고 가슴께가 아프고 심한 기침을 한다. 그다음 담즙 구토가 이어지고 피부에 잔 종기가 생기며 환자는 고열과 심한 갈증에 신음하다가 발병 일주일 후에 사망하게 된다. 이러한 증상을 이겨낸 경우라 하더라도 장에 궤양이 생기고 심한 설사 끝에 심신 소모로 사망하게 되는 경우가 많다. 가까스로 사망을 면한 경우에도 심한 후유증으로 기억상실을 야기하는 경우도 있다. 감염력이 대단해서 환자와 접촉한 의사나 간병한 이들이 속속 쓰러졌다. 다른 병을 앓던 사람도 급기야는 이 병으로 사망해서 역병에 의한 질병 통일이 이루어졌다고도 적고 있다. 증세의 상세하고 정확한 서술 때문에 투키디데스가 혹 의학 공부를 한 것 아니냐는 추측도 있다. 역병 사망자의 시체에 접근한 육식 조류나 동물의 죽음 묘사도 정치하다. 이 병이 에티오피아에서 발생해 이집트와 리비아를 거쳐 페르시아까지 갔다는 당시의 소문도 적고 있다. 이 병의 정체에 대해선 역사가들의 추측이 많았다. 이제는 병원체가 사라진 역병이 아닐까 하는 추측도 있었다. 그러나 1994년 역병에 의한 사망자의 시체라고 추정되는 집단 시체 매장소에서 다수의 시체가 발굴되었고 시체 뼈에서 채취한 DNA 분석 결과 장티푸스일 가능성이 가장 높다는 결론이 나와 지금은 대체로 수용되고 있다. 초기 역병 후에도 다시 역병이 창궐하였다. 제우스라는 별명을 가진 페리클레스가 역병으로 사망한 것은 아테나이 패배의 한 원인이 되었다.

역병 당시 스파르타 쪽에서는 신앙심 깊지 못한 아테나이인들이 스파르타에 전쟁을 건 결과 제신諸神이 진노하여 아테나이에 역병을 보내 응징하는 것이란 소문을 퍼뜨렸다. 상대적으로 내륙에 있던 스파르타에서는 역병이 창궐하지 않았다. 스파르타에서 퍼뜨린 소문에 넘어간 아테나이 시민들도 많았고 그것이 페리클레스 탄핵에 힘을 실어주기도 하였다. 페리클레스의 전몰자 추모 연설에는 그런 소문이 황당한 것이라며 이성을 찾으라는 호소가 보인다. 투키디데스는 일월식, 화산 폭발, 지진과 같이 역병도 자연 현상의 하나로 제물에 소멸한다는 말을 하고 있어 그의 과학적 진술은 2500년 전 그리스의 합리적 정신을 보여주고 있다. 역병 서술과 전몰자 추모 연설만 가지고도 투키디데스의 책은 읽을 만한 가치가 있다. 그리스인을 천재 민족이라고 찬양한 근대 유럽 사상가의 말은 결코 과장이 아니다.

이렇게 역병 얘기를 길게 한 것은 소포클레스의 『오이디푸스 왕』이 아테나이 시민에게 보내는 경고라는 내용의 논문을 읽고 감동을 받았기 때문이다. 이 비극에 역병이 나온다는 사실에 착안하여 그 정치적 함의를 텍스트와 투키디데스의 정독을 통해 밝히고 있는 피터 아렌스도프Peter J. Ahrensdorf의 논문 「참주정僭主政·계몽 그리고 종교」는 고전극의 깊이와 당대적 의미를 정치하게 분석해서 보여주고 있다. 정치학자이자 고전학자라는 저자의 관점 때문에 가능한 일이다. 그리스인들이 말하는 휴브리스는 다층적인 의미를 가지고 있다. "몰락 전에 오만"이란 우리가 흔히 알고 있는 그 오만이지만 지나치게 분에 넘치는 행운을 누리는 것도 오만에 속한다. 소포클레스의 『트라키스의 여인들』은 "어떤 사람도 행복하다 불행하다 하지 말라. 죽을 때까지는 모르는 일이어니"라는 대사로 시작한다. 『오이디푸스 왕』의 코로스도 비슷한 취지의 뜻을 전하면서 작품을 끝낸다. 인간사는 모르는 일이니 함부로 으스대고 유세 부리지 말라는 것이다. 그것은 권력자에 대한 경고이기도 하다. 2500년 전 아테나이 시민들이 겪은 역병 경험은 역병의 시대를 살고 있는 우리에게도 적지 않은 위안을 주리라 생각하며 이만 줄인다.

개칠　　　　　해방 전후 초등학교에 다닐 때 습자習字 시간이란 것이 있었다. 벼루와 먹과 붓을 준비해 가지고 가서 붓글씨를 쓰는 시간이다. 우선 한 일一 자와 길 영永 자 쓰기의 반복적 연습을 시켰다. 이 두 글자에 한자의 기본 요소가 포함되어 있었기 때문이다. 기초 훈련이 끝나면 조금은 복잡한 한자 쓰기로 나가는데 이때 엄격한 금기사항이 있었다. 일단 한 획을 긋고 나면 다시는 붓을 대지 말라는 것이다. 일단 써놓은 획에 다시 손을 대는 것을 '개칠改漆'이라 했고 개칠은 일종의 부정행위로 간주되었다. 그러니까 한 획 한 획 쓰기에 모든 것을 걸라는 서도書道정신의 발로가 아니었나 생각된다. 또 기본을 익히고 실력 배양을 도모해야지 끼적끼적 자잘한 첨가를 통해서 그럴듯하게 보이도록 하는 것은 본연의 실력을 자신에게도 오인케 하는 것이니 정진에 도움이 안 된다는 실리적 계산도 있었을 것이다. 달리 말해서 잔재주 부리기는 떳떳하지도 않고 본인에게도 도움이 안 된다는 것이다.

습자를 가르친 것은 글씨를 반듯하게 쓰도록 하기 위해서다. 신언서판身言書判을 사람의 판단 기준으로 삼았던 풍토에서 당연한 일이다. 당초의 의도와 상관없이 습자는 글씨 쓰기뿐 아니라 글씨를 판단하는 데도 큰 도움이 되었다고 생각한다. 자신이 글씨를 써보아야 글씨 솜씨를 제대로 판단할 수 있다. 그 점에서는 글이나 그림이나 음악이나 공통된다. 옛날 과거시험에 시문詩文을 과한 것은 시문 역량을 알아보기 위해서지만 한편으로 시문을 보고 판단하는 안목을 알아보기 위해서였다는 생각이 든다. 즉 시문 평가능력을 시험하는 요소도 들어 있었다.

작고한 영국의 프랭크 커모드는 90세가 되어서도 책을 써낸 박

람강기의 비평가이다. 런던대학에 재직할 때 대문자로 쓰는 문학 이론에 관심이 많아 유럽 쪽의 이론가들을 초청해서 부지런히 세미나도 열고 연찬을 하였다. 롤랑 바르트를 현대 비평의 일인자라 고평했던 그는 종당엔 새 이론이 문학을 이해하고 즐기는 데 별 도움이 되지 않는다는 심경이 되었다. 그러면서 대학의 문학 교육 현장에서 직접적 문학 경험의 중요성이 소홀히 되고 있음을 지적하고, 대학원 학생들에게 문학 창작 실기를 과하는 게 필요하다는 생각을 회고록에서 피력하고 있다. 명시적으로 말하지는 않았지만 이런 시 쓰기나 허구 쓰기는 학생들을 시인이나 작가로 육성하기 위해서가 아니라 쓰기 경험이 문학 이해나 향수에 크게 도움이 된다는 판단에서였다고 생각된다. 글재주란 것이 있다면 그것은 우선 좋은 글을 알아보는 능력이라는 생각을 더욱 굳히게 되었다. 거꾸로 말하면 반듯한 문장을 쓰지 못하는 이의 문학 담론은 믿을 만한 것이 못 된다는 것이다. 문학 교육 담당자들이나 대학 수능 고사 국어 시험문제 작성자가 귀담아들어볼 만한 소리지만 소수 의견으로 그칠 공산이 크다.

금줄　　　　가까운 공원에 자주 가보는 처지이다. 가벼운 보행을 위해서다. 역병 사태가 들이닥친 후 공원에는 별다른 변화가 없었다. 정자 비슷한 곳에는 노인들이 더러 모여 있고 운동기구에는 주로 여성들이 매달려서 가벼운 운동을 하는 것이 보였다. 그런데 최근 갑자기 확진환자가 늘어나면서 정자 비슷한 곳에 '위험Danger 안전제일'이란 붉은 글씨가 보이고 붉은 줄이 쳐진 비닐 포布 같은 것이 둘러져 있다. 접근하지 말라는 표시다. 그러더니 며칠 후 이번에는 운동기구 자체에 모조리 표지가 둘러져 있다. 저런 걸 무어라고 해야 하나? 순간 '금줄'이란 말이 떠올랐다. 한동안 까맣게 잊고 있던 말이다.

아이를 낳았을 때 부정을 꺼리어 사람들이 함부로 들어오지 못하도록 문간에 건너 매는 새끼줄이 금禁줄이다. 사내아이를 낳았을 때는 새끼에 청솔가지, 숯등걸, 붉은 고추를 끼고 여자아이를 낳았을 때는 청솔가지와 숯등걸만을 끼는 것이 관행이었다. 그러나 병원이나 산원에서 아기를 낳는 세상이 되고 나니 금줄은 볼 수 없게 되었다. 도시에서는 벌써 완전히 자취를 감춘 지가 오래다. 그런 맥락에서 영영 사라지고 말 것이라는 생각이 든다. 그러고 보면 전에는 걸핏하면 부정 탄다는 말들을 했다. "꺼려서 피할 때에 생기는, 사람이 죽거나 하는 불길한 일"이 부정이라고 사전에는 정의되어 있다. 그것만 가지고는 젊은 세대들은 납득이 잘 안 될 것이다. 내 고향에는 속칭 '약막'이라 하는 일종의 폭포가 있었다. 수풀 속 바위에서 찬물이 쏟아지는데 한여름에 몇 번 찬물을 맞으면 그해엔 더위를 먹지 않는다는 속설이 있었다. 그래서 시골 아줌마들이 즐겨 찾아가 찬물을 맞았다. 그런데 약막 가는 도중에 혹 뱀을 보게 되면 부정을 타서 효험이 없다는 얘기가 있었다. 그래서 후일을 도모하며 가다 말고 돌아오는 사람들도 있었다. 모두 미신이나 속신과 관계되는 일이어서 요즘 부정 탄다는 말도 좀처럼 들어볼 수 없게 되었다. 전기가 들어오면서 "마을에서 도깨비가 사라졌다"는 말들을 동네 노인들이 했는데 그와 같은 이치라 할 것이다.

미상불　　　'미상불'은 1930년대에 나온 글을 보면 자주 등장하는 말이다. 최근에는 볼 수 없어 그야말로 완전히 사라진 말처럼 생각된다. '아닌 게 아니라' 혹은 '아마도'의 뜻인데 익숙한 말만 나오면 아무래도 글이 감칠맛이 없어진다. 근자에 출판사마다 윤문을 많이 하는 것으로 알고 있다. 무턱대고 생소한 말을 피하는 경향이 보이는데 현명한 처사로만은 보이지 않는다. 사용하는 어휘의 획일성과 단조성은 그대로 내면 풍경의 삭막함을 드러내게 마련이다. 가끔씩 끼어 있는 생소한 말은 돋보여서 쉬 기억에 남는다. 과도하지만 않다면 예스러운 말을 찾아 쓰는 것은 운치 있어 보이고 또 온고지신의 효과도 있다. 새 노래와 함께 흘러간 노래도 더러 불러야 할 것이 아닌가?

노름꾼　　　　　일꾼이나 나무꾼 또는 씨름꾼이란 말에
비하나 경멸의 함의는 없다. 나무꾼과 선녀의 민화가 보여주듯
이 나무꾼이나 사냥꾼이라는 말에는 어떤 낭만적 모험의 설렘마
저 스며 있다는 것이 나의 경험이다. 그러나 주정꾼, 마차꾼, 모사
꾼이란 말에서는 사정이 달라진다. 함부로 쓰기도 저어되고 가급
적 피하고 싶은 어사가 된다. 그런 말 중에서 사라져가는 것이 '노
름꾼'이다. 노름으로 가산을 탕진하여 삶도 고단해지고 남의 손가
락질을 받는 사람들이 예전 시골 소읍에서는 흔했다. 그런 소문은
단박에 퍼지기 마련이기 때문이다. 집을 줄여서 동네로 이사 오는
사람이 노름으로 그리되었다는 소문을 달고 다니는 것을 목도하
였다. 요즘이라고 노름꾼이 없어진 것은 아니리라. 그러나 요즘 노
름꾼은 반듯하게 양복 차려입고 자동차로 강원도 카지노 가서 돈
과 체면을 잃는다. 그런 신사에게 구닥다리 말을 쓸 수 없으니 자
연 노름꾼이란 말은 사라지는 것이다. 난봉꾼도 사라져가는 말이
다. 허랑방탕한 짓이 난봉이라고 사전에 나오는데 방탕은 주색잡
기에 빠지는 일을 가리킨다고 정의되어 있다. 도덕적 비난과 불신
이 배어 있는 말이다. 거기에 비하면 바람둥이란 말은 비난의 함
의는 없고 산뜻한 멋쟁이란 느낌마저 든다.

줄행랑　　　　　'줄행랑을 치다' 혹은 '줄행랑을 놓다'는 쫓

기어 도망친다는 뜻이다. 이효석의 「메밀꽃 필 무렵」에도 "제천인지로 줄행랑을 놓은 건 그다음 날이었나"라는 조 선달의 말이 보인다. 허 생원이 물방앗간에서 만났던 처녀를 두고 하는 소리다. 작품의 배경도 작품이 발표된 시점도 그리 먼 과거가 아닌데 이제는 좀처럼 쓰이지 않을 뿐 아니라 아주 옛말처럼 들린다. '줄행랑'이란 본시 대문의 좌우 쪽으로 벌여 있는 종의 방을 가리켰다. '줄행랑을 놓다'보다 자주 쓰이고 쉽게 이해되는 말이 '삼십육계를 놓다'란 말이다. 둘 다 뜻이 같은 비속어이다. 삼십육계란 말은 본시 물주가 맞히는 사람에게 살돈의 서른여섯 배 주는 노름이요 그 노름을 하는 것을 뜻한다고 사전에 나온다. '도망치다'와는 관련이 없는 말이다. 고대 중국의 병법에 서른여섯 가지 계략이 나오는데 위급할 때는 도망치는 것이 상책이라는 뜻의 말이 있다. 우리 사이에서는 '삼십육계에 줄행랑이 으뜸'이라는 말로 통했고 결국 많은 계책 중에서 도망해야 할 때는 기회를 보아 도망쳐서 보신하는 것이 상책이라는 뜻이었다. 그것이 단순화되어 '삼십육계를 놓다'가 '도망치다'의 뜻이 되었다는 것이다. 줄행랑은 주행走行의 음이 변하여 그리되었다고 한다. 호메로스의 『오디세이아』 제12권 128-130행은 다음과 같이 되어 있다.

스킬라는 죽지 않느니. 영원히 살 마녀다.
끔찍하고 포악하고 사나워 방비책이 없다.

그저 그녀에게서 도망쳐야 하느니, 그게 유일한 방책이다.

　　라인강 로렐라이 전설의 원형이 된 스킬라와 카리브디스의 난항 코스를 다룬 대목이다. 산문 번역판에서는 뜻이 한결 분명하게 드러나 있다.

　　안 돼! 그녀에겐 방비책이 없으니
　　도망치는 것이 바로 용기다.

　　화랑도 오계의 하나인 임전무퇴만이 용기가 아니라 상황에 따라서는 도망치는 것이 용기라고 말하고 있다. 고대 귀족 군인 계층의 이데올로기가 담겨 있는 영웅서사시에 나오는 대목인 만큼 울림이 크다. 삶의 진실은 동서고금을 통해서 크게 다를 바가 없다. 얘기가 달라지지만 영어에 'shoot the moon'이란 것이 있다. 방세나 방값을 치르지 않고 야반도주한다는 뜻이다. 상황은 산문적이지만 말만은 참 시적이란 생각이 든다. 우리 사이에서도 입원비를 치를 방법이 없어 야반도주하는 사례가 있다는 얘기를 들었다. 좋은 행실은 아니지만 성공했다는 소리를 들으면 덤덤하게 받아들여지는 게 인지상정이다. 요즘은 경비가 잘되어 있어 대형 병원에서 '달을 쏘기'는 불가능할 것이다. 병원에서 야반도주하는 장면은 아이리스 머독의 첫 소설인 『그물을 헤치고』에도 나온다. 비트겐

슈타인을 모델로 했다는 인물이 나와서 화제가 되었고 표제도 이와 관련되어 있다.

처녀작 무심코 '처녀작'이란 말을 썼더니 '첫 작품'으로 출판사에서 고쳐놓았다. 그제야 아차 실수했구나, 하는 생각이 들었다. 우리가 쓰는 많은 한자말이 그렇듯이 이 말도 일본에서 만들어낸 것이 아닌가 생각된다. 건조된 배가 처음으로 항해하는 것을 처녀항해라 했는데 이것은 virgin voyage를 번역해서 쓴 것이다. 같은 계열로 처녀림, 처녀봉, 처녀설 등의 말이 있다. 사람 발길이 안 닿았다는 뜻으로 그리 쓴 것이다. 요즘엔 작가로서보다 시인 백석이 "그 맑고 거룩한 나라에서 온 사람이여 / 그 따사하고 살틀한 볕살의 나라에서 온 사람이여"라고 칭송한 친구로 더 알려진 허준許俊에게 「습작실에서」란 단편이 있다. 거기 이런 대목이 보인다. "아침이 되어 일찍 아무도 밟지 아니한 어젯밤에 온 처녀설處女雪을 밟고 산을 정복하는 기쁨도 큰 것이었지마는, 후끈후끈 다는 고다쓰(윗부분이 덮여 있어 이불 속에 넣을 수도 있는 일종의 난로를 지칭하는 일본어이다)에 두 발을 들이밀고 반와半臥한 몸을 팔에 받쳐 누운 채 눈발이 희끈거리는 축축히 젖은 산장山莊의 어둠을 내어다보는 우수에다 비기면, 그것은 또 얼마나 단순한 즐거움이었는지도 몰랐다." 중학 시절 이 대목에 끌려서 그의 많지 않은 작품을 뒤져보았으나 다시는 이런 만연체의 우수를 찾을 수 없었다. 여기서의 처녀설은 대체 불가능하다. 그러나 많은 사람들이 특히 여성들이 불편함을 느낄 것이니 고쳐 쓰는 게 순리일 것이다.

그러고 보니 생각나는 것이 투르게네프의 마지막 장편 『처녀지 Virgin Soil』이다. 일본에서 처음으로 언문일치의 근대소설을 쓴 작가가 투르게네프의 단편을 번역해서 명역이라는 평가를 받고 널리 읽혔다. 우리나라에서도 이태준, 이효석 같은 작가들이 젊은 날의 투르게네프 애독을 기록한 문장을 남겨놓고 있다. 그의 작품에는 『루딘』을 비롯해 사회 속에서 자기 자리를 찾지 못하는 '잉여인간'을 다룬 작품이 많다. 잉여인간이란 쓸모없는 인간이란 뜻이다. 식민지 지식인의 소외와 곤경 경험이 19세기 러시아의 '잉여인간'에서 자신을 발견하는 계기가 되었을 것이다. 위에 적은 두 작가의 투르게네프 선호는 그리 설명할 수 있을 것이다. 그의 산문시 「러시아말」이 식민지 문학 지망자에게 각별한 호소력을 발휘했다는 증거는 많다. 1860년대 러시아 급진파 청년들을 다룬 『처녀지』에는 막연히 혁명을 희구하지만 진정으로 민중 속으로 들어갈 수도 없고 그럴 계제도 되지 못하는 잉여인간 네즈다노프가 주인공으로 등장한다. "나는 나를 단순화할 수가 없다"는 비명을 남기고 그는 자살하고 만다. 20세기는 네즈다노프의 후배들을 대량 배출한 시기이고 그런 맥락에서 『처녀지』는 선지적 의미를 지니고 있다. 그러니 이 표제를 바꾸기는 어려울 것이다. 마르크스와 동갑이면서 같은 해에 세상을 뜬 투르게네프는 때로 급진파에게 끌리면서도 동참하지 않은 작가이다. 투르게네프는 여러모로 백만장자 혁명가 알렉산드르 게르첸과 유사한 면이 있는데 게르첸의 회상록을 고평한 아이자이어 벌린이 투르게네프의 『첫사랑』 영역본을 냈다는 것은 우연이 아니다. 그것은 대부분의 우리 경우처럼 돈 마련을 위해서가 아니라 좋아하는 작품에 대한 호의에서 나온 사랑 노동의 산물이었다고 생각한다.

운전수　　　　　자동차가 많지 않던 시절 운전을 담당한 사람들도 당연히 흔치 않았다. 사변 전 부친이 화물차 운전을 하는 중학 동기생이 있었다. 생활도 넉넉하고 공부도 잘해서 무어 하나 꿀림이 없었다. 담임이 학부형 직업조사를 할 때 씩씩하게 대답하는 축이 있고 힘없이 대답하는 또래가 있었다. 당자의 성격 탓도 있지만 부친의 직업이 씩씩한 목소리와 힘없는 목소리를 결정해주었다는 것이 나의 관찰이다. 운전수의 아들은 공부를 잘한 탓도 있지만 단연 씩씩하게 대답하였다. 그런데 사변 후 자동차가 늘어나고 특히 자가용이 늘어나면서 운전수의 사회적 신분에 이상이 생기기 시작하였다. 70년대인지 80년대인지 시내버스 운전수 좌석 뒤에는 '운전사와 잡담하지 마시오'라는 글귀가 보였다. 아마 간호원이 간호사로 바뀌던 무렵이 아니었나 생각한다. 운전수에

서 운전사로 호칭이 승진한 것이다. 그런데 어느 때부터인지 운전사는 다시 운전기사로 상승하게 되었다. 타인의 입장에 서보고 감정이입을 하는 것이 윤리의 시발점이라고 하는데 칭호가 행복지수의 상승에 보탬이 된다면 운전기사로 부르는 것에 이의를 제기할 필요가 없다. 말 한마디로 천 냥 빚을 갚는다는데 어찌 그것을 마다하랴! 문제는 어려서 익힌 운전수란 말이 부지중에 나온다는 것이다. 몇 번 민망한 실수를 하고 나서 대오 각성, 요즘은 실수를 하지 않는다. 그러나 엄격히 따져보면 engineer란 말을 헤프게 쓰면 본래의 기사들에게는 실례가 될 수 있다. 그리고 직종에 대한 편견이 남아 있는 한 말을 아무리 바꿔도 새 칭호가 오래되면 다시 고쳐 불러야 할 필요가 생긴다. 가령 일본어에서 남자들이 자신을 가리킬 때 쓰는 보쿠(ぼく, 僕)란 말은 본시 하인이란 뜻이다. 자기를 낮추어서 ぼく라 하는 것이고 남성이 대등하거나 대등 이하의 말 상대와 얘기할 때 쓴다. 대체로 저들의 명치유신 이후 처음엔 글에서 쓰다가 일상 대화에서 쓰는 것으로 굳어졌다. 그러나 오래 쓰다 보니 말 상대와의 관련 속에서 건방진 말이 되기도 한다. 자신을 낮추어 불러도 필경에 건방진 말이 되는 것은 사람 누구나가 자신을 높이 생각하는 경향이 있기 때문이다. 일인칭 자기 호칭의 변화는 그 사실을 분명히 해준다. 그러니까 중요한 것은 괜한 편견이나 하대 감정을 갖지 않고 모든 사람을 평등하게 대하는 윤리적 태도가 형성되어야 한다는 것이다. 그렇지 않다면 직종에

대한 하대 함의는 사라지지 않을 것이다. "장미는 장미란 이름이 아니어도 향기롭다"는 것은 『로미오와 줄리엣』에 나오는 대사이다. 그것이 어찌 장미에만 해당되는 사안일 것인가? 타인에 대한 기본적 경의가 화끈하게 결여되어 있다는 게 우리 사회의 문제점이다. 근자에 자주 목격하게 되는 일부 장관이나 국회의원의 시건방진 말투와 언사가 대표적인 사례이다. 녹화되어 있는 경우가 많아 증거물이 풍부하다는 것이 그나마 다행이다.

제6장

은수저　　　　생겨난 지 얼마 안 되면서도 빈번히 쓰이는 낱말이 있다. 금수저나 흙수저 같은 말이 그것이다. 계층적인 갈등을 은연중에 부추기거나 시사하는 듯한 혐의가 없지 않지만, 남의 것을 빌려오지 않고 우리가 만들어 쓰는 말이라 별 거부감은 없어 보인다. 본래 있던 '은수저'에서 유추해 만들어낸 말인데 정작 은수저는 쓰이는 법이 거의 없다. 금을 보관해두는 방식으로 금도끼나 금수저를 만들어 골방에 비장해두었는지는 모르지만 금수저를 상에 놓고 쓰지는 않았을 것이다. 은숟가락은 독극물을 밝혀내는 구실도 있고 해서 왕실을 비롯해 부잣집에서 애지중지하였다. 물론 있는 집에서는 평소에도 은수저를 어른들이 사용하였다. 그러나 어린이의 경우엔 다르다. 큰 부자가 아닌 경우에는 아이들 생일날 같은 때 선물처럼 마련해두었다가 명일날 같은 때 상에 올려놓지 않았나 생각된다. 아래에 적은 김광균의 「은수저」는 돌날이나 생일날 마련해준 은수저를 통해서 참척의 슬픔을 적고 있다. 심상한 필치이지만 깊은 슬픔을 내장하고 있다.

산이 저문다
노을이 잠긴다
저녁 밥상에 애기가 없다
애기 앉던 방석에 한 쌍의 은수저
은수저 끝에 눈물이 고인다

한밤중에 바람이 분다
바람 속에서 애기가 웃는다
애기는 방 속을 들여다본다
들창을 열었다 다시 닫는다

먼 들길을 애기가 간다
맨발 벗은 애기가 울면서 간다
불러도 대답이 없다
그림자마저 아른거린다

우리에게 친숙한 귀금속 가운데서 금 다음으로 은이 무겁다.

황금빛이나 은빛이나 모두 좋은 빛깔이다. 그래서 예부터 숭상을 받아왔다. 금가락지 다음으로 은가락지가 있었고 금장도와 은장도가 있었다. 금배金杯와 은배銀杯가 있었고 금실과 은실도 있었다. 금발과 은발은 그러나 오래된 것이 아니고 영어 blond의 번역어로서의 금발이 생긴 후 은발이 따라간 것이 아닌가 생각된다. 그전엔 백발로써 족했을 것이다. 멀리 고대 그리스에서나 동아시아에서나 금과 은의 자리매김은 동일하였다. 은이 들어간 어사 중의 백미는 뭐니 뭐니 해도 은하수이다. "이화에 월백하고 은한이 삼경인제"에서 은한은 은하수다. 본시 한漢은 한수 한 자로 양자강의 지류를 가리키지만 그 자체로 은하수의 뜻도 가지고 있다. 거기에 한 자씩을 더해서 은한이나 천한이란 말이 생겨난 것이다. 일본어에서는 은하를 아마노가와(天の川)라 하는데 천한天漢을 번역한 셈이다. 우리가 은한이라 한 것과 대조가 되는데 소리와 관계되는 것이 아닌가 생각한다.

은 하면 생각나는 것이 있다. 해가 지지 않는 제국으로서 영국이 패권을 잡기 이전, 유럽의 강국은 스페인이었다. 1452년 신대륙 발견 이후 일찌감치 멕시코와 페루를 정복하고 원주민을 혹사시켜 은광에서 은을 채취하고 그것이 스페인의 정치적·군사적 부상의 하부구조가 되었다. 모든 은광에서 나는 수입의 5분의 1은 자동적으로 스페인 왕실로 갔다. 유럽인 상륙 이전의 잉카문명이나 마야문명은 쇠망의 길을 간다. 잉카제국의 주민들은 금은 태양신의 땀이요 은은 달 여신의 눈물이라고 생각했다. 신화를 현실로 믿는 부족은 멸망하게 마련이란 생각을 금할 수 없다. 달 여신의 눈물을 정련하는 데는 수은을 사용하는데 원주민이 그 일을 맡았음은 물론이다. 수은중독으로 많은 사람들이 죽어갔다. 금은보화에는 인간에 대한 인간의 무참한 잔혹사가 깔려 있다. 두 번에 걸쳐 실패한 일본 정복 시도 때 원나라는 고려에 감당할 수 없는 수효의 병선兵船 건조를 강요하였다. 그 처참함은 이루 말할 수 없었다. 또, 원은 무시로 금과 은, 매, 인삼의 상납을 요구하였다. 원나라 조정에 바치는 이른바 공녀貢女, 그쪽 귀족이나 고관이 요구하는 여성, 기타 집단적 혼인을 시킬 신부를 구하기 위해 고려에서는 결혼도감結婚都監, 과부처녀추고별감寡婦處女推考別監과 같은 부서까지 두어야 했다.

조선조에 들어와서 명나라와의 예물 교환이 무역의 성질을 띠고 있었다고는 하나 강자와 약자 사이에 수평적 관계가 성립되기는 어렵다. 조선조에서 보낸 예물은 금은, 마필, 인삼, 표범 가죽, 모시, 자개그릇 등이었는데 역시 금은이 으뜸가는 것이었다. 금은의 확보가 어려워 국내 채굴을 독촉하고 금은의 유출 금지와 사용 제한을 실시했으나 확보할 길이 막연하였다. 본국의 소산이 아니란 이유를 들어 명明에 면제를 지속적으로 간청하였고 세종 11년에야 면제받게 되었다. 조선조 말 은의 국내 생산지로 알려진 곳은 단천, 교하, 곡성, 춘천, 공주 등이었다. 학교에서 이러한 역사를 가르치지 않는 것은 국민들의 오늘 이해에 큰 장애가 된다는 생각을 하게 된다. 빛과 함께 그늘도 제대로 가르쳐야 건강한 현실 인식이 가능하다는 생각이다. 개인이나 공동체나 빛과 그늘을 아울러 갖고 있는 것이 세상사요 인간사이다. 너는 금수저에 악마이고 나는 흙수저에 천사라고 고래고래 소리 지르는 것은 인간 희극의 압권이다.

입찬소리   외국어로 된 책을 읽으면서 늘 절감하는 것은 원어민들에게 아주 쉬운 것이 외국인에게는 매우 어렵게 느껴진다는 사실이다. 기본 단어로 된 관용구나 숙어는 당사자들에겐 비근하고 쉬운 것이지만 외국어 학습자에겐 아주 어렵게 느껴진다. 그러한 사정은 외국인이 우리말을 공부할 때도 마찬가지일 것이다. 우리 소설을 외국인이 번역한 것을 읽어보면 가끔 어이없는 오역이 있는데 아주 쉬운 데서 착오가 생긴다. 1932년에 발표된 김동인 단편 「붉은 산」은 의사인 화자가 만주를 여행하다가 목도한 사건을 서술하는 형식을 취하고 있어 '어떤 의사의 수기'란 부제도 달려 있다. "그것은 여余가 만주를 여행할 때 일이었다"란 짤막한 문장으로 작품은 시작된다. 여余는 요즘엔 안 쓰지만 이전엔 주로 연만한 사람들이 일인칭으로 썼던 말이다. 옥편에도 나여로 나와 있다. 책이라도 좀 읽어본 사람이면 단박에 알아차린다.

그런데 영국인 역자가 이 단편을 처음으로 번역할 때 "미스터 여"라고 옮기고 말았다. 옥편에 성 여라고도 나와 있으니 성씨로 알았던 것이다. 출처나 문장 자체는 다 잊어버렸지만 미국인이 역자로 되어 있었던 것만은 또렷한 한 번역에서 "허리에 찬 권총"을 '권총을 차 허리가 차다'는 뜻으로 옮겨놓은 경우도 있었다. 한국과 구미 국가 간의 거리가 멀기만 하던 세계화 시대 이전의 옛이야기다. 한국국제교류재단에서 열두 개 외국어판을 내는 정기간행물 『코리아나』가 국내 작가의 단편과 짤막한 작가론을 곁들여서 소개한다. 이제는 20년 전 일이지만 박완서, 서정인, 이문구 세 분에 관한 해설을 쓴 적이 있다. 작가 이문구는 동시인이기도 해서 동시집 『개구쟁이 산복이』가 우리말로 된 가장 빼어난 동시집의 하나라고 적었다. 나중 일어판을 펴보니 『개구리 산복이』라 되어 있어 한바탕 호쾌하게 웃은 적이 있다. 개구쟁이가 너무나 쉬운 단어이기 때문에 빚어진 촌극이다.

과거가 외국이란 것을 인정한다면 과거의 말이 외국어라는 것도 인정해야 할 것이다. 불과 70년 전의 근접 과거도 외국임에 틀림이 없고 그때 쓰던 말이 얼마쯤 외국어가 되어 있음을 부정할 수 없다. 당시 쓰던 어휘가 새 외래어에 의해서 대체되어가고 있고 이러한 추세는 점증적으로 지속될 것이다. 어린 시절에 쓰던 말을 마치 이산가족 만남처럼 옛말 사전에서 해후하게 되는 일이 벌어질 것이다. 변화하는 것이 언어의 특성이고 세월 앞에 장사 없듯이 변화하는 시속時俗 앞에 성길사한成吉思汗이나 나파륜拿破崙이 있을 수 없다. 그런 만큼 더욱 조상들이 쓰던 옛말을 정확하게 이해하고 전달해야 할 필요가 있다. 그런 맥락에서 쉬우면서 어려워진 말부터 잘 간수해야 할 것이다.

'입찬소리'도 아주 쉬운 말이지만 고등교육을 받고도 아는 사람이 드문 말이 돼버렸다.『우리말 큰사전』에서 입찬소리 혹은 입찬말은 "지위나 능력을 믿고 장담하는 말"이라 풀이되어 있고 "자기가 아니면 못 할 소임이나 맡은 듯이 상훈이는 입찬소리를 하며 들어오는 길"이란 염상섭『삼대』속의 대목을 예문으로 제시하고 있다.『새우리말 큰사전』에는 "자기 배경이나 지위·능력 따위 현재의 처지만 생각하고 희떱게 자랑하거나 장담하는 말"이라 풀이되어 있고 예문은 없다. 풀이에 관한 한 후자가 한결 구체적이고 적정하다고 생각한다.

1960년 3·15 부정선거가 있은 뒤 한참 만에 마산에서 항의 시위가 있었고 경찰이 시위대를 향해 발포를 하였다. 그때 자유당 실세이자 부통령 당선자 이기붕이 "총은 가지고 놀라고 준 것이 아니다"라 말했다고 보도되어 국민들의 분격을 샀다. 미구에 이기붕 가족 참사 사건이 보도되자 "그러게 입찬소리를 하는 게 아니지" 하고 혀를 차는 소리를 많이 들었다. 나이 지긋한 연배들의 공통 반응이었다. 두 사전 모두 "입찬소리는 무덤 앞에 가서 하라"란 속담을 적고 있다. 소포클레스의 비극에 나오는 "어떤 사람도 행복하다 불행하다 하지 말라. 죽을 때까지는 모르는 일이어니"란 대사와 일맥상통한다. 둘 다 오래된 속담이다. 그럼에도 고대 그리스의 속담이 더 준수하고 심오해 보이는 것은 그릇 큰 비극 시인이 손을 보았기 때문이요 우리에게 극장이 없었기 때문이다. 속담에는 민간의 세속 지혜가 담겨 있는데 그것을 문학 전통 속으로 흡수하지 못한 것이 문학의 빈곤으로 이어졌다. 근자에 권력에 도취되어 거침없이 입찬소리를 하는 장면을 너무나 많이 목격한다. 그들에게 역사를 읽고 겸손을 배우라 충고하는 선의의 사람들이 많다. 모두 부질없는 일이다. 이기붕 일가의 참사 사건이 벌어진 후 도처에서 화제가 되었다. 욕심을 좀 줄이지 왜 저런 꼴을 당하느냐고 망자들을 측은히 생각하는 정에 약한 사람들이 있었다. 그러자 굵고 짤막하게 살면 되지 저렇게 사는 것이 무어가 어떠냐며 반론하는 이들도 적지 않았다. 이를테면 이런 사람들이 고압적으로 입찬소리를 하는 것이라는 게 나의 관찰이다. 때가 너무 늦어서야 그들은 아차 할 것이다.

가는귀　　　　　고령자들의 모임에 가보면 대개 목청이 높다. 여러 사람들이 한꺼번에 말을 해대서 귀 기울이는 사람보다 떠드는 사람이 더 많아 보인다. 가끔 상반신을 앞으로 불쑥 내밀고 말하는 사람 쪽으로 귀를 갖다 대는 장면도 목도된다. 한쪽 혹은 양쪽 모두 '가는귀'를 먹었기 때문에 빚어지는 현상이다. 두말할 것도 없이 가는귀먹다는 작은 소리를 듣지 못하는 난청 증세를 가지고 있다는 뜻이다. 이전엔 사용 빈도수가 잦은 쉬운 일상어였는데 요즘은 좀처럼 듣기 어렵다. 보다 엄밀해 보이고 잘 정의되어 있는 듯한 감을 주기 때문이기도 하지만 난청이란 말이 많이 쓰이는 것 같다. 귀가 여리다 혹은 귀가 엷다는 말도 있다. 속는 줄 모르고 남의 말 곧이듣기를 잘한다는 뜻이다. 그런가 하면 잠귀가 밝다는 어법도 있다. 자다가도 소리를 잘 듣고 반응한다는 뜻이다. 위에 적은 가는귀먹다, 귀가 여리다, 잠귀가 밝다와 같은 어법은 사실상 아주 우리말다운 관용어요 어법이다. 조상 대대로 쓰여온 비근하고 정다운 말들이다. 의학 용어로 보급된 듯이 보이는 난청이란 말이 점차로 세를 얻는 것은 자연스러운 일이요 이를 막을 필요는 없다. 우리 고향 쪽에서는 귀가 여리다보다는 엷다가 더 많이 쓰였다. 그리고 보면 '우리게에선 귀가 엷다'고 하는 것이 보통이었다. 그런데 '우리게'란 쉬운 말이 이제는 어려워져 '우리 고향 쪽에선'이라고 쓰게 된다. 보다 견고하고 분명한 어법을 쓰려다 보니 그리되는 것이다. 난청이란 말이 더 빈번히 쓰이는 것도 비슷한 이치라 생각한다. 충신의 간언諫言에 가는귀먹고 간신의 아첨 말에 귀가 엷은 것이 고금 권력자의 고색창연한 어리석은 관행이요 무자각의 비극이다.

귀와 관련된 재미있는 말은 바늘귀이다. 영어에서는 the eye of

a needle이라 해서 바늘의 눈이라 한다. 팔이 안으로 굽어서인지 바늘귀가 훨씬 그럴듯해 보인다. 부자가 하느님의 나라에 들어가는 것보다 낙타가 바늘귀로 지나가는 것이 더 쉽다는 우리말 「마태복음」의 대목에서 현실성의 환상을 풍기는 것은 바늘귀라는 게 나의 느낌이다. 약대라고 번역한 판본도 있지만 낙타가 훨씬 낙타답다. 약대를 별로 들어보지 못한 탓에 사전을 찾아보아도 낙타라고만 되어 있을 뿐 아무런 설명도 없다. 한자어가 아닌가 생각되는데 표기된 한자도 없다. 낙타를 다룬 시인으로 윤곤강과 이한직이 있다. 후자의 시편은 비교적 알려져 있어 그렇지 못한 윤곤강의 시편을 적어둔다.

주변성이 많아서
망태기를 짊어졌니?

그렇게도 목숨이 아까워
물통마저 짊어 멨니?

조상 때부터 오늘까지
부려만 먹힌 슬픔도 모르는 채

널름널름 혓바닥이

종이쪽까지 받아먹는구나

—윤곤강, 「낙타」 전문

윤곤강은 1930년대 이른바 경향문학파에 속한 테제 시편 지향의 시인이고 위의 시편이 수록된 제3시집 『동물시집』이 가장 후한 평가를 받았다. 해방 후에는 우리의 고전시가를 재생해보려는 시적 노력을 보이며 『피리』란 시집을 내었다. 「낙타」에 보이는 우의적 접근이 윤곤강의 특색인데 장점도 한계도 거기서 나온 것 같다. 그는 낙타에서 혹사당하는 민중을 본 것이다. 주변성도 사라져가는 말인데 일을 주선하거나 변통하는 재간을 말한다. 수완과 동의어이고 흔히 주변머리가 없다는 투로 많이 쓰였다. 주변성과 장래성은 시정에서 사람을 판단할 때 흔히 들이대는 기본적 척도였다. 둘 다 없으면 가망이 없다고 치부하였다. 변통은 "형편과 경우에 따라서 일을 이리저리 막힘없이 잘 처리함"과 "달리 융통함"이라 정의되어 있다. 맞는 말이지만 실제 쓰이는 문맥에서는 주로 돈과 관련되어 있었다고 기억한다. 돈을 꾸러 가서 수중에 없다는 반응이 나오면 "어떻게 좀 변통이 안 될까요?" 하고 애원하다시피 했던 것이다.

식전 댓바람　　어릴 적에 가장 많이 들어본 말인데 당연히 요즘은 들리지 않는다. 『새우리말 큰사전』에 보면 '식전바람'이 "아침 먹기 전인 때"라 풀이되어 있고 "식전바람에 약수터에 다녀 왔다"는 예문이 들려 있다. 하지만 내 경우엔 흔히 들렸던 "식전 댓 바람에 어디를 가니?"나 "식전 댓바람에 참 재수 없다"는 등속의 구문을 통해서 익숙해졌다. 사전에는 '식전 댓바람'이란 항목은 없 고 '댓바람'이 "지체하지 않고 단번에"라 풀이되고 "댓바람에 쌀가 마를 옮겨놓다"란 예문이 들려 있다. 한글학회의 『우리말 큰사전』 에도 '식전 댓바람'이란 항목은 없고 '댓바람'이 "일이나 때를 당하 여, 서슴지 않고 당장"이라 풀이되고 "아침 댓바람에 서둘러 나오 는 바람에 화장도 하지 않고"란 예문이 들려 있다. 정부 발표처럼 설복이 잘 안 되지만 따를 수밖에 없다. 그러나 사용 현장 경험자 의 실감으로서는 식전 댓바람이 식전바람의 강조된 말이란 느낌 을 지울 수 없다. 즉 '아침도 먹기 전에'란 함의가 강조된 것이 식 전 댓바람이라는 게 나의 우리말 직관이다.

텃세　　　　　　해방 직전 면사무소 소재지에서 읍사무 소 소재지로 전학을 했다. 초등학교 4학년 때의 일이다. 사람이란 가지가지란 생각을 그때도 하게 되었는데 새 전학생을 대하는 동 급생들의 행태가 가지가지였기 때문이다. 새로 온 멍청한 전학생 에게 친절히 굴고 학급 사정을 들려주며 생소한 사항을 알려주는 또래가 있었다. 지금 우리를 가르치는 선생은 담임이 아니다, 진짜 담임은 강습을 받으러 갔고 한 달 후에 돌아오는데 진짜 무섭다, 또 머리에 쌍가마가 있는 저 애는 방앗간집 아들인데 사나운 싸움닭이라든가 하며 자진해서 전학생 오리엔테이션을 담당해준 것이 이 부류이다. 그런가 하면 너 살던 곳에도 기차가 지나가느냐, 전기는 들어오느냐 하고 은근히 '텃세'를 정당화할 구실을 찾는가 하면 청소 당번이 방과 후 담당하게 되어 있는 청소 때 변소 소제는 새로 온 전학생이 해야 한다면서 본격적으로 텃세를 부리는 부류가 있었다. 언제 어디서나 그렇듯이 새 얼굴에 무덤덤한 부류가 있었고 이들이 회색의 다수파였다. 그런데 텃세를 부리려 드는 부류가 사실은 공부에서나 운동에서나 시원한 구석이 없는 못난 이들이란 것은 오래지 않아 간파가 되었다. 평소에 지기를 못 펴고 지내다가 새로 온 어리보기 전학생에게 우월성을 행사해서 누적된 좌절감을 보상해보자는 무의식적 충동이 작동한 것이리라. 먼저 자리 잡은 이가 후래자보다 우월하다는 게 텃세 논리의 암묵적 기초이다. 평생 여섯 군데에서 근무했는데 초등학교 때 겪은 것과 유사한 패턴의 반응을 보게 되었다. 물론 성인의 세계와 꼬마들의 세계는 분명하게 상이하지만 유형적으로는 유사한 국면이 있다는 것이다. 성인이란 사실 나이 많고 덩치 큰 어린아이에 지나지 않는다. 군주는 존경을 받기보다는 공포의 대상이 되어야 한다는 게 악마의 제자란 오해를 받았던 마키아벨리의 조언인데 사회생활에서도 해당되는 현실 논리가 아닌가 생각된다. 어진 사람이 되어서 존경받기란 쉬운 일이 아니다. 조금이라도 허약해 보이면 괜스레 덤벼드는 똥파리들이 많은 이곳이 숨어 있는 신이 창조한 사파 세상이다. 그러니까 착하고 법 없이도 사는 사람이란 고평을 듣기보다는 보통내기 아닌 까칠한 독종이라 잘못 건드리면 곤란해진다는 인상을 주는 게 고약한 텃세를 방지하는 첩경이 아닌가 생각한 적이 많다. 초등학교 때 겪었던 텃세 경험은 권력자의 경우에도 해당된다. 바깥에 나가서는 꼼짝 못 하고 푸대접이나 받는 못난 권력자일수록 집 안에서 고압적이고 폭군적으로 임한다는 것이 우리네 공통 경험일 것이다. 텃세는 대처보다 시골에서 더 극성맞은 것으로 생각된다. 대처에서의 텃세는 보다 은밀하고 세련되게 행사되어 지지리 못난 지방세 수입자들에게 덧없는 회심의 미소를 제공한다.

텃세와 비슷한 말에 텃새가 있다. 철새의 반대말로 계절적 이동을 하지 않고 1년 중 거의 한 지방에서만 사는 새를 가리키며 참새, 까마귀, 물총새, 꿩 등이 대표적이다. 철새는 철 따라 멀리 떨어져 있는 번식지와 월동지 사이를 해마다 정기적으로 옮겨 다니는 새를 가리키지만 기러기나 오리와 같은 겨울새, 제비나 두견새 같은 여름새, 도요새나 떼새와 같은 나그네새로 다시 나뉜다. 한자어로는 텃새를 유조留鳥, 철새를 후조候鳥라 한다. 텃새란 말이 그전부터 있었던 것인지 아니면 철새의 반대말로 근자에 만들어낸 것인지는 사전이 알려주지 않으니 알 도리가 없다. 근래에 철새 정치인이란 말이 생겨나면서 철새란 말의 함의나 연상대聯想帶는 적잖이 오염되고 불미스러워졌다. 기러기나 뻐꾸기 같은 철새는 우리의 하늘과 산야를 오가며 계절의 추이를 알려주어 세월의 무늬를 한숨과 함께 음미하게 하는 자연 속의 시적 소도구였다. 개인적 소신과 맞지 않은 일이 잦아 정당을 바꾸는 것은 이해하고 납득할 수 있는 일이다. 그러나 이권과 편의를 위해 권력으로 몸을 옮겨 가는 상습적 정치 부랑자에게 철새란 말은 어울리지 않고 가당치 않다. 철새들이 이를 알고 이 땅 찾기를 꺼리는 탓에 근자에 와서 철새의 나들이가 부쩍 줄어들었다는 게 나의 판단이다. 반드시 봉황이 아니더라도 새들은 영물靈物이라 하지 않는가? 방앗간의 참새나 좀비가 어찌 기러기나 두루미의 높은 뜻을 알 것인가?

사바사바　　　　　6·25 전후한 시절에 요원의 불길처럼 전국으로 퍼진 비속어가 있었다. '사바사바'는 순식간에 자주 쓰이는 일상어가 돼버렸다. 부정한 거래나 밀담을 해도 사바사바, 뇌물로 공무원을 매수하는 것도 사바사바, 교사가 학부형과 얘기를 나눠도 사바사바, 남녀가 정담을 나누는 것도 사바사바였다. 어디서 나온 말인지 알 수 없어서 갖가지 추측성 해석이 유포되었으

나 어느 하나 그럴듯한 것이 없었다. 일본어에서 고등어가 '사바ㅎ
ば'이기 때문에 그와 연관시켜 해석하는 이들도 있었는데 견강부
회에 지나지 않는다. 전파 속도가 빨랐듯이 사라지는 속도도 빠르
지 않았나 생각한다. 우리게에서는 주로 중학생들 사이에서 '카타
かた' 혹은 '어깨'란 말이 퍼졌다. 기운깨나 있어 동패나 수하를 많
이 거느리고 있는 거리의 주먹을 가리켰다. 역시 출처 불명인데 전
국적 규모의 것은 아니었던 것으로 생각된다. 여성을 가리키는 비
하성 비속어인 '깔치'도 크게 유행했으나 이내 사라졌다. 1960년대
말에는 '아더메치'란 말도 많이 유행하였다. 아니꼽고 더럽고 메스
껍고 치사하다는 것의 요약어로 누군가가 만들어서 퍼뜨린 것일
터이다. 이것은 당국에서 금지곡 만들듯이 금지 어휘로 만들어서
곧 사라지게 된다.

1960년대 이후 개발된 신조어도 많다. 특수 직업 종사자가 직
업 관련 신조어를 만드는 경우가 많은데 이런 말은 직업적 은어
비슷하게 되어 널리 사용되지는 않는다. 주로 젊은 세대들이 개발
하고 유포시킨 말 중에서는 '후지다'는 말이 성공 사례가 아닌가
생각된다. 대체가 불가능한 유일어로서의 자격을 지니고 있기 때
문이다. '주제 파악'도 신조어 중의 걸작이라 생각한다. 절묘한 두
블앙탕들double entendre이 매력이다. 이 말이 나오면 한국 학생들은
웃는데 외국 학생들은 영문을 모른다. 머지않아 사전에 등재해야
할 것이다.

부적　　　　　　음력으로 정월이 되면 시골 민가의 대문이나 기둥이나 방 안 벽에는 이상한 붉은색 글씨나 그림이 찍힌 손바닥만 한 문종이가 나붙었다. 악귀의 침입을 막고 병마를 물리치기 위한 조처였다. 이른바 '부적'이라는 것인데 몸에 지니고 다니는 경우도 있고 심지어 삼키는 경우도 있었다. 이렇다 할 질병이 없는데도 예방 차원으로 붙이기도 했다. 질병 또는 용도의 종류에 따라서 글씨와 그림은 가지각색이었다. 글씨인지 그림인지 분간이 안 되는 경우도 많았다. 부적보다 더 직접적으로 환부에 글씨를 적거나 그림을 붓으로 그려놓는 경우도 있었다. 또, 부적을 팔러 다니는 행상도 있었으니 정상적 상업이 발달하는 대신 돈벌이 방식은 이상한 방향으로 분화한 것이다. 당사주를 보아주는 할머니 행상도 있었다. 가난과 무지가 동행하던 시절 이러한 부적은 심리적 요법 구실을 했을 것이고, 그 점이 어떤 효과를 낳았을지도 모른다. 지금도 완전히 사라진 것은 아닐 것이다. 부적이 완전한 옛말이 되기를 바란다.

도깨비불　　　　　　어린 시절 자주 들어본 괴담의 유형에는 몇 가지가 있었다. 무섭기도 하지만 한편 호기심을 불러일으켜 '도깨비불' 얘기가 나오면 상급생 발설자에게 꼬치꼬치 캐물었다. 그러면 대개 파란빛이고 비 오는 밤에 눈에 뜨이는데 무서워 도망치는 바람에 자세한 것은 알 수 없다는 것이 대답이었다. 공동묘지에서 보았다는 허풍선이도 있었다. 또, 비 오는 날 학교 변소 앞에 붉은색 망토를 입은 괴물이 나타나니 조심하라는 얘기도 떠돌았다. 붉은색이 아니라 파란색이라 우기는 축도 있었다. 도깨비불 하면 음산하지만 말이란 쓰기에 따라서 전혀 다른 기능을 갖게 된다. 일본 작가 가와바타 야스나리(川端康成)에게 『호수』란 이색적인 장편이 있다. 비평가들에게 대체로 냉대를 받았지만 일종의 예술가소설이라며 높이 평가하는 이들도 있다. 발톱이 별나게 못생겨서 유난히 미에 대한 동경이 강한 주인공이 어린 소녀와 사랑에 빠졌다가 이내 몰락하고 만다. 그 대목은 짤막하고 산문시처럼 읽힌다. "조만간에 시커먼 파도 속으로 빠져 들어갈 인과이겠으나 히자코와 도깨비불을 지피면서 행복은 짧고 전락은 빨랐다." 도깨비불을 지핀다는 것이 산문을 시로 만들고 있다. 원문에서는 음화陰火라고 나오는데 도깨비가 내는 불을 가리킨다. 시란 어차피 번역을 통해서 없어지는 것이니 번역 시를 읽을 때엔 원문으로는 굉장한 것이라고 자기최면을 걸어야 할 것이다.

노랑이　　　　　몹시 인색한 사람을 '노랑이' 혹은 구두쇠라 했는데 요즘은 별로 들어보지 못한다. 동네마다 호가 난 노랑이가 있어서 입방아에 오르곤 하였다. 굴비 두름을 사다가 벽에 걸어놓고 끼니때마다 밥술을 입에 넣고 쳐다보고 또 밥술을 입에 넣고 쳐다보고 했다는 노랑이 얘기가 전해온다. "물 한 모금 입에 물고 / 하늘 한 번 쳐다보고 / 또 한 모금 입에 물고 / 구름 한 번 쳐다보고"라고 닭을 노래한 강소천의 동시를 연상시킨다. 술자리에 빠지지 않고 참례하면서도 단 한 번도 지갑을 열지 않는 것으로 호가 난 인물이 있었다. 참석자 모두의 지갑이 텅텅 비어도 그의 지갑만은 두둑이 남아 있었다고 이구동성으로 말했다. 한국 시의 일역자로 고명한 김소운은 자서전『하늘 끝에 살아도』중의 한 장을 이상 김해경에게 할애하고 있다. 그림 솜씨가 뛰어나고 화술이 뛰어난 천재임을 말하면서 이상이 매우 인색한 사람이라 적고 있다. 친구들이 다방에 모여서 담소하고 나면 누군가가 모두의 찻값을 내고 가는 것이 관례인데 이상은 자기 몫 10전 동전만 댕그랗게 내놓고 나가버렸다고 적고 있다. 그래도 그는 자기 찻값을 내고 갔으니 윗길이라 할 것이다. 이상의 기행奇行도 가지가지 적고 있는데 퇴폐의 극치처럼 보여 뒷맛은 좋지 않았다. "지난번에 이발하라고 20전을 주었는데 왜 이발을 안 했느냐"고 동거녀에게 야단 맞는 것을 보았다며 그것이 짜고 하는 연극이었다고도 적고 있다. 직접 목격하고 경험한 것인지 소문을 적은 것인지 확실하지 않은 구석도 있다. 그가 다방을 사고팔면서 사실은 이문을 남겼다는 것을 아는 사람은 안다고 적고 있어 의외라 생각했다. 서울깍쟁이라고 하지는 않았지만 읽고 나면 그런 느낌이 든다.

아리스토텔레스의 철학 학원을 계승해 관장했다고 전해지는 테오프라스토스Theophrastus에게 영어로 'Characters'라 번역된 제목의 책이 있다. 아첨, 수다, 노랑이짓, 파렴치 등 서른 가지 유형의 사람들을 유머러스하게 다룬 크지 않은 책이다. 희극을 "과오에 대한 은폐된 질책"이라고 정의한 인물답게 윤리적 태도가 그의 책의 기초가 되어 있다. 가령 '노랑이짓'이란 항목에는 이런 대목이 보인다.

노랑이짓은 도에 넘치게 지출을 꺼리는 것이다. 노랑이는 한 달이 끝나기도 전에 이자의 절반을 달라고 상대방에게 가서 청구하는 위인이다. 또 객들과 외식을 할 때면 객이 몇 잔을 마시나 예의 주시하고 아르테미스 신에게는 회식자의 누구보다도 적은 분량의 포도주를 바친다. 누군가가 싼 물건을 구해주고 계산을 하라고 하면 "이건 과용인데" 하고 말한다. 만약 하인이 접시나 사기 냄비를 깨게 되면 하루 식비에서 그 값어치를 빼버린다. 아내가 얼마 안 되는 동전을 떨어뜨려도 기어코 가구, 침대, 옷장을 온통 옮겨놓고 방 안을 샅샅이 뒤진다. 자기 것을 팔게 되면 사는 사람이 아무런 득도 보지 못하는 가격으로 팔고야 만다. 자기 정원에서 누구라도 무화과 하나 따지 못하게 하고 자기 땅을 지나가지 못하게 하고 설혹 낙과라 하더라도 대추야자나 올리브 열매를 줍지 못하게 한다. 또, 경계를 가리키는 표석에 변화가 없는가 하고 매일 점검한다. 차압권을 행사할 때엔 언제나 복리계산을 한다. 같은 지역 주민을 초대할 때면 식탁의 고기 조각이 작아진다. 식료품을 사러 나가서는 으레 빈손으로 돌아온다.

노랑이란 인간 유형의 행태를 적은 위의 대목은 그 항목의 절반 정도 되는 분량인데 이런 사례가 계속 나온다. 고전고대의 그리스인들이 근대인보다 한결 너그럽고 통 크게 산 것이 아닌가 하는 생각이 든다. 요즘의 우리 행태를 적은 것이라 해도 과하지 않을 만큼 위의 대목은 현대인의 모습을 생생히 전하고 있기 때문이다. 이 책에서 주목되는 것은 파렴치, 아첨, 자기 자랑, 허영, 불결, 거만함, 미련함 같은 불미한 인간 품성이 두루 망라되어 있지만, 우리 정치 풍토의 고질병이 되다시피 한 낯 뜨거운 위선이 빠져있다는 사실이다. 그리고 보면 그리스신화나 고전 비극에도 위선자는 보이지 않는다. 편의를 위해 거짓말을 하거나 속임수를 위해 사실과 다르게 얘기하는 경우는 있지만 근대사회에서 흔히 보게되는 표리부동한 위선자는 찾기 어렵다. 신화 속의 인물들은 장고 끝에 행동하지 않고 대체로 즉행적이다. 전사나 왕족이 대부분인 비극의 영웅들도 마찬가지다. 전쟁터에서 위선이 무슨 필요가 있을 것인가? 위선자는 말과 행동을 통해 장기간에 걸쳐 상습적으로 거짓말을 하는 거짓말쟁이요 광대이다. 그들은 거짓말을 몸으로 한다. 내심이나 실상과는 다르게 착하고 공정한 사람의 연기를 하는 광대이다. 습관이 천성이 된 면도 있을 것이다. 위선은 악이 선에 바치는 최고의 경의라고도 한다. 그렇다면 부정적인 것만은 아닐지도 모른다. 영어의 hypocrite는 광대, 배우를 뜻하는 그리스어에서 나왔다. 민주정치의 타락한 형태가 포퓰리즘인가 아니면 민주정이 본시 포퓰리즘인 것인가의 여부는 속단할 수 없는 문제이다. 그러나 민주제와 광대적인 인물 및 위선자의 범람 사이에 어떤 함수관계가 있지 않은가 하는 것은 성찰할 필요가 있는 사안이다.

인두　　　　　　　　일자집에서나 조금은 번듯한 기역자집에서나 늦가을 이후 옛 마을 겨울철의 생활필수품은 화로였다. 화로 삼발이 위에 놓인 주전자에서 물이 끓고 화로 가장자리로 '인두'가 비스듬히 꽂혀 있었다. 눈에 뜨이지 않으면 잊어버리고 마는 것이 사람의 마음이다. 화로가 생활필수품이기를 그친 이후 많은 사람들이 인두도 잊어버리게 되었다. 젊은 세대들은 아예 인두란 말을 모른다. 그러니까 인두도 이제는 외국어가 되어버린 셈이다. 그것은 화롯불에 달구어 천의 구김살을 펴거나 솔기를 꺾어 누르는 데 쓰인 다림질 도구의 하나였다. 그러나 한복을 입지 않으며 어엿한 전기다리미가 일용품이 된 오늘날 쓸모가 있을 리 없다. 그러고 보면 전기다리미의 어원이 된 다리미를 아는 젊은이도 없다. 벌겋게 달아 있는 숯덩이를 담아서 다리미질을 하는 일은 사라진 관행이요 전근대의 표징이 된 것이다. 인두와 함께 부젓가락이 꽂혀 있는 경우도 있었다. 부젓가락은 숯을 다룰 때 쓰였다. 이렇게 인두는 다림질용 일용품이었지만 때로는 끔찍한 린치 도구로 혹은 흉기로 사용되기도 하였다. 부엌칼이나 낫이나 도끼도 마찬가지다.

김유정 단편은 읽을 만한 가치가 있는 20세기 식민지 시절의 문학적 성과이지만 벌써 까마득한 옛날 작품 같은 느낌을 받는다는 젊은이가 많다. 1935년에 발표된 「산골」은 행랑살이하는 아랫것 모녀 2대가 상전들에게 성적 노리개의 대상이 되는 소재를 의고擬古 만연체로 적고 있다. 여주인공 이쁜이의 꽁무니를 상전 아들인 도련님이 졸졸 따라다니며 수작을 거는데 이를 알아차린 마님이 애매한 이쁜이를 혼내주고 또 이쁜이 어머니도 마님의 편을 들어 딸을 야단치게 된다. 이쁜이 어머니는 딸을 뜰아랫방에다 가두고 사날씩이나 바깥 구경을 못 하게 하면서 구메밥으로 구박을 한다. 구메밥이란 옥 안에 갇혀 있는 죄수에게 벽 구멍으로 넣어 주는 밥을 말한다. 그런 장면에 이어 다음과 같은 장거리 문장이 나온다.

증역사리 맨 마지막 밤이 깊었을제 이쁜이는 너머 원통하여 혼자 앉아 울다가 자리에 누은 어머니의 허리를 꼭 끼고 그 품속으로 기어들며 "어머니 나 데련님하고 살 테야—" 하고 그예 저의 속중을 토설하니 어머니는 들었는지 먹었는지 그냥 잠잠히 누웠더니 한참 후 후유, 하고 한숨을 내뿜을 때에는 이미 눈에는 눈물이 그렁그렁하였고 그러고 또 한참 있더니 입을 열어 하는 얘기가 지금은 이렇게 늙었으나 자기도 색씨 때에는 이쁜이만치나 어여뻤고 얼마나 맵시가 출중났든지 노나리와 은근히 배가 맞었으나 몇 달이 못 가서 노마님이 이걸 아시고 하루는 불러세고 따리시다가 마침내 샘에 못 이기어 인두로 하초를 짓글려고 들어 덤비신 일이 있다고 일러주고 다시 몇번 몇번 당부하여 말하되 석숭네가 벌서부터 말을 건네는 중이니 도령님에게 맘을랑 두지 말고 몸 잘 갖고 있으라 하고 딱 떼는 것이 아닌가.

위에서 보듯 인두나 부젓가락이 치정 사건에서 린치용 도구로 쓰였다는 것은 1920년대나 30년대의 신문이나 잡지 가십난에 나와 있다. 인두가 꽂혀 있던 화로로 말하자면 생활수준에 따라서 여러 가지가 있었다. 제일 질박하고 헐한 것이 질화로다. 잿물을 올리지 않고 질흙만으로 구워서 만든 그릇이 질그릇이요 그 화로가 질화로이다. 윤기가 전혀 없는 것이 겉 봄에도 허술해 보인다. 붉은 진흙으로 만들어 볕에 말리거나 약간 구운 다음에 오짓물을 입히어 다시 구운 질그릇이 오지그릇이고 윤이 나고 질긴 것이 특색이다. 질화로보다 조금 윗길이 오지화로다. 정지용의 「향수」에 나오는 질화로는 너무나 유명하다. 이에 반해서 오지화로는 이용악의 「두메산골 3」에 나온다. 이용악 제3시집 『오랑캐꽃』에 수록된 해방 전의 작품이다.

> 참나무 불이 이글이글한
> 오지화로에 감자 두어 개 묻어놓고
> 멀어진 서울을 그리는 것은
> 도포 걸친 어느 조상이 귀양 와서
> 일삼던 버릇일까
> 돌아갈 때엔 당나귀 타고 싶던
> 여러 영에
> 눈은 내리는데 눈은 내리는데

젊은 날의 임화 작품으로 성가가 높았던 「우리 오빠와 화로」에는 거북 무늬 화로가 나온다. 아마 두꺼운 사기화로로 거북 무늬가 있는 것으로 생각되는데 나의 경험으로는 시골에서 부자 소리를 듣는 집에서나 볼 수 있었던 것으로 생각한다. 실용품보다도 장식품 같은 느낌을 받았다. 그 밖에 놋쇠화로가 있었으나 일제 말기 놋대접이나 놋숟가락까지 공출하게 한 시기에 놋화로가 남아날 리 없다. 어린 시절 놋화로가 사라지고 질화로에 사기 주전자가 올려져 있을 때 허전함을 느꼈던 기억이 있다. 한마디로 일제강점기라 하지만 시기에 따라 성격이 제가끔이었다는 것을 모르거나 간과한 채 그 시절을 얘기한다는 것은 오해나 오류의 가능성을 안고 있다. 3·1운동 이후의 1920년대와 전시 총동원 체제하의 1940년대는 현격하게 다르다는 것을 유념하면서 당시의 역사를 읽어야 할 것이다.

율모기　　　　우리게에서는 독사가 아닌 뱀을 통틀어 '율모기'라 한 것으로 알고 있다. 안개라는 것은 율모기가 뿜어내는 것이라는 속신이 있어서 아이들이 아는 것 자랑을 할 때 거론되기도 하였다. 그러나 이러한 신화적 상상력에 가까운 속신이 한정된 지역에만 퍼져 있던 것인지 아니면 전국적 규모의 것인지는 천착해보지 못했다. "율모기 독사 만든다"는 속담도 있어서 많이 들어보았는데 이 역시 한정된 지역에서만 통용된 것인지는 알 수 없다. 우리게에서는 자주 들어본 속담이다. 처음엔 소심하고 얌전한 반대파였으나 연거푸 탄압받고 육체적 수모를 당하고 나면 강경 노선의 골수 반대파가 되는 사례를 보게 된다. "율모기 독사 만든다"는 속담이 적용되는 것은 이런 경우이다. 사전에는 "비늘은 가늘고 길며 광택이 없고 몸길이가 보통 70-90센티미터이고 흔히 있는 뱀과에 딸린 뱀의 한 가지"라고 풀이되어 있다. 일상생활 속에서 자연히 터득한 것이 중요하다는 점에서 독사 아닌 뱀이 율모기라는 자연학습의 결과를 믿는 편이다. 독사가 아닌 것을 물뱀이라 하는 경우도 있었다.

불량소년　　　　　　'불량소년' 혹은 '불량소녀'는 토박이말이 아니고 일인들이 만들어 쓴 말을 그대로 차용한 것이다. 불량배란 말도 있었다. 중고등학교에서 학생 지도 담당자들이 많이 썼으나 학생들 낙인찍기의 해독과 비교육성이 널리 인지되면서 지금은 거의 쓰지 않는 것 같다. 이것은 좋은 쪽으로의 변화라 생각된다. 그러나 이런 말이 쓰이지 않는다고 해서 이러한 범주의 소년 소녀가 사라진 것은 아니다. 비행소년이나 문제 학생으로 부르는 것이 불량소년이라 부르는 것보다 낫다는 것은 부정하지 않는다. 교육 현장에서의 학생들의 행태를 들어보면 불량소년의 단계를 넘어 폭력배나 성범죄자로 불러야 옳은 경우가 비일비재하다. 신문에 보도되는 여학생의 집단 폭행도 우리의 마음을 섬뜩하게 한다. 중요한 것은 이들의 불안한 미래만이 아니다. 이들이 야기하는 사회적 불안감도 심상치 않다는 점에 주목해야 한다. 바늘 도둑이 소도둑 된다고 불량소년 불량소녀들이 소도둑 되었을 때를 생각하면 공포스럽기까지 하다. 요즘 이른바 선량이나 고위직 인사들이 마구 토해내는 언사나 논리는 폭력배의 그것과 다를 바가 없다. 교정되지 않은 소싯적 불량배의 후일담이라 해도 과하지 않다.

사람들은 유소년 시절 얼마쯤의 불량 충동을 표출한다. 그것은 같은 또래에게 삶에 대한 오리엔테이션이 되는 경우도 있다. 그러나 헤르만 헤세 『데미안』의 제1장 '두 개의 세계'에서 보듯 섬세하고 선량한 개성에게 현세의 지옥을 경험시키는 불상사가 되기 십상이다. 법 없어도 사는 사람을 절망케 하는 폭력적인 사회가 되어서는 안 된다. 가정교육이 실종되면서 사회는 점점 폭력적이 되어간다는 소회를 금할 수 없다. 우리 국회는 바로 그 축도가 아닌가? 심각한 반성이 있어야 할 것이다.

망조　　　　　3대 가는 부자가 없다는 말이 있다. 할아버지가 근검절약해서 자수성가로 집안을 일으켜 세우면 그다음 세대에서는 얼마쯤 기강이 풀리고 사람이 희떠워진다. 자기가 번 돈이 아니기 때문에 씀씀이도 헤퍼진다. 고생을 모르고 자라 위기 대처 능력도 떨어지고 이재理財에도 어둡다. 3대째 가면 허랑방탕한 노름꾼이나 바람둥이가 나와서 동네 사람들의 입방아에 오르내린다. 동네 사람들의 말투는 부잣집의 처신에 따라 달라진다. 인품이 무던하거나 어려운 사람을 도와주어 인심을 얻었으면 "허 그 집안 돌아가는 모양이 적지 아니 걱정되네. 선대는 참 후덕했는데……"라고 하겠지만, 괜히 있는 체나 하고 인심도 후하지 못했으면 그 반응은 매정하기 짝이 없다. "허 그 집안도 이제 단단히 '망조亡兆'가 들었구먼. 어려서부터 싹수없고 싸가지가 없다 했더니 별수 있나. 콩 심은 데 콩 나고 팥 심은 데 팥 나는 것이지." 이렇게 고소해한다.

3대 가는 부자가 없다는 것이 옛날 시골 부자에게만 해당되는 것은 아니다. 토마스 만의 『부덴브로크가의 사람들』은 비록 4대에 걸친 얘기지만 큰 부잣집도 때가 되면 기운다는 사실을 보여준다. 이 뤼베크의 큰 부잣집에는 마지막으로 예술가가 나와서 망조가 드는데 그래도 워낙 호상豪商이어서 거목이 쓰러질 때 내는 꽝음이라도 내고 있는 것이 다르다. 고주박은 쓰러질 때 소리도 나지 않는다. 아니 쓰러지는 것이 아니라 그냥 부서져버린다. 그렇다면 우리의 공동체는 어떤가? 제 손으로 돈을 벌어보지 않아 헤프고 근검절약하지 않는다. 진정 사회에 기여한 사람들을 홀대하고 정체불명의 사회 낭인들이 사회를 운전하고 있는 판국이 아닌가? 이것이 한갓 고령자의 망령된 기우이기를 바랄 뿐이다.

소경 혹은 봉사　　　앞 못 보는 시각장애인을 가리키는 말에는 여러 가지가 있다. 공양미 300석과 인당수 때문에 누구나 알고 있는 심청의 아버지는 심 '봉사'라 한다. 이득을 볼 줄로 알고 한

능동 혹은 수동적인 일이 결과적으로는 자신의 손해였다는 것을 이를 때 "소경 제 닭 잡아먹기"란 말을 했다. 요즘 선심 쓰듯이 제 돈처럼 나누어주는 재난지원금도 궁극적으로는 '소경 제 닭 잡아 먹기'다. 이때만은 '소경'이라고 한 것으로 기억한다. 아르투어 슈니 츨러의 유명 단편 「맹인 제로니모와 그 형」을 에세이스트 김진섭 金晉燮 번역본으로 중학 때 읽었다. 시인 장만영이 운영하던 출판 사에서 미니 문고판으로 낸 것인데 단편 하나만 수록한 것이었다. 형의 실수로 어려서 맹인이 된 제로니모와 그의 형은 의좋게 살아 가는데 짓궂은 행인이 장난삼아 한 이간질로 형이 자기를 속이고 있다고 아우가 오해한다. 그러나 결국 오해가 풀려 우애를 회복한 다는 조금 긴 단편인데 그만 나이 때 흔히 그렇듯이 깊은 감동을 받았다. 최근에 창비에서 나온 '창비세계문학 단편선' 『어느 사랑 의 실험—독일』 번역본을 보니 「장님 제로니모와 그의 형」으로 되 어 있었다. 님 자가 들어 있어 장님이 존칭인 양 생각되는데 정작 당사자들은 맹인이란 말을 선호한다는 얘기를 오래전에 들은 적 이 있다. 장님에는 지팡이를 짚었다는 함의가 있어 그렇다는 것이 다. 그래서 맹인이라 쓰기로 했는데 지금도 유효한 것인지는 확인 해보지 않았다. 봉사, 소경, 장님, 맹인 이외에도 한니발이나 궁예 같은 시각장애를 가리키는 말이 있고, 눈은 뜨고 있으면서 보지 못하는 청맹과니란 말이 있다. 점복사 노릇을 하는 장년과 소년을 다룬 오장환의 초기 시 「역易」은 뒷골목의 간소한 소묘를 통해서 불우의 슬픔을 보여준다.

　점잖은 장님은 검은 안경을 쓰고 대나무 지팡이를 때때거
렸다.

　고쿠라 양복을 입은 소년 장님은 밤늦게 처량한 퉁소 소
리를 호로롱호로롱 골목 뒷전으로 울려주어서 단수 짚어보
기를 단골로 하는 뚱뚱한 과부가 뒷문 간으로 조용히 불러들
였다.

위에 보이는 단수는 단시점短筮占으로 솔잎 따위를 뽑아서 간
단하게 치는 점을 말한다. 고쿠라 양복의 고쿠라는 학생복 등으로
많이 쓰인 두터운 바탕의 면직물을 가리키는 일어인데 일본 규슈
[九州]의 고쿠라[小倉] 지방에서 나왔다고 해서 생긴 이름이다. 일
본군 주둔지이기도 해서 고명한 작가이자 군의관이기도 했던 모
리 오가이[森鷗外]가 이곳에서 근무한 적이 있다. 다수의 집필자
를 고용해서 일종의 소설 공장을 차려놓고 수요에 호응하여 무량
한 추리소설을 공급했던 마쓰모토 세이초[松本淸張]는 일본 최고
액 납세자의 한 사람이 된 작가이다. 젊은 날 서울에서 일본군으
로 복무한 적이 있는 그는 임화를 다룬 「북의 시인」 때문에 우리
에겐 생소하지도 반갑지도 않은 인물인데 그의 출세작인 〈아쿠타
가와상〉 수상작 「어느 「고쿠라 일기」전」은 고쿠라 시절의 모리 오

가이를 다룬 작품이다.

앞에 적은 오장환 시에서는 시각장애인이 점복사로 나온다. 소포클레스의 비극을 통해서 익숙해진 예언자 테이레시아스도 시각장애인이다. 테바이 사람이라 알려져 있지만 그리스신화 속에 나오는 가장 고명한 예언자이다. 얘기 혹은 서사란 뜻을 가지고 있는 뮈토스 즉 신화는 본시 구비문학이 그렇듯이 원본이 없는 것이어서 세목이 조금씩 다른 경우가 많다. 테이레시아스가 시각장애를 갖게 된 자초지종에는 두 가지 설명이 있다. 첫째, 어려서 그는 우연히 목욕 중인 여신 아테나와 마주치게 되고 아테나가 그의 눈에 물을 뿌려 앞이 보이지 않게 된다. 어머니가 이를 보고 탄원하여 장애의 보상으로 아테나는 그에게 예언 능력, 새들의 말을 이해할 수 있는 능력, 그리고 장애가 없는 것처럼 보행할 수 있는 지팡이를 주었다는 것이다. 일자이후 지팡이는 그의 신분 증명이자 신분 상징이 된다. 두 번째 설명은 조금 복잡하다. 그에게는 한때 여자가 되었다가 다시 남자로 되돌아온 이력이 있다. 따라서 모든 생명체 중에서 그만이 양성兩性 경험을 갖고 있었다. 신 중의 신 제우스의 품행이 방정하지 못하여 마나님 헤라의 투기를 사게 된다. 섹스를 즐김에 있어 여성 쪽이 몇 갑절 강렬하기 때문에 남성 편에서 바람을 피워야 균형이 잡힌다는 것이 제우스의 억지 변명이었다. 판이 이렇게 되자 양성 경험을 한 테이레시아스가 유권 해석을 내리도록 소환된다. 강자의 편을 드는 것이 약자들의 자기 부정적 행실이다. "사랑의 즐거움을 열이라 치면 여성 차지는 아홉이요 남성 차지는 하나뿐인 줄 아뢰오." 진노한 헤라는 즉각 양성 경험자의 눈을 멀게 하고 바람둥이 제우스는 선견지명을 선사해서 어용 대법관의 노고를 치하하고 불행을 위로하였다. 이에 다시 화가 난 헤라는 아무도 그의 예언을 믿지 않게끔 조처하였다는 것이다. 마르크스에서 니체에 이르는 19세기의 많은 유럽 지성들이 그리스인을 천재 민족이라 칭송해 마지않았는데 이러한 신화 한 소절만 보더라도 천재가 다르기는 다르다는 생각을 하게 된다. 어쨌건 새들의 말도 이해할 수 있다는 그의 능력은 동아시아의 새점鳥占을 상기시켜준다. 역과 예언은 다르지만 보통 사람들이 알지 못하는 앞일을 알려준다는 점에서는 같다. 점이나 역이 대체로 개인의 길흉을 알려줌에 반해 예언은 공동체나 공동체 지도자의 앞날에 대해서 말해준다는 것이 다르다. 가시적인 것을 못 보기 때문에 도리어 비가시적인 앞날을 볼 수 있다는 설정 자체가 역설적이고 심오하다.

시각장애의 보상으로 미래 예측의 능력이 주어졌다는 사실은 암묵적으로 사람들이 가지고 있는 인간 능력의 어느 한 부분에 결손과 결여가 있을 때 그것이 다른 분야에서 보상받게 된다는 생각과 연관되어 있다. 가령 시각장애가 있는 경우 촉감 같은 것이 비상하게 발달되어 어느 정도 보상받게 마련이라는 생각이 있다. 사실은 시각장애라는 난경을 조금이라도 완화시키기 위해 의

지와 실천으로써 촉감을 발달시킨 메커니즘의 결과이지만 그것을 자연스러운 자가발전적 균형 잡기로 생각하는 경향이 있는 것이다. 가령 서구 고전의 가장 오래된 반열에 올라 있는 『일리아스』 『오디세이아』의 시인 호메로스는 맹인이라고 전해져온다. 시각장애 때문에 전사로 활동하지 못해서 낭송 시인으로 자아성취를 한 것으로 이해하는 쪽이 사실에 가까울 것이다. 그러나 사람들은 거기에서 어떤 균형을 찾으려 하고 보이지 않는 손의 섭리를 찾으려 한다. 신화에서도 그러한 인간 성향을 보게 된다고 해도 과한 소리는 아닐 것이다.

시각장애와 관련된 문학작품은 적지 않다. 우선 김동인의 「광화사狂畵師」가 떠오른다. 천재 화공 솔거는 천하의 추물이어서 미인이었던 망모를 열광적으로 그리고 싶어 하였다. 그는 모델을 찾아 이리 뛰고 저리 뛰다가 우연히 그의 산장 근처에서 미모의 맹인 처녀 하나를 발견하여 모델로 삼게 된다. 그러나 맹인이어서 눈의 광채를 그릴 수가 없었다. 그 천치 같은 눈을 보자 화공은 노여움이 북받쳐 처녀의 멱을 잡았고 충동적으로 살해하게 된다. "며칠 후부터 한양 성내에서는 괴상한 여인의 화상을 들고 음울한 얼굴로 돌아다니는 늙은 광인 하나가 있었다." 「광염 소나타」와 함께 김동인이 시도한 예술가소설인데 천재 예술가의 설정 자체가 관념적이요 비현실적이어서 「감자」나 「붉은 산」이 거둔 성취에는 이르지 못한 것으로 생각된다. 일본의 근대문학에서는 다니자

키 준이치로(谷崎潤一郎)의 『슌킨 이야기(春琴抄)』가 명작이란 평가를 얻었다. 유복한 약종상의 딸로 태어난 여주인공 슌킨은 귀티나는 미녀이지만 어려서 실명하고 일본 전통 현악기의 스승 노릇을 한다. 심부름꾼에서 제자가 된 남주인공에게 갑질을 예사로 하지만 남주인공은 오히려 그것을 즐기며 헌신적으로 봉사한다. 두 사람 사이에 아이가 생기지만 스승과 제자, 상전과 아랫것의 관계에는 변화가 없다. 어느 날 밤 잠자고 있는 여주인공에게 누군가가 열탕을 부어서 그녀의 얼굴은 흉측하게 변해버린다. 그것을 의식한 여주인공이 남자에게 자기 얼굴을 뵈지 않으려고 노심초사하는 것을 본 남자는 뜨개바늘로 눈을 찔러 실명하고 "스승님 저는 소경이 되었습니다. 이제 평생 얼굴을 뵙는 일이 없을 것입니다" 하고 보고한다. 스승은 "그게 정말이냐"고 되묻고 남주인공은 지극한 행복감을 느끼는 것으로 끝나는 탐미적 작품이다. 읽어가며 넉넉한 공감을 경험하지 못해 내 취향이 아니라고 생각했다. 탐미적이고 사도마조히즘의 기색이 농후한 그의 소설 애독자가 일본에는 많은 것으로 생각된다. 성공적인 개안수술이 도리어 비극을 몰고 오는 앙드레 지드의 『전원교향악』은 사변 전에 벌써 번역이 나왔다. 미셸 모르강이 주연을 맡은 프랑스 영화도 구경한 사람들이 많을 것이다.

맹인을 다룬 문학 속의 최고 장면은 제임스 조이스의 『율리시스』 제8장의 대목이라 생각한다. 지팡이를 짚고 더듬듯이 더블린

의 거리를 걸어가는 나어린 맹인을 뒤따르면서 주인공 블룸은 생
각한다. "저런 딱한 사람이 있나! 아주 어린애인데, 끔찍해라. 정말
끔찍하군. 앞을 보지 못하니 그는 무슨 꿈을 꿀 것인가? 삶이 그
에겐 꿈이리라. 저렇게 태어났으니 정의는 어디에 있단 말인가?"
숙제를 하기 위해 쉽게 나아가지 않는 책장을 어렵사리 넘기다가
이 대목에 이르러서 이 장면만 가지고도 조이스는 일급의 시인이
란 생각이 들었다. 그리고 비록 다 따라가지 못한다 하더라도 그
책이 그릇 큰 문학이라는 막연한 확신 같은 것을 갖게 되었다. 지
팡이를 짚고 조심조심 걸어가는 이들을 많이 보았음에도 그들이
무슨 꿈을 꿀 것인가 하는 의문을 가져보지 못한 것은 감수성을
넘어 중대한 도덕적 하자가 아닌가 하는 자괴감까지 들었다. 조이
스의 시력이 몹시 나빴다는 전기적 삽화를 생각해내고 시력 약자
의 동병상련의 소산이 아닌가, 하고 자위하려 한 기억이 있다. 그
후 선천적 맹인은 소리로 꿈을 꾸며 후천적 장애인의 경우 꿈은
결국 추억의 변주이자 반추임을 알게 되었다. 인지의 충격과 함께
많은 것을 생각하게 하는 지문이 많을수록 그 작품은 윗길이라
단언해도 좋을 것이다.

제7장

당길심   　'당길심'의 사전적 정의는 "제게로만 끌어 당기려는 욕심"으로 되어 있다. 흔히 '당길심이 많다'는 관용어로 쓰인다. 당길심이 없다는 말을 일상의 문맥 속에서는 들어본 일이 없다. 옛 마을에서 아주머니들이 욕심 많은 사람 흉을 볼 때 흔히 쓰였다. 요즘에는 이기적이라든지 양보를 모른다는 투로 말할 것이다. 그러나 이렇게 말하는 순간 한 사람의 품성이 상당히 추상화되어 규격화된다. 이에 반해 당길심이 많다는 것은 곁두리 자리나 주전부리 자리에서 표 나게 먹을 것을 당겨먹거나 물건을 싼 값으로 떼어 와서 나눌 때 제 몫이 적을까봐 안달을 하는 경우를 생동감 있게 전해준다. 식탐이 많다거나 매사에 조금도 손해 보지 않으려는 태도를 생생하게 보여준다. 한결 구상적이고 직접적이고 그림도 선명해진다. 문학작품에서 토박이말이 갖게 되는 장점은 이런 것이다. 어원적 실감의 구체가 살아난다는 느낌이다.

입이 짧다　　　　식성이 까다로워 적게 먹거나 가리는 음식이 많다는 뜻이다. 비근한 일상용어의 특징은 정의하거나 풀이하기가 도리어 어렵다는 것이다. 어려서 많이 들어본 말이 대체로 그러하다. 시장이 반찬이기 때문에 '입이 짧다'는 것은 배부른 소리다. 그러나 사람마다 가리는 음식이 있는 법이다. 바다가 없는 충청북도의 내륙에서 자란 사람들, 특히 여성들 사이에서는 비린내 나는 바다 생선을 꺼리는 사람이 많았다. 자주 접해보지 않았기 때문이다. 요즘은 즉석요리가 가능한 상품화된 벌거숭이 닭이 마트 냉장 진열장에 진열되어 있다. 그러나 옛 마을에서는 목을 비틀거나 식칼로 쳐서 닭을 잡고 털을 뽑고 하는 공정을 주부가 맡아서 했다. 어려서 그 장면을 보고 나서 닭고기를 오랫동안 먹지 못했다는 술회를 들은 적이 있다. 정신분석학에서 말하는 세 살이면 이미 성격이 형성된다는 소리는 식성의 경우에도 해당되는 것이 아닌가 한다. 그러기에 중국의 린위탕林語堂은 '애국심이란 어릴 적 입맛에 대한 향수에 지나지 않는다'는 말을 하고 있다.

남매　　　　　　우리말에서 정교하게 세분화되어 있는 것의 하나가 친족 간의 지칭이 아닌가 생각한다. 영어에서 cousin 하나로 통용되는 친족관계가 우리말에서는 사촌, 외사촌, 이종사촌, 고종사촌 등으로 세분화되어 있다. uncle 하나로 통용되는 친척관계가 숙부, 백부, 외숙, 고모부, 이모부, 당숙 등으로 세분화되어 있다. 그래서 사돈의 팔촌이란 말까지 생겨났다. 가족제도를 중시하는 전통적 가치관의 발로요 잔재이다. 성리학을 숭상하고 수입하여 그 이념의 토대 위에 세워진 송나라보다도 더욱 철저한 성리학적 사회를 조성한 조선조의 유산이라고 할 것이다. 근자에 대가족제가 붕괴하고 친족관계가 소원해지고 느슨해짐에 따라 젊은 세대 사이에서 친척관계 용어는 별로 쓰이지 않는다. 가령 '남매男妹'라는 말이 있고 삼 남매를 두었다고 흔히 말한다. 이때의 남매를 모르는 사람은 없을 것이다. 그러나 남매는 처남 매부의 준말이 되기도 한다. 요즘 처남 매부 당사자를 두고 남매라고 하면 의아해하며 이의를 제기할 젊은이들이 많을 것이다. 이 친척 용어는 외국어를 우리말로 번역할 때 난문제를 제기하는 수도 있다. 가령 brother-in-law 하면 처남 매부 사이를 가리킨다. 또 동서 간을 가리키기도 한다.

1924년 1월 레닌의 사망 전후해서 볼셰비키 지도자들 사이에서는 치열한 권력투쟁이 벌어진다. 우선 지노비예프, 카메네프, 스탈린이 합세해서 트로츠키 공격에 나선다. 트로츠키 추방에 성공한 스탈린이 그 후 차례차례 옛 동지를 숙청해서 최고 권력자로 군림하는 과정은 무시무시하다. 지노비예프와 함께 모두 유대계인 카메네프와 트로츠키의 관계는 영어로 brother-in-law라고 되어 있다. 그러나 우리말로 하려면 구체적으로 남매간이나 동서 간이라고 특정해야 자연스럽다. 여러 상황 증거로 보아 동서 간이리라고 추정했지만 확실한 것은 아니다. 이런 경우 세분화된 친척 지칭은 불필요하게 불편한 것이 사실이다.

팔랑개비　　　　　상품화된 완구나 장난감이 퍼지면서 집에서 간단히 만들어 썼던 장난감 중에 사라진 것이 많다. 그 가운데의 하나가 '팔랑개비'이다. 가지고 놀아본 사람들에겐 설명이 필요 없지만 그렇지 않은 경우 설명하기란 쉽지 않다. 『새우리말 큰 사전』에는 "빳빳한 종이나 색종이를 여러 갈래로 자르고 그 귀를 구부리어 한데 모아서 톱니바퀴처럼 만들고 철사 같은 것의 꼭지에 꿰어 자루에 붙여서 바람에 쌩쌩 돌게 만든 것"이라 풀이하고 그림을 덧붙여놓았다. 바람개비라는 별칭이 있지만 아무래도 팔랑개비라고 해야 실감이 난다. 아이들이 자루를 손에 쥐고 달리면 팔랑개비가 돌아가는데 달리기의 속도가 빠를수록 잘 돌아가게 마련이다. 보통 쉽게 구할 수 있었던 수수대궁을 자루로 사용하였다. 우리게에서는 수수대궁이라 했는데 사전에 나오지 않는다. 대궁은 식물의 줄기를 말한다.

팔랑개비를 들고 보리밭 두렁을 달리던 시절 쓰던 말에 '말경'이란 것이 있었다. 망원경을 꼬마들은 말경이라 했는데 만리경萬里鏡이 변한 것이다. 축음기를 유성기留聲機, 영화를 활동사진, 수업료를 월사금이라 하던 시절 망원경을 만리경이라 했던 것이다. 화란和蘭에서는 사람들이 렌즈 두 개를 포개어 원거리의 사물을 가까이에 있는 것처럼 볼 수 있다는 소식을 갈릴레오 갈릴레이가 접한 것은 1609년경의 일이었다. 광학光學을 연구한 적이 있는 갈릴레이는 이 소식을 듣고 정보를 얻어 스스로 망원경 제조에 착수했고 개량을 거듭해서 오늘 우리가 알고 있는 망원경을 만들어냈다. 그는 베니스에서 그것을 보여주어 센세이션을 일으켰고 현지의 상선商船 선원들은 곧 그 유용성을 간파하게 되었다. 갈릴레이는 망원경을 이용해서 달의 분화구, 태양의 흑점, 토성의 고리를 보게 되었고 이에 따라 천체가 새로운 모습으로 드러나게 된다. 그가 1611년 로마에 가게 되자 그의 망원경은 다시 큰 화제가 되었다. 그러나 비판적인 소리도 들렸고 파도바대학의 그의 동료들 가운데는 망원경 보기를 거절한 이들도 있었다. 아리스토텔레스의 이론 체계를 믿었던 그들은 그것이 악마의 요술이며 따라서 환상을 보여주는 것일 거라는 근거에서였다. 과학사 속의 이러한 조그마한 삽화는 일회적 사건이 아니고 몽매한 사람들에 의해 중단 없이 계속되고 있다. 세계 최고의 기술력이라고 평가되는 원자력발전소 건설 기술을 스스로 포기하고 산업적 무장해제를 감행한 일이 뒷날 기술공학의 역사에서 또 정치사 속에서 어떻게 서술될지 궁금하다. 역사의 심판이란 말이 절감되는 계기가 될지도 모른다. 요지경은 "세상만사가 요지경 속 같다"는 문장에서 보듯 비유로 많이 쓰인다. 우리 어린 시절만 하더라도 시장 한복판에서 꼬마들에게 돈을 받고 요지경을 보여주는 일이 흔했다. 요지경보다 복잡한 것으로는 만화경이란 것이 있었다. 이제는 모두 역사 속의 유물이 되고 말았다.

출출하다　　　　어린 시절 많이 들었으나 요즘 통 들어보지 못하는 일상용어들이 제법 있다. 시장기가 조금 느껴지거나 주전부리가 하고 싶을 때 흔히 '출출하다'는 말을 했다. 혹은 '입이 궁금하다'고 했다. 배고프다는 말을 피하기 위한 완곡어법이라고도 할 수 있는데 어른들이 많이 썼던 것으로 알고 있다. 삼한사온이 거의 규칙적이라 할 수 있을 정도로 겨울철의 날씨 리듬이 되어 있던 시절 사흘 추위 끝에 포근해지면 날씨가 푹해졌다고 하였다. '푹하다'는 따뜻하다는 것과 아주 다르게 특유의 정감이 묻어 있는 말이다. 요즘 젊은 세대 사이에선 별로 쓰이지 않는 것 같다. 그런가 하면 '눈이 떼꾼하다'는 말도 요즘은 듣기 어렵다. 피로의 기색이 엿보이고 눈이 들어간 듯한 느낌이 들 때 쓰는 말이다. 옛 마을에서는 사소한 일로 사이가 벌어진 후 만나도 인사는 않고 길가에 침이나 퉤퉤 뱉는 사람들이 있었다. 너무 좁은 공간에서 살다 보니 생기는 불상사인데 척을 진 사이라고들 했다. '척을 지다'는 사전에 "서로 원한을 품고 반목하는 것"을 가리킨다고 되어 있다. 반목의 정도가 얼마쯤 강조되어 있다는 느낌이 든다. 원한까지는 안 가더라도 사소한 일에서 시작해 서로 외면하는 사이에도 이 말이 쓰였다. "같은 동네에서 척을 지고 살면 어떻게 해"하고 중재하는 장면을 본 기억이 있다. '다심하다'는 말도 요즘은 들어보지 못했다. 사전에는 "근심 걱정이 많다"고 풀이해놓고 "다심하신 할머니"란 용례가 들려 있다. 무심하다의 반대말이 되는 '다심하다'는 호기심이 많거나 궁금증이 많은 경우에도 흔히 쓴 것으로 기억한다. 사전 풀이에서 미흡감을 느끼게 되는 경우가 많다. 역사와 마찬가지로 사전도 다시 쓰기를 요한다는 사실을 번번이 실감한다.

옹골지다 영어에 It serves him right란 것이 있다. 얼마쯤 밉상인 사람에게 언짢은 일이 생기면 하는 소리다. '그 녀석 그래서 싸다'는 뜻이다. 우리 고향 쪽에선 '그것 참 옹골찌다'고 했다. 어려서 많이 들어보았지만 요즘은 그럴 기회가 없어 거의 잊어버리다시피 되었다. 『새우리말 큰사전』에는 '옹골지다'가 "보기보다 실속 있게 속이 차 있다"라 풀이되어 있고 "옹골진 살림"이란 용례가 적혀 있다. 그래서 한글학회서 펴낸『우리말 큰사전』을 찾아보니 위의 뜻과 함께 '고소하다'는 뜻이 있다며 경상도 방언으로 표기되어 있다. 그러니까 정확하게 앞에 든 영어와 같은 뜻이 된다. 충청도나 강원도에서 두루 쓰이는 말이 사전에 경상도 방언으로 표시되어 있는 경우가 흔하다. 가령 학질로 통하는 말라리아를 우리 고향 쪽에서는 '도둑놈'이라 했고 아이들 사이에서는 학교에서 갑자기 춥다며 이상을 호소하는 동급생에게 "도둑놈 걸린 것"이라고 하였다.『우리말 큰사전』에는 '도둑놈병'이란 항목에 학질이라며 경상도 방언이라 표시해놓았다. 이런 경우는 찾아보면 얼마든지 나올 것이다. 우리게에선 또 '옹골지다'와 같은 뜻으로 '말뚝싸다'란 말을 흔히 썼다. 충청도 방언인 탓인지 어느 사전에도 등재되어 있지 않다. 그러나 미묘한 심리적 기미가 드러나는 이런 말들은 그냥 사라지게 방치할 것이 아니라 널리 써서 보존하는 것이 좋을 것 같다.

석경　　　　　해방 이후 학교에서 표준말을 공부함에 따라 많은 사람들이 어려서 쓰던 사투리를 잃어버리게 되었다. 내 성장지인 충북은 경기와 가깝고 게다가 말투나 억양이 서울말과 크게 다르지 않다. 가령 영남 사투리나 서도 사투리는 말씨나 억양에서 서울말과 크게 다른데 그 같은 현격한 차이가 나지 않는다. 그럼에도 표준어 전용에 따라 많은 말을 버리게 되었다. 배차 대신에 배추, 정구지 대신에 부추, 나마리 대신에 잠자리, 무수 대신에 무를 택하게 되었다. 그런 가운데서도 가장 놀라운 것은 거울이었다. 거울이란 말은 일상생활에서 들어본 적도 써본 적도 없었기 때문에 어린 우리들은 정말로 외국어 같은 느낌을 받았다. 우리 쪽에서는 석경, 색경, 경대란 말을 썼다. '석경石鏡'은 유리로 된 거울을 뜻하고 동경銅鏡과 대조되는 것이겠는데 색경으로 변해서 그쪽이 더 많이 쓰였다. 경대鏡臺는 상품화된 화장대의 원형이라 생각하면 될 것이다. 1959년에 발표된 김수영의 「파밭 가에서」를 읽어보면 서울에서도 석경이란 말이 제법 쓰였던 것 같다.

삶은 계란의 껍질이
벗겨지듯
묵은 사랑이
벗겨질 때
붉은 파밭의 푸른 새싹을 보아라
얻는다는 것은 곧 잃는 것이다

먼지 앉은 석경 너머로
너의 그림자가
움직이듯

묵은 사랑이
움직일 때
붉은 파밭의 푸른 새싹을 보아라
얻는다는 것은 곧 잃는 것이다

새벽에 준 조로의 물이
대낮이 지나도록 마르지 않고
젖어 있듯이
묵은 사랑이
뉘우치는 마음의 한복판에
젖어 있을 때
붉은 파밭의 푸른 새싹을 보아라
얻는다는 것은 곧 잃는 것이다

무엇이나 시의 소재가 될 수 있다는 것을 보여주어 시에서 금기 사항을 배척하고 배제한 것은 김수영의 매력이자 공적의 하나다. 생경하고 낯선 일제 한자어를 남용하는 한편으로 위에서 보듯 한글 전용 지향의 시편도 보여주고 있다. 이러한 모티프와 음역과 어사의 다양성 또한 그의 위태위태한 매력이기도 하다. 짐짓 지혜를 전수하는 듯하지만 반은 농담이라 생각하면 될 것이다. 김수영의 초기 작품에서는 어렵고 생소한 어사를 내세워 의미의 혼돈을

조성하여 자신과 독자를 조롱하지만 앞의 작품에 어려운 말은 없다. 「파밭 가에서」의 연장선상에서 최후의 회심작 「풀」이 나왔다는 것을 인지하면 시에서의 실험이 의미하는 바를 이해하게 될 것이다. '조로ジョ—ロ'는 화초나 농작물에 물을 주는 기구를 가리키는 일본어이다. 서울 토박이의 시에서 잃어버린 소싯적 말을 발견한 것은 신기한 경험으로 남아 있다. 석경이란 말은 당대의 문장속에 잘 나오지 않는다. 의고擬古 구어체의 입심과 문장이 장기인 김유정의 작품에 벌써 '손거울'이란 말이 나온다. 페미니스트들이보면 기절초풍할 어사와 비속어가 쏟아져 나오지만 지난날 이 바닥의 참모습이기도 하니 읽어볼 필요가 있겠다. 1935년에 발표된「안해」는 일인칭 장광설로 일관하고 있는 작품인데 나무꾼으로겨우 살아가는 화자가 아내의 자발적 발상으로 들병이 훈련을 시켜보다가 마는 얘기를 담고 있다. 거기 이런 대목이 보인다.

그러나 아무리 생각해 봐도 년의 낯짝만은 걱정이다. 소리는 차차 어지간히 들어가는데 이 놈의 얼굴이 암만 봐도, 봐도 영 글넛구나. 경칠 년, 좀만 얌전히 나왔더면 이 판에 돈 한몫 크게 잡는걸.

간혹 가다 제물에 화가 뻗히면 아무 소리 않고 년의 뱃기를 한 두어번 안 줴박을 수 없다. 웬 영문인지 몰라서 년도 눈깔을 크게 굴리고 벙벙히 처다보지. 땀을 낼 년. 그 낯짝

을 하고 나한테로 시집을 온담 뻔뻔하게. 하나 년도 말은 안
하지만 제 얼굴 때문에 가끔 성화인지 쪽 떨어진 손거울을 들
고 앉아서 이리 뜯어보고 저리 뜯어보고 하지만 눈깔이야 일
반이겠지 저라고 나뵐 리가 있겠니. 하니까 오장 썩는 한숨이
연방 터지고 한풀 죽는구나.*

이에 반해서 청동거울은 윤동주 시편에 등장한다. 유리 거울
이 생겨나기 이전엔 청동거울이 쓰였다. 거울이 청동기시대부터
쓰이기 시작했다는 것이 정설이다. 청동기시대인들은 태양을 숭배
하고 햇볕을 태양의 메시지라고 생각하였다. 청동거울은 당초 주
술적 목적으로 쓰였다는 추정이 유력하다.

> 파란 녹이 낀 구리거울 속에
> 내 얼굴이 남아 있는 것은
> 어느 왕조의 유물이기에
> 이다지도 욕될까

* 『원본김유정전집』, 전신재全信宰 편, 한림대학교출판부, 1987, 158쪽. 맞춤법, 띄어쓰기
에서 발표 당시의 표기를 그대로 따르고 있음을 감안하고 읽어야 할 것이다. 이 책에선
'들병이'가 '들병장수'라고 풀이되어 있다. 그러나 사전에는 '들병이'가 등재되어 있지
않고 '들병장수'는 '병에다 술을 받아 가지고 다니면서 파는 장사아치'라고 풀이되어 있
다. 전날 남사패 놀이판 등에서 자릿세를 내고 관객에게 술 등 음식을 팔던 노점 행상이
들병장수라 풀이돼 있다. 그러나 김유정 소설 속의 들병이는 단순히 병술만 파는 것이
아니라 주점의 접대부처럼 노래도 하고 술도 따라주는 역할을 하는 것으로 나타난다.

나는 나의 참회의 글을 한 줄에 줄이자
―만 이십사 년 일 개월을
무슨 기쁨을 바라 살아왔던가

내일이나 모레나 그 어느 즐거운 날에
나는 또 한 줄의 참회록을 써야 한다.
―그때 그 젊은 나이에
왜 그런 부끄런 고백을 했던가

밤이면 밤마다 나의 거울을
손바닥으로 발바닥으로 닦아보자.

그러면 어느 운석隕石 밑으로 홀로 걸어가는
슬픈 사람의 뒷모양이
거울 속에 나타나 온다.

―윤동주, 「참회록」 전문

자신에 대한 응시는 서정적 내면성의 시인 윤동주에게 자기부
과적 항상적 과제였다. 쇄국과 정체停滯와 몰락의 나라 후손으로
태어난 젊은 시인은 녹이 슨 구리거울 속에서 자신의 모습을 본
다. 아무런 기쁨도 찾아지지 않는다. 진정한 자기발견과 자기정의

를 위한 노력으로 구리거울을 밤낮으로 닦은 뒤 그는 자신의 참모
습을 보게 된다. 운석 밑으로 홀로 걸어가는 슬픈 스물네 살의 자
기정의는 참신한 것은 아니지만 그 객관화는 참신하고 독자적이
다. 어린 시절의 윤동주는 정지용의 동시를 좋아했고 자신도 적지
않은 수효의 동시를 썼다. 산문에서 윤동주는 정지용의 「별똥」을
언급한 적이 있다.

별똥 떨어진 곳

마음해 두었다

다음날 가보려

벼르고 벼르다

이젠 다 자랐소.

다 자란 청년이 아직도 별똥 떨어진 곳을 찾아가려 한다. 그것
이 윤동주가 보여주는 스물네 살 적 자화상이다. 그러나 그것은
영원한 시인상일지도 모른다. 한글로 시를 쓰고 동포를 만나는 것
조차 일본 경찰은 불령선인不逞鮮人의 명시적 증거라고 간주했다.
자신 없는 직업적 과민 반응이요 피해망상이다. 윤동주의 시 한
자 한 소절에서 항일과 저항의 물증을 찾으려는 젊은 동포들의 행
간 읽기 노력을 최근 많이 보게 된다. 비슷한 직업적 과민 반응이
란 생각이 든다. 그 캄캄한 시절에 우리말로 시를 쓰는 것 자체가

"슬픈 족속"의 시민적 의무를 다한 것이다. 남의 땅에서 우리말로 시를 쓰고 동포를 만나는 것이 최상의 문화적·정치적 실천이었다는 것을 확인해두는 것만으로도 넉넉하지 않은가? 윤동주의 중요성은 그가 저항적 시인이라는 것이 아니라 젊은 영혼들에게 각별히 호소하는 바 많은 우수한 시인이란 점에 있다.

손국수　　　　　어린 시절 시골 웬만한 고장에는 으레 틀국숫집이 있었다. 간단한 장치지만 밀가루 반죽을 분통에 넣고 공이로 누르면 국숫발이 나온다. 이런 재래식 국수틀과 달리 제법 탈곡기 비슷하게 몸집이 있는 국수 기계가 있었다. 기계국숫집에서는 대개 그 국숫발을 보기 좋게 빨래 널듯이 나무틀에 널어놓았다. 재래식 국수틀의 경우 틀국수라 했지만 조금 복잡한 기계인 경우 기계국수라고 했다. 이에 반해서 집에서 손으로 만들어 먹는 국수는 '손국수'라고 했다. 1950년대 서울에 올라와서 칼국수란 말을 접하고 영 마음에 들지 않았다. 손국수가 얼마나 실물에 어울리는 그럴듯한 말인가? 식칼이나 칼국수나 느낌이 좋지 않다. 우리게에선 국수를 그저 누른국이라 하는 경우도 있었다. 누른국수의 준말인 셈인데 물론 사전에는 등재되어 있지 않다. 덕수궁에 가보면 임금이 점심때에 한해서 국수를 들었다고 기록되어 있다. 아침저녁보다 점심 식사를 가장 가볍게 드는 것이 그 시절 암주暗

主들의 관행이었던 모양이다.

　　바람이 거센 밤이면
　　몇 번이고 꺼지는 네모난 장명등을
　　궤짝 밟고 서서 몇 번이고 새로 밝힐 때
　　누나는
　　별 많은 밤이 되려 무섭다고 했다

　　국숫집 찾아가는 다리 위에서
　　문득 그리워지는
　　누나도 나도 어려선 국숫집 아이

　　단오도 설도 아닌 풀벌레 우는 가을철
　　단 하루
　　아버지의 제삿날만 일을 쉬고
　　어른처럼 곡을 했다

　　　　　　　　　　　　　　—「다리 위에서」 전문

　이용악 시편을 통해서 보면 시인의 부친은 노령露領을 오가면서까지 일용할 양식을 구하기 위해 진력하였지만 풀벌레 소리 가득한 밤에 침상에도 눕지 못한 채 객사한 것으로 보인다. 그게 한

이 되어 시인은 부친의 최후와 제사를 몇 번인가 시에서 다루었다. 앞에 적은 「다리 위에서」로 미루어보아 부친 별세 이후 모친이 국숫집을 하면서 남매를 키운 것으로 보인다. 부친이 세상을 뜬후 음식점을 하면서 생계를 꾸린 것은 이용악 모친의 경우만이 아니다. 읽어볼 만한 자전적 소설 『사상의 월야』를 보면 작가 이태준의 모친도 남편이 노령에서 서른다섯의 젊은 나이로 객사한 후 생활 방도를 찾아 목선을 타고 귀국한다. 함경도 웅기만의 배기미란 포구에 상륙한 후 근처의 소청素淸이란 곳에서 음식점을 연다. 1910년대 초의 일인데 그곳 사람들은 수제비는 만들어 먹었지만 손국수 해 먹을 줄을 몰랐다. 녹두는 심어도 청포를 해 먹을 줄 몰랐고 찰떡은 해 먹어도 메떡(흰떡)은 해 먹을 줄 몰랐다. 그런 판국에 작가의 모친은 만두와 손국수와 떡국을 팔았는데 세가 나게 팔렸다. 그리고 수입이 생기자마자 어린 아들을 서당에 보내어 공부를 시킨다. 맹모孟母 같은 여성이 작가를 길러낸 것이라는 감회가 생긴다. 그러나 사회사적으로 중요한 것은 아무리 북방의 변두리라 하더라도 1910년대의 현지에서 손국수나 떡국 해 먹을 줄을 몰랐다는 사실이다. 이 작품을 읽지 않고서는 알 수 없는 역사의 구체적 세목이다. 축약되고 편향된 통사나 읽고 나서 거침없이 해방 전후를 말한다는 것은 무모하고 방자하고 무책임한 일이다. 그런 맥락에서 『만세전』이나 『사상의 월야』는 우리의 어제오늘을 이해하기 위해 누구나가 읽어보아야 할 문학 자산이라 생각한다.

무거리　　　　　　'무거리'는 "곡식 같은 것을 빻아서 가루를 내고 남은 찌끼"라고 사전에 풀이되어 있다. 바로 다음에 '무거리고추장'이란 항목이 있고 "메줏가루의 무거리로 만든 고추장"이라 풀이되어 있다. 늘 찾아보는 두 『우리말 큰사전』의 풀이가 같다. 그러나 찌끼라고 하면 쓸모없는 어떤 것을 연상하게 되는데 무거리는 버려야 할 무용지물은 아니다. 가령 기계장치로 빻다 보면 가루가 고르게 나온다. 그런데 맷돌에 갈거나 절구로 빻다 보면 고르게 나온 것이 있고 그렇지 않은 것이 있다. 고운 가루가 아닌 조금은 정제되지 않은 가루가 무거리라는 것이 실생활에서 얻은 나의 단어 감각이다. 같은 인스턴트커피이지만 옛날 미군 레이션 상자에 들어 있어서 시장에서 구할 수 있었던 미니 봉지 속의 것은 고운 가루였음에 반해 큰 병에 들어 있던 인스턴트커피는 알갱이가 제법 굵었다. 그것을 내 멋대로 무거리커피라고 명명한 적이 있다.

요즘 들어본 적이 없어서 무거리 역시 미구에 사라질 것이라는 생각이 든다. 심윤경 근작소설 『영원한 유산』의 뒤표지에는 "이 세상에는 사라지지 않는 것들이 있다"는 문장이 보인다. 아직 읽어보지 못했지만 사라지는 것보다 사라지지 않는 것들이 더 많을 것이란 게 우리네 삶의 실감일 것이다. 우리가 내다보는 앞날은 필경 우리네 삶의 길이 안에서의 사안이기 때문이다. 구약 「전도서」에는 "해 아래에는 새것이 없다"란 유명한 대목이 보인다. 이미 있

었던 것이 훗날에 다시 있을 것이며 이미 일어났던 일이 훗날에 다시 일어날 것이란 맥락에서는 옳은 말이다. 우리의 무궁화는 이름 그대로 오래 피는 꽃의 상징이다. 무궁화를 국화로 택한 선인들은 꽃의 실체보다도 그 상징성을 중시한 것일 터이다. 무궁화를 일어에서는 무쿠게(むくげ, 木槿)라 하는데 아침에 피었다가 저녁이면 시든다고 해서 짧막함이나 덧없음의 상징이 되어 있다. 우리가 나무 단위로 생각해서 오래가는 것으로 여기는 데 반해 일인들은 낱낱의 꽃 단위로 생각하니 서로 다른 반응이 나온 것이다. 해 아래 새것이 없다는 것도 사실이지만 불교에서 말하는 생자필멸生者必滅, 회자정리會者定離, 제행무상諸行無常이 긴 눈으로 본다면 사태의 본질을 포착하고 있는 리얼리즘의 시라는 생각이 든다. 그런 맥락에서 본다면 사라지지 않는 것은 없다고 해야 할 것이다.

산통　　　　　완전히 사라진 것은 아니나 사용 빈도가 현저하게 줄어든 말의 하나가 '재수 없다'는 것이다. 세계 어느 곳에서나 예로부터 내려오는 속신이 있어서 거기 따라 은근한 기대를 걸기도 하고 속으로 언짢아하기도 하였다. 가령 초승달을 왼쪽 어깨 쪽으로 보게 되면 그 달엔 행운이 오고 편안한 나날을 맞게 된다는 미신이 영국 쪽에 있었다. 반대로 검정고양이가 앞길을 가로질러 가면 불길한 일이 생긴다는 속신도 있었다. 남존여비 사고가 진했던 우리 쪽에선 여성 특히 젊은 여성이 앞길을 가로질러 가는 것을 대단한 흉조로 보았다. 신발을 잃어버린다든가 하는 것도 상서롭지 못한 일의 징조라고 보았다. 이러한 일을 당한 당사자가 흔히 내뱉는 말이 '재수 없다'였다. 재수財數는 어원상으로는 재물이나 이득을 볼 운수라는 뜻이지만 흔히 좋은 일이 생길 운수라는 뜻으로 많이 쓰였다. 재수 없다는 것을 강조할 때 '재수에 옴붙었다'는 말도 흔히 쓰였다. 자기의 이해관계와 상관없는 감정적 반응으로 '재수 없게 생겼다'는 폄훼성 발언도 드물지 않았다. 이기영 소설 『고향』에는 김 선달이란 작중인물에 관해 이런 대목이 보인다. "그는 천한 계집을 상관하면 재수가 있다 해서 무당, 종, 백정, 여승, 사당 등의 갖은 외입을 골고루 해보았다." 점잖지 못한 비속어라는 인상을 주는 맥락에서 흔히 쓰인 탓에 점점 줄어든 것이라 생각된다. 비슷한 맥락에서 쓰인 '산통算筒'이란 말도 사라져가는 것 같다. 산통은 본시 맹인이 점칠 때 쓰는 산가지를 넣는 통을 가리킨다. '산통을 깬다'는 관용어구로 쓰였고 다 되어가는 일을 뒤틀거나 망가뜨린다는 뜻이었다. 사라져간다고 해서 애석한 마음이 전혀 생기지 않는 재수 없는 말들이다.

개비　　　　6·25 이후 경험한 20세기의 급격한 우리 사회 변화는 흔히 근대화 혹은 도시화란 이름으로 불린다. 오늘날 서울과 인천 사이에서 도시와 시골이라는 차이를 느끼기는 어렵다. 그냥 도시의 연속이라고 여겨지기가 십상이다. 서울이 시골로 직진 진주進駐해 간 것이 도시화라 해도 과하지 않다. 오랜만에 들러본 옛 시골 소읍에서 우리는 유소년기의 흔적을 찾지 못한다. 높이 솟은 아파트 단지와 복잡하게 얽힌 넓어진 도로는 우리의 방향감각이나 공간감각을 완전히 교란시켜버린다. 시간만 흘러간 것이 아니라 공간 자체도 어디론가 떠내려간 듯한 느낌을 받는다.

주거 환경이 격변하면서 우리의 일상 어휘 중 행방이 묘연해진 것이 허다하다. 가령 옛 마을에서 성냥은 가장 비근한 일상의 필수품이었다. 그러나 도회지의 아파트 단지에서 성냥은 사실상 무용지물이 돼버렸다. 냄새 제거를 위해서 촛불을 켜야 할 때도 가스 불에 갖다 대면 그만이다. 성냥을 켜서 담뱃불을 붙이는 경우도 거의 없어졌다. 그러니 성냥개비란 말도 못 듣게 되고 장작개비는 더욱 생소해졌다. 그러나 생각해보면 이 '개비'는 아득한 어린 날에 익힌 제일로 친숙한 낱말이었다. 개비의 변종인 '까치'란 말도 매한가지다. 박목월의 시 「잠깐」에 나오는 다음 대목에 각별히 끌리는 것은 유년기부터 친숙했던 낱말의 친화력과 관련되는 바가 적지 않을 것이다. 그러한 유년 경험과 무관한 독자는 상대적으로 끌리는 바가 적지 않을까 하는 생각이 드는 것은 어쩔 수 없다.

타오르는 성냥 한 까치의

마른 불길,

모든 것은

잠깐이었다.

사람을 사모한 것도

새벽에 일어나 목놓아 운 것도

경주에서 출발하여

서울에 머문 것도

타오르는 한 까치의 성냥불.

다만

모든 성냥까치가

다 불을 무는 것은 아니다.

겸상　　　　　주거 환경의 변화에 따라 방바닥에 앉아서 식사를 하는 일도 점점 드물어졌다. 의자에 앉아서 식탁에 차려놓은 음식을 섭취한다. 가족끼리의 경우나 혹 손님이 내방한 경우나 사정은 마찬가지다. 노년이 되면서 바닥에 앉아 식사를 하는 것이 얼마나 힘든 것인가를 알게 된다. 앉았다 일어날 때 부지중에 발성하는 "아이고"는 노년의 비명이기도 하다. 육체에 대한 중앙집권적 통제력이 어이없이 무력화되는 것은 피할 수 없는 노년의 슬픔이다. 그런 맥락에서도 사람은 늙지 말아야 한다. 식탁에서 식사를 하게 되면서 사라진 말들도 많다. 가령 숭늉이나 누룽지란 말도 슬며시 사라졌다. 그러나 완전히 사라진 것은 '겸상兼床'이 아닐까 한다. 생활양식상의 추억이 되어버렸다. 박목월의 시 「적막한 식욕」은 그 자체가 이제는 옛 사진의 정경이다.

아버지와 아들이 겸상을 하고
손과 주인이 겸상을 하고
산나물을
곁들여 놓고
어수룩한 산기슭의 허술한 물방아처럼
슬금슬금 세상 얘기를 하며
먹는 음식.

아재 시골에는 더러 집성촌集姓村이란 것이 있었다. 동성동본의 겨레붙이가 모여 사는 마을이다. 규모가 큰 곳도 있고 그리 크지 않은 곳도 있었다. 1930년대의 신문, 잡지에는 전국의 큰 집성촌 일람표 같은 것이 실려 있다. 집성촌에 가서 가장 흔하게 듣게 되는 말이 '아재'라는 호칭이었다. 조금 어리다 싶은 남자가 같은 또래 남자를 부를 때의 호칭이 아재였다. 그런가 하면 다 큰 남자가 조금은 어려 보이는 남자를 부를 때도 아재라고 했다. 나이와 상관없이 항렬行列이 낮은 사람은 항렬이 높은 사람에게 그리하는 것이 옛 집성촌의 관습이었다. 사전에는 아저씨의 낮춤말이라고 되어 있고 틀린 것은 아니다. 그러나 항렬 관계를 참작해야 비로소 이 말의 빈번한 쓰임새를 이해할 수 있을 것이다. 아재처럼 대놓고 부르지는 않지만 집성촌에서 자주 쓰인 말이 대부大夫다. 할아버지와 같은 항렬이 되는 유복친有服親 아닌 겨레붙이의 남자를 가리키는 말이다. 신분 이동과 지리적 이동이 활발해진 오늘날 집성촌도 드물어지고 집성촌 특유의 호칭도 드물게 되었다. 아재라는 말의 쓰임새가 갖는 특수성 같은 것도 미구에 소멸되고 말 것이다.

들국화　　　　　가을철에 야산을 다녀보면 긴 대궁 끝에 하얀 혹은 보랏빛이 도는 흰 꽃이 달린 야생화를 자주 보게 된다. 흔히들 느슨하게 '들국화'라 한다. 무리 지어 서 있는 경우도 있고 띄엄띄엄 홀로 서 있는 경우도 있다. 멀리서 보면 그 소박한 화초가 근사해 보인다. 그러나 가까이 가 보면 꽃잎이 온전한 것을 찾기는 어렵다. 꽃잎이 한두 개 떨어져 나간 것이 대부분이다. 그래서 온전한 놈을 따 가지고 가려는 유혹을 단념하게 된다. 칠판을 향해 앉아 있기를 대충 스무 해, 칠판을 등지고 서서 허튼소리 하기 마흔 해를 넘기니 삶이 저물었다고 말하곤 하는 처지이다. 그러나 그 사이 이른바 교훈적인 얘기를 칠판을 등지고 서서 늘어놓은 적은 없다. 지혜롭게 살아오지 못한 터수라 주제넘게 생각된 탓이다. 그럼에도 어디서 본 얘기가 아니라 삶의 길을 걸어온 사이 실감한 것을 얘기한 적이 몇 번 있다. 평생 반려의 선택과 같은 중대한 사안에 대한 소견을 요청받았을 때다. 그때 얘기한 것이 들국화 경험이다. 멀리서 바라보면 근사해 보이지만 가까이 가보면 온전한 것은 찾기 어렵다, 아니 찾아지지 않는다, 사람도 그와 같아 가까이서 보면 크고 작은 흠결이 있기 마련이다. 그것을 명심하면 너무 완벽주의로 흘러 무던한 사람을 놓치는 경우는 생기지 않을 것이란 것이 나의 생각이라고 말한 적이 있다. 사람의 선택이란 대체로 체념의 한 형식이기도 하다는 막연한 생각을 토로하고 나서 역시 주제넘다는 생각이 들어 반복하지 않은 기억을 가지고 있다.

재배 국화에 대하여 산야에 저절로 나는 야생종을 통틀어 들국화라 하는데 실제로 그 종류는 다양하다. 그래서 요즘은 구절초나 쑥부쟁이와 같이 특정해서 말하는 것이 보통이다. 오래전부터 야생화 사진 찍기를 실천해온 이상옥李相沃 교수의 저서『들꽃, 시를 만나다』에는 직접 찍은 사진과 함께 구절초에 대한 다음과 같은 대목이 보인다.

구절초라는 이름은 九折草 혹은 九節草라는 한자 이름에 암시되어 있다시피 음력 구월 구일 중양절重陽節에 이 꽃을 꺾어 말려서 약재로 사용한 데서 유래했음이 분명하다. 지대가 비교적 높은 곳에 널리 분포되어 있다. 꽃은 아담하고 품위 있으며 대체로 하얗지만 연분홍색을 띠기도 한다.

구절초 비슷하게 생겼으나 한결 허술해 보이는 것이 쑥부쟁이라 생각된다. 둘 다 국화과에 속한다는데 구절초가 더 반듯하고 야무져 보인다는 것이 나의 피상적 판단이다. 그러고 보면 상추와 함께 여름 밥상에 자주 오르던 쑥갓도 국화과에 속한다고 한다. 들국화란 말이 사라진 것은 아니나 구절초나 쑥부쟁이 등으로 특화해서 부르는 것이 대세가 되었다.

새댁   시골에서는 갓 시집온 여자를 '새색시' 혹은 '새댁'이라고 흔히 불렀다. 새댁이 높임말인데 근자에는 거의 들어보지 못했다. 새댁 하면 떠오르는 것은 아무래도 한복을 입은 여성이다. 양장에 코트 차림이거나 하이힐을 신은 젊은 여성을 새댁이라 부른다면 부자연스러우리라. 그런 생각을 막연히 한 적이 있었기 때문에 이혜경 소설 『기억의 습지』의 허두 문장을 접하고 얼마쯤 의외란 생각이 들었다. "베트남에서 온 새댁의 가족은 추위를 탔다. 난생처음 탄 비행기에 멀미한 듯 가무잡잡한 얼굴에 노르스름한 기운이 어렸다. 새댁의 부모는 60대쯤으로 보였다." 조금 읽어나가다가 새댁이란 말이 절묘한 유일어란 생각이 들었다. 프랑스나 일본에서 온 새댁 하면 안 어울리지만 베트남에서 온 새댁이기 때문에 대체할 수 없는 고유성을 가지고 있다는 느낌이다. 각시라는 말도 흔했지만 이제 새댁보다 더 어울리지 않는 옛말이 되고 말았다. 말의 변화처럼 시대의 흐름을 실감시켜주는 것도 흔하지 않다. 한 세대 전의 말이 급격하게 옛말이 되어가고 있다.

보리농사　　　　　우리나라 인구가 감소하기 시작했다는 보도가 나왔다. 얼마 전부터 예상해온 일이긴 하나 막상 닥치고 보니 맹랑하다는 생각이 든다. 산아제한이란 용어가 가족계획이란 보다 긍정적인 함의의 용어로 바뀌면서 정관수술과 같은 방법을 홍보하고 권유한 것이 바로 엊그제같이 느껴진다. 그런데 목표를 초과 달성해서 이제 인구 감소에 따르는 위험과 우려가 현안이 돼 버리고 말았다. 그러니 이런 속도로 격하게 변하면 또 어떤 새 걱정이 생길지가 두려워진다. 가족계획 같은 것이 사회적 당면 과제가 되던 시절 '보리농사'란 말이 급속하게 퍼지고 있었다. 전국적인 규모도 아니고 한정된 젊은 세대 사이에서 유포된 것이 사실이다. 전통적 남존여비의 잔재이지만 딸을 낳았다는 것을 유머러스하게 보리농사 지었다고 말한 것이다. 남존여비의 편견에서 생긴 말이긴 하지만 그리 말하는 사람은 자기 얘기이기 때문에 웃자고 하는 경우도 많았다. 사람들은 직설법보다 에둘러 말하는 것을 즐기기도 하는 법이다. 한동안 유행하더니 이제 잊힌 흘러간 노래가 돼버렸다. 딸을 낳는 것이 예전처럼 손해나는 농사가 아니기 때문이다. 아직 개선돼야 할 여지가 태산 같지만 그래도 여성 권리가 신장되고 여성의 사회적 진출도 현저하다. 웬만한 가정에서 아들이니까 고등학교나 대학을 보내고 딸이니 안 보낸다는 일은 상상하기 어렵게 되었다. 1960년대까지만 하더라도 시골에선 그것이 자연스러운 관행으로 통하였으니 많이 변한 것이다. 젊거나 중년이 된 여성이 어르신을 모시고 병원 가는 경우 십중팔구는 딸이고 며느리인 경우는 드물다는 것이 택시 기사들의 공통적 경험담이다. 아들 둔 내외는 못 가지만 딸을 둔 내외는 효도 관광을 다닐 수 있다는 농담도 있다. 말의 부침과 흥망성쇠를 결정짓는 것이 급속히 진행되는 사회 변화란 것을 다시 확인하게 된다.

솔밭　　　　　　　　나무가 우거져 있으면 수풀 혹은 숲이라고 한다. 해방 직후 음악 시간에 배웠던 「고향생각」이란 동요의 제2절에는 "버들 숲 언덕에 모여 앉아서 풀피리 불며 놀던 그리운 동무"라는 대목이 있었다. 이기영 장편 『고향』의 무대가 된 원터 마을에 대해서 작가는 "지금부터 30여 년 전에는 원터 앞내 양편으로 참나무 숲이 무성했다"고 적고 있다. 신석정辛夕汀 제2시집 『슬픈 목가』에는 아래 적은 바와 같은 「대숲에 서서」란 시편이 수록되어 있다. 일제 말 암흑기의 막막한 심경이 드러나 있는 시편이다.

대숲으로 간다
대숲으로 간다
한사코 성근 대숲으로 간다

자욱한 밤안개에 벌레 소리 젖어 흐르고
벌레 소리에 푸른 달빛이 배여 흐르고

대숲은 좋드라
성글어 좋드라
한사코 서러워 대숲은 좋드라

꽃가루 날리듯 흥근히 드는 달빛에
기척 없이 서서 나도 대같이 살거나

위에 본 것처럼 버들 숲, 참나무 숲, 대숲으로 쓰고 있다. 물론 변형이 있어서 정지용은 "대수풀"이라 쓰기도 하고 미당은 "시누대

밭'이라 한 적이 있다. 오장환이 「붉은 산」에서 "솔나무 숲"이라 한 것이 눈에 뜨이긴 하지만 대체로 소나무의 경우에는 '솔밭'이 진용되고 있다는 것이 나의 기억이다. 적어도 20세기 우리 문학의 무던한 작품에서는 한결같이 솔밭으로 되어 있다. 솔밭이 소나무 숲보다 더 정답고 사실에 즉해 있다는 느낌이 든다.

솔밭 사이로 솔밭 사이로 걸어 들어가자면
불빛이 흘러나오는 고가古家가 보였다.

거기—
벌레 우는 가을이 있었다.
벌판에 눈 덮인 달밤도 있었다.

—노천명, 「길」 부분

송전松田은 솔밭 그대로다. 동네도 반은 솔밭 속에 묻혀 있다. 해풍에 자란 솔들이라 통만 굵고 가지는 적은데 모두 아래로 드리워서 파라솔이라도 아주 요즘 유행형流行型들이다. 그 밑에 돗자리나 깔아놓으면 소나무 하나하나가 훌륭한 정자亭子겠다.

—이태준, 「해촌일지」

1960년대만 하더라도 충남 공주의 곰나루에는 꽤 넓은 솔밭이 있었다. 강릉 근처의 해변에서 아주 넓은 솔밭을 본 기억도 있다. 모두 평지에 있어서 솔밭이라 한 것인가 하는 생각도 든다. 그러나 김소월의 절창에서 보듯이 평지에 있다고 해서 붙인 이름은 아닐 것이다.

집 뒷산 솔밭에
버섯 따던 동무야
어느 뉘집 가문家門에
시집가서 사느냐

　　　　　　　　　　—김소월, 「팔베개 노래」 부분

대개의 자전이나 일어 사전에 송림松林은 있어도 송전은 없다. 그런 것으로 보아 송전 즉 솔밭은 우리 쪽에서 독자적, 창의적으로 쓴 것이 아닌가 하는 생각이 든다. 그런 맥락에서 우리가 잘 간수해서 익히고 써야 할 귀한 말인데 근자에는 통 들어보질 못했다. 솔밭 자체가 현실에서 존재감이 없게 된 것은 전 국토의 산림 재조성과 연관되는 것인지도 모른다. 지금은 고인이 된 식물학자 이영로李永魯 선생은 소나무가 한국의 대표적 수종이고 쓸모가 많은 것임에도 그것을 모르는 이가 많다면서 『소나무』란 저서에서 지극한 소나무 예찬론을 펴고 있다. 1980년대인가 전국의 소나무가 말라가고 고사 직전에 왔다는 보도가 많이 나왔다. 당시 선생은 그리 걱정할 것 없다며 미구에 다 살아난다고 했는데 과연 몇 해 후에 소나무가 퍼렇게 되살아나는 것을 보고 전문가의 견고한 식견의 중요성과 중량감을 실감한 적이 있다. 전문가 특히 과학 분야 전문가의 식견이나 판단에 대한 경의를 팽개치고 비전문가의 깊이 없는 표피적 의견에 휘둘리는 것은 우리 사회의 병리적 문제점의 하나란 생각을 금할 수 없는 것이 작금의 추세다. 원자력발전소의 폐쇄를 포함한 탈원전 기획은 그중의 하나에 지나지 않는다.

말이 나왔으니 적어보는 것인데 우리 산하의 나무나 야생화의 이름을 알기 위해 80년대에 이 선생 지도하의 생물반을 따라 몇 번인가 산행을 한 적이 있다. 피아골에 있는 서울대 학교림 숙직실에서 편치 못한 잠을 자고 노고단을 거쳐 화엄사까지 내려간 일이 있다. 그때 지리산에도 질마재란 고개가 있다는 것을 알게 되었다. 소백산 정상부의 키 큰 철쭉나무와 철쭉꽃에 매료되어 다시 올라오리라고 작심하기도 하였다. 봄철의 소백산에서 바라보는 안동의 학가산 모습도 먼 산의 매혹 그 자체였다. 그럼에도 나의 학습 산행은 오래가지 못하였다. 열의에 찬 기특한 제자를 만났다고 여기는 것 같은 이 선생은 도중에 만나게 되는 거의 모든 나무와 화초의 이름과 특성을 제자 못지않은 열의로 해설하는 것이 아닌가? 처음에는 그럭저럭 따라가는 것 같았는데 나중에는 학습량

과잉으로 도저히 따라갈 수가 없었다. 하는 수 없이 애로사항을 호소하고 당일의 과업은 완수한 것으로 일단 끝냈다. 그러나 이튿날에도 선생의 열성적 산중 강의는 조정이 되지 않았다. 선생의 열의를 생각해 진도를 맞추려고 진력했으나 역부족이었다. 선생은 제자의 학습 능력을 과대평가하고 열성 교사 특유의 공격적 지식 전수 의욕으로 제자를 곤혹스럽게 혼란시켰다. 열의와 능력의 불균형은 결국 제자의 자진 퇴학으로 일단락 짓게 되고 제자는 수목과 화초의 문맹으로 남아 있게 되었다. 시인 백석 때문에 널리 알려진 갈매나무의 실물을 접하고 설명을 들었는데 지금 실물을 가려낼 자신은 없다. 토종 라일락을 수수꽃다리라 한다는 것, 전라북도의 꽃이 된 백일홍이 일어로 '원숭이 미끄러지기'의 뜻을 가지고 있다는 것 정도가 중퇴자의 머릿속에 남아 있는 학습 내용이다. 잦은 후회가 무능자의 특기이니 그때 기회 놓친 것을 무시로 아쉬워하곤 하였다.

송진　　　　　소나무 얘기를 송기, 송진, 송근, 송충이를 말하지 않고 끝내는 것은 소나무에 대한 예의가 아닐 것 같다. 초근목피草根木皮는 절대빈곤을 가리키는 전래적 표현이다. 풀뿌리 캐어 먹고 나무껍질 벗겨 먹는다는 뜻이다. 소나무의 속껍질이 송기이고 춘궁기에 농촌에서는 송기를 많이 소비했다. 그냥 먹기도 하고 쌀가루를 함께 섞어서 죽으로 만들어 먹기도 하였다. 그래서 송기떡이란 말도 있다. '송진'은 소나무에서 분비되는 끈끈한 액체를 가리킨다. 송진을 증류시켜 얻는 휘발성의 기름이 송지유松脂油이고 소나무 뿌리와 가지를 건류하여 짜낸 기름이 송근유松根油이다. 소나무 가지를 짧게 잘라서 불에 구워 받은 기름이 송탄유松炭油이다. 태평양전쟁 말기 일본은 석유 기근으로 이런 소나무 관련 기름을 군사용 휘발유 대용품으로 쓰게 된다. 초등학교 상급반까지 동원해서 송진 달린 가지나 소나무 뿌리를 채취하게 했다. 5학년이 된 1945년 늦봄부터는 하루걸러 수업을 전폐하고 채취에 동원되었다. 집에서는 송탄 캐러 간다 하고 학교에서는 '쇼콘호리〔松根堀り〕' 간다고 했다. 그때 경험한 아동 강제 노동에 대해 무한 분노를 가지고 있다. 일본의 가나자와〔金澤〕에는 19세기 초에 만든 겐로쿠엔〔兼六園〕이란 공원이 있다. 일본의 3대 정원이라고 해서 관광객이 많이 찾는다. 거기에는 전쟁 말기 군사적 필요로 기름을 짜내기 위해 껍질을 벗겼다는 소나무가 서 있고 설명 표지판이 서 있다. 소나무가 일본의 주요 수종이 아닌 탓도 있지만 송근유에 관한 한 우리가 최대 피해자다. 사회사를 알기 위해서도 읽어볼 만한 선우휘 자전소설 『깃발 없는 기수』에는 압록강 근처의 초등학교 교사인 주인공이 아이들 데리고 송탄을 채취하러 갔다가 해방 소식을 들었다는 대목이 보인다.

소나무가 촉발하는 자유연상에서 송충이도 빼놓을 수 없다.

1960년대 내내 송충이 잡는 것도 시골 중고등학교의 연례행사의 하나였다. 통조림 빈 통, 나무젓가락 그리고 도시락을 준비하고 근교의 산으로 가서 나무젓가락으로 일일이 잡아서 빈 통에 담는다. 그리고 커다랗게 파놓은 구렁에 그것을 쏟아낸다. 다수 학생이 동원되기 때문에 구렁에는 무량한 송충이들이 꿈틀거리는데 삽으로 흙을 덮어버리면 살처분이 끝난다. 확인 사살 비슷하게 구렁 덮은 흙을 밟기도 하였다. 요즘에는 송충이 구제한다는 말을 못들었다. 아마 잦은 황사현상 때문인지도 모른다. 60년대만 하더라도 황사는 한 해 서너 번이 고작이었다. 그것도 없으면 송충이가 극성이었다. 송충이의 숨구멍을 막아버리는 황사는 송충을 살처분하는 데 가장 효과적인 자연 살충제이기 때문이다.

제8장

사숙　　　　1930년대 전후해서 나온 문학잡지에는
'나의 문학 수업'이란 표제의 글이 자주 실렸다. 반드시 그러한 표
제가 아니더라도 좋아하는 혹은 사숙하는 작가를 거론하는 글이
흔하였다. 문학지의 독자 가운데는 작가 지망자도 적지 않았을 테
니 독자를 당기는 힘이 있는 화제였을 것이다. 막연한 회상이지만
러시아 작가들을 좋아하는 작가로 거론한 경우가 많았다. 벽초,
이광수, 염상섭, 이태준 같은 작가들이 톨스토이, 도스토옙스키,
투르게네프 등을 좋아하고 사숙私淑한 작가로 지목하였다고 기억
한다. 이효석의 「노마駑馬의 십 년」에 보이는 다음과 같은 대목은
기억할 만한 하나의 사례가 된다.

한 가지 그릇된 버릇은 어디서 배웠던 것인지 작품 속에

서 반드시 모럴을 찾으려고 애쓴 것이어서 가령 단편 「사랑스런 여자」같이 주제가 또렷하고 모럴의 암시가 있는 작품만이 좋은 것이라고 여긴 것이었다. 이런 버릇은 문학공부에 화되면 화되었지 이로울 것은 없었고 더구나 체홉을 이해함에 있어서는 불필요한 것이었다. 당시 체홉을 읽되 그의 진미는 모르고 지냈던 것이다. 지금 와서야 겨우 체홉의 문학의 동기라든지 맛을 참으로 알게 되었음에랴. 참으로 문학소년에게는 체홉은 어려운 대상이요, 과한 목표이다. 그렇기 때문에 반드시 체홉을 사숙私淑했다고 할 수는 없으며, 그 후 잡다한 작가를 읽어서 그 모든 것에서 혼동된 영향을 받았다고 봄이 마땅할 듯하다.

"직접 가르침을 받지는 않았으나 마음속으로 그 사람을 본받아서 도道나 학문을 배우거나 따름. 본떠 배움"이 '사숙'의 사전 속 정의이다. 한자의 뜻에 충실하게 옮겨보면 '은밀하게 경모하여 본받으려 한다'는 뜻이 된다. 여성 이름에 흔히 쓰이는 맑을 숙淑 자는 사모할 숙이라 해서 경모한다는 뜻도 있다. 『맹자』에서 나왔는데 도와 관련해서 쓰인 것이 문학의 경우에도 쓰이게 된 것이다. 가까이하여 직접 가르침을 받은 경우에는 친자親炙라 해서 이를 구별하였다. 출판물이 범람하는 요즘에는 읽게 되거나 읽어야 할 책이 너무나 많아 몇몇 작가로 한정해서 독서하지 않는다. 따라서 상대적으로 많은 작가를 접하는 만큼 특정 작가를 사숙하는 일도 드물어진 것이 아닌가 생각된다. 사숙이란 말이 사라진 것은 가령 문예창작과의 등장이 작가와 작가 지망자 사이의 거리를 좁히고 직접적 소통이 활발해진 것과 연관된 면도 있을 것이다. 사숙에서 친자로 직진하는 경우가 많아진 것이다. 아직도 사숙을 입에 올리는 경우가 없는 것은 아니다. 그러나 대체로 오용의 형태로 나타난다는 것이 나의 관찰이다. 적어도 사숙했다는 말을 쓰려면 상당한 자기 성취가 전제돼야 한다. 가령 체호프를 사숙하였다는 말을 쓰려면 단편소설이나 희곡 분야에서 어느 정도의 자기 성취를 이루었어야 격에 어울린다. 이렇다 할 작품을 내세우지 못하는 처지에서 체호프를 사숙했다고 하면 그것은 체호프를 욕보이고 희화화하는 것에 지나지 못할 것이다. 작품도 없고 특기도 없는 단순 음악대학 졸업생이 학생 시절 쇼스타코비치를 사숙했다고 한다면 그것은 분수 모르는 자기 희화화에 지나지 않을 것이다. 그야말로 주제 파악을 못하는 것이다. 그러한 경우가 심심치 않게 있어서 적어본 것이다.

역성   '역성'은 "옳고 그름에는 관계없이 한쪽 편만 두둔하는 일"이라고 한글학회 사전에 정의되어 있다. 염상섭의 「부부」에서 따온 "얘, 그 애 역성 대강 해라. 움딸이 또 그 지경인 것이 불쌍해서 역성이 시퍼런 것이었다"는 예문이 들려 있다. 또 이인직의 『귀의 성』에서 따온 "무슨 염치에 춘천집의 역성을 들고 있소?"란 예문이 딸려 있다. 사실 일상생활에서는 '역성들다'는 관용어가 널리 쓰였다. 어느 한편에 서서 감싸주고 변호해주고 편들어주는 것을 뜻한다. 동네 꼬마들 사이에 싸움이 났을 때 그 부모가 자식 역성을 들면 그것은 곧 어른 싸움으로 번진다. 아이 싸움이 어른 싸움 된다는 말이 그래서 생겨났다. 우리 사회에는 이른바 정부 기관지가 있고 친여 성향과 반친여 성향의 신문이 있다. 중도를 자처하는 신문도 있다. 정부 기관지가 정부와 여당 역성만 드는 것은 당연하다. 그러나 친여나 친야를 막론하고 신문이 어느 한편만 역성드는 것은 언론의 성격과 직분상 적정한 것이라 할 수 없다. 옳고 그름과 상관없이 어느 한쪽 역성만 드는 것이 진영 논리의 핵심이다. 거기에는 이해관계의 끈끈한 밀착이 깔려 있다. 이른바 비판적 지지를 표방하는 것은 진영 논리에서 벗어나려는 충동에서 출발하였다는 외관을 보여주지만 필경엔 그리로 회귀하고 마는 것이 우리네 정론 풍토의 상습적 관행이다. 쉽게 시정되지 않을 그야말로 적폐 현상의 하나다.

삭신　　　　　　우리 윗대의 노인들이 입에 달고 산 말이 '삭신이 아프다'는 것이었다. '삭신이 자글자글 쑤신다'는 변종도 있었다. 다행히 그런 말을 전처럼 자주 듣지 않게 된 것이 의학의 발달, 양질의 약품 생산, 의료 혜택의 보급과 관련되어 있는 것은 부정할 수 없을 것이다. 그러나 그 바탕이 되어 있는 것은 영양의 섭취, 보건 상식의 증가와 이에 따른 적정한 운동, 특히 여성의 경우 세탁기와 같은 가사 도구의 활용으로 인한 가사 노동의 상대적 완화 등 생활수준의 전반적 향상과 관련될 것이다. 많은 우여곡절에도 불구하고 지난 수십 년 동안 우리 사회는 완만하나 지속적인 생활수준의 향상을 경험하였다. 그러한 사실의 허심탄회한 인정이야말로 역사의 바른 이해를 위한 첫걸음이 될 것이다. 한 시대의 역사를 몇 개 관용구로 포괄하는 추상의 폭력은 역사의 참모습을 은폐하고 왜곡한다. 소소하나 줄기찬 변화에 대한 섬세한 인지와 수용이 필요하다.

인복

스스로 '인복'이 많다고 토로하는 사람들이 있었다. 그런가 하면 참 인복이 없다고 자기 연민에 빠지는 사람들도 있었다. 전자가 겸손을 알고 있음에 반해서 후자는 자성이 전혀 없는 처지라 할 수 있다. 달리 말해서 전자는 인덕이 있는 사람이고 후자는 인덕이 없는 사람이다. 동어반복이지만 인덕 없는 사람이 사태를 제대로 파악하지 못하고 인복이 없다고 개탄하는 것이다. "덕은 외롭지 않으니 반드시 이웃이 있게 마련이다德不孤

必有隣"란 『논어』의 대목이 떠오른다. 근대의 핵심은 운명에서 선택으로 패러다임이 바뀌었다는 점에 있다. 복을 얘기하면 선택의 소산이 아니라 주어진 어떤 것이라는 함의를 갖게 마련이다. 그것이 부지중에 의식화된 것인지 요즘 인복이 없다고 말하는 사람은 찾기 어렵다. 인덕이 있다는 말도 자연히 듣지 못한다. 모두 구세대의 어휘이다. 대신 친화력이 각별하다든가 친화력이 미약하다든가 하는 말을 쓰는 것 같다. 대인 관계가 원만하다든가 인품이 무던하다든가 하는 말을 쓰기도 한다. 정치가 모든 것을 흡수해버리는 사회에서 그러나 진정한 친화력보다 조작적操作的 친화 위장이 판을 치고 있다는 것도 간과할 수는 없을 것이다. 모든 분야에서 진정성의 붕괴가 시속의 대세가 되어 있는 듯이 보여 속상할 때가 많다.

초년고생　　　　사람의 평생을 초분初分, 중분中分, 후분後分의 셋으로 나누어서 처음 부분을 초분, 가운데를 중분, 그리고 끝자락을 후분이라 했다. 그러니까 초분은 젊었을 때 또는 그때의 운수를 말하고 후분은 늙었을 때의 운수나 처지를 말한다. 자전이나 일본어 사전에 이런 말이 없는 것으로 보아 우리가 만들어 쓴 말이 아닌가 한다. 그래서 셋이 다 좋으면 최상이지만 하나만 고르라면 후분이 좋아야 한다고 위 세대들이 흔히 말하였다. 초분이 좋지 않으면 '초년고생'이라 했다. 초년고생은 돈 주고 사서 하라고 했다는 말을 우리 세대는 많이 들었다. 당시에는 자식에게 호강은커녕 고생만 시키는 것을 합리화하는 얼마쯤 불우하거나 무능한 부모들의 이데올로기라는 삐딱한 생각을 했다. 그러나 지나놓고 보니 일리 있는 말이라는 생각이 든다. 영어에 vernalization이란 말이 있다. 일인들이 춘화처리春化處理라 번역해서 쓰고 있는 농업 용어이다. 저온으로 식물의 꽃이나 싹을 촉진시키는 것을 말한다. 즉 식물이 자연 속에서 경과하는 조건을 인위적으로 부여해서 파종의 시기를 바꿔도 정상적으로 생육되도록 하는 처리를 가리킨다. 가을 파종 식물의 씨앗을 봄에 뿌려 발아와 결실을 도모하는 것 같은 것이 그것이다. 저온을 거치는 과정은 일종의 초년고생이라 할 수 있겠고 그 과정을 통해 해당 식물이 당차게 생육할 수 있는 것이란 함의를 읽을 수 있다. 지난날 동서에서 모두 젊은이에게 행려行旅를 권장했는데 단순히 사람을 알고 경험을 쌓으라는 취지만은 아니었다. 길을 가면서 고생을 해보라는 뜻도 있다. 근래의 관광 여행과 달리 옛날의 행려는 위험을 수반하는 고생길이었다. 여행을 뜻하는 영어의 travel이 힘듦을 뜻하는 travail에서 나왔다는 것은 시사하는 바가 많다. 다만 이렇게 초년고생의 유용성을 강조하는 관점은 심한 고생이 사람을 잔혹하게 만들기 쉽다는 점을 간과하게 된다는 흠을 가지고 있다.

대목
국지적 현상이었겠지만 내 고향 쪽에서는 '대목'이란 말을 썼다. 그래서 대목大木이 큰 건축물을 잘 짓는 기술을 가진 목수를 가리키며 소목小木과 대조된다는 것을 알았을 때는 대경실색하였다. 이럴 수가 있을까? 속았다는 느낌이 들었던 것이다. 시골 소읍에 큰 건축물을 잘 짓는 기술에 도통한 목수가 흔할 수는 없지 않은가? 아마 상대방에 대한 존댓말 비슷하게 소목을 대목이라 부른 것이 아닌가 하는 생각도 든다. 어쨌건 대목이란 말을 목수란 말보다 먼저 익히고 들었던 것만은 확실하다. 일어로 목수를 대공大工이라 하기 때문에 그 연상작용의 일환으로 대목이란 말에 별 의문을 달지 않은 것이 속았다는 느낌의 연원일 것이다. 목수가 대패질을 하면서 물건을 만드는 곳을 목공소라고 하면서 정작 목공이란 말은 별로 쓰지 않는 것도 이상한 일이다. 목수의 우두머리를 도목수都木手라 하는 것도 외국어로 한국어를 공부하는 사람에게는 별일이라는 느낌을 줄 것이다. 요즘은 건축 기사도 세분하여 특정해서 부르니까 본래의 뜻에 맞게 대목이라 하는 경우도 보지 못하였다. 현실의 아버지나 어머니 말을 듣지 않고 "저는 아버지께서 시키는 대로 떠나야겠습니다"라고 잘라 말해서 요셉에게 뺨을 맞는 예수를 설정하고 있는 김동리의 「목공 요셉」은 시골 목공의 작업 장면 묘사로 시작하고 있다. 요즘 도시에서는 보기 어려운 정경이다.

요셉은 아침부터, 뜰 앞의 무화과나무 그늘 아래서 대패질을 하고 있었다. 그 곁에는 톱질을 하기 위한 나무틀도 놓여 있었다. 그러나 톱은 그냥 틀 위에 놓인 채 주인을 기다리고 있을 뿐 그 곁에 요셉만이 혼자서 대패질에 달라붙어 있는 것이다. 그의 이마에서는 쉴 새 없이 땀방울이 맺히어서는 눈 아래로 흘러내리기도 하고 대패질을 하고 있는 판대기 위로 떨어지기도 한다.

옛날 시골의 웬만한 집에는 기본적인 농기구나 공기구가 갖추어져 있었다. 삽, 괭이, 곡괭이, 호미, 낫, 장도리, 톱 등을 갖추어놓고 필요에 따라 써먹었다. 목공소에서 자주 보게 되는 것이 톱밥과 대팻밥이다. 곤궁하던 시절이라 톱밥이나 대팻밥은 모두 요긴하게 쓰였다. 1950년대만 하더라도 시골 다방에 가면 톱밥을 태우는 톱밥 난로를 쓰는 데가 많았다. 자연 한구석으로 톱밥이 쌓여 있게 마련이다. 고객들이 항용 거기 침을 뱉었다. 하얗고 곱게 쌓여 있는 톱밥이 침 뱉기를 촉발한 것인지도 모른다. 제임스 조이스의 단편 15편이 수록된 『더블린 사람들』은 단편소설의 전범이라 할 수 있는 소설집이다. 그중의 한 편인 「가슴 아픈 사고」에는 다음과 같은 장면이 보인다.

술집에는 대여섯 명의 노동자가 모여 앉아 어떤 지주가 킬

데어군에 소유하고 있는 부동산의 시세를 논하고 있었다. 그들은 이따금 1파인트짜리 대형 술잔으로 술을 마시면서 담배를 피워댔다. 그러면서 그들은 뻔질나게 마룻바닥에 침을 뱉기도 하고 때로는 뱉은 침에 묵직한 구둣발로 톱밥을 끌어다가 문대기도 하였다.

마치 한국의 다방이나 술집 묘사인 것같이 생각되어 밑줄을 쳐두었는데 60년이 지났지만 그때나 지금이나 소회는 비슷하다. 조이스가 애란愛蘭을 떠나지 않고 더블린에 머물러 있었다면 아마도 여기 나오는 주인공과 비슷한 몰골이 되었을 것이라고 스스로 털어놓은 작품이다. 여기서 마룻바닥은 우리네 같은 마룻바닥이 아니라 나무판자가 깔린 바닥이란 정도의 뜻이다.

사모   '사모思慕'하다는 말에는 두 가지 예문이 들려 있다. "애인을 사모하다"가 있고 "스승의 덕을 사모하다"가 있다. 전자가 에로스의 사랑이라면 후자는 대상의 가치를 추구한다는 면이 강조되어 있다. 1930년대 전후의 소설에는 전자의 뜻으로 이 말이 많이 나온다. 그러면서도 후자의 뜻이 가미되어 있다는 느낌을 주어 플라토닉 러브를 강력히 시사한다. 요즘에는 아무개를 사모한다는 말은 거의 쓰이지 않는다. 만약 그리 쓰인다면 얼마쯤 낯선 어법이 될 것이고 또 조금은 희극적으로 들릴 것이다.
그만큼 요즘의 사랑은 플라토닉 러브를 희화화하는 경향이 있어
보인다. 사모한다는 동사 하나가 막강하고 위엄 있고 낯설게 작동
하여 시적 성취에 기여하는 것을 정지용과 윤동주의 시편에서 볼
수 있다. 정지용이 윤동주의 시 스승임을 보여주는 많은 사례 중
하나이다.

나의 임종하는 밤은
귀또리 하나도 울지 말라.

나종 죄를 들으신 신부神父는
거룩한 산파처럼 나의 영혼을 갈르시라.

성모취결례聖母取潔禮 미사 때 쓰고 남은 황촉불!

담머리에 숙인 해바라기꽃과 함께
다른 세상의 태양을 사모하며 돌으라.

—정지용, 「임종」 부분

태양을 사모하는 아이들아
별을 사랑하는 아이들아

밤이 어두웠는데

눈 감고 가거라

—윤동주, 「눈 감고 간다」 부분

괴팍　　　　　　　'괴팍'하다는 어린 시절에 많이 들어본 말
의 하나다. 집에서 반상회 같은 것이 열려 동네 사람들이 모일 때
으레 지각을 하고 불필요한 변명을 길게 늘어놓거나 꼭 한마디씩
토를 달아 모임을 지루하게 하는 사람을 두고 괴팍하다고 한 것으
로 기억하고 있다. 한글학회 사전에서 '괴팍하다'를 찾아보면 '괴퍅
乖愎하다'를 보라고 되어 있다. 발음하기가 나쁘니까 아마 괴팍으
로 변한 것 같다. 풀이에는 "성미가 까다롭고 강퍅하다"로 되어 있
다. "붙임성이 없이 성미가 까다롭고 강퍅하다"는 것으로 풀이된
사전도 있어 한결 구체적이다. 사전 풀이를 따르면 상당히 부정적
인 함의가 느껴지는데 발화 현장에서는 그냥 별난 사람이니 그러
려니 하자는 듯한 함의를 지닌 것으로 이해하였다. 앞서 본 김동
리의 「목공 요셉」에도 예수에 대해 "그 괴팍스럽고 괘씸하기만 한
고아적 기질"이란 서술이 있는 것으로 보아 부정적인 뉘앙스가 조
금은 진하다는 것이 맞는 것 같다. 어쨌거나 근자에는 거의 들어
보지 못하는 말이 됐다.

　바탕이 된 한자의 뜻과 상관없이 소리가 같아 괴짜를 괴팍한

사람 정도로 생각했는데 엄밀하게 따져보면 다른 것 같다. 괴짜는 "괴상한 짓을 잘하는 사람"이라고 풀이되어 있다. 다른 말로 하면 기인奇人이 될 것이다. 요즘엔 기인이란 말도 사라지고 개성이 강한 사람으로 쓰는 것이 아닌가 생각된다.

근 70년 전 일이다. 다니던 학과의 정원이 25명이던 때 이야기이다. 그때 만난 동급생 가운데 늘 과가 다른 친구 한 사람과 어울려 다니고 다른 이와는 말도 섞지 않는 학생이 있었다. 어느 날 벤치에 앉아 있는 그 동급생을 보았다. 그는 그때도 항상적인 동반자와 함께 있었다. 그는 나중 〈노벨문학상〉을 받게 되는 일본 작가 가와바타 야스나리의 『설국』을 가지고 있었다. 작가가 단속적으로 장기간에 걸쳐 쓰고 고치고 한 작품인데 아직 결정본이 확정되기 이전에 나온 해방 전의 책이었다(1935년에 발표하기 시작해서 1947년에야 결정본을 내놓았던 것이다). 작가의 명성을 들었던 터라 책을 빌려달라고 했다. 그는 말없이 고개를 가로저었다. 내일 돌려줄 터이니 하루만 빌려달라고 했는데 그는 여전히 고개를 저었다. 그럴 경우 자기도 빌려 보는 중이라든가 혹은 그럴 만한 이유를 대는 것이 보통이다. 그는 아무런 이유도 대지 않고 그냥 안 된다는 것이었다. 졸업한 지 30년이 지나 초로를 넘긴 동급생들이 이따금 모여서 담소를 나누었다. 그는 그런 모임에 전혀 얼굴을 내비치지 않았다. 단 한 번 그가 참석한 적이 있는데 그것은 신문사 사장이 된 동급생에게 자기 아들 주례를 서달라는 부탁을 하기 위해서였다. 세상을 뜬 동급생들이 더 많은 오늘 그의 생사를 아는 이는 없다. 기인이라 할 수밖에 없는데 그에 대해서 그때나 지금이나 언짢은 감정은 없다. 공격성의 전면적 결여가 그의 특징이었기 때문이다. 참 별난 친구라는 생각만은 변함이 없다. 요즘에는 찾아볼 수 없는 인간 유형이다.

돌잡이　　　　　　아기 돌잔치를 하게 되면 '돌잡이'가 중요 절차요 의식儀式이 되었다. 첫 돌날에 돌상을 차려놓고 아이로 하여금 마음대로 골라잡게 한다. 꼬마가 집은 것에 따라 돈과 곡식은 부富와 재물, 국수와 실은 수壽, 책은 학문, 활은 무武로써 크게 이름을 떨치게 된다고 점쳤다. 그러니까 돌잡이는 꼬마의 일생을 예측해보는 실험이었다. 그러나 모든 예측이나 점복占卜이 그러하듯이 돌잡이도 하나의 해석 행위였다. 어느 선비 집에서 맏아이의 돌잡이가 있었다. 온 가족의 열망에도 불구하고 아기는 일부러 앞에 놓아둔 책이나 붓은 거들떠보지도 않고 뒷전에 있는 노란 금화를 집더니 그것만 골똘히 매만졌다. 선비 집안에서는 실망이 컸다. 그러자 손님으로 왔던 동네 어르신이 헛기침을 하며 유권해석을 내렸다. "아기는 집중력이 강해서 하는 일에 골똘히 전념하여 큰일을 할 터이니 잘 지켜보십시오." 선비 집안 사람들은 그의 유권해석에 적지 아니 위로가 되었고 그 아이는 나중에 선비로 입신하였다 한다. 금화가 나오는 것으로 보아 20세기에 발원한 설화로 보이는데 위에서 보듯 꿈보다 해몽이 중요한 것은 사실인 것 같다. 아파트에서 돌잡이하는 일은 없어 보이고 자연 이 말을 아는 젊은이는 많지 않다.

타개지다   '타개지다'는 우리게에서 많이 쓰던 말이다. 옷의 실밥이 타개졌다는 투로 말했던 것으로 기억하는데 요즘은 좀처럼 쓰지 않는다. 사전에는 터지다의 방언이라고 풀이한 경우가 있는가 하면 아예 등재되지 않은 경우도 있다. 방언이나 쓰이지 않는 폐어廢語까지 등재하고 풀이해야 사전다운 사전이다.

눙치다   '눙치다'는 언짢았던 마음을 풀어서 누그러지게 하는 것을 뜻한다. 스스로 감정을 조절하는 것을 지칭하는데 아주 흔한 말이었다. 자제하다 혹은 부정적 감정을 진정시킨다는 투의 보다 엄밀한 말이 대체하여 사라져가고 있다. 노여움을 삭이는 것도 눙치다라 했다. 눙치는 일은 자기 절제를 조장해서 성격 형성에 좋다는 것이 통설인 것 같다.

이발소 그림　　　옛 마을의 이발소에 걸려 있는 거울은 표면이 고르지 못해서인지 비치는 얼굴이 왜곡되게 마련이었다. 보는 사람을 무안하게 하고 민망하게 하였다. 그런 거울과 함께 나란히 걸려 있는 것이 '이발소 그림'이었다. 어울리지 않는 양옥집이 보이고 한옆으로 작은 못이 있고 못 위에는 한 쌍의 오리나 원앙이 떠 있기도 하였다. 소재나 색채나 거칠고 촌티가 주르르 흘렀다. 그것은 소박하거나 질박한 것과도 거리가 멀었다. 그래서 이발소 그림, 하면 정취라고는 찾아볼 수 없는 되다 만 상투적 그림을 뜻하게 되었다. 요즘 도회의 미용원이나 이발관에서 이발소 그림은 찾아볼 수 없다. 우람한 여의도의 큰 건물이 그대로 현대판 이발소 그림이 돼버린 탓인지도 모른다.

여기서 생각나는 말이 키치kitsch이다. 키치란 말이 생긴 것은 독일과 중앙 유럽이란 것이 쿤데라의 생각이다. 19세기의 독일과 중앙 유럽은 다른 유럽보다 한결 낭만적이고 리얼리스틱하지 못하였다. 그래서 키치가 떨치게 되었고 가령 프라하에서는 키치를 예술의 주적主敵이라 여겼다. 음악학자의 아들이고 베토벤의 후기 현악사중주를 선호하는 쿤데라는 차이콥스키, 라흐마니노프의 피아노곡이나 영화 「닥터 지바고」도 키치로 치부하는 편이다. 그런 엄정한 기준을 얼마쯤 멈추고 느슨하게 생각할 때 이발소 그림은 키치의 토박이말이라 생각해도 과하지 않을 것이다.

18번　　　　　우리나라 사람들은 노래를 즐긴다. 야유회에서도 향우회에서도 노래자랑 시간이 배정되어 있다. 또 노래를 잘하는 명창도 흔해서 듣기 싫지 않은 경우가 많다. '18번'은 누군가가 즐겨 부르는 노래를 가리킨다. 자유당 정부 시절 거물 야당 정치인이던 호랑이상의 유석維石 조병옥의 18번이 홍난파의 「봉숭아」란 말을 듣고 흥미 있게 생각한 적이 있다. 해방 직후에 배운 홍난파 가곡 가운데서 이 노래를 좋아했던 터라 유석의 장례식 때 이 노래가 나오길 기대하며 라디오에 귀를 기울였으나 「Flee as a Bird to Your Mountain」의 연주가 흘러나와 의외라는 느낌이었다. 우리나라에서 홍난파가 '고향생각'이란 제목으로 가사를 만들어 학교에서도 가르쳤던 곡이다. 일본에서는 '추억'이란 제목과 거기에 걸맞은 가사로 널리 불렸다. 미국에서는 19세기에 메리 쉰들러가 작사한 노래가 일종의 찬송가로 널리 불렸다. 이 곡은 스페인 민요란 설이 있는데 미국 루이지애나주 뉴올리언스에서는 장례식 때 연주되었다. 유석 장례 때 이 곡을 장송곡으로 연주한 것은 아마도 그 때문인 것 같다. 본론으로 돌아가 18번이란 일어는 일본의 가부키[歌舞伎] 18번에서 유래한 말인데 사라져서 애석할 것이 없는 속어다.

일어 얘기가 났으니 말이지 흔히 쓰이는 일어에 '무데뽀'란 말이 있다. 언젠가 텔레비전에서 누군가가 특정 지역 사투리에 무데뽀란 말이 있다고 하는 소리를 듣고 혼자 웃은 적이 있다. 일어이

기 때문이다. 무뎃포(むてっぽう, 無鐵砲, 無手っ法)는 앞뒤를 가리지도 않고 이치에 맞는가도 따지지 않고 무작정 일을 벌이는 경우에 쓰는 말이다. 많이 쓰이나 우리말 사전에 나오지도 않으니 어느 지역 사투리란 말이 나온 것이리라. 無手っ法란 말 자체는 또 무뎅포(むてんぼう, 無点法)에서 나온 것이지만 번잡해서 더 이상의 언급은 삼가려 한다. 일어에서 나온 줄 모르고 흔히 쓰는 말은 허다하지만 가장 빈번히 쓰이는 말은 '땡깡 부리다'일 것이다. 간질병을 뜻하는 뎅캉(てんかん, 癲癎)이 땡깡이 된 것이다. 발작적인 경련이나 의식 상실 등의 증상을 보이는 무서운 질환이다. 그 발작적 경련을 보면 오만 정이 다 떨어진다는 속설이 전해온다. 발작 직전에 어떤 황홀경을 맛본다는 얘기도 있는데 도스토옙스키도 이 질환을 가지고 있었다. 그 밖에 '앗사리' '단도리' 같은 말도 일어인 줄 모르고 흔히 쓰이는 말인데 사정을 알고 나면 입에 올리고 싶지 않게 될 것이다.

그런가 하면 진검승부眞劍勝負는 엄연한 일어임에도 불구하고 생각 없이 많이 쓰인다. 우리식으로 읽기 때문에 한자어의 한 사례 정도로 생각하고 쓰는 경향이 있다. 일본의 검도는 대나무로 만든 죽도로 승부를 한다. 죽도 이외의 목도도 있다. 죽도나 목도가 아닌 진짜 장검으로 승부하는 것이 진검승부이고 따라서 목숨을 건 승부가 진검승부이다. 비유적으로 쓰이기는 하지만 본연의 우리말이 아니라고 생각한다면 정치인들이 이 말을 함부로 쓰지는 못할 것이다. 결투가 진부한 느낌이 들어서인지 이 말이 자주 쓰이는 것은 근래에 생긴 일이다.

로만주의　　　　　　낭만주의는 영어의 romanticism의 역어이다. 이 중 낭만은 roman의 일본어 음역音譯이다. 따라서 일제 한자어란 특성이 현저하다. 이 점이 께름칙하다고 해서 만들어낸 우리식 음역이 '로만주의魯漫主義'다. 당대 최상의 산문을 쓰기도 한 시인 김기림의 시도였다. 시인으로서 또 비평가로서 김기림이 일관되게 비판하고 거부한 것은 이른바 "감상적 낭만주의"였다. 해방 직후 아마도 대학 교재로서 수많은 문학개론 흐름의 책이 나왔다. 나의 독서 체험의 기억으로는 김기림의 『문학개론』이 가독성이 뛰어났는데 그 가운데 이런 대목이 보인다.

　　그것은 서로 양립할 수 없는 상극이요 모순이었다. 하나는 낭만주의의 건설적인, 적극적인 면이요 다른 하나는 퇴영적인 소극적인 면이다. 영국과 불란서의 낭만주의에 농담의 차이가 있는 것은 이에 연유한다. 영국에서는 드디어 소극 면이 우세해서 빅토리아조를 일관한 테니슨의 감상적 낭만주의로 타락한 것이다.

그의 감상적 낭만주의 배격은 김소월의 일관된 평가절하에서 잘 드러난다. 1946년에 쓰인 앞의 글에서 낭만주의로 표기했던 그는 그 후 로만주의로 쓰고 있다. 문화 민족주의의 발상이었으나 추종자가 없어서 단기간의 개인적 실험으로 끝나고 만 셈이다. 낭만주의에는 무려 서른몇 가지의 상이한 의미가 있다고 미국의 사상사가 아서 러브조이는 지적하고 있다. 고대 그리스 이후 인간 사고 속에서 일관되게 흐르고 있는 보편주의적, 합리주의적, 낙관적 인간관 혹은 세계관은 18세기에 와서 정점에 이르게 되는데 이에 대한 근원적인 반역이라는 관점에서 낭만주의를 다각적으로 검토하고 있는 것이 아이자이어 벌린의 『낭만주의의 뿌리』의 테제이다. 그런 맥락에서 보면 정신분석학이 19세기 낭만주의 운동의 정점의 하나라는 견해의 타당성이 수긍된다. "먼 산은 아름답다"고 노발리스는 적었다. 아름다운 먼 산에 정신이 팔려 못생긴 현실을 외면하는 것은 자기파괴의 위험성을 안고 있지만 먼 산의 아름다움에 무감하다면 그것은 삶의 빈곤으로 이어질 것이다. "문명은 성숙이요 성숙은 자기결정이다"라고 벌린은 말하는데 양면성에 대한 적정한 의식이나 자각 없이 지혜로운 자기결정은 이루어질 수 없을 것이다.

다듬이 어려서 맡겨진 절에서 자란 꼬마가 있었다. 아이는 산속 절에서만 지냈기 때문에 대하는 이는 스님들뿐이었고 세상 구경도 하지 못했다. 일곱 살 났을 때 노스님은 세상 구경도 해보아야 한다며 장을 보러 나가는 젊은 스님에게 딸려 바깥출입을 허용하였다. 세상 구경을 하고 돌아온 꼬마에게 노스님이 물었다. "세상에 나가보고 제일로 신기한 것이 무엇이더냐?" 그러자 꼬마는 "네, 개울가에 나란히 앉아서 방망이질을 하는 짐승들이었습니다"라고 대답했다고 한다. 지어낸 얘기지만 개울가에서 빨래하는 여인들의 모습은 옛 마을에서 가장 흔한 정경의 하나였다. 빨래나 빨랫방망이란 말을 접하고 가장 먼저 떠오르는 것은 '다듬이'다. 다듬잇돌에 옷감을 올려놓고 방망이로 두드려 부드럽게 다듬는 것이 다듬이 혹은 다듬이질이다. 동지섣달에 베잠방이를 입을지언정 다듬이 소리는 듣기 싫다는 속담이 있다. 그렇긴 하나 겨울밤에 울리는 다듬이 소리는 그런대로 정취가 있기도 했다. 그래서 많은 시의 소재가 되었는데 20세기 것으로는 신진순申辰淳의 「다듬질」이 있다. 꽤 긴 시여서 첫 3연만 인용하기로 한다.

날씬한 두 방망이 끝에
가을밤이
잔물결쳐 나갔다
도라들고 도라들고

춤추는 그림자

달빛에 여위어

깊이 잠겼던 마음이

송이송이 틀어져 나와……

하이얗게 박꽃처럼

옥색玉色 깁 남색藍色 깁

갈피 갈피

매끄런 촉감이

손 끝에 싸늘해*

　　조선조 말에 한국을 구경하고 돌아간 이사벨라 버드 비숍은
한국 여성을 세탁의 노예라 보고 그 쉴 사이 없는 중노동을 개탄
하였다. 그러나 방망이질과 다듬이질은 나름대로 긍정적인 면이
없었던 것은 아니다. 문제는 그 노동이 지나치게 버거운 중노동이
었다는 점에 있다. 요즘 도시 여성의 친자식이나 어린이에 대한 가

---

* 이 시는 1939년 11월에 발간된 『문장』 제1권 제10호에 게재되었다. 정지용이 추천
한 유일한 여성 시인의 작품인데 3회 추천을 등단 조건으로 한 문학지에서 1회 추천으
로 끝났고 그 후 신진순은 이렇다 할 작품을 보여주지 못한 것으로 보인다. 박목월, 조
지훈, 박두진, 이한직, 박남수, 김종한 등이 3회 추천을 거쳤음에 반해서 김수돈, 신진순,
허민 등은 『문장』의 강제 폐간으로 뜻을 이루지 못했다. 문학사의 조그만 삽화로서 기
록해둔다.

혹 행위가 끊임없이 보도되고 있다. 어린이에 대한 가혹 행위가 여성에게 한정된 것은 물론 아니다. 그러나 흔히 모성애를 여성의 특성으로 간주해온 터전에서 가혹한 잔학 행위가 의외롭게 생각되는 것은 자연스럽다. 이에 대해 정신분석 전공의 조두영趙斗英 교수가 옛날의 여성들이 빨래터의 방망이질이나 방 안에서의 다듬이질로 공격성을 발산했음에 반해서 요즘 여성들에게는 비슷한 발산 기제가 없기 때문인지도 모른다고 토로하는 것을 듣고 설득되는 바가 있었다. 사석에서 부담 없이 토로한 소감이지만 전문가의 소견이라 수긍되는 바가 많았다. 방향을 잡지 못하고 누적된 울분에서 유래한 공격성을 다듬이로 해소했다고 생각하니 옛 한국 여성의 난경이 새삼 무겁게 다가왔다. 그런 맥락에서 현대 스포츠의 중요성은 소홀치 않다는 생각이 든다.

부록　　　　　　'부록'을 찾아보면, 한글학회 사전에는 "본문 끝에 덧붙이는 기록"이란 풀이와 "신문, 단행본 따위에 덧붙인 지면이나 따로 내는 책자"라 풀이되어 있다. 후자로 받아들이는 것이 보통이다. 지리부도란 말도 그렇게 해서 생긴 것이리라. 그러나 전자의 뜻으로 쓰이는 경우는 드문 것 같다. 그래서 그런 뜻으로 써보기 위해 여기 '사라지는 말들'이란 본문 끝에 미진한 느낌을 덮기 위해 최근에 쓴 에세이 하나를 첨가해본다. 제목은 '산은 산이요 물은 물이다'이다.

많지 않은 청중의 강연 끝에 질문 시간이 있다. 강연 내용에 관련된 질문이 나오지만 더러 직접 관련이 없는 문제에 대한 질문을 받게 된다. 대개 '직접 관련이 없는 사안에 대한 질문도 괜찮으냐'며 양해를 구하지만 그러지 않고 직진해 오는 질의자도 있다. 어느 쪽이나 아무 질문이 없는 것보다 낫다는 입장이어서 알면 아는 대로 모르면 모르는 대로 소견을 밝히기로 하고 있다.

지식인이라면 전공 분야가 아니더라도 사회의 중요 쟁점에 대해 양식良識에 부합되는 소견을 가지고 있어야 한다는 명제가 부지중에 입력된 것이 언제인지는 확실치 않다. 전문 영역에서 한 발자국만 벗어나도 캄캄한 전문가를 두고 '유식한 무식자learned ignoramus'라 부르는 관점이 있다. 이러한 인물 유형이 근대의 산물이라 하는 데는 별 이견이 없는 것으로 보인다. 그러한 사례에서 반면교사를 보려는 충동과 속이 허한 사람이 갖게 마련인 지적 허영이 합세해서 위에서 말한 명제가 부지중에 입력된 것이리라.

한참 전의 일이지만 조그만 모임에서 강연이 끝난 후에 주제와 직접 관련이 없는 질의가 나왔다. 성철 큰스님의 "산은 산이요 물은 물이로다"란 말씀의 참뜻이 무엇이냐는 난문제였다. 질의자는 젊고 진지하고 열의에 차 있었다. 불교를 알지 못한다는 것, 또 큰스님의 말씀에 대한 반응이기 때문에 부담스럽다는 점 등을 솔직하게 털어놓았다. 그리고 문학도로서 문학 텍스트로 간주해서 접근해보는 것으로 대답을 대신하겠다며 소견을 밝혔다. 그때 토로한 눌변의 생각 또는 반응을 적어보면 이렇게 된다.

"도덕적 현상이란 것은 없다. 현상의 도덕적 해석이 있을 뿐이다." 니체의 『선악을 넘어서』에 보이는 경구이다. 사실은 없고 해석이 있을 뿐이라는 함의가 있다. 아니 우리가 알고 있는 사실은 실상은 해석된 사실이라는 뜻이다. 해석되지 않은 날raw 상태의 사실이란 것은 없고 해석으로 채색된 사실이 있을 뿐이라고 말해도 된다. 해석을 통해서 비로소 사실은 그 모습을 드러낸다고 말해도 같은 소리다. 이때의 해석은 반드시 의식적·사색적 절차가 아니고 전통, 언어, 믿음, 교육, 선입견, 이해관계 등에 의해서 매개된 무의식적·직관적·순발적인 것임은 물론이다. 가령 17세기 영국 시인 앤드루 마벌Andrew Marvell의 「버뮤다즈Bermudas」란 시편이 있다.

주님은 눈부신 오렌지를 그늘에 매달리게 하신다.
마치 초록색 밤의 황금빛 램프처럼.
그리고 석류 속에다 넣으셨다.
오르무스가 보여주는 것보다 화려한 보석을.
주님은 우리 입을 맞이할 무화과 열매를 열게 하시고
멜론을 우리 발에다 던지신다.

버뮤다제도는 미국 노스캐롤라이나주 동방 970킬로미터에 있는 섬들이다. 이 섬을 마련해서 영원한 봄을 누리게 해준 주님을 찬송하는 형식을 취하고 있다. 오르무스는 페르시아만에 있는 보석 무역센터다. 번역으로는 잘 전달이 안 되지만 그늘에 열려 있는 오렌지를 "초록색 밤의 황금빛 램프"라고 비유한 대목의 시각적 선명성은 생생하고 직접적이다. 단순하고 선명한 서경敍景이지만 여기 그려진 '사실'은 인간 중심주의와 기독교적 관점에서 포착되고 해석되어 있다. 여기서 자연은 인간을 위해서 신이 베풀어준 은총의 일환으로 드러난다. 주님의 은총에 보답하여 주님을 찬송함으로써 신과 인간 사이의 호혜互惠적 상호주의가 잠복해 있음을 보게 된다. 모든 인간사에는 암묵적 호혜주의가 전제되어 있으며 종교라고 예외가 되지 않는다. 요컨대 여기 그려진 풍물은 기독교와 인간 중심주의의 관점에서 파악되고 채색되고 해석된 풍물이라 할 수 있다. 앤드루 마벌이 살았던 17세기는 과학혁명의 시대이기도 했으나 시인은 신교도 목사의 아들답게 세계를 바라보고 있음을 알게 된다.

『로빈슨 크루소』는 장거리 문장으로 이루어진 18세기 소설이지만 대체로 동화의 형태로 널리 향수된 것이 사실이다. 그는 이제 경제적 개인주의를 구현하는 인물로 대중적 상상력 속에 각인되어 있다. 크루소를 모험으로 유도한 것은 일확천금의 꿈이다. 그의 생각이나 그가 들려주는 서사는 대체로 '부기簿記의 정신'을 반영하고 있다. 그는 또 계약의 명수이기도 하다. 무인도에 사람들이 상륙하자 자신의 절대 권력을 인정하는 계약 문서에 서명하도록 강요한다.

부기와 계약을 존중하는 그에게는 경제적 고려가 판단의 최우선 순위로 책정되어 있다. 따라서 비경제적인 감정이나 생각은 철저히 평가절하된다. 노예로 있다가 도망쳐 나올 때 도움을 받아 평생 사랑해주리라고 작심했던 무어인 소년을 작자가 나서자 주저 없이 은전 60냥에 노예로 팔아버린다. 외딴섬에서 그가 그리워하는 반려자는 여성이 아니라 남성 노예다. 아름다운 섬을 보고 그 수익 가능성에 군침을 삼키지만 그 자연미에는 전혀 무감하다. 그에게는 따로 동포가 없다. 장사하기 좋은 상대면 국적에 관계없이 동포가 된다. "지갑에 돈 있으면 어디 가나 고향"이라고 그는 생각할 것이다. 자연과 세계는 부기의 정신이란 렌즈를 통해서 모습을 드러낸다. 그는 있는 그대로의 자연을 보지 못한다. 아름다운 자연을 보더라도 무의식적으로 수익성과 개발 가능성이란 렌즈를 통해서 바라보는 것이다.

요즘 폴 발레리를 읽는 사람은 많지 않을 것이다. 그러나 20세기의 주요 시인 T. S. 엘리엇은 20세기를 대표하는 시인은 영어의 예이츠도 독일어의 릴케도 아니고 프랑스어의 발레리라고 영역판 『발레리 시론집』 서문에 적고 있다. 발레리의 「정신의 정치학」이란 에세이에는 영어로 된 책에서 읽었다는 기발한 상상을 소개하는 대목이 나온다. 불가사의한 역병이 발생하는데 이 괴질에는 방어법도 치료법도 없고 병원균을 무력화할 방법도 없다. 이 미지의 미생물은 모든 서랍이나 상자에 침입하여 종이란 종이는 모조리 가루로 만들어버린다. 책은 물론이고 지폐, 조약 문서, 공문서, 법전, 문학, 신문 등이 사라지고 만다.

"순식간에 모든 사회생활은 파괴되고 만다. 그리고 그러한 과거의 붕괴에 의해서 과거, 가능성, 개연성 가운데서 순수 현상이 출현한다."

여기서 말하는 순수 현상은 전통, 교육, 편견, 관습, 공리, 이해관계, 그리고 모든 인간적인 것으로부터 해방된 벌거벗은 현상이라 할 수 있다. 니체의 관점주의perspectivism 너머의 현상이다. 머나먼 원시인이 보았을지 모르는 해석되지 않은 현상이라 할 수 있다. 성철 큰스님의 말씀인 "산은 산이요 물은 물이로다"는 이러한 순수 현상에 주목하라는 것으로 이해할 수 있다. 이러한 순수 현상은 그러니까 괴질에 의해서 파괴된 욕정과 집착과 세속 자아의 붕괴 속에서 홀연 출현한 것이다. 성철 큰스님의 수행은 그러니까 스스로 괴질을 가꾸어서 자아를 미망 속에 가두는 온갖 굴레를 소진시키려는 노력이었다고 말할 수 있을 것이다. 그는 순수 현상으로서의 산과 물을 보고 그것이 눈에 들어오도록 수련하라고 수

행자에게 이르고 있다고 할 수 있다.

모든 현상이 필경 해석된 현상이라고 해서 다양한 해석이 등가적인 것은 아니다. 우리는 저마다의 가치관에 따라서 다양한 해석을 혹은 수용하고 비판하며 혹은 거부하고 배척한다. 우리의 상황 속에서 '산은 산, 물은 물'이라는 말씀이 갖는 가장 중요한 의미는 무엇일까? 권력과 이데올로기의 왜곡에 대한 경고로서 수용돼야 한다는 것이 나의 생각이다. 동일한 인물도 그의 사회적 존재에 따라 다른 말을 하는 것이 여리고 흠집 많은 인간사이다.

러시아혁명 과정에 가차 없이 역사의 쓰레기통으로 처분된 유위한 인물은 부지기수다. 그 가운데 대표적 인물의 하나인 트로츠키는 짤막했던 전성기에 그답지 않은 폭언을 내뱉은 적이 있다. 소련에서의 강제 노동에 대한 해외의 비판에 대해 그는 "노동이란 본래 그 자체가 강제적인 것"이라며 반론을 폈다. 놀고 즐기는 것은 자발적이지만 노동은 필요에 쫓기어 마지못해 하는 것이라는 함의의 반론이다. 마르크스주의자로서의 기본 자질을 의심케 하는 수준 미달의 방언이 나온 것은 권력에 도취되어 사사건건 그 권력을 방어하려 했기 때문이다. 우리 선조들이 입찬소리라며 경계한 것이 바로 이런 것이다. 입찬소리는 몰락으로 이어진다는 교훈을 깔고 있다. 이렇듯 권력은 명민한 사람조차 어이없게 멍청한 소리를 하게 하는 근접 마약이기도 하다.

전쟁과 마찬가지로 권력투쟁이나 당쟁도 선악 이원론에 서게 된다. 천사표를 자처하면서 상대방을 악마화하는 것이 진영 논리의 핵심이요 상습적 폐단이다. 전쟁이나 권력투쟁 속에서 인간은 충동적·비이성적인 것에 휘둘리게 된다. 근자에 우리는 권력의 입찬소리를 너무 많이 들어왔다. 이제는 정말로 피곤하다. 모호한 수행자의 언어가 지극한 호소력을 갖는 어제오늘이라 하지 않을 수 없다. 욕망과 집착의 굴레를 벗어나서 냉철하게 현실을 파악하는 양식의 발동이 간곡히 요청되는 시점이요 상황이다. 모든 비정치적 진술에서도 정치적 함의를 읽어낼 수밖에 없는 것이 오늘의 상황일지도 모른다.

제9장

금슬　　　　　　거문고와 비파가 '금슬琴瑟'이다. 금슬지락
琴瑟之樂은 부부간의 다정하고 화목한 마음이라 정의되어 있다. 부
부간의 금슬이 좋다는 것은 부부간의 사이가 좋고 각별히 사랑이
깊다는 뜻으로 널리 쓰였다. 공처가나 아내무섬장이를 처시하妻侍
下라 하던 시절에 특히 많이 쓰였다. 사전에 굳이 '금실'의 원말이
란 풀이가 달려 있는데 필자로선 의외였다. 우리 고향에서는 누구
나 금슬이라 했기 때문이다. '금슬 좋다'와 유사한 말로 '찰떡근원'
이란 말이 있고 "아주 화합하여 떨어질 줄 모르는 내외간의 정"이
라고 사전에 풀이되어 있다. 우리 고향 쪽에서는 찰떡궁합이라고
했다. 금슬 좋다는 것보다는 얼마쯤 속된 어법으로 알고 있었는
데 요즘은 거의 들어보지 못하게 되었다. 이혼이 흔해지는 시속이
라 이 추세는 가속될 것이다.

기생오라비　　　　술자리 같은 데서 노래나 춤을 파는 것을 업으로 하는 여성이 기생이다. 천직이지만 황진이같이 뛰어난 미녀 시인도 기생이었다. 조선조의 시조를 읽다 보면 기생이 선비보다 시인답다는 느낌을 받게 된다. 이른바 게이샤(藝者)는 얼마쯤 다른 점이 있기는 하나 일본판 기생이라 할 수 있다. 〈노벨문학상〉 수상 작가 가와바타 야스나리의 작품인 『설국』의 여주인공은 게이샤다. 대도시의 유명 게이샤는 나름대로 음악인이나 무용가로 성장하는 경우가 있기는 하나 온천장의 게이샤는 그렇지 못하다. 명색은 예인藝人이지만 매춘이 부업이다시피 된 경우가 많다. 도스토옙스키의 여러 작품에 창부가 많이 등장하지만 문학적 폄훼를 받고 있지 않다. 벌써 오래전의 얘기지만 고인이 된 고고학자 김원룡 교수가 일본 작가 나가이 가후(永井荷風)의 『묵동기담墨東綺譚』을 몇 번이나 거푸 읽은 명작이라고 고평하는 것을 사석에서 들은 일이 있다. 나가이는 왼팔에 좋아하는 게이샤의 이름을 문신하고 사창가를 무상출입하며 명문대 교수직을 사직하고 작품 쓰기를 계속했던 인물이다. 위에 든 작품도 사창가의 단골 여성을 다루고 있다. 아테나이 민주정을 말할 때 빼놓을 수 없는 페리클레스의 두 번째 부인 아스파시아는 황진이처럼 재색을 겸비한 고급 창부였다. 기생을 폄훼할 생각은 전혀 없다.

그러나 '기생오라비'라면 문제는 달라진다. 아주 모양을 내고 다니는 남자를 놀리는 말이지만 어디에나 기생오라비가 있게 마런이다. 모양을 내는 것 자체가 흉이 될 수는 없다. 김유정의 「두 꺼비」에 나오는 기생오라비는 기생을 흠모하는 청년의 순정을 이용해서 금전 갈취를 하고 선물을 가로채고 갑질을 계속한다. 대책 없이 갑질을 당하는 청년도 한심하지만 오라비의 행태는 흉물스럽기 짝이 없다. "양복 복장 외국 모자 개화장 짚고 / 촌 갈보 호리기 망맞았네"란 창원 지방 민요에 잡혀 있는 것은 20세기 초의 기생오라비 모습이다. 그러나 요즘 우리 사회에서 모양을 내고 번드르르한 언변으로 속임수를 일삼는 기생오라비들은 정치권에 흔하지 않은가 하는 생각이 든다. 대체로 좋은 말은 다 내세우면서 뒤로 호박씨 까는 표리부동한 내로남불의 화상들인데 퇴출시켜야 마땅하지만 쉬운 일이 아닌 것 같다. 한동안 별명으로서의 기생오라비 혹은 기생오빠가 크게 번진 적이 있는데 지금은 아니니 사라진 말의 하나라 해도 과하지 않을 것이다.

끌탕　　　　　　속을 끓이는 걱정이라는 게 '끌탕'의 사전상 정의이다. 요즘 고령자들이 모인 자리에서 끌탕하는 것은 한두 가지가 아니지만 으뜸가는 것의 하나가 세금 문제이다. 종부세 얘기가 나오면 있는 사람이 돈 좀 내야지 무슨 소리냐고 핀잔받기가 일쑤이다. 그러나 이렇다 할 수입 없이 연금이나 못사는 자식들의 알량한 상납금에 의존하고 있는 고령자에게 종부세는 이만저만한 부담이 아니다. 이른바 일제강점기보다 더 오래 살아온 1주택자에게도 과도한 세금 폭탄은 빼놓지 않고 투하된다. 집값은 저들이 올려놓고 이렇게 폭격을 하니 세금 많이 수탈하려고 의도적으로 집값 올릴 궁리만 하는 것이 아니냐 하는 세칭 "합리적 의심"이 생길 수밖에 없다. 끌탕이란 유서 깊은 말이 사라져가듯이 불합리하고 수탈 일변도인 세금 폭탄도 사라져야 마땅하다.

만무방　　　　　　김유정의 단편에 「만무방」이란 것이 있다. 유랑민과 소작인을 다룬 꽤 긴 단편이다. '만무방'은 염치없고 막돼먹은 사람을 가리킨다. 혹은 반듯하지 못하고 못생긴 얼굴의 임자에게 붙이는 비하성 단어다. 글에서는 보았지만 실생활에서는 한 번도 들어본 적이 없다. 그것이 신기하게 느껴진다. 파렴치한 인간이라든가 철면피 같은 말에 의해 대체되어 거의 쓰이지 않게 되었다고 볼 수도 있다. 요즘처럼 만무방이 우글거리는 세상에서 이 말이 완전히 사라진 것은 역설적이다. 이렇게 글로 대하고 실생활에서 들어보지 못한 말이 의외로 많다.

　　번듯이 누운 가슴 위에
　　함박눈마냥 소복히 내려 쌓이는 것이 있다
　　무겁지는 않으나 그것은 한없이 차거운 것

그러나 자애롭고 따스한 손이 있어
어느 날엔가 그 위에 와서 가만히 놓이면
이내 녹아버리고야 말 것
몸짓도 않고 그 차가움을 견딘다

전구하라 "산타 마리아"
이 한밤에 차거움을 견디는
그 가슴을 위하여 전구하라

　　과작에다 생전에 시집을 낸 적이 없는 시인 이한직李漢稷의 「잠
이루지 못하는 밤이면」에 보이는 대목이다. 전구轉求하라는 말은
천주교도가 아니라면 실생활에서 들어보지 못할 말이다. 천주교
에서는 다른 이를 통해서 간접적으로 구하는 것 즉 성모마리아나
천사나 성인을 통하여 하느님께 은혜를 구하는 것을 전구라 한다.
생소하고 낯선 말은 그 자체로서 시적 자원이 되어 정서적 호소력
을 갖는다. 그런 의미에서 낯선 말은 시어詩語로서의 후광을 갖는
다. 시인이 추구하는 것은 이러한 후광이다.

뻗정다리　　　　　'뻗정다리'는 구부렸다 폈다 하지 못하고
늘 뻗치기만 하는 다리를 가리킨다. 혹은 그런 다리를 가진 사람

을 가리키기도 한다. 확대하여 몹시 뻣뻣해져서 마음대로 굽힐 수가 없이 된 물건을 가리키기도 한다. 뻗정다리 서나 마나 하면 하나 마나 마찬가지란 뜻이 된다. 우리 고향 쪽에서는 전혀 융통성이 없는 사람을 두고 뻗정다리라고 했다. 애국심이란 어릴 적에 맛들인 입맛에 대한 향수에 지나지 않는다는 취지의 말을 적어놓은 이가 있다. 거기에 대해 어릴 적에 익힌 방언에 대한 향수야말로 애국심의 연원이라고 말하고 싶다. 무식, 무능에 완고한 아집을 두루 갖춘 뻗정다리들도 꽤 득실거리는 게 우리의 현실이기도 하다. 눈을 뜨고 있어 외관상 정상으로 헛보이기도 하지만 앞을 보지 못하는 눈 뜬 맹인을 청맹과니라 한다. 민주정은 의식이 말짱하게 깨어 있는 국민들 사이에서 발흥하고 성숙한다. 뻗정다리 위정자와 정치적 청맹과니투성이의 사회에서 민주정은 한갓 허울 좋은 전체주의적 폭정으로 귀결되기 쉽다. 역사가 보여주고 선지자들이 경고해 마지않는 유념 사항이다. 연소한 청맹과니는 이해가 되지만 철들기 전에 노망든 청맹과니는 구제 불능이며 대책이 없다. 절망감을 느끼게 된다.

신섭　　　　　　역병이 들어와 창궐하기 시작한 것도 이제 한 해 하고도 몇 달이 되었다. 잠잠해지는가 싶다가 다시 사납게 날뛰어 마음을 한없이 어둡게 한다. 전화를 걸어보면 대충 비슷한 상황이어서 내남없이 우울증을 호소한다. 비유로서의 우울증이 아니라 정식 병명으로서의 우울증을 경중의 차이는 있지만 다수 고령자들이 공유하고 있다. 항우울증 처방약을 복용한다는 이도 적지 않다. 자기만의 증상이 아니라는 것을 확인하고 나서 서로 건강 안보에 만전을 기하자고 하면서 통화를 끝내게 마련이다. 예전 같으면 어떻게 끝내기 인사말을 했을까 하고 궁리를 해보니 퍼뜩 떠오르는 말이 있었다. "신섭愼攝'하세요"란 인사말이 그것이다. 감기 몸살로 한 이틀 누웠다가 일어난 사람에게 하는 인사말이지만 몸을 잘 보살피고 다스리라는 뜻으로 연세가 있는 어른들이 흔히 주고받은 것으로 기억한다. 겨울철에 특히 그러했다. 떠올리고 나서 이렇게 적어놓고 보니 노병처럼 완전히 사라진 말이라는 생각이 든다. 악화가 양화를 구축하듯이 유서 깊고 격조 있는 말들이 흔적도 없이 사라져가고 있다. 어휘의 자연선택도 가차 없고 매정하고 무자비하다.

동무　　　　　1948년 우리 정부가 수립되고 나서 많은 낱말이 금기 어휘가 되었다. 극좌파들이 애용하던 말들이 그 대상이 되었지만 그쪽 특유의 어휘만 그리된 것이 아니다. 우리가 대한민국이란 국호를 선정한 이후 조선이란 말은 가급적 피하게 된 것이다. 가령 조선 기와집 대신 한옥, 조선 옷 대신 한복이라 쓰게 되고 이에 따라 한식 같은 말도 쓰이게 되었다. 일본인들이 우리를 조선인이라 불렀기 때문에 그에 대한 반발 심리가 개재한 점도 가세해서 어휘 대체는 급격하게 진척되고 고착되었다. 그것은 국민들의 정부 방침 순종 경향과 함께 알아서 긴다는 대세 추수 성향과 맞물려 신속하고 철저하게 이루어졌다.

그 가운데서 유소년들에게 가장 인상적인 것은 '동무'란 말의 금기였다. 동무는 아이들 사이에서 가장 빈번히 사용되는 단어였고 어깨동무란 말이 보여주듯이 가장 쉽고 친근한 낱말이었다. 또 대체하기에 적당한 단어도 없었다. 그 결과 가장 근접한 '친구'란 말이 대체하게 되었고, 어원적으로 보면 어린이에게 적절한 단어는 아니었으나 가령 '좁쌀친구'란 말이 곧 친숙한 어휘로 굳어졌다. "나이 어린 조무래기 친구"라고 사전에 풀이되어 있지만 동무가 금기어가 되면서 생긴 것이 아닌가 하는 것이 개인적 소견이다. 초등학교 교사들이 어린 학생들을 가리킬 때 일종의 애칭으로 쓰는 것을 많이 목도하였기 때문이다. 동무란 단어의 사용을 근거로 해서 쓰인 글의 작성 시기를 가늠할 수 있을 정도이다. 가령 다음과 같은 동요 시인 권태응의 동시가 정부 수립 이전에 쓰인 것은 누구에게나 분명해 보일 것이다.

북쪽 동무들아
어찌 지내니?

겨울도 한 발 먼저
찾아왔겠지.

먹고 입는 걱정들은
하지 않니?
즐겁게 공부하고
잘들 노니?

너희들도 우리가
궁금할 테지.
삼팔선 그놈 땜에
갑갑하구나.

———권태응, 「북쪽 동무들」

급진 사상가들이 선호하던 용어가 보다 순한 말로 대체된 것은
널리 알려져 있다. 노동자 대신 근로자, 착취 대신 수탈, 인민 대신
민중을 쓰는 것이 관행이 되었다. 링컨의 유명한 "인민을 위한, 인
민에 의한, 인민의 정부"를 "백성을 위한, 백성에 의한, 백성의 정부"
라고 유머러스하고 애교 있게 번역한 경우도 있었다. 그러나 가령
착취를 수탈이라고 고쳐 부른다 해서 각박한 현상 자체가 변하는
것은 아닐 터이다. 『우리말 큰사전』에서 착취는 "자본가나 지주가

노동자나 농민을 임금에 상당한 시간 이상으로 부려서 생기는 잉여가치를 자기의 소유로 함"이라 풀이되어 있다. 대범하게 말해서 사회주의의 관점에서 포착하고 해석된 풀이라 할 수 있다. 대체로 영어사전이 "자신의 이득이나 소득을 위해 어떤 사람이나 물건을 이기적이고 부당하게 이용하는 것"이라고 풀이하고 있는데 이보다 훨씬 이론적이고 특정 당파적이다. 착취란 한자어의 어원적 의미는 꼭 짜거나 비틀어서 즙을 짜낸다는 뜻이고 그런 뜻은『우리말 큰 사전』에도 나와 있다. 사전의 역할은 단어에 대한 하나의 길잡이일 뿐 우리가 어휘를 반듯하게 이해하기 위해서는 실제로 쓰인 사례를 다수 접하고 문맥 속에서 파악하는 것이 필요하다.

웨일스 출신의 문화비평가요『문화와 사회Culture and Society 1780-1950』의 저자인 레이먼드 윌리엄스는 그 지역에서의 착취 관계를 묻는 질문에 대해서 이렇게 답변하고 있다. "농부들은 대체로 그들의 당면 활동에서 착취에 관여하지 않았습니다. (많은 착취가 있었던 가정 안을 제외한다면 말입니다. 가정 안에선 그랬지만 바깥에서는 아니었습니다.) (……) 앞서 얘기했듯이 가정 안에서의 노동은 착취적이었지요. 그 점에 대해선 의문의 여지가 없어요. 결혼을 연기시키려는 압력이 있었고 부모가 몇 살에 돌아가는가의 우연에 따라 아들과 딸 사이의 불공정은 아주 극심했어요."* 맥락상으로 보아 가령 가정 생계를 위해 딸의 결혼을 늦추는 것도 가정 내의 '착취'가 되는 셈이다. 동양 전통에서 미덕으로 보인 것이 사실은 착취의 한 형태가 되기도 한다. 이때의 착취를 『우리말 큰사전』의 정의대로 할 것인가 하는 것은 문제적이다. 역어의 선택은 세계관과 사회관의 선택이기도 하다. 사전의 풀이보다 구체적 맥락 속에서의 의미 파악을 중시해야 바른 이해가 가능할 것이다.

당파적 관점에서의 금기 말고도 일제 말기에 쓰인 말들도 금기 대상이 되었다. 가령 공출供出이란 말은 의무적으로 농산물이나 그 밖의 물자를 공정값으로 내놓는 것을 가리켰다. 공정값이란 당국에서 정한 이른바 공정가격公定價格을 말하는데 당연히 생산자에게는 다소 불리하게 책정될 수밖에 없었다. 그래서 수매收買란 말이 이를 대체하였다. 국민총동원을 위해서 만들어낸 소국민少國民 같은 말도 자연스레 폐기되었다. 이들을 대신한 것이 민족 반역자, 독립운동, 모리배謀利輩 등의 낯선 말들이었다. 모리배는 가령 식량이나 생활필수품을 매점매석해서 폭리를 취하는 이들을 가리키는 말이었는데, 6·25 이후 슬며시 사라지고 말았다. 재벌을 모리배로 생각하는 소아병적 사고는 그러나 여전히 잔존하고 있는 것으로 보인다.

* Raymond Williams, *Politics and Letters: Interviews with New Left Review*, London: Verso, 1981, p. 23.

용하다   옛 마을에는 대개 소문이 자자한 '용한 의원'이나 '용한 점쟁이'가 있어서 사람들을 끌어모았다. 지금은 한의사라 하지만 그전에는 그냥 의원醫員이라 했다. 의사 하면 신식 양의洋醫를 가리키는 것이 그 시절의 언어 관습이었다. 의원에는 두 종류가 있다. 한 고장에서 오랫동안 의원 노릇을 해서 인근에 널리 알려진 인물이 있는가 하면 외지에서 들어와 의원 노릇 하다가 그곳을 뜨는 인물이 있었다. 이런 뜨내기 의원은 처음 제법 인망을 누리다가 곧 떠나버리는 것인데 가령 침을 맞은 사람이 잘못되었다든가 약발이 듣지 않는 처방을 한다는 뜬소문이 나서 환자가 끊어지는 바람에 자리를 떠버리는 것이다. 한자리에 오랫동안 눌러앉아 환자를 받는 의원은 '용하다'기보다 믿음직스러운 언동으로 환자나 가족의 마음을 사는 경우가 많았다. 손님의 마음을 사는 것이 용한 의원이나 용한 점쟁이의 공통 요소다. 환자가 명의를 찾아가는 거리가 멀면 멀수록 또 그 길이 험하면 험할수록 효험을 본다는 고대 그리스의 속담이 있다. 환자의 끈질긴 열의가 효험을 낸다는 얘기가 되겠는데 "사람이 용하다"고 하면 순하고 어리석다는 뜻이 되니 외국인에게는 혼란스러울 것이다. 그래서 쉬운 말일수록 어려운 것이 외국어란 괴물이다.

의사 얘기가 나왔으니 말인데 우리 어린 시절엔 공의公醫가 있었다. 해방 이전 면 소재지에 살 때 특정 의원 의사를 공의라 했다는 것을 기억한다. 의원醫院이 두 곳 있었는데 같은 값이면 공의

한테 가보는 게 좋지 않겠느냐고 부모들이 얘기하는 것을 들은 바 있다. 『우리말 큰사전』을 찾아보니 "보건복지부 장관의 명을 받아 지방에 배치되어 공공의료 업무에 종사하는 의사"라 풀이되어 있다. 현재에도 공의가 있는 것처럼 들리는데 지방에서 그런 공의를 들어본 적이 없다. 또 보건소가 있어서 보건소장이 옛 공의의 역할을 하는 것이 아닌가 하는 생각도 든다. 의당 의사가 보건소장이 되어야 하는데 실제 의사 보건소장은 전국 보건소장의 절반밖에 되지 않는다는 21세기 초엽의 통계도 나온다. 아무래도 『우리말 큰사전』의 정의는 수정돼야 할 것 같다.

1980년대에 일본에서 무의촌 문제를 해결하기 위해 조선총독부에서 발행한 의사면허증을 가진 한국인 의사를 모집하여 벽지 무의촌에서 일하도록 한 적이 있다. 그때 응모해서 일본 벽지에서 근무한 의사의 명칭이 무엇인지 확실하지 않으나 아마도 공의 혹은 보건소장 비슷한 것이 아니었나 생각된다. 내가 그 기사를 기억하는 것은 그때 일본 벽지에서 근무한 의사 가운데서 박기출朴己出이란 이름을 보았기 때문이다. 부산의 개업의였던 그는 조봉암의 진보당에 참여해서 간부가 되었고 그 후 옥고를 치르는 등 풍파를 겪었다. 그의 만년은 기사로 접해본 것이 없다.

내자　　　　　　지긋한 연배의 남성들은 자기 아내를 가리킬 때 '내자'란 말을 흔히 썼다. 집사람이라 하는 경우도 있고 처라고 하는 경우도 있었다. 안사람 혹은 안식구라 하는 이도 있고 역부로 짓궂게 마누라라고 하는 경우도 없지 않았다. 요즘 젊은이들은 와이프라고 하는 것이 보통이다. 가끔 텔레비전에 나와서 '제 부인'이라고 하는 인사도 있어서 삭막한 세상에 악의 없는 웃음을 선사하는 경우도 있다. 와이프란 외국어가 아주 실감 나게 쓰이고 있는 것은 강신재康信哉의 수작 「젊은 느티나무」에 나오는 다음과 같은 대목일 것이다.

세계적인 발레리나가 되어 보석처럼 번쩍이면서 무대 위에서 그를 노려보아줄까? (한 번도 귀담아들은 적은 없지만 내 발레 선생은 늘 나에게 야심을 가지라고 충동을 한다.) 그러면 그는 평범한 못생긴 와이프를 데리고 보러 왔다가 가슴이 아파질 터이지.

죄 영어에서는 법률·형사刑事상의 죄는 crime, 종교·양심상의 죄는 sin이라 해서 구별한다. 우리말에서는 양자를 모두 '죄'라 한다. 혹은 불교에서 죄업이란 말을 쓰기도 한다. 그런데 '죄 받는다'는 말이 많이 쓰였다. 지은 죄에 대해 벌을 받는다는 뜻이다. 그러니까 '죄'는 죄와 벌을 두루 뜻하는 말이 된 셈이다. 죗값을 치르는 게 죄를 받는다는 것으로 돼버린 것이다. 한자에서 나온 것으로 죄罪 자는 '죄줄 죄'의 뜻도 있다. 고대 그리스어의 문법은 그대로 논리학이 된다는 말이 있지만 논리를 넘어서는 것이 말의 한 속성이기도 하다.

기특하다　　　　　현재 살고 있는 아파트에서 세칭 일제강점기보다 더 오랜 시간을 보냈다. 그동안 많은 변화가 있었다. 워낙 인기가 없는 아파트여서 이사 온 후에도 불빛 없는 창문이 대부분이었다. 배포 없는 남자들은 밤에 단지 안 걷기를 삼갔고 반년이 지나서야 겨우 모든 창문이 불빛을 내보내기 시작했다. 우리 거주 구역 앞은 온통 메밀밭이어서 강원도 봉평의 풍치를 옮겨다 놓은 것 같았다. 사당동을 왕래하는 좌석버스를 타면 근무처까지 15분밖에 걸리지 않았다. 그러나 이제 규모가 큰 신도시 하나가 새로 생긴 셈이고 15분 거리가 45분 거리로 늘어났다. 수많은 고층 건물이 즐비하고 그중에는 대학 진학자를 위한 학원도 적지 않다. 그러자니 중고교 학생들을 승강기 안팎에서 비교적 자주 마주치게 되는 반면 초등학교 아동을 보게 되는 일은 아주 드물어졌다. 어린이 놀이터에서도 사정은 마찬가지다. 어린이 모습이 확연하게 줄어들었다. 이와 함께 어린이에게 쓰는 말도 들어본 지가 오래된다. "아 참 그놈 똘똘하게 생겼다"든가 "녀석 하는 짓이 참 기특하구나"라든가 "똑 부러지게 똑똑하네" "녀석이 아주 맹랑하네" 같은 말을 도무지 들어보지 못하게 된 것이다. 생각이나 행동이 뛰어나고 특별하여 귀엽다는 뜻의 '기특하다'는 말이 자주 들려야 정상적인 사회가 아닌가 하는 엉뚱한 생각이 이는 어제오늘이다. 물론 이 말이 어린이에게만 쓰이는 것은 아니다. 손윗사람이 젊은 이에게 칭찬의 말로 흔히 썼다. 「메밀꽃 필 무렵」 끝자락에 다음과 같은 대목이 나오는 것을 기억하는 독자들이 적지 않을 것이다.

"지금 어디 계신가?"

"의부와도 갈라져 제천에 있죠. 가을에는 봉평에 모셔오려고 생각 중인데요. 이를 물고 벌면 이럭저럭 살아갈 수 있겠죠."

"아무렴, 기특한 생각이야. 가을이랬다."

휘지다 　　　　　"무엇에 시달려 기운이 빠지고 쇠하여지다"는 것이 '휘지다'의 뜻풀이다. 변비에 좋다고 해서 식전에 냉수를 마셔본 사람들은 마시기도 힘들고 마시고 나서 기운이 빠지는 것 같은 느낌을 받을 것이다. 이럴 때 쓰는 말이 휘지다라는 것이 나의 어휘 체험의 기억이다. 비슷한 말에 '대근하다'가 있다. "견디기가 어지간히 힘들고 만만하지 아니하다"라고 사전에 풀이되어 있다. 나의 경험으로는 위 두 낱말은 상호 대체가 가능한 말이었다. 사전의 풀이만으로는 참뜻을 파악하기 어려운 말이다. 대근하다는 '고단하다'의 충청 사투리라 풀이되어 있기도 하다. 젊은 세대들에겐 완전히 생소한 말이 되었을 것이다. 발음상으로 비슷한 마음에 흐뭇하고 자랑스럽다는 뜻의 '대견하다'는 드물게나마 듣게 되는 것 같다.

널다리　　　　　옛 마을에서 개울을 건널 때 마을 사람들은 흔히 돌다리, 징검다리를 이용했다. 조심스러운 사람들이 두들겨보고 건넌다는 돌다리에 비해서 허약해 보이는 것이 '널다리'다. 나무다리라 하는 경우도 있었으나 어른들은 널다리라 하는 것이 보통이었다. 그런데 이제 웬만한 하천에서는 널다리가 사라졌다. 징검다리는 여전히 남아 있으나 널다리는 시골에서도 별로 보지 못하게 되었다. 널뛰기도 보기 힘들고 널무덤이란 말이 있다는 것을 아는 사람은 더욱 보기 힘들다. 관은 알아도 널을 모르는 이들이 많다. 한자의 위력은 이렇게 막강하다.

까시러지다　　　　　연만한 어른들이 쓰던 말 이상으로 사라져간 말 가운데는 어린이들이 쓰던 사투리도 많다. 우리게에선 어린이들이 '까시러지다'란 말을 많이 썼다. 성미가 까다롭고 고집이 세고 당길심이 많고 양보할 줄 모르는 이를테면 붙임성이 없는 아이를 두고 이런 말을 썼다. 사전에는 등재되어 있지 않은데 '까탈스럽다'가 표준말로 책정된 것이 아닌가 생각된다. 요즘에 많이 쓰는 '까칠하다'는 말은 어린이용이 아니었나 하는 생각도 든다. '야 짓잖다'도 요즘은 들어보지 못하는 말이다. 하는 짓이 의젓하지 못할 때 흔히 썼다. 소갈머리가 좁고 사소한 일에 구애되는 경우에 흔히 쓴 비속어에 가깝다. 음식상 차려놓은 것이 깔끔하지 못해서 입맛이 당기지 않을 때 우리게에선 '게령하다'고 했다. 사전에는 '거령스럽다'가 나오고 보기에 "조촐하지 못하여 격에 맞지 않다"라고 풀이되어 있다. 나의 어휘 경험으로는 대체로 음식을 두고 쓰인 것으로 생각된다. '갱충맞다'는 말도 근래엔 통 들어보지 못했다. 사전에는 동의어로 '갱충쩍다'를 들고 "아둔하고 조심성이 없다"고 풀이해놓고 있다. 가령 설거지한답시고 접시를 깨거나 음식상에서 수저를 떨어뜨린다든가 하는 경우에 "갱충맞게 그게 뭐냐, 조신해야지" 하면서 딸을 나무랄 때 주로 쓰지 않았나 생각한다. 대개 어린 여자아이에게 하는 말이었다는 것이 나의 경험적 결론이다.

귀싸대기　　　　　"귀와 뺨 사이 어름의 낮은 말"이 '귀싸대기'의 풀이이다. 그러나 귀싸대기란 말이 단독으로 쓰이는 것을 들은 일은 없다. 대개 귀싸대기를 맞았다든가 귀싸대기를 올렸다는 관용구의 형태로 쓰였다. 교실에서의 학생 구타가 사라지면서, 아니 불가능해지면서 이 말이 쓰이는 맥락도 통째로 사라진 것이 아닌가 생각된다. 고령자들이 모이면 대체로 옛날 얘기를 하게 된다. 엊그제 일은 까맣게 생각이 나지 않아도 어린 시절이나 초중고 시절에 겪은 일이 똑똑히 생각나는 것은 인간 기억의 오묘한 역설적 마술이요 추파이기도 하다. 같은 일을 똑같은 형태로 기억하지 않는다는 베르그송의 이론을 따르면 기억에는 선택적 변형이 따르게 마련이다. 기억의 풍요성은 여기서 유래하는 것인지도 모른다. 보통 사람들의 기억은 상상 속에서 작동한다고도 할 수 있다. 70대의 할머니들이 귀싸대기 맞은 경험을 번갈아가면서 토로하였다. 약혼 시절 약혼자에게 귀싸대기를 맞았다는 이도 있는데 금슬 좋기로 소문난 부부여서 놀랐다 한다. 시험 점수가 나빠서 엄마에게 맞았다는 등 가지가지였는데 가장 인상적인 것은 어려서 아빠에게 단 한 번 맞았다는 이의 경험담이었다. 구식 변소에서 인분을 퍼내고 치우는 이를 두고 폄훼성 발언을 했다고 생업으로 사람을 층하하면 못쓴다며 뺨이 얼얼하게 언어맞았다는 것이다. 이 여성 고령자의 부친은 자수성가한 기업인으로 상당한 재력가였는데 92세에 타계했다. 아들 하나에 딸 6형제를 두었는데 아들에게 기업을 물려주는 대신 딸 형제에게도 균등하게 재산을 분배해주었다 한다. 집사람에게 들은 근래의 실화이다.

난놈　　　　　　　『우리말 큰사전』에 '난놈'은 "난사람의 낮은 말"이라 풀이되어 있고 '난사람'은 "남보다 뛰어나게 잘난 사람"이라 풀이되어 있다. 또 예문으로 "그 사람은 어느 모로나 난사람이야"란 대화체의 문장이 적혀 있다. 나의 어휘 경험으로는 난사람이란 말은 들어본 적이 없다. 걸출한 인물이라든가 걸출한 인재란 말을 많이 들어본 것과 정히 대조가 된다. 아무개는 정말 난놈이야라든지 누가 뭐래도 그는 난놈이야라는 말은 많이 들었다. 사전 풀이대로 난사람의 낮은 말인지는 모르지만 그때 난놈은 비하의 뜻이 없고 일종의 애칭 비슷하게 쓰였다는 것이 나의 실감이다. 짤막한 단위로서의 우리 시대를 규정하는 여러 방식이 있을 것이다. 역병의 시대, 전세 가격 폭등의 시대, 세금 폭탄의 시대, 미투 시대, 소득주도성장의 시대 등 평가 기준과 기호에 따라서 후세의 사가들의 호칭은 다양할 것이다. 사회사적으로 보면 '내로남불 난놈의 전성시대요 황금시대'라 하는 게 적정하지 않을까 하는 것이 무력한 백수 고령자의 솔직한 소회다.

심인 광고　　　　　　　해방 직후 그리고 6·25 전후해서 사람을 찾는다는 짤막한 토막광고가 신문에 많이 실렸다. "누가 이 사람을 모르시나요?"란 노랫말은 당대 이산의 슬픔을 대변하고 있었다. 산업이 일어서기 이전이어서 대체로 영화 광고나 약 광고가 대종을 이루고 있던 덕분에 『사상계』 같은 종합지나 문예지의 목차가 호기 있게 신문지 하단을 독차지하기도 하였다. 문학의 죽음 같은 말은 상상도 못 했던 시절이다. 그런 상황에서 사람을 찾는 '심인 광고尋人廣告'는 한옆으로 심약한 죄인 모양 몇 줄로 처리되었으나 전자 매체들이 석권하는 요즘과는 달리 그 효과가 컸다고 생각한다. 어려웠던 그 시절을 회상하고 또 실제로 사람을 찾기 위해 간절한 마음으로 심인 광고를 적어두려 하니 독자들의 혜량과 관용을 빈다.

1960년대까지 서울시 종로구 혜화동에 거주하던 한봉석 씨의 자제분들을 찾습니다. 장남 한철수 씨는 불행한 나랏일로 타계했고 그 아래에 명수, 유공, 찬수 씨 형제가 있습니다. 이분들의 고종사촌이 되는 분들이 있습니다. 이분들 혹은 그 가족의 거처나 소식을 알려주시면 삼가 후사하겠습니다.

☎ 02-2017-0280

발바리　　　우리 고장에서는 말이 많고 시끄러운 사람을 흔히 따가새라 불렀다. 일종의 별명이 되어서 동네마다 따가새가 한 마리쯤은 날고 있게 마련이었다. 사전을 찾아보면 따가새란 말이 나오지 않는다. 딱새란 항목이 있고 지빠귀, 휘파람새 따위를 통틀어 말하는데 인가의 처마 밑에서 번식하며 잡식성이라 풀이되어 있다. 우리게에서 말하는 따가새가 과연 이 딱새인지는 분명치 않지만 인가 근처에서 시끄럽게 우는 것으로 기억하기 때문에 따가새가 딱새의 사투리일 가능성이 있지 않나 생각한다. 마침 김주영金周榮 신작 장편 『광덕산 딱새 죽이기』가 나와서 무슨 단서라도 찾을 겸 읽어보려 하였으나 안질 때문에 중단하고 말았다. "사랑한다는 말이 수많은 인생을 혼란에 빠트렸다. 그 한 가지 또한 확실하다"란 작가의 말이 흥미 있게 들려 완독을 다짐하고 있는데 우선 궁금해서 영남 출신의 작가에게 직접 전화해보니 따가새란 말은 전혀 들어본 일이 없다는 대답이었다. 제 둥지를 짓지 않고 남의 둥지에 알을 하나씩 열댓 개의 회갈색 알을 낳아 포란하게 하는 뻐꾸기 얘기를 하면서 이렇게 뻐꾸기에게 둥지를 제공하는 새가 딱새라고 일러준다. 사전에 따라서는 지빠귀, 때까치, 할미새를 뻐꾸기에게 둥지를 제공하는 것으로 거론하고 있기도 하다. 사투리도 수록하는 것이 큰사전의 의무일 터인데 그렇지 못한 경우가 많아 실망하는 경우가 많다.

난롯가의 잡담으로 들은 얘기로는 관상을 보는 사람들은 대체로 사람의 상호相好를 동물과 연계시켜 생각하고 그래서 가령 잔

나비상이라든가 호랑이상이라든가 해서 사람의 성격을 규정한다고 한다. 그런 것도 한몫을 한 탓인지 사람을 동물에 빗대어 별명을 붙이는 경우가 흔했다. 가령 '발바리'는 몸이 작고 다리가 짧으며 털이 긴 개의 한 종류이다. 중국이 원산이며 애완용으로 널리 기른다고 사전에 풀이되어 있다. 가지각색 반려견이 아파트 단지 거주민들의 직계가족이 되다시피 한 오늘과 달리 예전에는 발바리나 셰퍼드 정도를 구별하고 나머지는 똥개라고 일괄적으로 폄훼하기가 일쑤였다. 그 무렵 마을에는 발바리란 별명을 가진 남녀가 있게 마련이었다. 몸집이 작고 행동이 가벼우며 여기저기 잘 쏘다니는 사람을 낮잡아 일컫는 말이라고 풀이되어 있는데 전국 어디에서나 동일했던 모양이다. 요즘에도 연만한 사람들의 대화에서는 흔히 발바리가 등장하지만 젊은 세대 사이에선 통하지가 않으니 이것 역시 꼰대들의 은어로 퇴화해버린 셈이다. 땡삐라는 별명을 얻은 이들도 동네마다 있었다. 땅벌의 사투리인데 잘못 건드리면 혼이 나서 사실상 기피 인물이 된 드세고 성깔 있고 억척인 못말리는 사람을 가리켰다. 빠꿈이라 불리는 사람도 있었다. 영리한 사람을 가리키는 도둑들의 말이라고 『우리말 큰사전』에 풀이되어 있는데 큰 도둑이 행세하는 나라라서 그런지 어린이 사이에서도 이 말은 흔히 쓰였다. 동네 소식이나 동네 사람들에 대해서 아는 바가 많고 시시콜콜한 잡동사니에 대해서 통달한 이를 두고 "저 사람은 아주 빠꿈이"라고 했다. 좋은 칭호는 아니지만 그렇다고 비하성 칭호도 아니었다. 동네북이란 말도 있었는데 "내가 동네북인가" 하면 '왜 나만 가지고 이 야단이야'란 뜻이 되었다. 임기 말의 대통령은 거의 예외 없이 동네북이 되게 마련인데 뻔히 알면서도 같은 길을 가게 되니 불가사의한 일이라 하지 않을 수 없다. "화무 십일홍이요 달도 차면 기우나니"는 투전판을 기웃거리고 난초나 치던 시절의 홍선대원군이 입에 달고 살던 말이다. 기우는 달이 동네북이 되는 것은 "새로 얻은 권력은 언제나 잔혹하다"는 아이스킬로스의 비극 대사에 고스란히 반어적으로 함의되어 있다. 잔혹한 권력의 말로가 곧 동네북인 셈이다.

개꿈　　　　　　　어린아이가 꾼 꿈 얘기를 하면 어른들은 흔히 '개꿈'이라고 해서 타박을 하고 놀리기 일쑤였다. 어릴 적에 많이 꾼 꿈의 하나는 높은 데서 떨어지거나 거침없이 추락하는 꿈이었다. 가슴이 서늘하게 놀라서 깨어보면 꿈이어서 천만다행이었다. 그런 꿈을 얘기하면 "키 크느라고 그런다"고 하는 것이 어른들의 한결같은 반응이었다. 자유낙하와 키 크기의 상관관계가 어떻게 해서 연결되었는지는 알 길이 없다. 그러나 성장 후에 추락의 꿈을 꾼 적이 없다는 것이 나의 경험이요 기억이다. 그렇다면 꿈속의 추락이 사실상 키 크기의 순간을 표상하고 있는 것은 아닐까 하고 생각해본 적이 있다. 모두 개꿈 같은 얘기이긴 한데 프로

이트가 살아 있다면 꼭 물어보고 싶은 사항이기도 하다. 개나리, 개살구, 개떡과 같은 말이 시사해주듯이 개라는 접두어는 참과 거리가 먼 것을 가리킨다. 그런데 개꿈의 경우 조금은 예외적이란 생각이 든다. 개꿈 아닌 참꿈이 있을 성싶지 않기 때문이다. 꿈꿀 수 있는 사람만이 세상을 바꿀 수 있다는 평이하게 속화된 정치 수사가 있다. 유토피아는 인류의 장구하고 항상적인 꿈이 구상하고 설계하고 마련한 지상낙원이다. 그런데 지상낙원을 표방하며 구상하고 실현했다는 유토피아치고 디스토피아로 드러나지 않은 곳은 없었다. 그러니 사람의 꿈이란 본시 개꿈이 아닌가? 천진난만한 어린이나 무구한 젊은이가 개꿈을 꾸는 것은 복스럽고 귀엽기까지 하다. 그러나 멍청한 헛똑똑이나 비열한 빠꿈이 같은 벼슬아치가 개꿈을 팔아 선량한 국민을 우롱한다면 그것은 용납될 수 없는 일이다. 혹세무민의 개꿈 장사치는 발바리 돌팔이요 강물을 팔아먹은 현대판 김 선달이다.

팔푼이   생각이 어리석고 하는 짓이 야무지지 못한 사람을 가리키는 '팔푼이'라는 말에 합당한 인물이 동네마다 있게 마련이다. 입을 벌리고 지나가는 사람을 멀뚱히 쳐다보는 조금은 실성한 듯한 젊은이를 두고 팔푼이라 놀리고 달아나는 꼬마들도 있었다. 팔푼이란 말 대신 팔삭둥이라 하는 이도 있었다. 여덟 달 만에 낳은 아이란 뜻이다. 1947년에 나온 이태준의 『소련기행』에는 팔삭등이 등 조산아를 정상아로 양육하는 아동연구소 얘기가 나온다. 후한 대접과 구경으로 고단하여 늦잠을 잔 탓에 따라가지 못해서 방문자가 들려준 얘기를 적는다며 레닌그라드에 있는 해당 기관에 대해 기술하고 있다.

이 연구소는 특히 조산아를 연구하고 양육하는 것으로 세계적으로 공헌하는 기관이라 한다. 보고 온 일행의 말을 들으면 조산아를 태내에서 자라듯 기르는 과학적 시설과 보육원들의 지성인 점에 감탄되드라 했고 조산아로서 훌륭히 된 인물들을 써 붙였는데 다윈, 위고, 루소, 투르게네프, 나폴레옹 등이 팔삭동이였다는 것이다. 한 보육원은 이 조산아들 속에도 인류에 공헌할 위인이 있으리란 희망 때문에 일에 재미가 나고 피로를 느끼지 않는다, 하드라 한다.*

감탄과 선망 일변도로 된 이 책에서 인큐베이터 시설이 있는 보육원 얘기는 아주 인상적이었다. 초판이 나왔을 때 읽어보았는데 가장 오랫동안 기억에 남아 있던 것은 이 대목과 1920년대에 소련으로 망명해 간 「낙동강」의 작자 조명희의 행방을 찾으려 백

* 이태준, 『소련기행 · 농토 · 먼지』, 깊은샘, 2001, 139쪽.

방으로 수소문했으나 끝내 찾지 못했다는 삽화였다. 잘못될 수 있는 조산아를 정상아로 양육하는 노력은 소중한 것이지만 정상아로 태어난 수많은 영재들을 가차 없이 역사의 쓰레기통으로 폐기처분한 것의 잔혹사가 그로 해서 가려지거나 지워지는 것은 아니다. 영국의 낭만파 시인 셸리는 "별을 그리는 부나비의 꿈"을 노래했지만 애석하게도 조명희나 이태준이나 결과적으로 화톳불로 뛰어든 날벌레가 된 셈인데 인간이 피할 수 없는 운명의 희롱일지도 모른다.

L. 샤피로는 영국의 런던정치경제대학의 교수를 지낸 정치학자로 『전체주의』란 책은 국내에서도 출간된 바 있다. 투르게네프의 소설 『봄철의 격류The Torrents of Spring』를 번역하기도 하고 평전인 『투르게네프 : 그의 삶과 시대Turgenev : His Life and Times』를 내기도 했다. 오래전에 읽은 것이어서 조금 자신이 없기는 하지만 이 평전에는 조산아란 얘기는 나오지 않는다. 남편보다 여섯 살 연상인 투르게네프의 모친은 농노 5천 명이 딸린 영지를 소유한 대지주였다. 평생 결혼을 하지 않고 유명 가수 비아르도와 독특한 우정을 지속한 작가의 삶은 수수께끼로 차 있다. 미래의 문학사가들은 러시아어가 푸시킨, 투르게네프, 체호프에 의해서 창조되었다고 주장할 것이라고 고리키는 적고 있다. 그와 대척점에 있는 아이자이어 벌린은 작가 자신이 자전적인 작품이라고 말한 『첫사랑』을 영어로 번역했는데 펭귄문고로도 나와 있다. 벌린의 제1언어는 러

시아어였다. 제네바에서 시계공의 아들로 태어난 루소는 생모가 루소 출산 후 닷새 만에 사망했다는 것은 알려져 있지만 조산아 란 말을 들어본 적이 없다. 전설이나 신화를 보면 영웅은 대체로 비정상적으로 태어난다. 알에서 태어나기도 하고 땅에서 솟아나기 도 한다. 박혁거세처럼 백마가 떨어뜨린 박 모양의 알에서 나오기 도 한다. 방금 태어났는데 눈에 뜨이지 않아 사방을 둘러보니 날 개가 있어 천장에 붙어 있더라는 장수 얘기는 어릴 적에 흔히 들 은 바 있다. 마르케스의 『백년 동안의 고독』에 나오는 한 작중인물 은 어머니의 배 속에서 울고 있다가 눈을 뜨고 태어난다. 탯줄을 자르는 동안 고개를 이리저리 돌리며 방 안에 있는 사람과 사물 들을 신기한 듯 바라본다. 그러니까 레닌그라드의 아동연구소에 걸려 있었다는 팔삭둥이 일람표는 엄밀한 고증을 거치지 않은 민 속적 상상력의 소산인 구비전설에서 따온 것이 아닌가 생각된다.

가재미눈　　　　　흘겨보는 눈을 '가재미눈'이라 했다. "왜 늘 가재미눈을 해가지고 보느냐"는 투로 말했다. 눈을 흘긴다는 것은 비난이나 동조하지 못함을 나타낸다. 그러나 상황에 따라서는 가 벼운 원망이 담긴 반어적 추파가 되기도 한다. 함경북도에서는 애 꾸눈의 놀림말로 쓰인다고 사전에 나온다. 그러나 그것은 특수한 경우일 것이다. 도끼눈이란 말도 있다. 분하거나 미워서 남을 쏘아

노려보는 것을 가리킨다. "그렇게 도끼눈을 해가지고 어쩌자는 거냐"라는 투로 말했다. 1950년대만 하더라도 많이 쓰였는데 요즘엔 들어보지 못한다. 이들 또한 사라져가니 그야말로 제행무상諸行無常이라 하지 않을 수 없다.

참하다　　　　　　'참하다'는 용모와 성질을 가리키는 말인데 두 가지를 함께 가리키는 경우가 많았다. 생김새가 나무랄 데 없이 곱고 말쑥하다는 뜻이 있고 성질이 찬찬하고 얌전하다는 뜻이 있었다. 그러나 이 둘을 겸비하고 있을 때 흔히 이 말을 썼다고 생각된다. 참한 신붓감이라고 할 때 성격과 용모를 아울러서 이 말을 썼던 것이다. 참한 신붓감은 미구에 현모양처로 변모할 것이다. 그러나 요즘 참한 신붓감을 거론하는 경우는 없어 보인다. 학력이나 부모 직업, 재산 정도가 고려 대상이나 판단 기준이 되기 때문일지도 모른다. 혼인 관계를 영구 매음 계약이라고 냉소적 정의를 내린 마르크스는 모든 결혼이 근본적으로 정략결혼이라고 말하기도 했다. 참한 신붓감 구하기도 구시대 정략결혼 시도의 일환이었을지도 모른다. 그러나 생존경쟁이 격심해짐에 따라 신부도 참한 인물보다 공격적, 실천적이면서 유능한 인물을 찾다 보니 참하다는 말도 이제는 별 쓸모없는 말이 되어간다는 느낌이 든다. 곱고 얌전한 것은 이제 여성의 미덕이기를 그쳐버린 것이란 느낌이다. 현모양처란 말 자체가 아무래도 구시대 가부장적 남성 중심 사회의 소산일 것이다.

삽주   1989년에 발간된 졸저 『문학이란 무엇인가』에는 제주도의 비극적 사건을 노래한 임학수의 「남쪽 바다 섬을 생각하고」란 시편이 소개되어 있다. 시편에 대한 부대 상황 정보가 시편을 이해하는 데 도움이 된다는 하나의 예증으로 인용한 것이다. 여기서 다시 인용해보면 그 전문은 다음과 같다.

> 뭍에서 하룻길
> 바다는 유리판
> 올해도 동백꽃
> 붉게 붉게 피었난가.
>
> 구름 만 겹
> 바다는 짠 바람
> 오늘도 뫼 위에
> 연기는 나부끼리
>
> 아, 마을은 이미 폐허

떼 까마귀 몰리는 곳—
피로 살찐
삽주풀이래.

새로운 새로운 생을
흐느껴 노래하는
고달픈 혼들이어
받으라 나의 화환!

　부대 상황을 소상하게 알지 못한다 하더라도 이 시편을 읽고
향수하는 것은 가능하다. 모호한 구석이 많지만 상상력을 발휘
해서 대충 시편의 상황을 인지하는 것은 충분히 가능하다. 그러
나 뭍에서 하룻길이 되는 섬이 제주도이고 거기서의 비극적 사건
을 북으로 간 시인이 노래한 것이란 부대 정보를 고려할 때 이 시
편의 전면적 이해가 가능해지는 것도 사실이다. 여기서 "피로 살
찐/삽주풀"이란 대목에는 약간의 설명이 필요하다. 『우리말 큰사
전』에는 '삽주'에 대해 다음과 같은 풀이가 보인다.

　(식) 엉거시과에 딸린 여러해살이풀. 줄기는 단단하고 잎
은 어긋맞게 나고 알꼴, 길둥근꼴이며 밑부분의 것은 깃꼴겹
잎으로 3-5조각으로 깨졌고 가에 톱니가 있다. 7-10월에 꽃줄

기 끝에 흰 꽃이 핀다. 어린잎은 먹기도 하며 뿌리는 한방에서 '백출' '창출'이라 하여 약재로 쓴다.

앞의 시편을 인용한 『문학이란 무엇인가』에서 "피로 살쩐 / 삽주풀이래"가 "피로 살쩐 / 잡수풀이래"로 잘못되어 나와 있다. 삽주라는 풀이름을 알지 못했기 때문에 잡수풀로 읽어버린 것이다. 최초의 『이용악 시전집』을 펴낸 윤영천尹永川 교수가 1948년 6월 20일 자 『서울신문』에서 원본을 발견하고 착오를 알려주어 이 기회에 밝혀두려 한다. 한방에서 약재로 쓴다니까 알 만한 사람은 알 만한 일인데 그리되었다. 아직 대한민국 정부가 수립되기 이전이니까 이런 시가 버젓이 실린 것이리라. 당시 『서울신문』의 문화부에는 한센병 시인 한하운韓何雲을 발굴하고 시집 발문을 쓴 시인 이병철李秉哲이 재직하고 있었다는 것도 부대 상황으로 적어둔다. 정부 수립과 함께 『서울신문』은 정부 기관지로 변모하지만 그 전까지는 홍기문 등의 중도좌파가 편집진을 이루고 있었다. 삽주는 풀이름인 만큼 사라지는 말은 아니지만 그냥 간과하기 쉬운 말이라 유념해두는 것도 괜찮을 것이다.

그리야 혹은 그랴　서울 와서 학교를 다니며 동급생과 얘기를 나누다가 핀잔 비슷하게 우스갯감이 된 것은 '그리야'란 말 때문이었다. 우리 고향 쪽에서 일상 대화 중 가장 많이 쓰는 말의 하나가 '그리야' 혹은 그 준말인 '그랴'이다. 무심코 "그랴" 하면 대놓고 웃었는데 내 편에서는 도무지 이해가 되지 않았다. 『우리말 큰사전』에는 동의함을 뜻하는 '그래'의 경기도 사투리라 풀이되어 있는데 충청도에서 아주 흔히 쓰는 말이다. 학교를 나오고 얼마 안되어 『한국일보』에 소설 월평을 한동안 쓴 적이 있다. 당시 『한국일보』의 문화부장은 시인 신석초申石艸 선생이었다. 처음 신 선생을 뵈었을 때 고향을 물어서 충청북도 충주라 했더니 흔히 서울말이 표준말이라 하지만 충북 충주 지방의 말이야말로 사실상 한국의 정통 표준말이라고 해서 조금 으쓱해지는 느낌이었다. 젊은 시절 신유인申唯仁이란 필명으로 친프로문학 편의 평론 활동을 했다는 선생이 어떤 근거로 그런 말을 했는지 모르지만 시인인 만큼 상당한 근거가 있었을 것이라고 생각된다. 또 신 선생이 충남 출신이기 때문에 그랬을지도 모른다. 그러다가 2008년에 처음으로 번역되어 나온 혼마 규스케의 『조선잡기』에서 다음과 같은 대목을 마주치게 되었다.

언어와 문장

언어는 팔도 가는 곳마다 모두 같다. 다만 곳에 따라 어조의 변이 및 사투리가 있을 뿐이다. 예를 들면 경상도와 전라도에서는 기름을 '치름'이라 하는데 경기도와 충청도에서는

'기름'이라 하고, 경기도와 충청도에서는 '어데 가쇼'라 하는 것을 경상도에서는 '오데 가능교'라고 한다. 그러나 가령 함경도 사람과 전라도 사람이 상봉하더라도 삿슈(薩州, 현 사쓰마현)인과 오슈(奧州, 현 이와테현)인이 상봉하는 것처럼 기이하지는 않다. 그리고 8도 중에 가장 언어가 좋은 곳은 충청도의 충주이다. 말의 격이 정돈되어 있고 어조가 온아하며, 경성을 능가하는 것이 있다.[*]

우리말 번역본 첫머리에 보이는 이 글을 접하고 퍼뜩 떠오른 것이 젊은 날에 뵌 신석초 선생의 말이었다. 신 선생이 이런 책을 접할 기회는 없었을 것이다. 그러나 신 선생 연배 사이에서는 충주 말이 가장 격이 있는 표준말이라는 어떤 비평적 동의가 형성되어 있었던 것이 아닌가 생각된다. 내가 처음으로 『조선잡기』에 대해서 들어본 것은 1960년대의 일이다. 당시 신구문화사에서는 여러 필진이 집필한 한국현대사 연작을 기획 출판하고 있었다. 신구문화사에서 그 실무를 담당했던 고향 선배인 민병산閔丙山 씨가 일인 낭인이 한말에 한국을 염탐하고 돌아가 쓴 책이 있는데, 한국인의 기개가 다 죽어서 당장 집어삼켜도 문제가 없다는 투의 발

---

[*] 혼마 규스케, 『조선잡기—일본인의 조선정탐록』, 최혜주 옮김, 김영사, 2008, 18쪽. (『朝鮮雜記 - 日本人が見た1894年の李氏朝鮮』. 원서의 부제를 번역하면 '일본인이 본 1894년의 이씨조선'이다.)

상이 보인다는 말을 필진에게서 들었다고 전해주었다. 민 선생은 한말 세도가 집안 출신으로 청년기 초입에 해방을 맞아 가계의 실상을 알고 충격을 받아 신경쇠약에 걸린 이력이 있는 인물이다. 평생 독신으로 살다가 동호인과 추종자들이 회갑연을 준비 중임을 알고 자진했다고 추정되고 있다. 타계 직후 정릉에 있는 사찰에서 추모 모임이 있었는데 뜻밖에도 젊은 여성들이 다수 참석하여 놀랐던 경험이 있다. 얼마 전에 『조선잡기』의 원서를 입수해 보았는데 우리말 역본은 일정한 주제를 잡아서 자유재량으로 순서를 배열하여 원본과 다르다는 것을 알게 되었다. 우리말 역본 첫머리에 보이는 '언어와 문장'이 원본에서는 사뭇 뒤끝에 있다. 또, 국역본에는 빠져 있지만 문장의 종류가 일본과 마찬가지로 여섯 가지가 있다는 것이 서술되어 있다. 1) 순한문 2) 조선식 한문 3) 이두문 4) 이두문 섞인 한문 5) 언문(한글) 6) 한자 섞인 언문이 그것이다. 근자에 새로 나온 원서에는 로만 폴란스키 감독의 걸작 영화 「피아니스트」의 주인공이 되는 스필만의 아들인 크리스토퍼 스필만이 붙인 해설이 보이는데 새로운 사실이 많이 드러나 있다.

저자 혼마에 대해서는 불명한 점이 많은데 1869년에 출생하여 1893년 20대 초의 젊은 나이로 한국으로 건너왔다고 적고 있다. 건너온 동기는 '아시아주의' 때문이라 보는 것이 스필만의 관점인데 은연중 그에게 동조적인 셈이다. 그가 말하는 아시아주의는 "선진적인 일본이 원조와 지도로 한국을 독립시켜 아시아 전체에 근대적인 질서와 문명을 도입하려는 대의"라고 하고 있으니 우리로서는 수긍하기 어려운 일본 흑룡회 흐름의 이데올로기라고 할 수밖에 없다. 혼마가 흑룡회 회원으로 등록되어 있다는 것은 시사하는 바가 많다. 그러나 우리의 맥락에서 중요한 것은 동기가 아니라 그의 책이 갖는 의미이다. 한국어 공부에 열성을 다한 그는 1894년 『이륙신보』에 『조선잡기』를 연재하였는데 독자들이 누구나 감지하듯이 세밀한 관찰과 서술은 놀랍도록 실증적이다. 당시의 생활수준이 낮고 이르는 곳마다 불결하며 유통이 불편하고 화폐경제가 발달되지 않았고 경제의 정체와 관리의 부패가 심하며 교육이 불철저하다는 것이 가차 없이 지적되어 있다고 스필만은 말한다. 새삼스러운 얘기가 아니고 이사벨라 버드 비숍도 소상하게 지적하고 있는 사안이다. 시인 신동엽이 노래한 대로 오늘 우리가 얼마나 달라졌는가 하고 자문하지 않을 수 없다. 혼마의 아시아주의에 동조적인 면이 없지 않지만 스필만은 팔도의 왕릉이나 고분치고 왜구가 약탈하지 않은 곳이 없다든가 임진왜란 때 한국이 완전 초토화되었다는 사실 등도 적시하고 있다는 점을 지적한다. 혼마는 한일합병 이후 총독부 촉탁으로서 정보 수집 활동에 종사한 것으로 보이는데 1919년 3월 3·1운동 상황을 촬영하려다가 데모 군중에게 살해된 것으로 적혀 있다. 그의 나이 50세였다. 한편 1951년 폴란드에서 태어난 크리스토퍼 스필만은 런던대학의 아시아·아프리카 연구원을 거쳐 예일대학에서 일본사 연구로 박

사학위를 받았고 일본 규슈산업대학 교수로 재직했다. 고향 사투리에서 시작한 충주 말에 대한 얘기가 스필만의 책 해설로 일탈하고 말았는데 일탈이나 탈선이 그 자체로 흥미 있음도 사실이 아닌가 하고 자위하려 한다. 사실 일탈과 탈선이야말로 소설적인 것이라고 하는 일부 러시아 형식주의자들이 있는 것도 사실이다.

제10장

통뼈   "제까짓 게 무슨 통뼈라고 설쳐대는 거야"
혹은 "내가 무슨 통뼈라고 감히 그런 일을 맡아" 같은 말이 한동
안 젊은이들 사이에서 유행한 적이 있다. 국지적인 것이긴 하지만
학생운동이 왕성하던 시절에 그랬다고 생각한다. 여기서 '통뼈'는
기개 있고 배포가 두둑한 투사를 시사하는 말이었다. 사전에는 통
뼈를 "두 가닥의 뼈로 이루어져 있지 않고 한 가닥으로 통째로 되
어 있는 아래팔뼈"라 풀이되어 있다. 거기서 힘이 센 사람을 비유
하는 이차적 의미가 파생한 것이다. 1970년대나 1980년대에 와서
역사力士가 투사로 변모한 셈인데 요즘은 별로 들어보지 못한다.
요즘 젊은이들이 쓰지 않는 것인지 노년이 되어 젊은이들 대화를
접하지 못해서인지는 분명치 않다. '영웅이 필요한 시대는 불행한
시대'라 한 것은 브레히트라 기억하는데 통뼈란 말이 들리지 않는

시대는 무어라 해야 할 것인가?

부아 나다　　　　　　우리 어린 시절에 심사가 뒤틀리거나 성이
날 때 흔히 '부아가 난다'고 했다. 사전에는 '부아'가 "마음속에 일
어나는 성 혹은 분한 마음"이라 풀이되어 있다. "부아가 나서 한바
탕 싸웠다"는 예문도 보인다. '분하다'를 찾아보면 "남에게 억울한
일을 당하여 마음에 원통하다"고 풀이되어 있다. 이런 풀이를 '부
아 나다'에 적용해보면 사전의 풀이가 조금은 과장되고 빗나간 것
같다는 느낌이 든다. 자기가 쓴 글을 예로 드는 것은 자못 쑥스러
운 일이긴 하나 어린 시절의 실감이 담겨 있다 생각되어 졸저 『나
의 해방 전후』의 한 대목을 살펴보기로 한다. 초등학교 2학년 시
절 두 집 건너 이웃에서 불이 난 적이 있다. 일본인 처녀 담임선생
이 멀리서 보니 아무래도 우리 집 같아 들렀는데 아니어서 다행이
라며 인사를 하고 돌아간 것을 적은 장면이다.

　　그녀가 돌아간 뒤 때마침 며칠째 유하고 계셨던 외조모가
"하필이면 왜 일본 기집애가 담임이냐"고 말하는 것이어서 적
지 않이 부아가 났다. 며칠 동안 속으로 외조모의 망언을 용
서하지 않았다. 조선인 가네무라金村 선생이나 유키무라幸村
선생보다 몇 배 낫다고 생각하면서.

성내다 혹은 골나다란 말은 주로 타인이나 제3자의 언동에 대해 쓰는 반면에 부아가 난다는 말은 자신의 언동에 대해서 쓰는 것이라는 게 내 어휘 체험의 실감이다. 그리고 분하다기보다는 부당하다는 감정이 주성분이라 생각한다. 요즘 화딱지가 난다, 뿔따구가 난다는 투로 말하는 경우가 있는데 부아가 나는 것보다 조금은 비속어로 비치게 마련이다. 최근엔 쪽팔린다 비슷한 들어도 알 수 없는 말이 대체하고 있다. 또 싹수가 없다, 싹수가 노랗다는 말을 많이들 했었다. 싹수는 잘되거나 발전할 수 있는 성질을 가리키는 말이니 어린이나 젊은이에게 싹수가 없다고 한다면 장래성이 없다는 저주에 가까운 말이 된다. 요즘엔 싸가지가 없다든가, 아예 뒷말을 빼버리고 싸가지라 하는 경우가 많다. 싸가지는 싹수의 전남 방언이라고 사전에 나온다. 언어 변천이나 어휘 세계의 자연선택에서도 악화가 양화를 몰아내는 것이 대세인 것 같다.

기린아　　　　　　용이나 봉황이나 모두 상상 속의 동물이다. 서양의 일각수一角獸나 동양의 기린도 마찬가지다. 성인이 천자天子의 자리에 오를 때 나타난다는 동양의 기린이 동물원에 있는 목이 긴 열대산 기린과 다른 것임은 말할 것도 없다. 뿔 하나에 눈이 붉고 발굽이 다섯 개라는 동양의 기린은 살아 있는 생물을 먹지 않고 싱싱한 풀을 밟지도 않는다 한다. 귀여운 세 살에 미운 일곱 살이란 말이 있다. 어려서 신동 아닌 아이가 없고 나이 들어 범용하지 않은 어른이 없다는 말도 있다. 신동이 흔해 빠진 데 비해서 '기린아麒麟兒'는 드물게 재주가 탁월한 어린이를 가리키다가 젊은이도 가리키게 되었다. 두보의 시에서 유래한 말인데 1930년대의 출판물에 자주 보이더니 한자어의 썰물과 함께 노병처럼 슬그머니 사라졌다. 재사나 귀재鬼才란 말로 대체된 것이리라.

덩　　　　　　　　향가에 나오는 선화 공주나 탄금대 배수진의 패장 신립申砬의 아내와 같은 옹주가 타는 가마가 '덩'이다. "나중에 덩을 태워준대도 이 짓은 못 한다"는 투의 맥락에서 예전에 여성들이 흔히 썼다. 어원상으로 보아 여성 전유의 어휘다. 남성들은 "나중에 삼수갑산을 가는 한이 있더라도 이 노릇은 못 한다"고 했다. 삼수갑산은 여전히 쓰이지만 덩이 나오는 속담은 그러께의 눈처럼 사라진 지 오래다. 요즘의 공주나 옹주는 덩을 타는 게 아니라 해외에서 봉사 활동한다며 항공편 특급 관광을 즐기는 게 아닌가 하고 말하는 게 요즘의 세태다.

체면치레　　　　『우리말 큰사전』에는 "남을 대하기에 떳떳한 도리나 얼굴"이라고 체면을 풀이하고 있다. 체면이 서다, 체면이

깎이다, 체면을 보다 등의 관용 예문을 들고 있다. 또 체면을 보 느라고 변변하지 못한 사람에게 졸림을 당하였다는 뜻의 '체면에 몰렸다'와 체면이 서지 아니하여 부끄럽다는 뜻의 '체면이 사납다' 는 관용구를 제시하고 있다. 또 "짐짓 체면이 서도록 하는 치레"라 고 '체면치레'를 풀이하고 있다. 그러나 우리 고향 쪽에서는 '체면 을 차리다'라고 하는 것이 가장 흔한 관용이었다. 우연히 끼니때 까지 앉아 있다가 밥상이 들어와서 함께 식사를 하게 되어 쭈뼛 쭈뼛하면 "괜히 체면 차리지 말고 어서 들어요" 하고 권하는 경우 가 있었다. 한 그릇을 비우는 것이 미안해서 반을 덜어놓는다든 가 밥을 남겨도 체면 차릴 것 없다며 다 들라고 하는 것이 옛 마 을의 관행이었다. 체면을 차리는 것이 체면치레인데 정작 체면 차 리다란 우리게의 관용어구는 빠져 있다. 이렇듯 어울리지 않게 응 석을 피워보는 것은 언젠가도 말했듯이 「바라춤」의 신석초 시인이 나 한말 사정에 통달했던 일본인 혼마도 충주 말의 격이 정돈되어 있고 어조가 온유하여 경성 말을 능가한다고 말하고 있기 때문이 다. '바라춤'은 두 손에 자바라를 가지고 울리면서 추는 불교 무용 인데 신석초 유일 시집 『석초石艸시집』에 수록되어 있는 비교적 긴 시편의 제목이다. 『지용시선』『청록집』과 함께 1946년 을유문화사 에서 간행된 『석초시집』은 앞의 두 시집과 달리 별로 주목을 받지 못하였다. 책머리에 "위무위 사무사 미무미爲無爲 事無事 味無味"란 노자의 말이 적혀 있는 이 시집에는 발레리와 산스크리트어와 「청산별곡」의 인유가 보이는데 그만큼 시인의 관심이 폭넓었음을 보여준다. 그의 과작과 때 이른 시의 절필은 시인으로서 큰 취약점이 되지만 체면치레를 할 줄 아는 옛 선비의 내면을 보여주는 것이기도 하다. 몰염치의 도사들이 역병처럼 창궐하는 시대에 무시로 생각나는 선인의 미덕이기도 하다.

군물　　　　　　군더더기, 군말과 같은 말에서 볼 수 있듯이 군이란 말은 '필요한 범위 밖의' 혹은 '쓸데없는'의 뜻을 가지고 있다. 군살이나 군것질이란 말에서도 마찬가지다. 군말썽 하면 공연히 일으키는 말썽을 가리킨다. '군물' 하면 끼니때 외에 마시는 물을 말한다. 요즘 건강 관련 언설을 보면 하루에 1.5리터의 물을 마시라 하는데 사실 군물이 아니고는 달성하기 어려운 양이다. 뜨거운 물에 덧치는 맹물을 가리키기도 하고 죽이나 물 위에 따로 떠도는 물을 가리키기도 한다. 이태준의 수필 「조숙」에 보이는 군물은 조금 다르다. 친구가 서리를 맞아야 따는 배가 일찍 익어서 떨어진 것을 가지고 와서 맛을 보라고 한다.

먹어보니 보기처럼 맛도 좋지 못하다. 몸이 굳고 찝찝한 군물이 돌고 향기가 아무래도 맑지 못하다. 나는 이 군물이 도는 조숙한 열매를 맛보며 우연히 천재들이 생각났다. 일찍

깨닫고 일찍 죽는 그들의.

여기서는 제대로 익지 않아 제맛을 내지 못하는 배의 물기를 군물이라 함을 엿볼 수 있다. 흔히 쓰는 말이 창조적으로 바뀌어 쓰인 것이다. 군말은 쓸데없는 말을 가리키지만 군담이라 할 때도 있다. 아주 오래전에 김환기 화백이 쓴 수필에 「군담」이란 것이 있었다고 기억한다. 앞에서 조숙이란 말을 썼지만 그전엔 조달이란 말을 더 많이 썼다. 조달을 조숙이 대체한 것은 아무래도 일본어의 영향일 것이다.

갈가지 '갈가지'는 범의 새끼를 말하는데 개호주라고도 한다. 젖니가 빠지면 영구치가 생긴다. 젖니 빠진 아이를 "앞니 빠진 갈가지"라며 놀리는 것이 일종의 놀이 구실을 하던 때가 있었다. 사자가 농부의 딸에 반해서 청혼을 하였다. 딸을 맹수에게 시집보낸다는 것은 상상조차 못 했지만 농부는 감히 거절을 하지 못했다. 신랑감으로는 십상이지만 이빨을 뽑고 발톱을 깎지 않으면 딸을 줄 수가 없다고 성가신 청혼자에게 말해 어려움을 모면하였다. 딸아이가 이빨과 발톱을 무서워하기 때문이라는 구실을 내세운 것이다. 사자는 너무나 반해 있었기 때문에 산뜻 이러한 희생을 감수하였다. 그러나 사자가 다시 나타나자 농부는 업신여기며 몽둥이로 사자를 내쫓았다는 얘기가 이솝우화의 하나로 전한다. 사자가 스스로 앞니 빠진 갈가지로 무장해제를 한 것이다.

우리 고향 쪽에서는 아래쪽 젖니가 빠지면 부엌 아궁이에 집어넣고 윗니가 빠지면 지붕으로 내던지는 풍습이 있었다. 보통 아래쪽 젖니가 먼저 빠지고 그다음에 윗니가 빠진다. 그러나 항상 예외가 있는 법이다. 윗니가 먼저 빠지는 경우가 있고 그런 경우 인도의 어느 지방에서는 살처분한다는 것을 루스 베네딕트의 책에서 읽은 기억이 난다. 이렇게 소수파는 어디서나 박해를 받게 마련이다. 왼손잡이가 인류 최초의 소수파라는 말이 있지만 고수머리, 옥니도 소수파에 속해서 양자를 겸비한 자는 성질이 표독하다는 말이 있었다. 태평양전쟁 때 일본을 이해하는 것이 필요해서 집필하게 되어 베네딕트의 명성을 확보해준 책을 국내에서는 '국화와 칼'이라 번역하고 있는데 엄격히 말하면 '국화와 장검(일본도)'이라 해야 옳다. 칼에는 부엌칼에서 등산용 나이프에 이르는 다양한 종류가 있다. 그런데 베네딕트의 칼은 일본도이고 그것은 김종서의 시조에 나오는 장검에 가까운 것이다. 일본도는 그 장인들이 단순 무기가 아니라 공예품이라 생각해서 제작자가 서명을 하는 경우가 많았다. 어쨌건 옛 마을에서는 아이들이 주고받는 말이나 놀이에 동물 이름이나 새 이름이 나오는 경우가 많았다. 자연과 격리된 생활을 하는 도회 어린이들에게서 옛 버릇은 깡그리 사라지고 말았다.

밥심　　　　　　　노년이 되면 대개 입맛이 없어진다. 왕성하던 식욕은 행방이 묘연해지고 못살던 시절의 산해진미도 시큰둥해진다. 그럴 때 "어르신은 '밥심'으로 산다는 말이 있는데 든든하게 드셔야지요" 하고 옆에서 훈수를 하는 경우가 많다. 어르신은 요즘 퍼져 있는 존댓말이고 사실은 '노인은 밥심으로 산다'는 게 이 말의 원형이라 할 수 있다. 밥심이라 발음하지만 사실은 밥힘이 본래의 말 모양일 것이다. 조반석죽도 제법 사는 집안에서나 가능했던 시절 보통 사람들은 세 끼 밥 먹기가 심히 어려웠다. 그런 시절 요즘 빈축의 말이 되어버린 '삼식이'는 상류층 행운아들이었다. 하층민들 사이에선 굶기를 밥 먹듯 한다는 것이 항상적인 현상이었을 것이다. 그러니 명일이나 제삿날에야 제법 단백질을 섭취할 수 있었던 시절 끼니를 제대로 챙겨 먹어야 노인들이 근력을 유지할 수 있고 그런 맥락 속에서 노인은 밥심으로 산다는 말이 생겨났을 것이다. 달리 보양식이나 보약을 먹을 처지가 못 되니 끼니라도 제대로 때워야 한다는 취지다. 세상이 변해서 요새는 과식과 과체중이 문제가 되는 시대가 되었다. 미용상의 이유로 다이어트를 하는 젊은이들이 늘어나고 노인층에서도 복부 비만을 경계하는 이들이 많아졌다. 그래서 여느 때의 절반만 먹으면 수명이 두 배로 늘어난다는 과대 홍보로부터 소식이 장수의 지름길이라는 언설이 널리 퍼져 있다.

　해방 직전의 초등학교 시절 우리가 겪은 강요된 소식과 절식은 경험해보지 않은 사람은 상상하기가 어려울 것이다. 쌀이 귀했고 배급되는 안남미安南米는 찰기가 없어 정말 구미에 당기지 않았다. 당시 사범학교를 나온 담임교사는 조금 더 먹고 싶다는 생각이 들 때 숟가락을 내려놓는 것이 건강에 좋다고 기회 있을 때마다 강조해서 어린 마음에도 해괴하다는 느낌이 들었다. 도대체 평소 배불리 먹지를 못하는 아이들에게 식욕을 줄이라니 말이 되느냐는 야속한 생각을 금할 수 없었다. 지금 생각하면 사범학교 기숙사에서 사감이 하던 소리를 그대로 복창해 들려준 게 아닌가 하는 느낌이 든다. 그런데 그 담임교사는 현재 백수를 넘기고 여전히 건재하고 계시다. 그래서 몸소 철저한 소식을 실천해서 백수를 넘기는 경지에 도달했다는 생각도 든다. 노인이 밥심으로 사는 것도 사실이나 소식이 장수의 지름길임을 실천을 통해 보여주고 있는 분도 있다. 밥심과 함께 널리 쓰인 말은 '젖 먹은 힘'이란 말이다. 나이 서른을 넘어 몸이 20대만큼 활기차지 못할 때 흔히 젖먹은 힘이 다 빠졌다고들 했다. '이밥에 고깃국'이란 말이 있듯이 옛날 밥심의 원천은 아주 가까운 데 있었다. 생각이 여기까지 미치면 우리만큼 한평생에 격심한 사회 변화를 경험한 세대가 달리 없다는 것은 확언해도 될 것이다.

곤달걀 6·25를 전후한 변화의 세목을 찾아보면 한

량이 없다. 비근한 사례로 가령 달걀 꾸러미가 시장에서 사라진 것도 그 하나일 것이다. 열 개의 달걀이 들어 있는 지푸라기로 만든 꾸러미는 시장에서 가장 잘 눈에 뜨이는 품목의 하나였다. 그 후 군대용 납품을 위해 만들어진 달걀판이나 달걀 상자가 생기면서 이전의 달걀 꾸러미는 볼 수 없게 되었다. 그러면서 사라진 말이 '곤달걀'이다. 곯은 달걀이 곤달걀인데 냉장고가 보급되기 이전에 벌써 이 말이 사라진 것을 보면 지푸라기 달걀 꾸러미와 함께 곤달걀도 사라져버린 것이 아닌가 생각된다. 지금 달걀은 가장 손쉽고 싸게 구할 수 있는 식품이다. 학교를 다니던 1950년대 중반만 하더라도 그렇지가 않았다. 입주 가정교사를 하던 동급생이 주인아저씨가 아침 식사 때 계란 두 개를 꿀꺽한다고 했다. 이밥 한 가운데 계란을 깨어 노른자 두 개를 넣어 비벼 먹는 게 그의 조반 관행이라고 얘기하자 듣고 있던 한 친구가 "하루에 계란을 두 개씩이나 먹는 놈은 도둑놈 아닌가?" 하고 열을 내어 잠시 숙연해진 적이 있다. 그만큼 생활수준이 낮았던 것이다. 겪어보지 않으면 실감이 가지 않을 것이다. 그럴 무렵 곤달걀조차 함부로 버리질 못했던 것이다. 1970-80년대에 닭장 같은 집에서 살던 저임금 여공들이 돈을 아끼려 하루 세 끼를 라면으로 때웠다는 수기를 본 적이 있다. 그나마 하루 한 번은 달걀을 먹었다고 되어 있어서 위안을 받았다.

과년　　　　　　　　'과년'은 여성이 결혼할 시기에 이른 나이를 가리켰고, 시집 안 간 과년한 딸이 있다는 것은 집안의 걱정거리일 뿐 아니라 툭하면 마을의 화제가 되고는 하였다. 개화 이전엔 이팔청춘이란 말이 시사하듯이 열대여섯 살을 가리켰다. 그것이 점차적으로 상향 조정되어가더니 요즘에는 이 말이 아예 사라지고 말았다. 결혼 적령기라는 점잖은 말이 대체한 것도 한 가지 이유가 되지만 그보다도 혼기나 적령기라는 개념이 사실상 용도 폐기된 상황이 된 것이다. 또 독신주의자가 아니더라도 나이 많은 미혼 남녀의 수효도 많아지고 이혼 경력이 있는 독신 생활자도 많다. 40대 말의 졸업생을 오랜만에 만난 적이 있다. 무심코 자녀는 몇이나 두었느냐고 물으니 독신이라고 한다. 여태 독신이라니 부모님이 걱정을 안 하시느냐고 하니 어머니는 돌아가시고 아버지의 독촉이 심해서 집을 나와 산 지가 오래라 한다. 안정된 직장을 가진 유능한 독립적 직업여성이긴 하지만 부모 된 입장에선 걱정스러울 것이라는 말에 대한 대답이 조금은 충격이었다. 동기생 가운데 결혼 후 이혼하고 혼자 사는 친구가 적지 않다며 이혼하고 혼자 사는 것보다 결혼 않고 혼자 사는 것이 훨씬 낫지 않으냐는 취지였다. 혼자 사는 것이 홀가분하고 저축을 해서 때로 해외여행을 다니고 하니 거칠 것이 없다는 투였다. 세상 돌아가는 것을 전혀 모르고 살아왔구나 하는 자괴감이 일었다. 과년은 이제 과객이란 말처럼 옛말이 돼버렸다.

산초　　　　　　평균수명이 길어지는 데 결정적인 역할을
한 것은 한두 가지가 아니다. 그러나 가령 하루 한 알로 고혈압을
안정시키는 새 정제의 등장도 결코 과소평가할 수가 없을 것이다.
1950년대 시골에서는 중풍에 대한 민간요법으로 산초씨 기름을
중요시하였다. 운향과에 딸린 갈잎떨기나무인 산초나무의 녹갈색
열매를 말려 그 씨로 기름을 짠다. 이 산초씨 기름을 구하기는 쉽
지 않았다. 그 밖에 다시마도 좋다 해서 다시마튀각을 만들어 먹
거나 마른 다시마를 빨기도 하였다. '산초'는 추어탕에 넣어 먹는
바로 그 산초이다.

팔만 사천　　　　　숫자를 가리키는 한자 가운데서 여덟 팔
八 자는 유달리 쓰임새가 많다. 우리의 경우 사주팔자란 말이 갖
는 의미는 지난날 아주 각별한 바 있었다. 그래서 모든 것을 팔자
소관으로 돌리는 것이 서민들의 정신적 관행이요 처신이었다. 그
것은 보통 사람들의 체념을 합리화하는 마음의 장치이기도 하
였다. 팔도강산에서 팔만대장경, 팔방미인에서 단양팔경에 이르
는 비근한 어사에 여덟 팔 자가 다수 등장한다. 여덟 가지의 진미
를 가리키는 팔진八珍이 있고 여덟 가지 악기를 가리키는 팔음八音
이 있다. 팔년병화八年兵火라 하면 항우와 패공의 싸움에서 유래하
여 승패가 오랫동안 결정되지 않음을 뜻한다. 팔년풍진八年風塵 하

면 역시 패공이 8년을 지낸 뒤에야 항우를 물리친 사실에서 유래하여 여러 해 고생을 겪는다는 뜻이 된다. 당송 팔대가八大家라 하면 당나라의 한유, 유종원, 송나라의 구양수, 소순, 소식, 소철, 증공, 왕안석을 가리킨다. 태극기에 관해서 공부할 때 팔괘八卦의 이해는 필수적이다. 너무 어려워 이해하는 국민이 많지 않을 것이다. 서양에 아틀라스Atlas가 있듯이 동양에는 대지를 떠받치고 있다는 팔주八柱가 곤륜산 아래에 있다. 한방에서 쓰는 여덟 가지 약초를 팔초八草라 하고 팔방의 바람을 가리키는 팔풍八風도 있다.

특히 불교 용어에 이 자가 많이 동원되어 있음을 보게 된다. '팔만 사천'은 번뇌의 수가 8만 4천인데 이를 제거하기 위한 법문法門도 8만 4천이 있다는 데서 나온 말이다. 본시 인도 쪽의 수 개념은 방대하고 웅장한 것이 특색이어서 천문학적 숫자와 비슷하다. 번뇌 수가 8만 4천이라니 삶이란 번뇌의 도가니요 소용돌이가 아닌가! 더 잘 알려져 흔히 거론하는 것은 백팔번뇌이다. 인간의 과거, 현재, 미래에 배당하여 108가지의 번뇌를 책정하고 있다. 고유명사로서의 '백팔번뇌'는 육당 최남선이 시조 부흥을 표방하고 1926년에 발간한 시조집인데 우리나라 최초의 개인 시조 전집이기도 하다. 백팔번뇌에 대응하는 백팔염주도 있다. 작은 구슬 108개를 꿰어 그 끝을 맞맨 것이 백팔염주이다. 이 염주를 알알이 만지며 돌려서 염불을 하면 백팔번뇌를 물리치는 경지에 이른다고 알려져 있다. 그런가 하면 팔고八苦란 말도 있다. 생고生苦, 노고勞苦, 병고病苦, 사고死苦, 애별리고愛別離苦, 원증회고怨憎會苦, 구부득고求不得苦, 오음성고五陰盛苦를 아울러 팔고라 하는 것이다. 일본의 무사에 야마나카 시카노스케(山中鹿之介)란 괴이한 인물이 있다. 소년 시절부터 매달 초승달을 향해 "내게 칠난팔고七難八苦를 내려달라"고 빌었다. 장성한 그는 너무나 쉽게 소원 성취해서 무사로서의 죽음을 맞게 된다. 해방 전 초등학교의 일어 교과서에 나와 있는 얘기다. 지금 생각하면 개죽음의 미학을 전파하기 위해서 교과서에 수록한 것이란 생각이 들어 착잡한 심정이 된다. 일본의 시마네현에는 그의 묘지라고 적어놓은 곳이 있는데 어느 현지인의 말을 따르면 그런 곳이 몇 군데나 있다고 한다. 또 팔한지옥八寒地獄은 여덟 가지의 몹시 추운 지옥을 가리킨다. 팔왕일八王日은 인간의 일을 맡은 여러 신들이 교대하는 8일 곧 입춘, 춘분, 입하, 하지, 입추, 추분, 입동, 동지를 가리킨다.

위에서 8자의 다양한 쓰임새를 적어본 것은 마침 우리 『현대문학』이 800호를 기념하게 되었기 때문이다. 8자의 중요성과 유용성이 100배나 되는 800이란 숫자 앞에서 우리는 일변 경사스럽고 반가운 한편으로 지난 67년의 가파르던 세월을 떠올리며 숙연한 느낌마저 든다. 성장과 발전의 67년은 동시에 신산과 위기의 세월이기도 하였기 때문이다. 1955년 1월에 창간호가 나온 후 66년 8개월이란 긴 세월에 걸쳐 꼬박꼬박 단 한 번의 결권도 없이 간행이 지속되었다는 것은 예사로운 일이 아니다. 무수하고 다양한 문학지나 종합지가 해방 전의 우수한 시인 작가가 그랬듯이 단명으로 끝난 사정을 고려할 때 이 사실은 각별한 의미를 갖게 된다. 『현대문학』의 고독하나 견고한 일관성은 창간호에서 800호에 이르기까지 변함없이 한자로 된 제호를 사용하고 있다는 사실이 상징적으로 보여주고 있다. 시류에 낮은 자세로 영합하지 않고 화이부동和而不同의 정신으로 격을 유지해온 것은 그대로 문학지의 고유 개성으로 귀결되어 있다. 일본을 제외한다면 비슷한 성격의 월간 문학지는 달리 찾아지지 않는다 해도 지나친 말이 아니다.

문학의 죽음이란 음산한 숙어가 퍼지기 이전에도 엘리트 문학지의 고정 독자는 많지 않았다. 가령 영국의 경우 T. S. 엘리엇이 주재하던 『크라이테리언Criterion』의 정기 구독자의 수효는 900명에 지나지 않았다. F. R. 리비스가 주재하던 『스크루티니Scrutiny』의 독자도 750명에 불과하였다. 비록 비평 위주의 문학지였다 하더라도 이러한 수치는 문학지 독자, 특히 안목 있는 독자 수효를 가늠하는 지표가 되어준다. 경제적·문화적 여건이 양호한 유럽의 선진국에서조차 사정은 이러했다. 우리의 1인당 국민소득이 겨우 100불이 된 것은 1965년의 일이다. 그보다 앞선 10년 전인 1955년 당시 경제적 역량의 허약함은 이루 말할 수가 없었다. 그러한 역경 속에서 순문학지를 표방하고 출발한 『현대문학』의 67년은 그야말로 백팔번뇌의 세월이었다. 거듭된 경제위기의 난경을 극복해온 것이 문학이나 예술 분야에 한하지 않는 것은 사실이다. 그러나 경제위기 속에서 가장 타격을 받는 것의 하나는 지식산업이요 문예부문이다. 그러한 역경 속에서 수많은 신인을 배출하고 수많은 양질의 작품을 선보이며 문학상으로 문인들을 격려·응원하고 우리 문학의 성장에 기여한 공로는 아무리 높이 평가해도 지나치다 할 수 없다. 이것은 경영과 편집진의 부단한 노력, 집필 문인들의 전폭적 협조, 소수 독자들의 일관된 애독, 그리고 각종 사회적 후원이 결집하여 이룩한 쾌거이다. 우리는 그 역사적 의미를 음미하면서 보다 생산적인 미래를 구상하고 실천해야 할 것이다. 문학의 죽음이 아니라 문학의 갱생과 부활을 도모하고 실현해야 할 것이다. 그것이 우리의 오늘에 대한 성찰에서부터 시작돼야 한다는 것은 자명한 일이다.

오늘날 우리 대중매체의 실상은 우리의 타락상을 여실히 보여주고 있다. 병리적 현실을 직시하고 그 전면적 개혁을 위한 문화적 노력이 모든 분야에서 건설적으로 작동하지 않는 한 미래에 대한 전망은 비관적인 것일 수밖에 없다. 그러한 의미에서 8만 4천에 이르는 번뇌 혹은 줄여서 백팔번뇌를 수용하며 문학인의 책무를 완수하련다는 비장한 각오가 필요한 시점일 것이다. 인류의 발전은 위기 극복의 노력 속에서 줄기차게 이루어졌다는 사실의 상기는 막강하게 중요하다 하지 않을 수 없다.

여기서 우리가 상기하는 것은 '펜이 검보다 강력하다'는 오래된 격언이다. 여기 나오는 펜은 협의의 문학이 아니라 널리 글이나 말의 힘을 가리킨다. 이 격언의 기원이 되는 것은 19세기 영국의 문인이자 정치인인 에드워드 불워 리턴Edward Bulwer-Lytton의 희곡 대사이다. "전적으로 위대한 사람들의 통치 아래서 / 펜은 검보다 강력하다." 거의 잊힌 문인이자 자랑스럽지 못한 궤적을 보여준 정치인이었던 인물이 쓴 대사에서도 펜이 검보다 강력한 것은 위대한 사람들의 통치 아래서라는 조건이 달려 있다. 그렇지 못할 때 『돈키호테』에 쓰여 있듯이 "펜이 검보다 더 낫다고 내게 떠벌리지 말라"라는 말이 울림 있게 들릴 것이다. 정치가 모든 것을 좌지우지하는 오늘의 현실에서 문학과 예술은 점점 주변화되어가고 있다. 정치에 문학을 복속시켜서도 안 되지만 문학이 현실과 담을 쌓아도 안 된다. 『현대문학』의 미래가 한결 장밋빛이 되기 위해서는 흔들림 없는 지향성과 함께 각고의 창조적 노력이 필요할 것임은 말할 것도 없다.

번지　　　　　　　본지의 800호 기념 특대호가 두껍게 나와서 오랜만에 수록 단편소설을 훑어보았다. 김경욱 소작의 「히든 라이터」를 읽어보니 다음과 같은 대목이 눈에 뜨인다. "다들 제 목소린 줄! 신기해하다 제 파트를 놓칠 뻔했네요. 아무래도 번지수를 잘못 찾은 것 같아요." '번지수'란 말을 접하고 문득 얼마 전에 경험한 기이한 상봉이 떠올랐다. 도봉구에 있는 김수영문학관을 찾아 이리저리 관내를 살펴보다가 뜻밖에도 60여 년 전에 부친 엽서가 한구석에 전시되어 있는 것을 발견한 것이다. 수신인이 '김수영 귀하'로 되어 있는 엽서를 보낸 이의 주소가 충북 충주읍 용산리 477이고 그 옆의 멍청해 보이는 성명은 비록 한자로 쓰여 있긴 했으나 내 자신의 것임이 분명했다. 시력이 열악한 처지라 가느다란 철필 글씨를 겨우 알아보았는데 477이란 번지수를 오랫동안 잊고 있었음을 깨닫고 반갑기 짝이 없었다. 충주가 시로 승격되기 이전에도 용산리는 얼마쯤 소외된 변두리였다. 읍내 한가운데에 자리 잡은 의젓한 성내동, 충인동, 충의동 등과 달리 우리 집 주소는 동이 아닌 용산리였던 것이다. ○○아파트 504호라 적음으로써 주소가 완결되는 다수 아파트 주민에게 '번지'란 말은 생소할 것이다. 「번지 없는 주막」 같은 대중가요에 익숙하지 않은 세대에게 '번지'는 생소한 말이 되고 번지수를 잘못 찾았다는 투의 관용어만이 겨우 익숙할 것이다. 대개의 주소에서 이제 번지는 생략되게 마련이니 미구에 사라지고 말 것이다. 적어도 일상용어로서는 말이다.

위에서 철필이란 말을 썼는데 거의 완전히 사라진 말이다. 지금은 볼펜의 시대요 만년필의 시대이다. 우리의 중학 시절만 하더라도 볼펜이 아직 생겨나지 않았다. 만년필도 손목시계처럼 일종의 사치품이어서 부잣집 아들이 아니면 쓰지 못하였다. 그럴 즈음 흔히 쓴 것이 펜대에다 펜촉을 갈아 끼워 쓰는 철필이다. 사전을 찾아보니 '철필'이란 항목에 "1.펜pen 2.등사판용으로 쓰는 끝이 뾰족한 쇠붙이로 만든 붓 3. 도장을 새기는 새김칼"이라 풀이 되어 있다. 위에서 정의 1과 2는 거의 쓰이지 않는다. 볼펜 때문에 펜이란 말도 거의 쓰이지 않는다. "펜대 놀리는 사람" 하면 화이트 칼라를 가리켰는데 역시 용도 폐기된 말이 돼버렸다. 철필과 관련 하여 생각나는 것은 부잣집의 경우에도 도련님들이 만년필 쓰는 것을 금하였다는 사실이다. 철필로 글씨를 많이 써보아야 글씨가 느는 법인데 일찌감치 만년필을 쓰면 서툰 글씨체가 굳어버린다 는 이유에서다. 편의상 부잣집이란 말을 썼지만 구차했던 우리 어린 시절엔 시골에서 일용할 쌀을 짝으로 들여놓고 살면 부잣집이라고 불렀다. 쌀 두 가마니를 우리 고향 쪽에서는 짝이라 했는데 국지적 현상인지도 모른다. 지금 쌀은 곡식의 제왕이기를 그친 지오래되었다.

부주 부조扶助가 변한 말인데 '부주'라 하는 경우가 많았다. 사전에도 부줏술은 길사나 흉사의 큰일 때에 부주로 하는 술이라 풀이되어 있고 부줏일은 부조일로 큰일을 치르는 집에 가서 일을 하여 도와주는 것이라 풀이되어 있다. 그러나 실제로 많이 쓰인 것은 부줏돈이 아닌가 생각된다. 혼사 때의 축의금이나 상가에 내는 부의금을 통틀어 부줏돈이라 하는 경우가 많았다. 부줏돈 떼어먹는 놈은 상종을 말라는 속담도 있다. 이쪽에서 부줏돈을 냈는데 저쪽에서 상응하는 부줏돈을 내지 않는 것이 부줏돈 떼어먹는 짓이다. 이것은 우리네만 그런 것이 아니고 인류학자들이 말하는 상호주의는 세계 도처에서 발견된다. 축의금, 부의금, 혹은 조위금으로 세분화되어 호칭되면서 구식 부줏돈이란 말은 적어도 도회지에선 거의 사라졌다. 한편 부조상의 상호주의는 당대에 한정될 뿐 다음 세대까지 계승되는 법은 없게 되었다. 옛 마을에선 부주를 현물로 받았을 때 그것을 베나 문종이로 된 장부에 꼬박꼬박 적어두어 다음 세대에서라도 꼭 갚도록 조처하였다. 사회적·지리적 이동이 활발해지면서 이런 세습적 상호주의도 슬그머니 사라졌다. 이른바 세교世交 현상이 사라졌기 때문이다.

상노인　　　　상늙은이의 존칭이 '상노인'이다. 여러 노인들 가운데 가장 나이 많은 연장자를 상노인이라 했지만 그것이 느슨하게 쓰여 그냥 연만한 노인을 상노인이라 부른 것이 사실이다. 노인이 불어나는 고령사회가 되면서 이 상노인이란 말은 거의 쓰이지 않게 되었다. 상노인이 너무나 흔해진 탓이리라. 그것을 대체한 것이 어르신이란 말인데 어르신네를 줄인 말이고 본시는 '남의 아버지'를 가리키는 말이었다. 그러다가 아버지의 벗이 되는 어른이나 그 이상 되는 어른을 가리키는 말로 지칭 범위가 넓어졌다. 그리고 최근엔 넓은 의미의 노인에 대한 존댓말로 굳어진 것 같다. 어린이들은 보통 할아버지라 호칭하는데 젊은이가 어르신이라고 말하면 거북하고 어색하다. 상대방이 장년 이상은 돼야 어르신이라 불리는 것이 자연스럽게 느껴진다. 상황에 따라 호칭이 달라지는 우리네만의 특수 현상은 아닐 것이다.

시골에서나 서울에서나 상노인들이 불어난 것이 사실이고 역병이 돌기 이전 곳곳의 경로당은 이들로 만원이 되었다. 이들이 모여서 얘기하는 것을 들으면 가장 두려워하는 것이 이른바 치매 현상이다. 이전엔 그저 노망 혹은 망령이란 이름으로 불리며 노인 특유의 현상으로 간주해서 고령자의 한 특성 정도로 생각한 것이 사실이다. 그러나 요즘 상대적으로 알츠하이머병 환자들이 늘어나면서 이들을 수용하는 요양원도 많이 생겨났다. 요양원에 수용된 환자의 행태에 대한 풍문이 널리 돌아다녀 자신 없는 자천 후보자들의 두려움의 대상이 된 것이다. 그러면서 새삼 고려장이나 이 비슷한 인류학적 보고 사례가 흔히 화제에 오른다. 남태평양의 어느 부족은 일정한 나이에 도달한 노인에게 야자수에 오르게 한 후 그 야자수를 마구 흔든다. 그러면 노인은 나무에서 떨어져 죽음에 이른다. 다행히 혹은 불행히도 근력이 남아 있어 줄기나 가지를 꽉 붙잡고 버티어내는 이가 있다. 그러면 그는 1년간의 유예 처분을 받고 생존이 허용된다. 이듬해 그는 똑같은 시련을 받고 생사가 결정된다. 한국이나 일본에 전해지는 노인 유기 현상이 풍토에 맞게 산을 무대로 한 반면 남태평양의 부족들은 자신들의 풍토에 알맞은 유기 행위를 마련한 것이다. 근자에 스티븐 핑커의 『마음은 어떻게 작동하는가』를 읽어보았는데 재미있지만 정보량이 너무나 많아서 흡수가 다 안 되는 편이다. 그중에 "마음은 자연선택된 신경세포 컴퓨터이다"란 말이 나온다. 이 컴퓨터에 하자가 생기면 그것이 곧 알츠하이머병을 위시한 각종 질병이 된다. 그리고 노년은 육신에 갖가지 고장이 동시다발적으로 생겨나는 시기이다. "늙음은 폭군이다. 죽음으로 위협하면서 젊음의 모든 즐거움을 빼앗아 간다"고 라 로슈푸코는 적고 있는데 현명한 대처법은 늙지 않는 것이고 상노인 되기를 단연코 거부하는 것이다. 노년 최악의 적수는 상노인이다. 아니 상노인이 되는 것이다.

드세다　　　　　'드세다'라는 단어는 사전에 "힘이나 기세가 몹시 강하고 세다"고 풀이되어 있고 고집이 드세다, 기운이 드세다, 보수적 경향이 드세다 등의 예문을 들고 있다. 결국 '세다'의 동의어이면서 강조된 말이라는 느낌을 받는다. 나의 어휘 경험으로는 실생활에서 위의 예문과 같은 사례는 별로 들어본 적이 없다. 그냥 고집이 세다, 힘이 세다고 하는 것이 보통이다. 다만 '팔자가 드세다'란 말은 많이 들어보았다. 그냥 '팔자가 세다'고 하는 경우는 별로 들어보지 못했다. 국지적 현상이요 편향된 개인적 경험인지도 모른다. 요즘에는 어느 쪽으로나 들어보지 못한 것 같으니 역시 사라져가고 대체되어가는 말이 아닌가 생각한다. "집터를 지키는 귀신이 매우 사납다"는 풀이 끝에 "이 집은 터가 드세어서 드는 사람마다 망해 나간다"라는 예문이 달려 있다. 그러니 흉가와 같은 옛 믿음이나 속신과 관계되어 자연스레 용도 폐기되어가는 것인지도 모른다.

같잖다　　　　　'같잖다'는 '같지 않다'의 준말이라며 "격에 맞지 아니하여 못마땅하다"는 풀이 끝에 "가정부를 두고 편히 살자고 아내가 자꾸 조르자 그는 '그런 같잖은 소리는 집어치워' 하고 버럭 소리를 질렀다"는 예문이 들려 있다. 요즘 이렇게 마나님에게 큰소리치는 담대한 사내대장부는 흔치 않을 것이다. 우리 어릴 적에는 아이들끼리 상대방을 비하하며 반은 장난 반은 욕설 비슷하게 이 말이 쓰였다고 생각한다. 같잖게 까분다, 같잖은 게 꼴값한다, 같잖게 굴지 마 등의 대화 아닌 응수가 있었다. 요즘은 듣기 어려운데 아니꼽다는 함의가 진한 말이다.

티껍다　　　　　'티껍다'는 사전에는 "'더럽다'의 평안도 방언"이라 풀이되어 있다. 해방 후 북에서 넘어온 사람들이 시골에도 많았다. 이들이 흔히 하는 말들이 생소하고 억양이 세어서 금방 어린이들 사이에서 그 흉내 내기가 유행하였다. 그 하나로 "티껍게 굴지 마" 하는 말이 널리 퍼졌다고 기억한다. 한술 더 떠서 "티껍게 굴지 말라우" 하고 말투를 흉내 내는 경우도 있었다. 그 외에도 다양한 것이 있었는데 기억에 남아 있는 것은 티껍다 정도이다. 센 발음이어서 발화자의 부정적 감정이 더 잘 드러난다는 느낌이었다.

야코죽다　　　　사용 빈도가 아주 잦았다가 슬며시 사라지는 것이 속어의 특성이 되는 경우가 있다. 한동안 사쿠라란 말이 요원의 불길처럼 퍼진 적이 있었다. 그러더니 슬그머니 잠잠해져서 지금은 한물간 용어가 되어버렸다. 완전히 사라진 것이 아니어서 더러 듣게 되는 경우가 있지만 한때 아주 빈번히 쓰인 말이 '야코죽다'이다. 위압되어 지기를 못 펴는 것을 뜻한다. 거꾸로 위압하여 지기를 못 펴게 하는 것이 야코죽이기이다. 주로 어린이들이 자주 썼는데 아마 불량배나 폭력배들이 쓰던 말이 영토 밖으로 넘쳐흐른 것일지도 모른다. 각급 학교에서 가령 전학생이 새로 오게 되면 학급의 못난이들이 새로 온 낯선 학생에 대한 야코죽이기를 시도한다. 대개 신참자는 야코가 죽고 또 죽은 체를 하는 것이 보통이다. 그러나 시간이 지나면 본색이 드러나 쉽사리 야코죽지 않는 강골임을 보여준다. 그러면 학급 안의 지배 혹은 강약 서열 관계에 사소하지만 변화가 생긴다. 조류나 가금류 사이에서 발견되는 부리로 쪼아 지배와 복종의 서열 관계가 정해지는 이른바 페킹 오더pecking order는 인간 사회에서도 비슷하게 작동한다. 가끔 조폭 사이에서 집단 난투가 벌어지는데 물론 영토 싸움이 대부분이다. 그러나 조폭 두목 간의 서열 관계 확립을 위한 싸움에서 비롯되는 경우도 있다. 동물행동학으로 번역되는 에솔로지 ethology가 인간 이해에 도움 되는 경우가 많은 것은 스트레스 해소를 위해 필수적인 유머 감각 배양에 썩 좋은 일이란 생각이 든다.

페킹 오더를 처음 발설한 이는 노르웨이의 셸데루프 에베 Schjelderup-Ebbe이고 1922년의 일이다. 우리 안의 닭이나 오리 떼를 관찰한 그는 그들 사이에 곧 계층 체제가 확고하게 자리 잡게 되는 것을 발견한다. 그 계층 체제에서 우두머리는 다른 닭이나 오리를 보복 즉, 되쪼임의 위험 없이 부리로 쫄 수 있는 권리를 갖게 된다. 여타의 닭이나 오리는 각자의 위치에서 그 아랫것들을 부리로 쪼게 되고 가장 아랫것은 모두에게 당하기만 한다는 것을 알게 된다. 이 가장 아랫것에 해당하는 것이 인간 사회에서는 인도의 불가촉천민(不可觸賤民, the untouchables)과 같은 하층민이다. 그리고 이들은 인간 사회에서 공격성 긴장의 배출 대상이 된다는 소중하나 얄궂은 구실을 한다. 그리고 지배는 궁극적으로 힘에 의존하고 있지만 거기에 머무르지 않고 평화, 질서, 지지로 가게 된다는 것이다.* 요즘 댓글 폭탄이나 문자 폭탄이란 말을 접하게 되는 경우가 있는데 집단적 야코죽이기이다. 또한, 엄연한 폭력이자 테러 행위이다. 다수파의 협박에 야코죽지 않는 것이 시민정신의 요체가 되어가는 기묘한 상황에 언필칭 우리 자유 사회가 빠져 있다는 것은 참으로 기구하게 역설적이다.

도지다　　　　　'도지다'는 사전에서 "나아가거나 나았던 병이나 상처가 다시 덧나거나 재발하다"로 풀이되어 있고 "감기가 도지다"란 예문이 보인다. 또, "가라앉았던 노여움이 다시 나다" 는 뜻이 있고 "화가 풀린 그를 건드려 도지게 하다"란 용례가 보인 다. 어려서 자주 듣던 말인데 근자에 들어보지 못한다. 요즘엔 재발하다라는 보다 엄밀한 한자말로 대체해서 쓰는 것이 대세라 할 수 있다. 옛 마을에는 동네 사람이면 누구나 아는 실성한 사람이 하나쯤 있게 마련이다. 잠잠하다가 그가 어떤 이상행동을 보이면 "또 광증이 도졌구먼" 하고 입소문이 나돌았다. 또 나이도 지긋한 바람둥이가 핑크빛 새 소문을 내면 "젊을 적 버릇이 또 도졌구먼" 하고 흉을 보았다. 현장의 고유성이 그대로 배어 있는 어사다. 재발하다는 동의어가 환기하지 못하는 정서적 환기력을 가지고 있기도 하다.

* Anthony Storr, *Human Aggression*, Bantam Books, 1970, p. 27.

미욱하다   "됨됨이가 어리석고 미련하다"는 것이 '미욱하다'의 사전 풀이이다. 미욱장이는 미욱한 사람을 얕잡아 이르는 말이라고 적혀 있다. 나의 어휘 경험으로는 미욱장이란 말을 실생활에서 들어본 일이 없다. 성석제 산문집 『근데 사실 조금은 굉장하고 영원할 이야기』를 읽다가 다음과 같은 대목을 보았다. "그럼에도 지나치게 가까이 가게 되지는 않는다. 나라는 미욱스러운 인간은 그런 성벽을 아직도 가지고 있으니까." 「따뜻한 쌀국수의 기억」이란 하노이 경험을 다룬 산문에서 작가 박완서 여사 얘기 끝에 덧붙인 대목이다. '미욱스럽다'는 사전에도 "미욱하게 보이다"란 풀이와 함께 등재되어 있다. 그럼에도 미욱스럽다는 말을 실생활에서 들어본 경험이 없다. 흔히 미욱하다고 했기 때문이다. 성석제 소설에는 우리 토박이말이 많이 나오고 또 창의적인 어사 사용에 각별히 유의하는 지향이 보인다. "내게 『임꺽정』은 손에 잡을 때마다 새로 되살아나고 되살아날 불로불사의 소설이다." 전 세대 작가라면 불후의 소설이라고 할 터인데 불로불사의 소설이라고 해서 글 읽기의 재미를 돋우고 있다. 이러한 사소한 차이가 빚어내는 재미가 축적되어 문학의 재미가 성립된다.

취하다   '취하다'란 말에는 맥락에 따라 여러 가지 뜻이 있다. 그런데 『우리말 큰사전』에 따르면 "남에게서 돈 따위를 꾸어 오다"란 뜻도 가지고 있다. 젊은 독자들은 의외라 생각할지도 모른다. 그러나 우리 어린 시절 어른들은 "어디 가서 돈을 취해 와야겠는데 마땅한 곳이 생각나지 않는다"는 투로 말을 하였다. 돈을 꾸어 온다는 것보다 덜 궁색해 보인 것인지도 모르고 보다 덜 직설적이라 생각한 탓인지도 모른다. 그러나 요즘 이런 투로 말하는 것은 통 듣지 못하였다. 꾸어 오다, 빌려 오다, 빚내다는 등의 말이 한결 많이 쓰이는 게 사실이다.

걸귀　　　　　　　"귀성 아버지를 데리고 같이 출근을 하겠건마는, 걸귀가 들린 듯이 밥을 퍼 넣는 귀성 아버지와는 대조가 될 만큼 차근차근 꼭꼭 씹어 먹고 앉았다." 염상섭의 단편 「쌀」 첫머리에 나오는 대목으로 완식이란 작중인물에 대한 묘사이다. 몹시 게걸스럽게 먹는 것을 두고 하는 소리임을 모르는 사람은 없을 것이다. 그러나 '걸귀'가 새끼를 낳은 뒤의 암퇘지를 가리키고 뜻이 바뀌어 음식을 몹시 탐내는 사람을 욕으로 이르는 말임을 아는 사람은 많지 않다. 구차하던 시대의 소설을 읽어보면 걸귀같이 먹는다는 대목을 자주 접하게 된다. 그런 표현이 사라진 것을 보면 우리가 상대적 풍요의 시대를 살고 있음이 분명해진다. 어원은 다르지만 비슷한 것에 걸근거리다란 말이 있다. 음식이나 남의 재물을 던적스럽게 얻어먹거나 얻으려고 자꾸 구차스러운 짓을 함을 가리킨다. 현장의 고유성이 우러나오는 말인데 그 밑바탕이 되어 있는 것은 가난이요 주림이다. 사회과학적인 용어로 대체되어 머지않아 사라질 것이다.

유자코 코는 얼굴 중앙에 자리 잡고 있어 눈에 잘 띄인다. 얼굴 한복판에 예쁘게 자리 잡고 있으면 흔히 복코라 해서 복이 따른다고들 했다. 영어에서 말하는 Grecian nose가 여기에 근접하지 않나 생각되는데 자신은 없다. 매부리코는 끝이 뾰죽하게 아래로 숙여진 코를 말하는데 영어의 aquiline nose에 해당한다. 들창코는 코끝이 위로 들려서 콧구멍이 드러나 뵈는 코를 말하고 그러한 코를 가진 사람을 놀리는 말이기도 하다. '유자코'는 코끝이 유자 껍질처럼 우툴두툴한 코를 가리키는데 사전에는 등재되어 있지 않다. 그렇다면 우리 고향 쪽에서만 쓰인 것이 아닌가 생각된다. 박목월 시편에서 "유자코를 골며 잔다"는 대목을 읽은 기억이 나는데 막상 찾아보니 쉬 찾아지지 않는다. 더러 코끝이 붉은 이가 있고 그러면 대개 코빨갱이란 별명이 붙고는 하였다. 비하성 별명이 금기시되면서 점차로 없어지고 있는 추세다.

얼레발 '얼레발'을 사전에서 찾으면, 엉너리를 보라고 나온다. 어려서 얼레발이라고 했는데 아마 고향 쪽 사투리인 모양이다. 얼레발이라고 단독으로 얘기하는 경우는 없고 '얼레발 치다'란 숙어를 통해 익힌 말이다. '엉너리'는 사전에 "남의 환심을 사기 위하여 어벌쩡하게 서두르는 짓"이라 풀이되어 있고 '엉너리 치다'는 "능청스러운 마음으로 남의 마음을 사다"라고 풀이되어 있다. 얼레는 연실, 낚싯줄 따위를 감는 데 쓰는 기구를 말한다. 얼레빗은 살이 굵고 성긴 나무빗을 가리킨다. 얼레달은 반달이라고 풀이되어 있는데 어느 지방 방언인지는 밝혀져 있지 않다. 얼레뿌지는 거짓말을 가리키는 함경도 방언이라고 나와 있다. 얼레는 또 근처를 가리키는 함경도 방언이라 나와 있다. 얼레발이 엉너리의 방언이라고만 하지 말고 얼레와 무슨 연관이 있는 것인지가 밝혀져 있어야 하는데 우리 사전을 찾을 때마다 아쉬움이 크다. 그러나 어차피 사라져가는 말이니 그런 수고를 기대하기는 어려울 것이다.

드잡이　　　　　서로 머리 또는 멱살을 잡고 싸우는 것을 '드잡이'라 했다. 이 말을 처음으로 알게 된 것은 그러한 상황 속에서였다. 그러니만큼 빚을 갚지 못한 사람의 솥을 떼어 가거나 그릇붙이를 가져가는 일을 말한다는 것은 소설을 읽다가 터득한 것이다. 사전에는 또 길 가는 교군을 쉬어 가게 하기 위해서 딴 사람들이 들장대로 가마채를 받쳐 들고 가는 일을 가리키는 제3의 뜻이 실려 있다. 요즘 가마 타는 사람도 없고 부엌의 가마솥을 떼어 가는 일도 없을 것이니 미구에 사라져갈 공산이 크다. 그러나 공공장소에서 점잖은 사람들이 드잡이를 벌이는 일은 드물지 않으니 그런 상황에 대비해서 남겨두면 토박이말 보존을 위해 좋지 않을까 생각된다. 드잡이를 놓는다는 어법이 더 흔하지 않았나 생각되는데 옛일이라 점점 자신이 없어진다. 상의할 연장자도 없으니 노년의 황야는 점점 사람을 심약하게 한다.

제11장

두툼발이　　　　　『우리말 큰사전』은 '두툼발이'가 뒤뚱발이와 뒤틈바리의 두 가지 뜻을 가지고 있다고 풀이하고 있다. 뒤뚱발이는 걸음을 뒤뚱거리며 걷는 사람을 얕잡아 이르는 말이요 뒤뚱거리다는 크고 묵직한 물체가 중심을 잃고 이리저리 자꾸 기울어짐을 뜻한다고 풀이하고 있다. 그러니까 몸집이 큰 사람이 안정감 없이 걷는 모양을 가리키기도 한다. 또 뒤틈바리는 어리석고 미련하여 하는 짓이 거친 사람을 가리킨다고 되어 있다. 이효석문화재단에서 엮어낸 『이효석 전집 6』에 실린 어휘 해설에는 "어리석고 미련하여 찬찬하지 못한 사람"이라 풀이되어 있다. 우리 고향 쪽에서는 걸음이나 동작이 민첩하지 못하고 아울러 영리하지 못한 사람을 두고 '두뎀발이'라고 했다. 그러니까 큰사전에 나오는 뒤뚱발이와 뒤틈바리의 두 가지 뜻이 혼합된 말이었다고 생각한다.

빠진 것이 없는 방언대사전도 하나쯤 나와야 하지 않나 하는 생각을 다시 하게 된다.

내주장   아낙네가 주장이 되어 집안일을 맡아 보는 것이 '내주장'이다. 『새우리말 큰사전』에는 "아낙네가 남편을 제쳐놓고 주장이 되어 집안일을 처리함"이라 풀이되어 있다. 가부장적 사고가 은근히 잠복되어 있는 풀이이다. 여성주의적 사고가 보편화되기 이전에도 집안의 재정을 도맡아 떠맡는 이재에 밝은 여성들이 있었다. 그래서 얼마 전에도 미국 인류학자 가운데 한국 여성의 사회적 지위가 의외로 높다면서 특히 가계를 전담한다는 사실에 주목하는 이가 있었다. 그러나 일반적으로 여성의 목소리가 큰 집안을 두고 내주장이라 한 것이 사실이다. 요즘 들어보지 못하는 것은 그것이 당연지사가 되었기 때문일 것이다. 사내들이 점점 작아진다는 것은 김광규 시편 「작은 사내들」이 벌써 40년 전에 실감 나게 보여준 바 있다.

> 그들은 나이를 먹을수록 자꾸만 작아진다
> 하품을 하다가 뚝 그치며 작아지고
> 끔찍한 악몽에 몸서리치며 작아지고
> 노크 소리가 날 때마다 깜짝 놀라 작아지고

푸른 신호등 앞에서도 주춤하다 작아진다

작작　　　　　　요즘 해도 해도 너무한다는 말을 부쩍 많이 듣게 된다. 현 정권이나 범여권의 행태에 대해서 반대 진영에 서 있는 사람들이 격하게 토로하는 말이다. 자기들이 입에 침이 마르도록 칭송하고 등용한 사람이 뜻대로 움직여주지 않는다고 벌이는 갖가지 보복 행위나 듣기 흉한 악담은 보는 사람으로 하여금 해도 해도 너무한다는 말을 토해내게 한다. 같은 진영의 선거 패장들이 상호 간에 퍼붓는 험담도 도를 넘으면 해도 해도 너무한다는 소리가 안 나올 수가 없다. 이 비슷하나 한결 점잖고 실감 있게 울리는 말이 있다. "작작 좀 해두어라." 어려서 자주 듣던 말인데 요즘은 들어보지 못한다. 『우리말 큰사전』에 '작작'은 "너무 지나치게 하지 말라는 뜻으로 어지간히"라 풀이되어 있고 "작작 먹어라" "농담도 작작 해라" "술 좀 작작 마셔라" 등의 예문이 보인다. "작작 먹고 가는 똥 누어라"란 속담도 지나치게 욕심을 부리지 말고 알맞게 해서 낭패를 보지 말라는 뜻이라고 풀이되어 있다. 뜻은 분명한데 이를 정의하고 풀이하려면 어려운 말이야말로 가장 우리말다운 우리말이다. 그런 유서 깊은 말이 하나둘 슬며시 사라져가고 있다.

　　역사를 훑어보면 지배 집단이나 권력을 장악한 위세 집단이 보

여주는 말기 증상의 하나는 강경파가 득세해서 달도 차면 기운다
는 자연 이치를 눈 뜨고도 보지 못한다는 것이다. 그럴 때 '작작
들 해라'라는 말이 저절로 나오게 된다. 이승만 치하의 자유당도
말기로 갈수록 강경파가 득세해서 빈축을 샀다. 온건파로 통해서
그나마 경의의 대상이 되었던 사람들마저 모조리 강경 노선으로
몰려가더니 이내 파국을 맞았다. 작작들 해라 하고 혀 차는 소리
가 여기저기서 터져 나오면 그다음엔 와장창 붕괴의 굉음이 울리
게 마련이다. 기세등등한 세도가들에겐 들리지 않는 천둥소리다.
마음 가난한 자에게만 들린다.

콩밥   3대가 모여 사는 것이 보편적이었던 시절,
어느 시골 가문의 얘기다. 작은아들이 사회운동을 한다며 가사
불고不顧하고 분주히 떠돌아다니다가 결국은 중형을 받고 형무소
에 갇히게 되었다. 대여섯 해 큰 벽돌집에 갇혀 있다가 나왔는데
그 후 집에서 '콩밥'을 먹지 않았다. 큰집에서 노상 콩밥을 먹었기
때문에 보기만 해도 넌더리가 난다는 것이었다. 따라서 집안에서
는 그가 집에 머물게 되면 콩밥을 해 먹지 않았다. 그런 그가 외
지에서 결혼한 후 신부를 데리고 본가에 들렀다. 신랑은 형수에게
내일 아침에는 밤콩밥을 해달라고 부탁했다. 그 이튿날 동서 되는
새댁에게 신랑 형수가 말을 건네었다. "콩밥을 아주 좋아하는 모양

이네." "아니 그걸 어떻게 아셔요?" 윗동서는 웃으면서 말했다. "도 련님은 워낙 콩밥을 안 자시거든요."

해방 전의 감옥에서는 콩밥을 주로 먹었고 따라서 감옥살이 한 것을 "콩밥 먹었다"고 하는 것이 보통이었다. 조금 위험하다 싶은 언동을 하면 "왜 콩밥 먹고 싶어 안달이 나느냐"고 핀잔을 주는 것도 자주 들을 수 있었다. 또 감옥을 흔히 큰집 혹은 큰 벽돌집이라 하였다. 불길한 말을 피해서 에둘러 말하는 것은 극히 자연스러운 말버릇이었기 때문이다. 콩은 전시에 밭에서 나는 고기라고 홍보를 많이 했다. 고기 먹기는 어려울 테니 콩이라도 많이 먹어두어야 단백질을 섭취할 수 있다는 취지에서였다. 형무소에서 주는 콩밥은 보나 마나 양이 적고 돌도 많아서 징벌적 요소가 강했겠지만 어쨌건 꽁보리밥이나 강조밥보다는 나았을 것이다. 말은 자꾸만 바뀌는 것이기 때문에 콩밥 먹었다는 기표記表는 세대마다 또 체험 집단에 따라 다를 것이다. 한때는 감옥을 국립 호텔이나 학교라 하기도 했는데 국지적인 호칭이었을 것이다. 교도소에서 재소자를 가두어두는 방을 감방監房이라 하는데 아래쪽을 세게 발음해서 감빵 갔다고도 하고 줄여서 빵 갔다고 하기도 했다. 군대 용어인 영창營倉을 전용하는 경우도 젊은이 사이에선 한때 크게 번졌다.

오사바사하다　　　사람의 성격을 얘기할 때 욱하는 성질이 있다고 하는 경우가 있다. 얼마 전 택시를 탔을 때 자기 동료가 횡재를 했다는 얘기를 기사가 들려주었다. 야간인데 승차한 취객의 언동이 거슬러서 점잖게 타일렀는데 같잖게 누구한테 설교하느냐며 주먹질을 해온 일이 있었다. 동료 기사는 한 대 얻어맞고 파출소로 직행해서 신고를 하였다. 이튿날 취객은 타협과 합의를 요청해왔고 그 바람에 2천만 원의 합의금을 받았다 한다. 취객은 욱하는 성질을 내고 순식간에 2천만 원을 내버렸으니 봉변을 당하긴 했으나 동료가 횡재를 한 셈이 아니냐며 기사는 유쾌하다는 듯한 어조였다. 물론 나이 지긋한 연배의 기사였다.

　사전에는 '욱하다'를 "앞뒤의 헤아림이 없이 격한 마음이 불끈 일어나다"라 풀이해놓고 있다. 이 말과 비슷하지만 요즘 들어볼 수 없는 말이 '울불鬱怫하다'이다. 『새우리말 큰사전』에는 "기분이 나지 않고 답답하다"고 풀이되어 있고 『우리말 큰사전』에는 "성이 나고 답답하다"고 풀이되어 있어 뉘앙스가 상당히 다르다. 나의 어휘 경험으로는 그 어느 쪽과도 다르다. 사람이 좀 울불스럽다고 할 때 상냥하지도 않고 욱하는 성질도 있다는 정도의 뜻으로 통용되지 않았나 생각한다. '울불'은 사전에 구체적인 용례가 보이지 않아 한자 풀이로 판단할 수밖에 없지만 막상 자전을 찾아보면 "가슴이 답답함, 마음이 침울함"으로 풀이되어 있어 뉘앙스가 또 다르다. 우리말의 쓰임새에 관한 한 사전보다 실제 상황에서의 살아 있는 뜻과 함의를 중시하는 편이지만 오래전 일의 기억이라 자신은 없다. 어쨌거나 사라져가는 말이니 기록된 용례를 보지 않고 특정 지역에서의 어휘 사용 기억에 의존하는 것도 엄격한 태도는 아닐 것이다.

사람의 언행이나 성격에 관한 말 가운데서 예전에 자주 쓰였으나 요즘 좀처럼 듣지 못하는 말에 '오사바사하다'가 있다. 『우리말 큰사전』에는 "주견이 없어 변하기 쉬우나 마음이 잘고 부드러워 사근사근하다"고 풀이되어 있고 유주현의 장편소설 『우수의 성』에서 따온 예문을 들고 있다. "인간사를 들고 어디 가 오사바사하게 의논할 데가 없다." 『새우리말 큰사전』에는 "주견이 없이 마음은 좋고 사근사근하며 잘다"고 풀이해놓고 있다. 주견이 없긴 하나 섬세하고 사근사근한 것을 가리키나 역시 뉘앙스의 차이는 있다. 변하기 쉬운 것은 반드시 긍정적인 것은 아니고 자칫 변덕스럽다는 함의가 있다. 사전 풀이가 어찌 되었건 나의 어휘 경험으로 보아서는 대체로 긍정적인 함의를 가지고 있는 것으로 생각된다. 성질이 부드럽고 친절하며 다정함을 가리키는 '곰살궂다'는 말도 사용 빈도가 아주 줄어들어 젊은이들 사이에선 낯선 말이 된 것 같다.

이러한 감정, 태도, 언행을 가리키는 토박이말을 대체하는 것은 대체로 외래어이다. 가령 아주 빈번하게 긍정적 혹은 과시적으로 쓰이는 '쿨하다'는 말이 대표적이다. 근자에 젊은 세대 사이에서는 쿨하다는 말이 널리 애용되고 있는 것으로 생각된다. 어원 상으로 '쿨cool'은 미국 사회가 서슴없이 백인 인종주의 사회였던 1960년대 이전에 흑인 차별의 사회적 압력에 대응하기 위해 흑인 재즈 음악인들이 만들어낸 것이다. 그 다양한 역사 속에서 쿨은 '초월의 심미화' '감정을 숨기는 전략으로서의 가면' '은밀한 저항 의 공개적 양식' '걸어 다니는 사회 고발의 양식' '강도의 이완'을 재즈 음악인들이 청중 앞에서 보여주었다는 것이다. 따라서 재즈 음악인들은 글로벌 문화의 최초의 비백인 반항아였다. 쿨의 최초 인물은 테너색소폰 연주자 레스터 영Lester Young이라고 쿨 연구자 는 말한다. 그가 처음으로 '이완되고 제어된'의 뜻으로 쿨이란 말 을 사용했다는 것이다.[*]

당초 재즈 음악인의 감정적 가면에서 출발한 말이 타 분야의 인물에도 적용되면서 배우 험프리 보가트, 말런 브랜도, 제임스 딘, 작가 리처드 라이트, 잭 케루악, 실존주의 작가 카뮈, 사르트 르 등이 쿨의 구현자로 숭상받게 된다. 이러한 구현자 계보의 끝 자락은 스티브 매퀸, 폴 뉴먼이다. 그러나 궁극적으로 참으로 쿨한 것은 용기, 친절, 관대, 타고난 세련이라는 어느 문화비평가의 신조 에 동조하고 싶다. 쿨에는 소외감을 가지고 있는 국외자의 허세가 다소간 끼어들기 마련이기 때문이다.

---

[*] Joseph Epstein, *The Ideal of Culture: Essays*, 2018, Kindle Edition, loc 1947-1948.

구메구메　　　　　　　　'구메구메'란 "남모르게 틈틈이"란 뜻을 가
진 말이다. 가령 택택한 잔칫집에 가서 부엌일을 도와줄 때 아이
를 달고 가 틈틈이 남모르게 먹을 것을 챙겨주면 "구메구메 먹여
준다"는 투로 말했다. 옛 마을에서 흔히 있는 일이었다. 구메농사
라 하면 작은 규모로 짓는 농사를 가리키기도 하고, 연사年事가
고르지 않아 곳에 따라 풍작과 흉작이 같지 않은 농사를 가리키
기도 한다. 구메혼인은 비밀 결혼을 말한다. 불과 50년 전만 하더
라도 여성이 결혼을 하면 퇴직을 해야 하는 직장이 많았다. 그럴
경우 드물게 비밀 결혼을 하고 탄로가 나거나 스스로 퇴직할 때
까지 버티어내는 경우가 있었다. 구메도적은 좀도적을 가리키는데
"청석골 붙박이 도적 오가가 혼자서 구메도적 할 때"라는 지문이
『임꺽정』 5권에 나온다. 구메도둑은 성질상 직업적인 것은 아니기
때문에 누구나 자격증을 따거나 연수 과정을 거치지 않고서도 행
세할 수 있는 성질의 것이다. 루쉰의 걸작 단편 「고향」에는 구메도
둑질의 명장면이 나온다. 화자는 모진 추위를 무릅쓰고 2천 리나
떨어진 곳에서, 떠난 지 20여 년이나 되는 고향으로 돌아온다. 고
향을 영구히 떠나기 위해서이다. 그 끝자락에는 다음과 같은 장면
이 나온다.

　　나도 어머니도 마음이 무거웠고, 그래서 또 룬투 얘기를
　　꺼내었다. 어머니가 말했다. 우리 집이 이삿짐을 챙기기 시작

하고부터 '두부 서시西施' 양얼 아주머니가 날마다 왔다고 했다. 그런데 그저께는 그이가 잿더미에서 그릇과 접시를 열 개넘게 꺼냈다는 것이다. 설왕설래 끝에 결국 룬투가 파묻어둔 것이고 재를 실어갈 때 같이 가져가려 한 모양이라고 결론이났다는 것이다. 양얼 아주머니가 이 발견을 자기 공으로 돌리며 '개 애간장 태우는 모이통'(우리 동네에서 닭을 칠 때 쓰는 도구로, 나무판 위에 창살을 치고 그 안에 모이를 주면 닭은 목을 집어넣고 먹을 수 있지만 개는 그럴 수 없어 쳐다보며 애간장을 태운다)을 들고 쏜살같이 도망갔다고 했다. 전족한 발에 굽 높은 신발을 신고도 그렇게 잘 뛸 수가 없다고 했다.*

이삿짐 싸는 걸 도와준답시고 와서 동네 사람이 구메도둑질을 하는 것은 어느 정도 용인된 옛 마을의 관습이기도 하였다. 다만우리 쪽에서는 눈에 잘 뜨이지 않는 소품을 슬쩍하는 것이어서위의 전족 여인처럼 물건을 들고 달려가지는 않았다. 비위 좋게 남겨두고 가는 것이 있으면 자기에게 넘겨달라는 경우가 많았다고 생각한다. 사람에게서 존엄성을 박탈해 가는 것은 가난의 죄업이다. 그 밖에도 구메밥이란 것이 있었는데 옥에 갇힌 죄수에게 벽

* 루쉰, 『광인일기』, 이욱연 옮김, 문학동네, 2014, 97~98쪽.

구멍으로 몰래 넣어주는 밥을 가리켰다. 이때의 구메는 구멍의 뜻도 가지고 있다. 유서 깊은 토박이말이 옛날 노병처럼 사라져가고 있다.

지우산　　　　　한껏 구차했던 태평양전쟁 시기에 당시로서는 궁벽했던 면 소재지에서 초등학교를 다녔다. 비가 오면 도롱이를 걸쳐 두르고 오는 동급생이 예닐곱 명은 되었다. 면 소재지이지만 장터와 상가가 있는 중심부에서 10리는 격해 있는 동네 농가의 아이들이 그러했다. 정지용의 동시 「할아버지」에 나오는 도롱이를 모르는 고등학생이 요즘은 많을 것이다.

　　할아버지가
　　담뱃대를 물고
　　들에 나가시니,
　　궂은 날도
　　곱게 개이고,

　　할아버지가
　　도롱이를 입고
　　들에 나가시니,

가문 날도

비가 오시네.

당시는 검정 일색이었던 박쥐우산을 쓰고 등교하는 아이들도 한 학급에 예닐곱 명밖에 되지 않았다. 도롱이와 박쥐우산이 소수파의 우비였다면 '지우산'을 쓰고 오는 아이들이 다수파였다. 기름 먹인 유지우산은 댓살이 많아서 접어놓으면 보기가 좋았다. 빗방울 후둘기는 소리가 아주 정겨워 비 오는 날이면 문득 그리워지는 때가 있다. 그러나 지우산은 쉽게 결딴이 나서 온전한 모양새를 갖춘 경우가 드물었다. 하지만 하이데거의 말투를 빌리면 망가진 지우산이 온전한 지우산보다 더 우산다웠다는 것도 사실이다. 이렇게 도롱이, 지우산, 박쥐우산은 어린이의 신분 상징이 되기도 하였다.

근자에 생활수준이 높아지면서 도롱이도 지우산도 사라졌다. 또 검정 일색이었던 박쥐우산도 다양한 색깔로 변하여 남성용과 여성용으로 갈리게 되었다. 근자에는 핸드백에도 넣을 수 있는 3단의 소형 접는 우산이 도회에서는 다수파가 되지 않았나 생각된다. 지금도 소수파이긴 하나 값싼 비닐우산이 등장해서 소나기를 만나 한 번 사 쓰고 버리는 경우가 많아졌다. 그래서 비닐우산은 격변하는 개발도상국 정치 상황의 징표가 되기도 하였다. 그것은 현대의 경박한 취약성을 암시하기도 한다.

비닐 우산,

받고는 다녀도

바람이 불면

이내 뒤집힌다.

대통령도

베트남의 대통령.

비닐 우산,

싸기도 하지만

잊기도 잘 하고

버리기도 잘 한다.

대통령도

콩고의 대통령.

—신동문, 「비닐 우산」 부분

선불　　　　　　선무당이 사람 잡는다는 말이 있다. 서툴
고 미숙한 무당이 선무당이다. 선머슴이 정월 초하루 아침, 그러니
까 설날 아침에 야단법석을 떤다는 말도 있다. 평소에는 하는 일
에 소홀하다가 괜히 명일날 아침에 부산을 떨며 큰일이나 하는
듯 수선을 떤다는 말이다. 선머슴은 차분하지 못하고 마구 거칠게

덜렁거리는 사내를 말한다. 그러나 설날 아침 수선을 떠는 선머슴은 사실상의 머슴이리라. '선불'은 설맞은 총알, 빗맞은 총알을 뜻한다. 선불 맞은 노루라 하면 사냥꾼이 쏜 총에 치명상이 아닌 상처를 입은 노루를 말한다. 셰익스피어의 『햄릿』에 "Let the stricken deer go weep"란 대목이 보인다. 사냥꾼이 쏜 화살을 맞은 사슴은 어딘가로 가서 울게 하라는 뜻이다. 단순 소박한 대목에 마음이 끌려서 학생 시절 번역을 시도했는데 아무리 해도 잘되지 않았다. "선불 맞은 사슴은 울러 보내라"고 해보았지만 영 마음에 들지 않았다. 지금도 마음에 들지 않는데 좋은 번역이 생각나지 않는다.

사금파리　　　　　아주 어려서 자주 쓰던 말 가운데 성장 후 전혀 써보지 않은 말들이 있다. 우리 고향 쪽에서는 새금파리라 했는데 표준말은 '사금파리'로 등재되어 있다. 사기그릇의 깨어진 작은 조각을 가리킨다. 장난감이 없던 시절이어서 사금파리도 꼬마들 사이에서는 쓸모가 있었던 모양이다. 가시버시란 말도 많이 들어본 것 같다. 아마 해방 직후 많이 불린 노래의 노랫말 가운데 "가시버시 맞잡아 노래 부른다"는 대목이 있었기 때문인지도 모른다. 지아비와 지어미를 가리키는 조금은 낮은말이다. "연지 찍고 곤지 찍은 색시"란 말도 많이 들어보았다. 연지는 잇꽃의 꽃잎으로 만든 것으로 그림을 그릴 때도 쓰였고 여성이 화장할 때도 쓰였다. 곤지는 전통 혼례에서 새색시가 예식에 나가려고 단장할 때 이마 한가운데 연지로 찍는 붉은 점을 가리킨다. 곤지곤지는 젖먹이에게 왼손 손바닥에 오른손 집게손가락을 댔다 뗐다 하는 동작을 하라고 할 때 이르는 말이다. 혹은 그런 동작 자체를 가리킨다.

여자아이들이 공기놀이를 하는 반면에 사내아이들은 땅빼앗기 놀이를 많이 한 것 같다. 땅 위에 큰 동그라미를 그려놓고 그것을 반분해 피아의 영토를 확정해놓은 뒤 가위바위보를 해서 이긴 쪽이 상대방 땅을 한 뼘씩 먹어 들어가는 놀이가 땅빼앗기 놀이다. 가위바위보의 속도를 빨리해서 상대방을 심리적으로 혼란시켜 제압하고 승리를 거두는 것이 이 놀이의 손자병법이었다. 대개 이긴 편이 가위바위보의 구령을 맡기 때문에 한 번 승기를 잡으면 기세를 몰아 왕관 없이 꼬마 광개토대왕으로 등극하게 마련이다.

그다음으로 사내아이들이 즐긴 것은 고누 놀이이다. 『새우리말 큰사전』에는 '고누'가 다음과 같이 풀이되어 있다. "오락의 하나. 땅, 종이 등에 여러 모형을 그려놓고 돌, 사금파리, 나뭇가지, 풀잎 등을 말로 삼아 두 편에 나누어 벌여놓고 일정한 방법에 따라 상대편의 집으로 먼저 들어가거나 상대편의 말을 따내는 것으로 승부를 겨룸. 우물고누, 네밭고누, 아홉줄고누, 연두밭고누 등이 있고 방법도 제각기 다름." 고누는 바둑, 장기와 같은 놀이로서 가장 간소한 원시적 단계의 것이라고 말할 수 있다. 그 오락상의 지위는 참으로 보잘것없고 그렇기 때문에 옛 마을의 꼬마들이 즐길 수 있었다. 다음과 같은 얘기는 고누의 위상을 잘 보여준다. 두 나그네가 객줏집에서 만나 그중의 하나가 상대에게 물었다.

"혹시 바둑을 두십니까?"

"바둑을 배우지 못했습니다."

"그러면 장기는 두나?"

"장기도 안 돼요."

"그럼 고누는 둘 줄 아나?"

색마　　　　　　　　근자의 큰 사회사적 사건의 하나는 미투 현상일 것이다. 각계의 명망가들이 상습적 혹은 간헐적 성추행으로 피해 여성의 고발이나 폭로 대상이 되어 언론에 대서특필되었다. 사안에 따라 비행의 경중이나 질적 차이가 있는 것은 사실이나 우리 사회에 잠재해 있는 뿌리 깊은 폭력성을 다시 실감하게 된다. 19세기 말의 영국 여행가가 한국 여성을 세탁의 노예라 서술하고 있지만 그것은 전체 중의 한 모서리에 지나지 않는다. 남성 중심 사회의 악덕이 21세기의 오늘에도 면면히 이어지고 있다는 감회가 생긴다. 성적 가해는 피해자의 입장에서 털어놓기가 민망한 사안이어서 쉬 노출되지 않는다는 속성이 있다. 그것을 기회로 한 비행은 수면 아래서 표 나지 않게 지속되고 있다. 미투 운동으로 드러나는 대상자는 대체로 권력이나 금력을 포함해서 힘이 있는 사람들이다. 일반적으로 그들을 지칭하는 표준형 어사는 없어 보인다. 1930년대의 소설이나 신문기사를 보면 '색마色魔'라는 말이 많이 쓰였다. 여색을 좋아하여 갖은 나쁜 짓을 다 하는 색광, 색정광이란 것이 사전의 정의다. 색마는 옛 자전에 나오지 않는 것으로 보아 아마도 일인들이 만들어 쓴 말이라 생각되는데 한영사전에는 lady-killer, a Don Juan으로 나온다. 그러니까 갖은 방법을 써서 여성을 유혹하는 상습적 엽색가를 가리키고 좋게 얘기하면 바람둥이 혹은 난봉꾼 정도의 뜻이 된다. 돈 후안은 색마보다는 거부감이 적고 심지어 부러움의 대상이 되기까지 한다. 그러니까 이 말이 자연스럽게 유통되지 않고 사라진 것이 아닌가 생각된다. 미투 운동이 각별히 성토하는 것은 힘 있는 자의 방자한 비행이니만큼 색마란 말을 적용하는 것은 적정치 않아 보인다.

우리 사회의 잠재적 폭력성과 성폭행의 한 국면을 잘 보여주고 있는 것은 서정인 명단편 「행려行旅」이다. 봄이 되면 시골 처녀들이 가출해서 서울로 향한다. 대중가요 가사를 빌리면 뽕을 따던 아가씨들이 서울로 가는 것이다. 대체로 취직 같은 목적을 가진 가출이지만 사실상 박목월의 시에 나오는 고운 암노루가 도망갈 출구 없는 정글로 뛰어드는 형국이 된다. 동네의 불량 청년들이 이런 무방비 여성을 표적 삼아 공격하여 집단 난행을 감행한다. 지금은 쓰지 않는 말로 윤간을 하는 것이다. 문제는 이것이 일회성이 아니고 가해자들이 그것을 상습화한다는 것이다. 요즘 괴나리봇짐을 지고 상경하는 시골 처녀는 없을 것이니 이 작품도 특정 시기를 반영하고 있는 것임에 틀림은 없다. 그러나 비슷한 상황이 근대화되고 세련된 형식으로 되풀이되고 있지 않다는 보증은 아무 데도 없다.

미투 운동의 대상자와 질이 다른 흉악한 성폭행 사건도 빈발하고 있다. 발각되지 않은 그쪽 도사도 적지 않을 것이다. 미국에서는 흑인에 의한 백인 여성 성폭행 사례가 많았는데 이에 대한 일반적 해석은 단순히 성욕 해소의 문제가 아니라는 것이다. 이런 성폭행은 평소 사람대접을 받지 못하는 흑인들의 육체적·폭력적 인간 선언이라는 것이다. 즉 나도 사람이란 자의식의 폭발이란 해석이다. 강간이란 말이 슬며시 사라져가고 성폭행이란 어사가 대체하고 있는 것은 잘된 일이라 생각한다. 그렇다고 우리 사회의 잠재적 폭력성과 잔혹성이 희석되는 것은 아니라는 사실도 우리는 유념해야 할 것이다. 형무소를 교도소로 고친다고 실상이 달라지는 것은 아니다. 말의 화장이나 순화보다 중요한 것은 실상의 변화요 개혁이다. 요컨대 사람대접을 받지 못하거나 받지 못한다고 생각하는 사람이 많을수록 폭력은 증가하게 마련이다. 중요한 것은 언제나 실질이지 외양이 아니다. 장미는 장미라는 이름이 아니어도 아름답다 하지 않는가.

하근체하다　　　　　　어려서 고향 쪽에서 많이 들어보았으나 큰

사전에도 등재되어 있지 않은 말이 제법 있다. 가령 '하근체하다'

란 말이 있다. 대체로 생색 내다의 뜻이라고 받아들였는데 큰사전

에도 없는 것으로 보아 국지적 사투리가 아닌가 생각한다. "고개

를 타래 매고 청승을 떤다"는 말도 흔히 들었다. 고개를 약간 기울

이고 멍하니 앉아 있는 사람에게 하는 말인데 큰사전에도 나오지

않는다.

　들은 말이 아니라 6·25 이후 학생 때 단편소설의 지문으로 읽

은 것 가운데 "농중 진담이요 취중 골담"이란 말을 분명하게 기억

하고 있으나 역시 큰사전에 나오지 않는다. 농담인 것 같아 보이

고 사실 농담이긴 하나 그 가운데 진담이 있고 취해서 하는 말

가운데 뼈 있는 진담이 있다는 것으로 받아들였다. 언중유골이란

말이 있고 말의 외양은 예사롭게 순한 듯하나 단단한 뼈 같은 속

뜻이 있음을 가리킨다. 그래서 거기 의존해서 적당히 이해를 했는

데 막상 사전에 등재되어 있지 않으니 그 정통성에 의문이 가고

함부로 쓸 수 없게 된다. 큰 자전에도 골담이란 말은 나오지 않는

다. 작가가 창의적으로 만들어 쓴 말인지도 모른다.

　6·25 전인 중학 시절 교과서에 "대추 밤을 돈사야 추석을 차렸

다"로 시작되는 노천명의 「장날」이 수록되어 있었다. 문맥으로 보

아 '돈사야'가 팔다의 뜻임은 분명해 보이나 당시에 나온 국어사전

에는 등재되어 있지 않았다. 그래서 늘 뜻을 짐작하면서도 미진한

느낌이 들곤 했던 기억이 있다. (현재 『우리말 큰사전』에는 이 어사가 등재되어 있는데 팔다라는 뜻이며 노천명의 대목을 용례로 들고 있다. 다만 그것이 황해도 사투리인지 시인의 창의적 구사인지는 밝혀져 있지 않다.) 비슷한 미진함을 늘그막에도 계속적으로 경험하는 어제오늘이다. 표준말과 사투리를 가리지 않고 오늘과 어제의 모든 우리말이 빠짐없이 집대성되어 있고 가급적 용례가 풍부한 사전의 간행을 다시 기원하게 된다. 그 모델이 될 만한 외국어 사전은 많지 않은가?

땅감　　　　　우리 모더니스트 시인들은 귀화 식물을 선호하였다. 먼발치의 살구꽃, 마당가의 채송화와 봉숭아, 풀밭에 섞인 제비꽃, 민들레, 패랭이꽃, 학교 화단의 코스모스, 백일홍 정도가 시골 아이들의 평균적 화초 경험이었다. 우리에게 익숙한 국화나 장미는 화분에 꽂힌 장식용 화초로 실내에서 처음 보았다는 게 증거 불충분한 내 기억 정보다. 사사로운 경험이지만 20세기 우리 시편을 통해서 많은 귀화 화초를 알게 되었다. 정지용의 달리아, 김기림의 튤립, 김광균의 카네이션, 칸나와 아네모네, 이한직의 아마릴리스, 김수영의 글라디올러스, 박인환의 재스민, 조병화의 베고니아로 이어지는 꽃들은 실물보다 이름을 먼저 알게 된 경우이다.

이에 반해서 토마토는 실물과 함께 익힌 귀화 식물이다. 같은 시골이지만 농촌에서 온 동급생들이 토마토를 '땅감'이라고 하는 것을 알고 참 잘 지은 이름이란 생각을 했다. 사실 모양새로 보면 땅에서 나는 감이란 뜻의 땅감이 훨씬 실감이 간다는 느낌이었다. 그러나 땅감을 찾아보면 일년감이라고 사전에 풀이되어 있는 것으로 보아 땅감도 국지적으로 한정되어 쓰인 것 같다. 나무에서 해마다 열리는 감과 달리 남아메리카 열대지방이 원산지인 토마토는 가짓과에 딸린 한해살이풀이니 일년감이란 이름도 그럴듯하긴 하다. 그러나 땅감의 직관적 파악이 한결 실감 가는 것인데 어차피 사라진 말이란 점에서 이들은 삶을 같이 마감한 셈이다. 클로버의 경우는 조금 다르다. 클로버를 먼저 익히고 그다음에 토끼풀을 알게 된 것이다. 이태준의 「토끼 이야기」는 1941년에 발표된 단편이다. 작가 자신이라 추정되고 그의 작품에 더러 등장하는 현이란 주인공이 『동아일보』가 폐간되는 바람에 실직자가 된다. 한 해하나씩 쓰던 신문소설 집필도 불가능해지자 호구지책으로 토끼를 기른다. 토끼 양육 선배에게 단단히 교습을 받고 시작한 20에서 40마리에 이르는 본격적인 기르기다. 그러나 나중에 사료를 구할 수 없어 결국 토끼를 살처분해야 하는 궁지에 몰리게 된다. 당시 문인들이 겪은 절망적인 상황이 생각나서 다시 찾아보았다. 화자의 아내가 다닌 여자전문학교 교정에 가서 클로버를 채취하는 장면은 인상적이다. 아카시아와 함께 중요 토끼 사료라고 적고 있는데 시종일관 클로버라 하지 토끼풀이란 말은 쓰고 있지 않다.

그런 것으로 보아 클로버가 널리 쓰이고 토끼를 기르는 농촌에서 한정적으로 토끼풀이란 말을 쓴 게 아닌가 생각된다. 보통 세 잎인데 네잎클로버가 더러 있어 소녀들이 행운초라고 한다는 풀이가 적힌 사전도 있다. 라일락도 실물보다 이름을 먼저 익혔는데 토종 라일락을 수수꽃다리라 한다는 것은 훨씬 나중에야 알았다. 재래종 수수꽃다리는 주로 산기슭 양지 특히 석회암 땅에 자생하였다. 라일락을 5월의 여왕이라고 칭송한 우리 시편을 본 기억이 나지만 지구온난화로 말미암아 요즘엔 일찌감치 4월에 핀다. 지구온난화로 칡넝쿨이 무성하게 번창해서 숲속 나무를 고사시킨다는 뉴스를 얼마 전에 보았다. 이러다간 봄가을이 아예 없어지는 게 아닌지 걱정이 된다. 구차해서 더욱 자연과 가깝게 살았던 시절 계절의 변화와 추이는 늘 사건으로 경험되곤 하였다.

서울 구경   흥미나 관심을 가지고 보는 것이 구경이다. 동물원 구경이나 활동사진 혹은 영화 구경, 말광대 구경이란 말이 흔했다. 또 홍수가 났을 때 불어난 개울이나 강물을 보러 가는 물구경이 있고 화재 현장 근처로 달려가 보는 불구경도 있었다. 신랑신부를 보러 가는 잔치 구경도 있었고 이사 간 친구네 집을 가보는 집 구경도 있었다. 절 구경도 있었고 꽃상여 구경도 있었다.

보름달 구경이나 지는 해 구경을 가는 경우도 많다. 돈 구경을 못 했다는 말도 있었고 사람 구경을 못 한다는 무인지경도 있었다. 고궁에 핀 벚꽃을 구경하러 간 카페 여급을 그리고 있는 김유정 단편 「야앵夜櫻」에는 이런 대목이 보인다.

"꽃은 멀리서 보아야 좋은걸 알아, 가찹게 가면 그놈의 냄새 때문에 골치 아프지 않어? 그렇지만 오늘 꽃구경은 참 잘했어!" 영애가 경자에게 무수이 쏘이고 게다 욕까지 당한 것이 분해서 되도록 갚으려고 애를 쓰니까 경자는 코로 흥! 하고는 (느들이 무슨 꽃구경을 잘했니? 참말은 내가 혼자 잘했다!)

"꽃은 냄샐 잘 맡아야 꽃구경이야! 보는 게 다 무슨 소용 있어?" 하고 히짜를 뽑다가 정숙이 쪽을 돌아보니 아까보다 더 뻔질 손수건이 올라간다.

요즘에도 야구 구경이나 축구 구경 간다고들 한다. 그러나 그 영화 보았느냐고 하지 영화 구경 했느냐고 하는 경우는 점점 드물어지는 추세이다. 옛 마을에서 어린이들이 경험하던 '서울 구경'은 텔레비전의 보급으로 거의 사라지다시피 하였다. 그런 맥락에서 권태응의 동시 「서울 구경」은 이제 사회사적 가치를 지닌 민족지民族誌의 일부가 되었다고 할 수 있다. 뒤에 보이는 서울 구경은 이제 옛 얘기가 되었다. 지금의 고령자는 누구나 한 번쯤 이런 뻥튀기 서울 구경을 해보았을 것이다.

아기가, 아저씨 얘길 듣고서,

서울 구경 시키라고 떼를 썼지요.

요담에 크거든 시켜준대도,

자꾸만 매달리며 떼를 썼지요.

아저씨가 그만 할 수 없어서,

그래 구경 시켜주마 대답했지요.

아기 두 귀에다 손을 대고는

번쩍 들면서

"보이니? 보이니?"

망울　　　　　　　초등학교 시절 툭하면 가래톳이 섰다. 4학
년 때 담임교사가 운동을 좋아하고 당시의 구호였던 인고단련忍苦
鍛鍊을 숭상한 탓인지 학생들에게 체조 시간과 직업 시간을 과도
하게 부과하였다. (일제 말기의 학교에서 오늘의 체육은 체조, 오늘의 실업
은 직업이라 호칭했다. 공민은 수신, 음악은 창가, 미술은 도화圖畵라 했다.) 오
후 마지막 시간에 있는 체조 시간이 끝났는데도 시간을 연장해서
기계체조를 시켰고 또 역시 마지막 시간으로 잡혀 있는 직업 시간
을 한정 없이 연장해서 실습지에서 작업을 시켰다. 모든 것이 궁핍
했지만 특히 먹을 것이 부족했던 시절이어서 조금이라도 우엉이나

배추 같은 농작물을 챙기자는 속셈이 있다는 것은 어린 눈에도 뻔하였다. 그런데 툭하면 가래톳이 서서 달리기나 뜀틀을 할 수 없는 처지가 되었다. 사전에 담임교사에게 사정을 얘기하고 양해를 얻어 그냥 견학見學을 하는 것으로 난경을 넘겼다. 처음 몇 번은 통했지만 나중엔 꾀병이 아닌가 의심하고 "너는 왜 언제나 그 모양이냐?"며 바지 속으로 손을 넣어 현장검증을 시도하기까지 하였다. 인권이니 신체의 자유니 하는 개념을 알 리 없는 나이였고 그런 말 자체가 쓰이지 않던 시절이지만 사나운 생리적 반감과 수치심을 느끼지 않을 수 없었다. 이런 어린 시절의 경험 때문에 체육이나 교련 그리고 육체노동에 대한 편견과 적의를 갖게 된 것이라고 지금도 생각하고 있다.

앞에서 가래톳이라 했지만 우리 집에서는 말이 섰다고 했다. 『우리말 큰사전』에서 '말'을 찾아보니 열 번째 풀이에 "(의) 망울(경북)"이라고 되어 있다. 다시 '망울'을 찾아보면 "림프선에 생기는 혹 같은 것"이라 풀이되어 있고 림프샘종이라고 덧붙여 있다. 이 사전을 따르면 '말이 서다'는 '망울이 서다'라는 표준말의 경북 방언이 된다. 그러나 부계나 모계나 충북의 토박이 집안이다. 그러니 망울의 방언인 '말'은 충북에서도 오래 통용된 것임에 틀림이 없다. 가래톳이 허벅다리 서혜부鼠蹊部에 생기는 망울임에 반해서 망울은 가령 겨드랑이에도 생긴다. 해방 직전인 1945년 8월에 소련군이 청진에 상륙하자 학교에서 방공호를 새로 파고 기존의 방공호를 더 깊게 파게 되었다. 주로 상급생이 동원되어 곡괭이나 괭이로 호를 파는데 열 살짜리 팔심이 약해서 곡괭이가 튀었던 기억이 난다. 그 짓거리를 한 이틀 하고 나서 겨드랑이가 아파 만져보니 망울이 서 있었다. 이렇게 망울은 열 살 안팎 시절 나의 고질적 재앙이었다. 나중 의사는 선병질腺病質의 체질 탓이라고 했는데 6·25 전후해서 망울의 공포를 벗어나게 되었다. 그래서 학교에 가기 싫어서 생긴다는 9시병처럼 내 고유의 체조와 직업 시간 혐오감이 작동해서 생긴 심인 상관성 질환이 아닌가 하고 장성한 후에 생각해본 적이 있다.

담임교사에게 망울이 섰다는 것을 얘기하기 위해 집에서 예행연습을 했는데 '임파선이 부었다'고 말하라는 지시를 받았다. 김소운 편 『한일사전』을 찾아보니 망울은 임파선이 부은 것이라며 구리구리ぐりぐり란 일어를 표기하고 있다. 그러나 가래톳은 임파선 염증이라 풀이되어 있으되 상응하는 일어는 적혀 있지 않다. 어디선가 본 것 같아 일어사전에서 요코레(よこね, 橫根)를 찾아보니 성병 등이 원인이 되어 임파선이 부어오른 것이란 풀이가 보여 대경실색하고 책을 덮어버렸다. 가부장적 남성 중심의 사회질서에서는 여성과 함께 어린이도 배제되었는데 그 잔재가 여기저기 스며 있다는 생각이 퍼뜩 들었다. 모든 사전이 망울과 함께 멍울을 등재하고 있는데 모두 임파선종이라고 되어 있다. 어느 하나를 표준말로 책정함으로써 다른 하나를 배제하지 않는다는 함의가 있다. 그

러나 말과 망울의 상대적 친연성 때문에 망울에 한 표를 던지고 싶다.

망울이 임파선종이라고 근대화되어 통용되는 데서 볼 수 있듯이 신체의 질환을 가리키는 토박이말이 제법 많다. 어린 시절에 자주 생겨서 가장 흔하게 썼던 일상어, 부스럼이 대표적인 사례다. 『새우리말 큰사전』의 부스럼 풀이는 이렇게 돼 있다. "살갗이 헐어서 생기는 종기를 통틀어 일컬음. 깨끗하지 못한 살가죽의 모낭공毛囊孔으로 화농성균化膿性菌이 들어가서 생기는 염증임. 살이 붓고 끝이 곪기며 속까지 곪기도 함." 풀이가 어렵게 되었지만 그만큼 엄밀한데 요약하면 살갗에 생기는 종기의 총칭이 부스럼이란 것이다. 이에 반해서 『우리말 큰사전』에는 "살가죽의 털구멍으로 화농균이 들어가서 생기는 염증"이라고 쉽기는 하나 간략하게 풀이되어 있다. 종기는 『새우리말 큰사전』에 "살갗에 생기는 곪기는 병"이라 돼 있지만 『우리말 큰사전』에는 "큰 부스럼"이라 되어 있다. 부스럼에 대해선 두 사전의 정의가 크게 보아 일치하는데 종기에 대해선 두 사전이 전혀 다르다. 사소한 차이라고 할지 모르지만 큰 차이다. 두 사전이 모두 '부스럼떡'이란 어사를 등재하고 같은 풀이를 적고 있다. "부스럼에 붙이는 떡. 스물한 집의 쌀을 얻어다가 떡을 만들어 부스럼 자리에 붙이면 낫는다고 한다"고 적고 있는 점에서 동일하다. 항생제가 생기기 이전 고약이 부스럼에 대한 유일한 처방이었다. 부스럼이 우리 조상들에게 얼마나 골치 아픈 질환이었나 하는 것은 부럼이란 민속 관습에 생생하게 반영되어 있다. 음력 정월 보름날 새벽에 까서 먹는 밤, 잣, 호두, 땅콩 등이 부럼이다. 이런 것을 나이 수만큼 까먹고 깍지를 버리면 부스럼이 생기지 않는다며 어려서 부럼을 먹은 경험을 고령자는 누구나 가지고 있을 것이다. 부스럼떡 붙이기가 예증하고 있는 질병에 대한 주술적 대처에는 가지가지가 있었다. 가래톳 자리에 특정 한자를 붓글씨로 써놓으면 낫는다는 황당한 속신이 1950년대까지 시골에는 남아 있었다.

어린 시절 기계총을 가진 동급생들이 많았다. 이발소에 가서 전염되었는데 이발사가 소독하지 않은 바리캉을 썼기 때문이다. 우리 어릴 적 아이들이 많이 걸렸던 볼거리는 사전에 "풍열風熱 때문에 볼 아래 생기는 종기"라고 한의학 쪽의 정의가 적혀 있다. 그러나 사실은 바이러스에 의해서 발생하는 급성 전염병으로 유행성 이하선염耳下腺炎이 의사들이 쓰는 공식 병명이다. 옛 마을에서는 항아리손님이라고도 했는데 볼 아래가 항아리처럼 부어오르기 때문이다. 한동안 잉크를 바르면 좋다고 해서 파란 잉크를 바르는 아이들도 있었다. 요새는 거의 사라지다시피 한 병이다. 그 밖에 한의사들이 연주창이라고 명명한 질환이 있다. 목에 생긴 여러 개의 망울이 헐어 터져서 생긴 부스럼을 가리켰는데 결핵성 림프염이 보다 엄밀한 병명일 것이다. 또 아주 흔한 것으로 다래끼가 있었다. 속눈썹 근본에 구균球菌이 침입하여 눈시울에 생기는 작은 부스럼이 다래끼다. 의학 용어로 맥립종麥粒腫이라 하는데 위생 관념이 퍼지면서 이젠 드물어졌지만 다래끼가 나면 통증을 호소하는 경우가 많았다. 비슷하게 생긴 이름이면서도 출처가 다른 경우가 있다. 가령 중풍은 한의학에서 나온 병명이고 뇌출혈과 같은 병에서 생겨난 신체의 마비나 반신불수를 가리킨다. 이에 반해서 파상풍은 상처를 통해 몸 안으로 들어온 파상풍균의 독소 때문에 중추신경이 마비되는 감염증으로 양의학에서 쓰는 병명이다. 고열을 내며 중증 환자는 하루 안에 사망한다. 백신주사로 예방이 가능한 것으로 알려져 있다. 풍치가 치주염, 소갈증이 당뇨병으로 근대화된 것에서 볼 수 있듯이 많은 옛 이름이 사라지고 질병 자체가 희귀해진 경우도 많다. 현대 의학의 발달과 수준 향상이 오늘의 고령사회를 가능케 하고 생활의 질을 크게 향상시킨 것은 사라져간 말을 통해서도 분명히 드러난다. 인류의 삶이 조금씩 나아져왔고 폭력도 줄어들었다는 스티븐 핑커의 거대 명제는 어사의 자연선택에서도 찾아지는 것이 아닌가, 하고 생각하게 된다.

제12장

곤죽　　　　　　　한국은 커피를 가장 많이 마시는 나라의
하나라는 말을 자주 들어왔다. 서울 거리를 다녀보면 스타벅스 간
판이 도처에서 빈번하게 눈에 뜨인다. 그러나 자살률과 존속살해
율이 높다는 것과 달리 뭐 부끄러워할 이유는 없다. 한국, 일본, 중
국, 싱가포르 등 4개국 33만 명을 장기 추적한 결과 커피 섭취가
이들 아시아인의 사망 위험을 크게 낮춘다는 연구 결과가 국제 역
학 저널에 실렸다 한다. 이를 따르면 하루에 커피를 1-3잔 마시는
남성은 커피를 마시지 않는 사람에 비해 사망 위험이 22퍼센트 낮
은 것으로 분석되었다. 하루 3-5잔 미만과 5잔 이상 마시는 경우
에는 사망 위험이 각각 24퍼센트씩 낮은 것으로 드러났다. 오만상
을 찌푸리게 하거나 혈압을 수직으로 올리는 소식이 대종을 이루
고 있는 시점에서 그나마 살맛 나는 낭보라 하지 않을 수 없다. 술

맛은 모르고 살아왔지만 커피만은 특정 시기를 빼고는 꾸준히 또 열심히 마셔왔기 때문이다. 주변의 친구들도 위험이 22퍼센트 줄어드는 요행 계층에 속한다.

커피 이전에는 아마도 술이 많이 소비되었을 것이다. 노변 잡담 자리에서 들은 바로는 해방 이전 만주에서 대낮에 붉어진 얼굴로 비틀비틀하는 사람은 한국인이 틀림없다는 말이 있었다 한다. 우리 모두가 '술 권하는 사회'에서 살고 있었기 때문이다. 어릴 적에 살던 동네 골목에서도 술 먹고 소리 지르는 사람들을 자주 보았다. 그럴 때 저 사람 또 '곤죽'이 되어 비틀거린다고 혀 차는 소리를 내는 노인들이 있었다. 곤드레만드레가 되었다고 하기도 했다. 곤죽의 뜻은 사전에 서너 가지가 나오지만 현실에서의 어사 경험으로는 만취상태를 가리키는 경우가 유일했다고 기억한다. 요즘에는 그러나 통 들어보지 못했으니 어느새 용도 폐기가 되었는지도 모른다. 곤죽이 되어 주사를 잔뜩 늘어놓고서 그 이튿날 혹 실례되는 소리를 했으면 양해해달라고 하는 사람들을 꽤 많이 보았다. 요즘에는 필름이 끊어져 통 기억이 안 난다고 하는 경우도 많다. 만취와 대취가 사전에 나오지만 대취란 말은 실생활에서는 들어본 기억이 없다. 맥락은 다르지만 녹초가 된다는 말도 슬며시 사라진 것으로 생각된다. 녹초가 된다는 것은 맥이 풀어져 힘을 못 쓰고 늘어진다는 뜻으로 옛 마을에서는 툭하면 들리는 소리였다. 기진맥진하다도 많이 쓰였으나 한자어여서 연만한 사람이 아니면 쓰지 않았던 것 같다. 기도 맥도 탕진했다는 뜻의 한자 성어다. 기력과 정력이 죄다 없어져 스스로 가누지 못할 정도가 된 것이라고 사전에 풀이되어 있다.

닭을 치다 원어민에게 가장 쉬운 것이 가령 영어를 익히려는 외국인에겐 어려운 경우가 많다. 기초 단어에 속하는 동사와 전치사나 부사가 연결된 숙어 같은 것이 그렇다. 우리말을 공부하는 외국인에게도 사정은 마찬가지일 것이다. 우리말 동사 가운데 가장 흔히 쓰여 어려운 것이 '치다'와 같은 동사일 것이다. 『우리말 큰사전』에는 이 동사의 뜻풀이 항목이 열다섯 개에 이른다. 빗발이 치다, 덫에 치다, 눈보라가 치다, 파도가 치다, 발을 치다, 가마니를 치다, 우물을 치다, 새끼를 치다, 가는 날 오는 날까지 쳐서 나흘이면 충분하다, 시험을 치다, 책상을 치다 등의 예문이 보인다. 여기에는 준말도 포함되어 있지만 배우는 입장에선 참 다양하게 쓰인다. 해독 위주로 접근하면 전후 맥락으로 쉬 이해가 되겠지만 능동적으로 활용하여 말하고 쓸 때는 적지 아니 곤혹스러울 것이다. 치다라는 동사를 이렇게 훑어본 것은 앞서 거론한 「토끼 이야기」에서 "토끼를 치다"란 대목이 낯설게 다가왔기 때문이다. 사전에 "가축을 기르다"란 풀이가 있고 '닭을 치다' '양을 치다'란 예문이 들려 있다. 양치기 소년의 우화는 누구나 알고 있다.

또 교과서에 흔히 실렸던 남구만의 시조를 모르는 사람은 없을 것이다.

　　동창이 밝았느냐 노고지리 우지진다
　　소 치는 아이놈은 상기 아니 일었느냐
　　재 넘어 사래 긴 밭을 언제 갈려 하느냐

　양치기나 소 치기는 친연성이 뚜렷하다. 그러나 토끼 치기는 좀 낯설게 느껴진다. 닭치기도 그런데 양계란 말이 완전히 대체해버렸기 때문이다. 6·25 전후의 한동안 시골의 웬만한 집에서는 우리를 지어놓고 돼지를 길렀다. 그러나 돼지를 먹인다고 했지 돼지를 쳤다고 하지는 않았다. 돼지의 경우 식구들이 먹다 남은 찌꺼기를 주었으니 문자 그대로 돼지를 먹이는 셈이기 때문이었을 것이다. 이러한 미묘한 차이에 외국인이 익숙해지기는 어려울 것이다.

깍쟁이　　　　　　망나니란 말을 막돼먹은 인간을 가리키는 욕설로만 알았다. 사형을 집행할 때 목을 베는 일을 맡아 한 사람을 가리키며 중죄인 가운데서 뽑아 썼다는 것을 알았을 때 적이 놀랐다. 흔히 쓰는 '깍쟁이'란 말도 매우 약빠르거나 이해타산에 능해 손해 볼 줄을 모르는 사람을 낮추어서 말하는 것이라고만

알고 있었다. 그런데 어린 딴꾼을 가리키기도 하고, 딴꾼은 포도
청에 매여 포교의 심부름으로 도둑 잡는 일을 거들던 사람을 뜻
한다는 것이다. 염탐꾼 노릇도 하였다. 요즘 말로 하면 경찰의 앞
잡이가 된다. 그러니까 은어로서의 '개'의 전신이 되는 셈이다. 발
음이 비슷한 땅꾼은 뱀을 잡아 파는 사람임을 아는 사람들이 많
을 것이다. 폐질에 좋다고 해서 폐결핵 환자가 있는 유복한 집안
에서는 아주 소문을 내어 뱀을 잡아 오는 동네 사람에게 후하게
보수를 주었다. 뱀이 엄청나게 보신에 좋다는 축과 일단 뱀을 고
아 먹으면 한약의 약발이 먹히지 않는다고 주장하는 이들이 논쟁
을 벌이는 것을 본 적이 있다. 그러고 보면 매사에 반대 의견이 대
립하는 게 세상일이란 느낌이 든다. 딴꾼이나 땅꾼이나 이제 영영
사라진 말이 되고 말았다.

정사　　　　　　우리가 쓰는 한자어에는 일인들이 만들어
쓴 일제 한자어가 많다. 한자로 되었기 때문에 구분하기가 어렵지
만 한문 공부를 조금 하면 느낌이 온다는 주장이 맞다고 생각한
다. '정사情死'는 정을 공유하고 있는 남녀가 합의하에 동시에 수
행하는 자살을 가리키는 일제 한자어다. 1929년 8월 시모노세키
를 출발한 관부연락선이 대마도를 지날 무렵 윤심덕과 김우진이
바다로 투신자살한 사건은 세상을 놀라게 하며 크게 화제가 되었

다. 이 사건은 정사란 말을 국내에 소개하고 널리 유포시키는 데 결정적 계기가 되었을 것이다. 이 낭만적이고 이국적이며 충격적인 동반 자살은 다행히 철부지 모방자를 배출하진 않았다. 혹 있었다 하더라도 널리 알려지지 않아서인지 이 말은 그 후 적어도 우리 쪽에선 별로 용도가 없지 않았나 싶다. 이들 청춘 남녀의 바다로의 투신 시기가 여름이란 사실은 중요하다. 죽을 사람은 어차피 죽게 마련이겠지만 이들이 한겨울에 배를 탔다면 선상 투신은 미수로 그쳤을 것이다. 1953년 환도하던 해 대학 입학시험을 보고 여느 때와 달리 장밋빛 낙관을 했는데 합격자 명단에 이름이 빠져 있었다. 창피하고 근친을 대할 면목도 없고 절망적인 심정이 되어 유명한 영도다리를 찾아갔다. 추운 날씨에 차가운 물속으로 들어가는 임종이 너무나 가엾다는 자기 연민이 핑계가 되어 살아 돌아온 경험이 퇴할 수 없는 내 유권해석의 근거이다.

한국 최초의 소프라노 윤심덕이 부른 「사의 찬미」 음반은 10만 장이 나갔다고 한다. 연극 쪽으로 옮겨가면서 소회를 밝힌 인터뷰 내용은 사회사적 가치가 있다. "아직 우리 사회에서는 여자란 배워서 가정으로 돌아가 현모양처가 되거나 교사가 되고 간호부 사무원 같은 것이 되어 말썽 없이 살아가는 것이 좋다고 합니다. 특히 배우라는 것은 불량 무식한 타락자나 하는 일로 알아온 이상 나의 이번 길은 갈 곳까지 다 갔다고 할 수 있습니다. 물론 나는 대단한 각오를 가지고 나섰습니다. 오로지 힘을 다하여 새로

워지려는 당돌한 발걸음이 이에 이르게 되었을 뿐입니다." 1925년
에 나온 여성 선구자의 발언이다. 대단한 인물이고 천리마가 없는
것이 아니라 백락伯樂이 없다는 한퇴지의 말을 상기시킨다. 태평양
전쟁 시기에 초등학교를 다니고 중학 때 6·25를 맞은 탓인지 이
나라에 태어난 것이 다행이라는 애국적 감개를 경험한 적이 없다.
그러나 한반도에서 그나마 사내로 태어난 것은 다행이란 생각은
더러 하였다.

근자에 시력 저하로 일본 소설 낭독을 유튜브를 통해 들었다.
그의 작품치고 예외적으로 건강하고 감동적인 「달려라 메로스」를
비롯해 다자이 오사무(太宰治)의 몇몇 단편을 읽었더니 그의 작품
과 전기 삽화 낭독이 다수 떠서 들어보았다. 20대에도 정사를 시
도했던 그는 다섯 번째에 성공을 했다. 동반자는 미용사였고 20대
중반이었다. 선생과 함께 동행하는 것은 행복이라면서 옆에 묻히
고 싶지만 그것을 바라는 것은 과한 욕심이라는 뜻의 유서를 남
기고 있다. 그녀는 그의 곁에 묻히지 못했다. 〈노벨문학상〉 수상자
를 비롯해 최상급의 작가 여러 명이 자살한 일본에는 본시 자살
자가 많다. "무사도란 죽는 것이다. 생사 중에서 택일하라면 빨리
죽는 것을 택하는 것이다"라는 무사도 정신과도 연관될 것이다.
자살로 끝나는 전통 연극의 영향도 있을 것이다. 정사한 문인도
제법 있다. 일본 사회는 상대적으로 이들에게 관대하다는 느낌이
든다. 나치 독일의 유럽 석권에 절망하여 브라질에서 자살한 『어

제의 세계』의 츠바이크가 나이 차가 있는 연하의 아내를 동행시
킨 것에는 비판의 소리가 있었다. 불치병에 걸린 쾨슬러가 부인과
함께 자살한 것에 대해서도 마찬가지다. 사랑의 동반 자살을 가리
키는 일어에 또 신쥬(しんじゅう, 心中)라는 말이 있다. 일상적으로는
이 말이 더 자주 쓰이는 것 같다. 정사가 일제 한자어라면 우리
쪽에는 대응어가 없을까? 쌍폐雙斃란 말이 우리 사전에 나온다.
둘 다 넘어진다는 뜻이 있고 정사의 뜻도 있다. 근친상간보다 상피
가 더 어려운 단어가 되었듯이 이 한자어를 아는 이는 드물 것이
다. 일제 한자어가 재래 한자어를 몰아낸 것이다.

속 차리다　　　　　어린 시절 동네에서 가장 많이 들어본 질
타나 야단은 속 차리라는 말이었다. "속 차리고 공부 좀 해라" "속
차리고 술 좀 작작 먹어라"가 가장 흔한 유형이었다. 어느 때부터인
지 그것이 "정신 바짝 차려라"로 바뀌었다. 해방 후에 등장한 차려
란 구령은 아마도 정신 차려의 준말일 터이고 그 원형은 속 차려
일 것이다. 이렇게 속은 겉과 바깥의 반대이면서 마음이나 속마음
을 가리켰다. 요즘 정치 현장에서 벌어지는 저질 언동을 보면 "속
차리고 금도를 지켜라, 정도껏 하라, 정도를 가라"고 외치고 싶다는
우국 노인들이 많다. 해방 직후 우후죽순처럼 생겨난 단체 중에
우국노인회란 것이 있었다. 시골에도 지부가 있어서 길을 가다 들

여다보면 노인들이 몇 명 앉아 있는 것이 보였다. 그들이 환생해서 오늘의 정치 현실을 보면 어떠한 생각을 할지 적이 궁금하다. 세월이 가도 고색창연하게 변하지 않는 것이 있다고 하지 않을까?

되바라지다　　　　인품이나 성격에 관한 형용사는 그 쓰임새가 얼마쯤 다양하다는 특색이 있다. 가령 『우리말 큰사전』에는 '되바라지다'란 말의 풀이와 용례가 이렇게 되어 있다. "1. 웅숭깊고 아늑한 맛이 없다. 되바라진 산자락. 2. 너그럽고 감싸주는 맛이 없다. 사람이 되바라져 친구가 없다. 3. 어린 나이에 말과 행동에 어수룩한 구석이 없고 얄밉도록 똑똑하다. 아이들이 너무 되바라지게 군다. 하는 짓이 되바라져 미움을 산다. 그 되바라진 소리 좀 그만하렴."

　나의 어휘 경험으로는 3의 경우가 대부분이다. 1과 2는 별로 들어본 적이 없는 것으로 기억하고 있다. 그런데 이 3의 풀이가 『새우리말 큰사전』에는 이렇게 되어 있다. "나이가 어린 사람이 언행이 신중하지 못하고 지나치게 똑똑한 체한다." 두 사전의 풀이는 대충 같으면서도 엄밀하게 따져보면 차이가 있다. 나의 어휘 경험으로는 『새우리말 큰사전』의 풀이가 더 적절해 보인다. 어린 사람의 똑똑한 언행은 그 자체로 거부감을 주지 않는다. 참 신통하다는 느낌을 주게 마련이다. 언행이 신중하지 못하고 지나치게 똑똑한 체하고 시건방저 보이면 거부감이 생기고 맹랑하다는 생각이 들면서 알미운 느낌마저 드는 것일 터이다. 이렇게 미묘한 차이가 느껴지는 경우가 빈번해서 역사를 고쳐 쓰듯이 사전도 고쳐 써야 하는 것이란 생각을 다시 하게 된다.

공치사   남을 위하여 수고한 것을 제가 잘하였다고 스스로 자랑함을 가리키는 '공치사'의 한자는 功致辭이다. 이와 달리 빈말로 하는 치사나 공연히 하는 치사를 가리키는 경우의 한자는 空致辭이다. 전자나 후자나 들어서 유쾌한 것은 아니다. 까마득한 젊은 날에 본 슈베르트를 주인공으로 한 영화 「미완성 교향악」에서는 "거짓말이라도 좋으니 사랑한다고 말해달라"고 간청하는 대화 장면이 있었다. 아니 있었다고 기억하고 있다는 게 정확한 얘기일 것이다. 그렇게 절박한 경우에는 공치사空致辭도 단순한 빈말은 아닐 것이다. 로맨스에 흔히 등장하는 영원히 그쪽을 사랑한다는 대사는 사실상 空致辭로 드러날 공산이 매우 크다. 물론 그렇게 호소하는 상황에서의 주관적 진실성마저 부정해서는 안 될 것이다. 그러나 그것이 잠정적이요 임시적인 진실인 것으로 드러나는 경우는 많다. 샬럿 브론테의 『제인 에어』 독자들은 "신랑의 신부 사랑은 6개월이면 끝난다"는 말을 접하고 생각에 잠겨본 경험이 있을 것이다. 평생 한 사람을 사랑한다는 것은 촛불 한 개가 평생 타기를 기대하는 것과 같다고 톨스토이의 『크로이처 소나타』의 작중인물은 토로한다. 당초에 토로한 지극한 사랑을 공유한 사람들이 시간이 지남에 따라 변모하는 것은 드문 일도 놀라운 일도 아니다. 그것은 열정적인 감정에서 매우 절제되고 수정된 상호 신뢰 같은 보다 원숙한 감정으로 순화되거나 실망이나 제어된 원망이나 분노로 퇴화될 것이다. 그런 맥락에서 낭만적 사랑에서 볼 수 있는 영원한 사랑의 호소는 냉정히 말해서 空致辭의 범주로 귀속돼야 할 것이다. 그리고 그것은 변덕스럽고 상황과의 함수 관계를 지닌 인간의 많은 발언을 空致辭로 만들어버린다고 말해도 과하지 않다. 사람이 건네는 치사가 궁극적으로 空致辭로 귀착된다는 것은 삶의 슬픔의 하나이긴 하나 계절의 변화처럼 자연스러운 일이기도 하다. 감정의 강도와 열의가 시간이 지남에 따라 쇠하는 것을 특정인에게 한정된 것으로 파악하는 것은 경험의 빈약함을 반증하는 것인지도 모른다. 대범하게 말한다면 사람들이 나누는 치사는 항시 空致辭란 그림자를 거느리고 있다. 다른 것은 정도의 차이뿐일 것이다.

　空致辭가 설혹 유쾌한 것이 아니라 하더라도 功致辭처럼 심하지는 않을 것이다. 남의 도움을 받고 수고한 덕을 입었을 때 고마움을 느끼는 것은 인지상정이다. 그런데 고마움을 잊거나 한 것처럼 되풀이 功致辭를 하게 되면 일껏 갖고 있던 호감과 감사한 마음도 얼마쯤 짜증을 느끼게 마련이다. 더구나 세계 어느 문화에서나 인류학에서 말하는 호혜성의 원칙이란 것이 작동한다. 받은 호의에 대해서 보답하고자 하는 의무감 비슷한 것을 누구나 갖고 있다. 그러나 되풀이 功致辭를 듣게 되면 그의 호의가 계산된 일종의 상거래가 아닌가 하는 개운치 못한 느낌을 갖게 된다. 이전의 호의에 대한 반환의 심리적 강요가 아닌가 하는 의혹마저 생긴다. 요컨대 군자나 신사는 功致辭를 하지 않는 법이다. 당연한 일을 했다고 생각하니 功致辭의 여지가 없는 것이다. 功致辭를 잘하는가 아닌가 하는 것은 인품과 우정의 시금석이라 말해도 과하지 않다. 오른손이 하는 일을 왼손이 모르게 하라는 「마태복음」의 금언도 功致辭를 경계하는 말이다.

그런데 직업적으로 功致辭를 하는 사람들이 있다. 정치인들이 대표적인 사례일 것이다. 민주정 아래서의 정치인의 功致辭는 그대로 자가선전의 일환이 된다. 지역구 의원들은 이번에 개통된 ○○고속도로로 말하면 구상에서 완성에 이르기까지 자기가 핵심적인 역할을 했다고 功致辭를 한다. 이번에 유치한 ○○산업단지는 이웃 아무개와 나의 노력이 주효한 결과라고 功致辭를 한다. 물가가 안정된 것도 자기네 경제정책의 결과라고 功致辭가 대단하다. 역병이 소강상태로 머문 것도 효율적인 대응의 결과로 전 세계가 감탄하고 경탄해 마지않는 것이라고 이번엔 부하를 시켜 요란한 나팔 소리를 낸다. 그러다 물가가 오르면 그것은 범세계적인 현상이며 전임자가 예방적 조처를 취하지 않은 탓이라고 흉측한 오리

발을 내민다. 다시 역병이 창궐하여 민심이 흉흉해지면 방역 후진 국을 끌어와 수치를 비교하며 우리는 안정적으로 선방하고 있다 며 딴전을 부린다. 그리고 특정 종교 교파가 방역 규칙을 지키지 않아 다수 확진자와 무고한 희생자를 냈다며 성토한다. 요컨대 사 실에 부합하지 않는 功致辭로 청년층과 노년층의 헛똑똑이 유권 자를 어리둥절하게 현혹하고 혼란시키고 마침내 오도하고 타락시 킨다. 서민을 위한다며 집값을 길길이 뛰게 하고 나서 고액 보유세 와 양도세와 종부세를 갈취하고 그것을 제 호주머니 돈인 양 살포 하여 비대한 권력을 강화한다. 순종하지 않으면 부자를 만들어주 었는데 은혜를 모른다고 가자미눈을 부라린다. 그러고 보면 민중 이 주인이라는 민주제는 사실상 기만적인 功致辭로 유지되고 변 질되고 타락하는 성향이 있는 것이 아닌가 하는 의혹이 생긴다. 일상에서 흔히 듣던 功致辭란 말은 사실상 사라지고 말았지만 그 폐해는 강화되어 딴 이름을 빌려 사려 깊은 국민들을 절망케 하 고 있다는 생각을 금할 수 없다. 功致辭가 인품을 가늠해주듯이 국격을 가늠해준다는 사실에 대한 냉철한 성찰이 필요하다. 본시 치사란 말은 경사가 있을 때 임금께 올리는 송덕의 글임을 상기할 때 우리는 새삼 말의 묘기에 고개를 끄떡이게 된다.

유들유들　　　『새우리말 큰사전』에서 '유들유들'은 "부끄러운 줄도 모르고 뻔뻔스럽게 구는 모양"이라 풀이하고 "유들유들한 성미"라는 보기가 적혀 있다. 한편 "살기가 많고 윤이 번드르르하게 흐르는 모양"이란 풀이와 함께 "유들유들한 피부"란 보기가 적혀 있다. 『우리말 큰사전』에서도 풀이가 비슷하지만 "유들유들한 태도"란 보기가 들려 있다. 성미나 태도가 부끄러움을 모르고 뻔뻔스럽다는 점에서 같다. 피부나 몸집에 관한 형용사로 쓰이는 경우의 풀이도 같다. 다만 "김씨는 싱글벙글 웃으며 유들유들 대답한다"는 보기가 들려 있는 『우리말 큰사전』의 유들유들 풀이는 뉘앙스가 조금은 다르다. 나의 어휘 경험으로는 뻔뻔스럽다는 뜻인데 그보다는 얼마쯤 혐오감이 엷고 부드럽다는 차이가 있는 것으로 기억한다. 어쨌건 요즘은 별로 들어보지 못한다. 요즘 보게 되는 뻔뻔스러움이 대체로 예전보다 흉측해서 가령 얼굴에 철판을 깔았다는 투의 비속어가 아니면 실감 전달이 안 되기 때문이 아닌가 생각된다. 세상이 그만큼 상스러워지고 염치라는 것이 사라진 것과 연관될 것이다. 염치없다는 말도 얌체로 변하고 사실 배웠다는 사람 혹은 법을 공부했다는 사람들 사이에 얌체와 얌체 짓이 흔하다는 것은 역설적이다. 법은 본시 공정이나 정의와 직결되는 것이기 때문이다. 유행어란 세태의 한 반영이기도 한데 근자에 내로남불이란 새말이 요원의 불길처럼 퍼지고 있는 것은 상서롭지 못한 일이다. 내로남불은 자기 본위의 이기적 사고와 뻔뻔함과 파렴치의 극치이다. 앞에서 언급한 적이 있는 고대 그리스의 테오프라스토스의 『가지가지 인물Characters』에는 부끄러움을 모르는 뻔뻔한 인물을 다음과 같이 예시하고 있다. 인용문은 그 전반부의 일부이다.

파렴치함이란 치사한 이득을 위해 남의 이목을 가리지 않는 것이라고 정의하기로 하자. 파렴치한 사람은 가령 빚을 지고도 갚지 않은 사람에게로 가서 다시 돈을 빌리는 위인이다. 그는 제신諸神에게 희생을 바치고도 흔히 하듯 친구들에게 남은 음식 대접을 하지 않고 소금에 절여 저장하고 자신은 다른 데서 외식을 한다. 나가서 대접을 받을 때 그는 자기 종자를 불러 식탁에 있는 고기나 빵을 넘겨주며 모두가 들을 수 있도록 큰 소리로 말한다. "자, 마음껏 들어요. 티비오스여."

식료품을 사러 가서는 고기 장수에게 지난 일 공치사를 한다. 그는 저울 가까이 서서 소고기나 수프용 뼈다귀를 저울 위로 던진다. 잘 되면 얼씨구 좋다이고 아니면 내장 같은 것을 챙겨 들고 웃으면서 자리를 뜬다.

고대 그리스의 후안무치한 인물은 위에서 보듯 상판에 철판을 깐 것이 아니라 겨우 손바닥으로 얼굴을 가릴까 말까 하는 좁쌀친구들이다. 어떻게 보면 귀엽기까지 하다. 우리의 오늘이 얼마나 타락했는가 하고 한숨을 금치 못하는 우국 인사들이 많으리라고 생각하는 것이 부질없는 헛걱정이라면 얼마나 좋을 것인가.

육첩방　　　　　　윤동주의 이름을 아는 사람치고 「쉽게 씌어진 시」를 모르는 사람은 없을 것이다. 이 명시는 1947년 2월 『경향신문』 문화면에 소개되었고 당시 『경향신문』 주간이던 정지용이 짤막한 소개를 덧붙였다. 그 후 단속적으로 「소년」 등의 시편이 같은 지면에 실렸고 이어 문종이 같은 종이에 가로쓰기로 된 『하늘과 바람과 별과 시』가 정음사에서 나오게 되었다.

　　창밖에 밤비가 속살거려
　　六疊房은 남의 나라

　　시인이란 슬픈 천명인 줄 알면서도
　　한 줄 시를 적어볼까

'육첩방六疊房'은 일본 가옥에서 저들의 '다다미' 여섯 장을 깔아놓은 방으로서 다다미 두 장이 한 평 넓이니까 세 평 정도 되는 꽤 큰 방이다. 첩疊은 겹치거나 포개어짐을 가리키고 또 타동사로서 겹쳐놓거나 포개어놓음을 뜻한다. 그런데 일본인들은 필요에 따라 저들의 다다미를 가리키는 말로 써왔다. 그러니까 일본식

훈독으로는 다다미가 되고 음독은 조가 된다. 윤동주는 우리말에 없는 六疊房을 만들어 써서 일어 쓰기를 피한 셈이다. 방은 일본어로 헤야(へや, 部屋)라 하니까 六疊部屋라 써야 할 것 같아 보인다. 2009년에 상자된 졸저 『시와 말과 사회사』에서 이와 비슷한 말을 하면서 六疊部屋는 로쿠지요베야ろくじょへや로 읽는다고 적은 바 있다. 일어에 능통한 선배에게 문의를 한 후에 그리 적은 것이다. 그렇게 읽는 것은 사실이지만 최근 시력 약화로 일본 소설 낭독을 많이 들었는데 그런 말이 나온 적은 없고 로쿠지요마(ろくじょま, 六疊間)라 하는 것을 들었다. 일어사전을 찾아보니 마(ま, 間)에 部屋의 뜻이 있음을 적고 있다. 그러니까 이것이 맞고 ろくじょへや는 六疊房이란 윤동주의 조어를 직역한 부자연스러운 말이 되는 셈이다. 김시종 번역으로 된 일역 시집을 보니 六疊の部屋라고 풀어서 쓰고 있다. 언제부터인가 한자를 공통적으로 쓰고 있는 이웃 나라의 고유명사를 원음으로 읽고 쓰는 관행이 생겨났다. 동경, 이등박문 대신에 도쿄, 이토 히로부미로 표기한다. 북경, 호지명 대신에 베이징, 호치민으로 표기하고 있지만 일관성은 없어 보인다. 한글 전용의 관점에서 보면 원음으로 표기하는 것이 옳다고 본다. 그러므로 윤동주가 만들어낸 말은 육첩방이 아니라 육조방으로 읽는 것이 옳다. 육첩방으로 읽을 때 그것은 첩첩산중의 첩을 상기시킨다는 면도 있다. 지난날에 쓴 글에 보이는 필자의 불찰을 교정하는 뜻에서 조금은 장황하게 기술하였다. 노화현상을

고려하여 더욱 엄밀성과 정확성을 추구해야겠다는 심정이 든다는 점을 첨가해두어 사과로 대신한다. 우리 정치인들의 진정성 없는 상투어인 유감이 아니라 사과임을 분명히 해둔다.

서리   '서리'는 떼를 지어서 주인 모르게 훔쳐다 먹는 장난을 뜻하며 닭서리, 참외 서리, 토끼 서리 등이 있었다. 구차하던 시절 주로 젊은이나 어린이들이 하던 도둑질인데 어른들이 장난으로 보아준 것이다. 사과 서리도 있었는데 자루 등 준비물을 갖추고 밤중 몰래 과수원에 들어가 사과를 따서 자루에 집어넣고 도망쳐 오는 본격적인 도둑질 놀이다. 과수원 쪽에서 셰퍼드 등을 풀어 방지하는 처지가 되자 자연히 사과 서리는 사라지게 되었다. 참외나 수박 밭에는 원두막이 있어서 망을 보았으나 아이들의 게릴라 작전에는 완전 방어가 있을 수 없었다. 겁 많고 소심한 탓에 품행이 방정하였던 필자는 서리 작전에 한 번도 종군한 바가 없으나 동급생들이 세운 혁혁한 전과 얘기는 들은 바가 많다. 고향은 과수원이 많은 곳이었는데 사과 서리를 하다가 붙잡혀 큰코다친 동급생들이 제법 많았다. 특히 동양 쪽 젊은이 사이에 애독자가 많은 헤르만 헤세의 『데미안』의 첫 장은 패거리에 끼기 위해 하지도 않은 사과 서리를 했노라고 자랑했다가 큰 곤경에 빠지는 얘기가 나온다. 과대평가되었다면서 헤세를 파생적인 작가라고 평가절하하려는 이도 있으나 이 첫 장만 보더라도 그가 범상한 작가가 아닌 것은 분명하다. 서리가 정말로 장난으로 그친 것은 시조시인 가람 이병기의 「그리운 그날」에 나오는 콩 서리일 것이다. 콩 서리에 관한 한 고령자 세대에서는 경험자가 많을 것이다. 오락이나 도락이 없었던 농경 사회에서 콩 서리는 매력 있는 모험 놀이였을 것이다.

> 콩서리 하여다가 모닥불에 구워 먹고
> 밀방석 한머리 신 삼는 늙은이 졸라
> 끝없는 옛날 이야기 밤을 짧어 하였다.

남루　　　　　　도시에서나 시골에서나 초등학교 어린이의 옷차림은 대개 엇비슷하다. 흔히 쓰는 말로 평준화가 되어 있는 셈이다. 우리 어린 시절엔 옷차림이나 신발만 보고서도 그의 집안 형편을 거의 정확하게 알아맞힐 수 있었다. 책보를 끼고 다니는 아이와 란도셀을 메고 다니는 아이의 차이가 모든 면에서 단박 드러났다. '남루襤褸'한 옷차림이 드물지 않았다. 남루란 본시 헌 누더기를 뜻한다. 요즘 헌 누더기를 걸치고 다니는 사람은 흔치 않다. 따라서 남루란 말은 가난의 비유로 쓰이는 게 보통이다.

한 눈은 가리고
세상을 간다

하나만 가지라고
구슬 두 개를 보이던 사람에겐
옥돌 빛만 칭찬하고 돌아서 왔다

어디로 가는 길이냐고
묻는 사람이 있으면

그냥 빙그레 웃어만 보이련다

남루를 감고 거리에 서서
마음은 조금도 번거롭지 않아라

—이한직, 「시인은」

시인은 슬픈 천명이라고 윤동주는 적었다. 과작이긴 하나 「풍
장」 「낙타」 「놉새가 불면」 세 편만 가지고도 진정한 시인이란 평가
를 받아 마땅한 이한직은 가난하지만 유유자적하는 것이 시인이
라 말하고 있다. 영원한 연인을 그려낸 시인은 흔히 싸구려 하숙
방의 평범한 하녀밖에 알지 못하였다고 적음으로써 프루스트는

상상력의 중요성을 말하였다. 그런 시인관과 일맥상통하면서 평범함의 보편성에 호소하는 시인론이요 소박한 자화상이다. 이런 시인론을 접할 때마다 떠오르는 이름이 있다. 그는 은행가의 아들로 태어나 해방 전 고등교육을 받은 후 자신도 은행원으로 재직한 적이 있다. 그러면서 무던한 시편을 발표하였다. 그러나 부친이 생모를 소박하는 바람에 부친과 절연하고 말았다. 만년의 부친은 시인 아들에게 사람을 보내어 살날이 많지 않음을 알리고 재산을 분배하려 하니 화해를 하자고 제의하였다. 간곡한 당부에도 불구하고 시인 아들은 부친과의 화해와 재산 인수를 끝내 거부하고 가난을 수락한 채 여생을 타국에서 마감했다. 이한직의 시인론의 구현이자 주인공 같은 인물이다.

강원도에 사는 노부부가 아들딸을 보러 상경하나 착잡한 심정으로 돌아가는 얘기를 담고 있는 김수용 감독의 「굴비」가 개봉된 것은 1963년의 일이다. 이 영화는 당시에 전직 법관의 이례적인 타계 소식과 함께 세상에 알려져 세인에게 큰 충격을 주었다. 청렴 강직하기로 소문난 한 퇴직 법관이 미망인이 된 며느리와 함께 「굴비」 구경을 갔다. 며느리로서는 시부가 시켜준 최초의 영화 구경이었다. 이튿날 아침에 보니 시부는 망자가 되어 있었다. 1963년 5월에 일어난 이 자살 사건은 신문 사회면을 요란하게 장식했고 곳곳에서 화제가 되었다. 해방 이전 독학으로 조선변호사 시험에 합격한 전직 법관은 대구 고법원장으로 재임하다가 1958년 12월

퇴임했다. 당시 법관 임기 10년이 만료돼 대법원에서 연임을 제청했으나 이승만 대통령이 거부했다. 총선이나 대선에서 경북의 개표 관리 책임을 맡은 그는 부정 개표를 용인하지 않았다고 한다. 4·19 뒤에는 대구 고검장으로 복귀했고 1961년 1월에는 3·15 부정선거의 주모자를 처벌할 혁명검찰부장으로 발탁됐지만 5·16으로 구금됐다가 병보석으로 풀려났다. 이후 생계조차 꾸려가기 어려운 생활을 하다가 자진한 것이다. 남긴 유산이라고는 손목시계 하나가 있을 뿐이었다. 이제 아무도 기억하지 않는 그 법관의 이름은 김용식金龍式이다. 이러한 청렴결백한 법관이 있었고 이한직 시편의 주인공 같은 시인이 있었다. 비단옷을 걸친 오늘의 법조 명사나 시인은 세속을 넘어선 위의 인사들을 비웃을 것이다. 그러나 비단옷이 어디서 유래한 것인가를 역사는 반듯하게 기록하게 될 것이다.

오만 정　　　　　16세기에 나온 토머스 모어의 『유토피아』는 오늘날처럼 디스토피아 소설이 속출하고 있는 시점에서 더욱 중요성이 돋보이는 고전이다. 술집도 카페도 청춘의 거리도 없는 세계여서 자유분방한 젊은 영혼이 대하기에는 따분할지 모르지만 의외로 성찰에 값하는 흥미 있는 삽화도 많다. 사회적 공정과 정의의 실현 없이 개인의 행복도 불가능하다는 명제에 기초해서 구상된 이 섬나라에는 아주 별난 관습이 있다. 혼인에 앞서 젊은 이들이 양가 보호자의 입석하에 알몸으로 맞선을 본다. 말 한 필을 사는 데도 알몸의 이모저모를 요리조리 살펴보는데 평생 배필을 구함에 있어 소홀함이 있어서야 쓰겠느냐, 알 것은 속속들이다 알고 결정해야 한다는 생각이 이 기상천외한 관습의 원천이다. 삶의 종언과 관련해서도 비슷하게 진보적인 관습이 이 섬나라에는 존재한다. 치료가 불가능하다고 판단되는 질병에 고통받고 있는 환자에게 사회는 두 가지 선택지를 제공한다. 삶을 끝내고 싶다는 이에게는 요즘 말로 안락사를 허용하고, 존명을 희망하는 이에겐 연명치료를 계속하게 하고 그 비용은 사회가 부담하는 것이다. 요즘 고령자들이 당면한 문제를 앞당겨서 보여주고 있다. 사실 고령자들이 모여 나누는 얘기의 제1주제는 어떻게 하면 가족에게 큰 폐 안 끼치고 큰 고통 안 겪으며 한 많은 이 세상을 하직하느냐 하는 것이다. 토머스 모어의 처방은 언뜻 매정해 보이지만 지상의 인간에 대한 지극한 연민을 담고 있다.

역병 사태로 상대적으로 칩거 중인 셈인데 우연히 고향의 동년배 친구를 만났다. 절친은 아닌 그 친구는 호주머니를 뒤지더니 하늘색 카드를 보여준다. '사전연명의료의향서 등록증'이란 제목 아래 성명, 등록번호, 등록일 등이 적혀 있고 발행처가 보건복지부 국립연명의료관리기관으로 되어 있다. 메멘토 모리를 생각하지 않는 것은 아나나 막상 친구가 보여주는 카드를 보니 마음이 평온

하지 못하였다. 내게도 점점 조여 오는구나! 뭐 그리 서두르느냐는 질문에 대해 친구는 다 사연이 있다며 태연하게 얘기를 이어갔다.

그의 부친은 쉰일곱에 중풍 끝에 오는 혈관성 치매로 세상을 떴다. 우리가 말하는 설은살로 1905년 12월에 출생하여 1962년 1월에 타계하였으니 향년 만 55세인 셈이다. 한겨울에 시작된 가벼운 언어장애로 고혈압임을 알았으나 뾰족한 수가 없었다. 한약을 좀 달여 먹고 민간요법에 따라서 산초기름을 구해 나물을 무쳐 먹고 다시마를 씹고 하였으나 언어장애가 심화되고 갑자기 웃어대는 버릇이 생겼다. 일단 웃음 발작이 시작되면 좀처럼 그치지 않아 모두를 당황하게 하였다. 종당엔 배뇨 배설의 통제가 안 되어 모친의 고생이 이루 말할 수 없었다. 장병에 효자나 양처가 있을 수 없다는 말이 있지만 불과 몇 해 사이에 '오만 정'이 다 떨어졌다. 오만 정을 다 떨어뜨리고 간 부친에게 종당엔 연민감조차 들지 않았다. 여하한 일이 있더라도 비슷한 난경을 대물림시킬 수 없다는 생각에 2018년부터 시작된 '사전연명의료의향서' 등록을 일찌감치 마치고 등록증을 받아두었다는 것이다. 그러면서 덧붙이는 그의 말은 고스란히 어엿한 현자의 말이었다. "코끼리도 갈 때가 되면 이승 하직의 장소를 찾는다 하지 않는가? 그리로 모여든 코끼리의 육신은 진토가 되고 하얀 어금니가 남아서 상아탑이 생겼다지 않는가? 만물의 영장을 자처하는 인간으로서 코끼리만 한 지혜도 발휘하지 못한다면 체면이 서겠는가? 자네도……." 빙빙 돌린 말들이 너무 복잡해서 몇 번 복창하고 나서야 겨우 외게 된 '사전연명의료의향서'란 괴문서는 큰 병원에서 쉽게 등록할 수 있다는 것을 알았다. 그러나 도통한 현자로 표변한 고향 친구의 은근한 권유를 못 들은 체하고 "야, 오만 정이 다 떨어진다는 말은 참 오래간만에 들어본다. 반갑기 이를 데 없다. 지금 우리 또래 아니면 쓰는 사람 없을걸" 하고 딴전을 피웠다. 정말이지 오래간만에 들어보는 말이다. 사전을 찾아보니 '오만'은 "퍽 많은 수량을 뜻하는 말"이라 풀이하고 있고 "오만 가지 추억"이란 용례를 달아놓고 있다. 이때의 오만은 五萬이고 '오만 소리'는 "수다하게 지껄이는 구구한 소리"라 풀이되어 있다. 오만상을 찡그린다 할 때의 오만상 五萬相도 수다함을 뜻하는 오만에서 나온 것이다. 어릴 적에 많이 들어본 오만 정은 등재조차 되어 있지 않다. 딴전을 치는 나에게 현자 친구는 괴문서 등록을 줄기차게 권유하였고 곡기를 끊음으로써 가족에게 폐를 끼치지 않는 전통적 자진 방법이 있지 않으냐는 반문으로 나는 즉답을 피하였다. 그리고 미진해서 한마디 토를 달았다. "그동안 많은 세도가를 겪어보았지만 지금처럼 오만 정이 떨어진 경우는 없었던 것 같아. 자네는 어떻게 생각하나?" 등록을 하고 나면 그까짓 일에 열불을 내는 일은 없어질 것이라고 현자 친구는 점잖게 말했다. 현자는 정치에 함구하는 것인가 보다.

색인(가나다 순)

사라지는 말들
—말과 사회사

지은이 유종호
펴낸이 김영정

초판 1쇄 펴낸날 2022년 7월 8일
초판 2쇄 펴낸날 2022년 10월 20일

펴낸곳 (주)현대문학
등록번호 제1-452호
주소 06532 서울시 서초구 신반포로 321(잠원동, 미래엔)
전화 02-2017-0280
팩스 02-516-5433
홈페이지 www.hdmh.co.kr

© 2022, 유종호

ISBN 979-11-6790-113-2 03810

* 책값은 뒤표지에 있습니다.